ANNE L. PARKS

Traduzido por João Pedro Lopes

1ª Edição

2022

Direção Editorial:	**Arte de Capa:**
Anastacia Cabo	Cover Design & Formatting, Buoni Amici Press, LLC
Gerente Editorial:	
Solange Arten	**Adaptação de capa:**
Tradução:	Bianca Santana Design
João Pedro Lopes	**Diagramação:**
Preparação de texto:	Carol Dias
Wélida Muniz	**Ícones de diagramação:**
Revisão final:	macrovector_oficial/Freepik
Equipe The Gift Box	

Copyright © Anne L. Parks, 2021
Copyright © The Gift Box, 2022

Todos os direitos reservados.
Nenhuma parte do conteúdo desse livro poderá ser reproduzida em qualquer meio ou forma – impresso, digital, áudio ou visual – sem a expressa autorização da editora sob penas criminais e ações civis.

Esta é uma obra de ficção. Nomes, personagens, lugares e acontecimentos descritos são produtos da imaginação da autora. Qualquer semelhança com nomes, datas ou acontecimentos reais é mera coincidência.

Este livro segue as regras da Nova Ortografia da Língua Portuguesa.

CIP-BRASIL. CATALOGAÇÃO NA PUBLICAÇÃO
SINDICATO NACIONAL DOS EDITORES DE LIVROS, RJ
Meri Gleice Rodrigues de Souza - Bibliotecária - CRB-7/6439

P263m

    Parks, Anne L.
        Malevolência / Anne L. Parks ; tradução João Pedro Lopes. - 1. ed. - Rio de Janeiro : The Gift Box, 2022.
        368 p. (Kylie Tate ; 1)

    Tradução de: Malevolent
    ISBN 978-65-5636-158-1

    1. Romance americano. I. Lopes, João Pedro. II. Título. III. Série.

22-76912   CDD: 813
                     CDU: 82-31(73)

CAPÍTULO 1

Alguém está me observando.

Sinto um calafrio, mesmo na manhã úmida de início de verão. Minha pele arrepia. Os pelos dos meus braços e da minha nuca ficam eriçados. Algumas pessoas se apressam ali pela marina. Eu olho para os rostos ao passar. Ninguém que eu conheça.

O mais importante, não eram *ele.*

Atravesso a ponte e me afasto da cidade. Espero poder escapar dessa sensação estranha e me concentrar no quilômetro adicional que acrescentei à minha corrida de oito quilômetros.

A Old Mill's Road é ladeada por árvores altas que levam ao litoral, mas não é muito movimentada. Na verdade, as únicas pessoas que a utilizam são os multimilionários que possuem propriedades imensas espalhadas pelo enclave semiprivativo.

Um carro está parado à calçada com a porta do motorista aberta. Atravesso a rua para passar e fixar os olhos no homem que está ao lado do veículo. Sua postura está rígida, e a mandíbula, cerrada conforme ele aperta botões em seu celular.

Eu tiro um dos fones de ouvido e o deixo cair no meu ombro. As palavras do meu instrutor de autodefesa se repetem na minha cabeça. *Olhe, ouça, e esteja atenta aos arredores.*

Eu faço uma rápida avaliação do homem enquanto passo por ele: cerca de 1,80 m de altura, ombros largos, queixo esculpido. As rugas profundas em sua testa são evidências de suas experiências de vida, e só melhoram sua aparência. Ele passa as mãos pelo cabelo, praguejando ao falar da quantidade de dinheiro que desperdiça em um telefone que para de funcionar assim que surge uma emergência.

Sei como é, amigo.

Olhando para mim, ele me lança um sorriso frustrado e volta a resmungar baixinho. Cerca de dez passos depois, eu me viro e pego meu telefone na braçadeira.

Por que eu estou fazendo isso? Essa rota está perfeitamente cronometrada para que eu chegue em casa, tome banho e vá para o trabalho sem sofrer qualquer atraso.

— Você precisa fazer uma ligação? — Minha respiração ofegante separa as palavras.

Seus olhos se estreitam, e ele olha o meu corpo de cima a baixo antes de se concentrar no meu rosto. Ele me parece familiar, mas não consigo me lembrar onde já o vi.

— Sim, obrigado. — Sua voz profunda é soberba, contida e meio sexy. — O meu não está funcionando.

Eu desbloqueio a tela do celular, puxo o teclado numérico para cima e o entrego a ele.

— O carro também parou de funcionar? — Olho além dele para ter um vislumbre do Maserati Quattroporte cinza metálico. O design é diferente dos que eu já vi, então suponho que ele está com um lançamento antecipado do modelo do próximo ano.

— Não, por conseguinte estou à beira da estrada.

Ergo as sobrancelhas e reprimo a gargalhada. *Por conseguinte?*

— O que aconteceu?

— Parou de funcionar enquanto eu estava dirigindo.

Eu quero rir. Apesar do comportamento indiferente, seu rosto se contrai e depois relaxa, e o discurso dele é pomposo.

— Alguma luz se acendeu ou apagou antes de ele morrer? — pergunto.

— Não reparei. — A voz não tem muita entonação, mas a veia grossa em seu pescoço pulsa.

— Fez algum barulho ou deu uma guinada repentina?

O Sr. Elegante me olha com indiferença conforme me aproximo do carro.

— Não que eu tenha detectado. — Ele solta um breve suspiro.

— Tem o hábito de ser inobservante assim quando dirige? — Reprimo um sorriso. É hora de me divertir um pouco com o Sr. Elegante e sua atitude altiva e desdenhosa.

Estou acostumada com homens que presumem que, por eu ser mulher, não tenho nenhuma noção sobre os carros e como eles funcionam.

Na verdade, é o oposto. Por ter crescido na pobreza, fui forçada a fazer uma lata-velha funcionar com cabides de arame e silver tape, e aprendi muito sobre o funcionamento interno dos veículos. Também fiquei fascinada com os carros que desejava dirigir um dia, como o Maserati do Sr. Elegante.

— Notou alguma redução significativa na potência do motor ao dirigir?

— Não.

Semicerro os olhos.

— Você tem certeza de que não ficou sem gasolina?

— Sim, na verdade, eu tenho — diz ele, conciso. — Se esse fosse o problema, as luzes do painel ainda estariam acesas. Mas nada acontece quando tento ligá-lo.

Esfrego as mãos.

— Agora estamos chegando a algum lugar. Abra o capô e me deixe dar uma olhada.

O Sr. Elegante se mantém firme. Levanto a cabeça para ver se ele não me ouviu ou se perdeu de repente o domínio do idioma. Postura imponente. Braços cruzados com força sobre o peito.

Não, ele está puto da vida. E fica sexy quando está bravo. Interessante.

Abro um sorriso meigo, gostando demais da situação.

— Abra o capô… por favor?

Com má vontade, o Sr. Elegante se posiciona atrás do volante e libera o capô. Deslizo a mão até sentir o trinco e o levanto. O motor está bem limpo, e não há vazamentos aparentes nem mangueiras soltas. É um bom sinal.

Um som impaciente vem do lado do motorista.

— Não é mais fácil eu chamar um reboque?

— Ah, não precisa ficar todo irritadinho — murmuro, verificando os cabos da bateria. — Você vê alguma faísca?

— Faísca?

Rio e vou até o lado do motorista.

— Quando você tentar ligar o carro, alguma das luzes do painel acende?

Ele aperta o botão de partida. O painel fica escuro.

— Como eu disse, não há energia.

Inclino-me para verificar se alguma coisa se acende e sinto seu perfume picante e amadeirado. De repente, tomo consciência de que já corri cerca de cinco quilômetros, então não estou cheirando a rosas.

Fico de pé e me encosto no carro.

— Suspeito que seja um problema com o sensor de colisão. Maseratis

MALEVOLÊNCIA

são conhecidos por ter falhas iniciais devido a problemas com a entrada de umidade no sensor. — Eu me viro para ele, e meu olhar encontra o seu. — Mas tenho certeza de que você já sabe disso, certo?

E lá estava.

Boquiaberto. Olhos arregalados, me encarando. Continuo encostada de forma insolente no carro, mas, por dentro, estou me parabenizando e gritando como uma louca.

O Sr. Elegante se senta ali, em sua calça social cinza-claro, camisa branca engomada e gravata azul. É bem capaz de ele não ter nem ideia de onde se coloca gasolina nesta máquina extraordinária.

Respiro fundo e, com um esforço considerável, afasto meus olhos dele.

— Prefere chamar o reboque, ou devo chamar o cara que cuida dessas coisas para mim?

Um sorriso divertido desliza pelo seu rosto e ele balança a cabeça de um lado para o outro. O Sr. Elegante me devolve o meu telefone.

— Por favor, ligue para o cara que cuida dessas coisas para você.

Não tenho certeza se quero dar um tapa nele ou beijar aquela boca linda. Encontro o número do meu mecânico de confiança na minha lista de contatos e faço a ligação.

O Sr. Elegante sai do veículo e para na minha frente. O polegar dele esfrega o lábio inferior, atraindo meu olhar para o movimento lento. Um calor repentino me aquece em lugares há muito esquecidos. Engulo em seco e passo o meu celular para ele.

Ele aponta para o meu telefone, um sorriso malicioso e inteligente pregado em seu rosto.

— O telefone é seu.

— Pensei que você gostaria de ligar para alguém vir te buscar, a não ser que prefira ir a pé para a cidade.

O canto da boca do Sr. Elegante se ergue. Ele pega o aparelho. Depois de uma breve discussão com a pessoa para quem ligou, ele volta a atenção para mim, e seu olhar reivindica o meu mais uma vez.

— Deixe-me adivinhar… — Há uma presunção renovada em seu tom. — Você aprendeu tudo o que sabe sobre carros passando tempo na oficina do seu pai enquanto crescia?

Cruzo os braços, faço que não e afrouxo a mandíbula.

— Autodidata. Meu pai não sabia nada sobre carros, então eu aprendi.

O reboque do Ray vem a um ritmo lento na nossa direção, e o alívio flui através de mim. O que tinha sido divertido agora estava se tornando um insulto.

— Sério? — diz o Sr. Elegante. — Impressionante.

Eu o olho de esguelha, mais do que um pouco ofendida com sua condescendência.

O Sr. Elegante está esfregando o polegar no lábio inferior novamente. É distrativo pra caramba.

Enquanto Ray e o Sr. Elegante conversam, um SUV preto da Mercedes, com insulfilm nas janelas, encosta atrás de nós e é posto em ponto morto. Sem dúvida, outro na frota de veículos de luxo do cretino rico.

O Sr. Elegante aparece ao meu lado enquanto o reboque se afasta com o cupê esportivo na caçamba.

— Obrigado. — Ele estende a mão para apertar a minha, que está coberta de sujeira e graxa do trabalho debaixo do capô. Retraindo, ele a desliza para dentro do bolso interno do paletó, pega um lenço e o oferece a mim.

O monograma gravado em linha azul-marinho lê AS. Sorrio e limpo as mãos.

— Algo engraçado? — ele pergunta.

Olho novamente para o monograma antes de encará-lo e devolvo o lenço.

— Não tem a inicial do meio. Só me perguntei se é porque também começa com um "S"? Sabe, para não ficar ASS, bundão em inglês.

Ergue uma sobrancelha, e solta uma risadinha baixa.

— Pode ficar. — Ele aponta para o lenço. — Eu tenho uma gaveta cheia deles em casa.

Ficamos ali por um minuto, olhando um para o outro, e descubro que não consigo desviar o olhar. O que me irrita.

Ele respira fundo, interrompe a nossa conexão e olha para o fim da rua.

— Posso te dar uma carona?

— Não, obrigada, acho que vou terminar minha corrida. Além disso, você não tem muita sorte com os veículos e talvez também não consiga chegar à cidade com este aqui.

Ele gargalha alto e balança a cabeça.

— Na mosca. Talvez eu volte a precisar dos seus poderes excepcionais de observação.

Mordo meu lábio inferior, sentindo-me atraída, mesmo que a contragosto. Ele reduz um pouco da distância entre nós, e sinto seu cheiro

MALEVOLÊNCIA

inebriante mais uma vez. Sério, o aroma dele está me deixando um pouco tonta. Seus olhos escurecem e ele encara o meu lábio inferior. O Sr. Elegante lambe os lábios, espalhando um calor abrasador por todo o meu corpo. Por fim, ele desvia o olhar e se afasta.

O homem tira um maço de dinheiro do bolso e me oferece uma nota de cem dólares.

— Pelo inconveniente.

Em um instante, meu bom humor é substituído pela decepção.

— Não tenho bolso — digo, sem esboçar reação. — Pode ficar. É a minha vez na corrente do bem. Agora a bola está contigo.

O Sr. Elegante volta a guardar a nota no bolso e cobre os olhos com os óculos de sol que estavam no alto da sua cabeça.

— Posso fazer alguma coisa por você?

— Você pode me devolver o meu telefone.

Ele solta o aparelho na minha mão estendida. Eu o devolvo à braçadeira e asseguro que os fones estejam bem firmes antes de deixar o Sr. Elegante na beira da rua.

Droga vou chegar atrasada ao tribunal.

CAPÍTULO 2

Saio do elevador no sétimo andar, chamado carinhosamente de cobertura, e entro nos escritórios de advocacia da Daniels & Roberts. A cobertura é reservada para os sócios e advogados excepcionais. O serviço de apoio é todo feito por mulheres, todas muito jovens, e a maioria poderia estar nas páginas de destaque das revistas masculinas. Prova de que a misoginia está viva e bem saudável por aqui.

— Olá, Kylie. Como foi a audiência do Sr. Turner? — a recepcionista cumprimentou.

Magricela e esfuziante, Sarah e seus peitos e bunda cirurgicamente melhorados são tudo o que os sócios, parceiros e clientes de meia-idade do sexo masculino da cobertura querem cumprimentar assim que saem do elevador.

Apesar de ela ser meio cabeça de vento, eu gosto da garota. Sabe equilibrar bem o entusiasmo, sem exagerar muito, e controla muito bem sua parte volúvel e paqueradora quando se dirige às outras mulheres no escritório.

Ela ser excelente no trabalho também foi uma surpresa maravilhosa quando fiz a transição do quarto andar para a cobertura. Eu praticamente a tinha rotulado como inepta, e também como o que meu pai teria chamado de "peça ornamental".

— Sentença deferida. — Entrego meus arquivos a ela e apoio os cotovelos na mesa de mármore branco da recepcionista que acolhe os clientes na área com decoração austera e contemporânea.

Os últimos dois dias foram repletos de correria de uma sala de audiência para outra, tentando esclarecer questões sobre casos menores. Em breve, minha vida girará exclusivamente em torno de meu julgamento por homicídio doloso qualificado.

— Fantástico — Sarah murmura, com a cabeça em outro lugar, quase derrubando os arquivos.

— Alex Stone — ela sussurra do outro lado da mesa. — Está aqui… com o Jack. — A cada revelação, o aumento no seu tom de voz é leve, mas discernível.

Eu lhe dou crédito. Ela não está soltando gritos agudos e dando pulinhos de alegria.

— É a primeira vez que o vejo aqui. Ele nunca vem ao nosso escritório. Insiste que as reuniões sejam todas na matriz. — Sarah se atreve a olhar ao redor do espaço amplo, provavelmente garantindo que ainda estamos sozinhas, e que não estamos sendo ouvidas.

— Não tenho certeza do motivo da reunião, mas deve ser algo muito importante para o *Sr. Stone* deixar sua torre de marfim e se misturar conosco, meros mortais.

Eu rio da veracidade da declaração. Alex Stone, o extraordinário homem de negócios multibilionário de quarenta e cinco anos, é o solteiro mais cobiçado do mundo. O garoto da cidade que alcançou sucesso, emprega muitas pessoas na região e é responsável por grande parte da prosperidade econômica da cidade. Dizem que ele é muito bom no que faz, se sua riqueza ultrajante for algum indício. Entretanto ele é extremamente impiedoso e insensível em suas transações comerciais.

Não são muitos os advogados da cobertura que gostam dele, alegam que ele é um idiota arrogante e austero. O homem se recusa a permitir que eles negociem em seu nome e insiste que apenas elaborem contratos de acordo com suas especificações, basicamente relegando-os ao status de assistente.

Não posso deixar de me perguntar se só estão amargurados porque o magnata não alimenta o ego gigante deles. Seja qual for o caso, os poupudos honorários que o homem paga para que fiquem à sua disposição e a tarifa altíssima que a firma cobra proporcionaram a mais do que alguns desses advogados os meios para comprar casas de veraneio no Caribe.

Por nunca ter atendido o homem, eu não sou um desses advogados.

Stone também tem reputação de mulherengo e só sai com mulheres jovens e excessivamente bonitas.

Sarah verifica maquiagem e cabelo no espelhinho que tirou discretamente da gaveta da mesa. Stone passará por ela no caminho para o elevador, e Sarah terá uma curta janela de oportunidade para captar a atenção, o coração e a carteira do homem.

Suspiro, dou meia-volta e sigo para o meu escritório. Há muito o que fazer para perder tempo com um cara que provavelmente não olharia para mim, que dirá falar. Não que eu me importe. Alex Stone é exatamente o tipo de homem de que eu não preciso complicando a minha vida.

Há três meses, me mudei do meu pequeno escritório no quarto andar, com uma vista não tão bonita do beco e das lixeiras gigantes, para o meu escritório radicalmente maior, que tem uma vista espetacular para o centro da cidade e um vislumbre decente da baía. Os sócios homens na cobertura, que protestaram quando foi anunciado que uma advogada se mudaria para uma das salas lá de cima, quase se revoltaram quando fiquei com um escritório de canto.

Cada vez que entro lá, sinto que estou lhes fazendo um notório gesto obsceno enquanto meu subconsciente grita para eles se foderem.

Uma batida na minha porta me faz largar a argumentação em que estou trabalhando. Olho para cima quando o meu chefe entra no meu escritório.

Jack Daniels, sem sacanagem, esse é o nome verdadeiro dele, caminha para uma das duas cadeiras em frente à minha mesa. Em seus setenta e poucos anos, ele não tem intenção nenhuma de se aposentar, apesar do que dizem as fofocas. Ainda é bonitão, do tipo que tem cabelos grisalhos e olhos azuis, e tem sido meu maior apoiador na firma e fez campanha para que eu subisse para a cobertura quando outros procuravam manter somente advogados homens lá.

— Kylie — Jack diz —, eu gostaria que você conhecesse nosso cliente, Alex Stone.

Só reparei no homem quando ele se dirigiu para a cadeira vaga ao lado de Jack, e eu quase me engasguei ao reconhecê-lo. Alex Stone é o arrogante e adulador Sr. Elegante da minha corrida matinal de dois dias antes.

Jack se senta de frente para mim.

— Alex já é nosso cliente há quinze... dezesseis anos? Ele utiliza diversas repartições daqui em seus vários negócios.

Eu me levanto, estendo a mão para Stone, e me recrimino por não descobrir quem ele era naquele dia. Seu rosto está impassível, e tenho certeza de que ele não me reconhece.

Mas eu me lembro dele, e daqueles olhos lindos. É como se os deuses tivessem tirado água do Mar Egeu, com toda sua beleza e brilho, e tivessem derramado tudo nas íris de Alex Stone.

Stone solta minha mão e estou vagamente consciente de Jack cantando meus louvores.

Meu cérebro enfim volta a se comunicar com minha boca, e eu consigo sair do estupor.

— Muito prazer em te conhecer, Sr. Stone — digo, e volto a me sentar.

— Igualmente, senhorita... — Suas palavras são tão suaves quanto seda.

— Tate. Kylie Tate.

Ele assente e se senta na cadeira ao lado de Jack, e eu concluo que ele não fez a conexão entre a especialista em carros suada da outra manhã e a mulher de terno diante dele.

— Kylie, Alex me informou sobre uma questão sensível que ele precisa discutir com você. Envolve seu sobrinho, e a família gostaria de manter tudo fora da imprensa no momento.

Essa introdução é algo mais que uma simples apresentação de *conheça a nossa mais nova associada da cobertura* a que tenho sido submetida desde minha mudança para o andar de cima para mostrar que o escritório é progressista. Ao que parecia, o sobrinho menor de idade de Stone, Joshua Banks, foi pego consumindo bebida alcoólica em uma festa. Ele também tinha um baseado no bolso quando a polícia o revistou.

Volto minha atenção para Stone.

— Você sabe o nome do promotor designado para o caso?

— Não, mas posso descobrir. — Ele mexe no celular, aperta um botão e fala com alguém do outro lado da linha.

Sorrio, lembrando-me de sua incapacidade de usar o telefone duas manhãs atrás, o que me levou a parar e ajudá-lo. Seu olhar está fixado na minha boca, e eu mordo o lábio inferior. Ele olha para longe e se mexe no assento.

— Amy, olhe no arquivo do Josh e me diga o nome do promotor do caso dele.

— Você tem os documentos da denúncia? Ou a moção inicial que ele recebeu quando foi preso? — pergunto a Stone, enquanto ele ainda está ao telefone.

— Envie uma cópia dos arquivos para a senhorita Tate — ele diz ao telefone, e olha para mim. — Qual é o seu e-mail?

ANNE L. PARKS

Eu lhe dou o endereço, pego um bloquinho na gaveta da mesa e começo a listar as perguntas que pretendo fazer.

— Você receberá toda a documentação em breve, Srta. Tate — diz Stone, e volta a guardar o celular no bolso.

Meu e-mail me notifica da chegada da documentação enviada pela assistente de Stone, e eu faço uma análise apressada das informações de que preciso.

O escritório fica quieto enquanto os dois me observam ler. Pego o telefone e faço a já batida ligação para o escritório do promotor.

— Oi, Teri. É a Kylie Tate. Soube que você está no caso Joshua Banks. As acusações são de intoxicação de menor e posse de substância ilegal. Parece que a audiência está marcada para esta sexta-feira, às três. Qual é o acordo que vocês estão dispostos a oferecer no momento?

Eu escuto a reprimenda da promotora. *É uma acusação séria. Precisamos cortar o mal pela raiz enquanto ele ainda é jovem.*

Blá, blá, blá... besteira e mais besteira.

— Teri, ele é um bom garoto de uma boa família. Cometeu um erro de julgamento, nada mais. Ele não tem antecedentes criminais. Olha, o rapaz nunca sequer foi enviado ao escritório do diretor. Vai mesmo fadar o garoto a uma ficha criminal só porque ele foi a uma festa e tomou cerveja?

— Você está esquecendo a maconha que estava com ele, Kylie — diz Teri.

— O baseado nem sequer estava aceso. Alguém entregou a ele e o garoto acabou guardando no bolso, com a intenção de jogar fora depois. — Respiro fundo. — Em breve ele se candidatará às faculdades. Ele não precisa disso pendurado em seu pescoço como uma âncora.

Teri suspira como se o que ela está prestes a fazer fosse lhe custar o emprego.

— Eu não deveria fazer isso, mas...

Eu rabisco a oferta dela em meu bloco legal. É decente, e o que eu esperava para um primeiro delito.

Agradeço a Teri, digo que vou retornar e desligo o telefone.

— Estão oferecendo uma sentença deferida, multa de trezentos dólares, e dez horas de serviço comunitário. É um bom acordo, na minha opinião.

É o acordo padrão na verdade, e eu me pergunto por que isso precisa da atenção de um advogado experiente em vez da de muitos advogados recém-formados e ansiosos por tempo no tribunal. Qualquer associado que está há menos de um ano ali teria obtido o mesmo resultado.

MALEVOLÊNCIA

Não que eu me importe. Dar assistência a Alex Stone só pode ajudar minha carreira aqui no escritório. E eu recebo o bônus adicional de passar mais tempo com o homem que cativou meus pensamentos nos últimos dias. Ele tanto me intrigou quanto me irritou naquele dia lá na rua. Mas uma coisa é certa: não vou tirar este homem da minha cabeça tão cedo.

Explico o restante do processo enquanto ele se recosta em seu assento. Observo seu polegar se mover devagar pelo lábio inferior. O gesto é sensual, e eu fico ofegante. Os cantos de sua boca se contorcem em um leve sorriso. Pisco e ponho fim à conexão.

— Peça ao seu sobrinho para me encontrar em frente à sala de audiências na sexta-feira. Vou rever o procedimento com ele para entrar com o pleito. Certifique-se de que ele esteja vestido apropriadamente para o tribunal. — É uma recitação programada e automática, a qual me agarro com unhas e dentes no momento. A proximidade e o olhar intenso de Alex Stone são inquietantes demais.

Jack está sorrindo, aparentemente feliz com meu trabalho neste *assunto sensível*.

— Viu, Alex? Eu disse que ela é incrível. — Jack dá uma piscadinha para mim.

Stone fica de pé, o que me permite um vislumbre de seu físico incrível.

— Realmente. — O olhar dele ainda está fixo no meu, fazendo um movimento quase imperceptível de cabeça.

— Foi um prazer ajudar. — Estendo minha mão para ele mais uma vez. Ele se inclina para mim.

— Obrigado mais uma vez por sua ajuda no início da semana, Srta. Tate. Você continua vindo ao meu socorro justamente quando mais preciso de você.

Meus olhos se fixam nos dele, mas não consigo falar. Meu coração dispara. O retorno do sorriso arrogante e presunçoso quando ele solta minha mão e se junta a Jack me arranca do fascínio que estou sentindo, e me lembro da razão para este homem ter me desagradado tanto dias antes. Boa aparência só pode compensar certas coisas, e o excelente físico de Stone não compensa seu egocentrismo.

— Obrigado novamente, Kylie — diz Jack.

Eu me sento à minha mesa enquanto eles saem do meu escritório e vão até o elevador. Apertando a mão de Jack, Stone é deixado aos cuidados de Sarah, a loira peituda de maquiagem retocada. Tento desviar meu olhar dele, mas vejo que é impossível. É bem provável que ele seja o homem mais imponente e sensual que eu já conheci. O desejo avassalador de não gostar dele está mano a mano com a minha paixão de escola, o que está me irritando. Estou velha demais para ter esse tipo de reação. Some isso à uma profunda desconfiança que sinto pelos homens, e Alex Stone nada mais é do que uma fantasia sem a qual eu posso viver.

No final do dia, estou exausta. Entre a tentativa de resolver todos os meus casos e o súbito aparecimento de Alex Stone no meu escritório, estou completamente esgotada. Eu me encosto nos fundos do elevador, repassando sem parar a minha conversa com Stone no início da tarde, e alheia aos outros advogados que estão entrando.

Dedos traçam o meu braço bem de levinho. Eu me afasto, irritada por alguém estar me tocando. John Sysco, um advogado, e meu ex-namorado, está ao meu lado, sorrindo com malícia. Puxo meu braço mais para perto de mim e me encosto no canto do elevador. Ele se inclina mais para perto, mas não diz uma palavra. Sua presença é sinistra, e um arrepio corre pela minha coluna.

Quando saímos do elevador, John para para conversar com outro advogado, e aproveito a oportunidade para escapar. Já é ruim o suficiente eu ter que trabalhar com ele todos os dias e compartilhar com ele o maior caso da minha carreira. Não quero lidar com ele fora do escritório. Há muita bagagem entre nós. Demasiadas lembranças horrendas que se recusam a ir embora.

Eu dou a volta por trás do meu Jeep Wrangler e agarro a maçaneta. Ele segura o meu cotovelo e me vira. Um medo gelado corre por minhas veias, e começo a suar frio. Tento me acomodar no banco do motorista, mas John ocupa o espaço entre nós.

— Kylie, não fuja. Quero falar com você. Vamos tomar um drinque… ou pegar algo para jantar.

Ele tem a habilidade extraordinária de falar como se fôssemos melhores amigos, como se não houvesse uma longa e obscura história entre nós.

MALEVOLÊNCIA

— Não há nada a dizer, John. — Atiro minha pasta para o assento do passageiro.

Ele bate a mão na janela do Jeep, bem ao lado da minha cabeça. Eu me assusto e, por instinto, bloqueio um golpe na minha cara.

— Droga, Kylie. Esta merda já durou o suficiente. Já pedi desculpas repetidas vezes por *aquela* noite. — Seus olhos estão escuros, e a fúria tinge suas bochechas de vermelho, mas seus lábios estão tensos e pálidos. — É hora de você esquecer o que aconteceu para que possamos seguir em frente. Acho que tenho sido bastante paciente com você, mas minha tolerância está chegando ao fim.

Meu estômago revira quando me lembro *daquela* noite. Engulo em seco, e afasto as memórias sombrias.

O Mercedes sedan na vaga ao lado apita, e as portas destravam. O proprietário se aproxima e nos olha por um momento. Ele quase parece que vai intervir em meu favor, mas desvia o olhar ao abrir a porta do carro.

Covarde.

John recua dois passos e volta a incorporar, com facilidade demais, o seu comportamento profissional.

— Oi, Allan. — Ele contorna o carro e aperta a mão do homem.

Deslizo para trás do volante, ligo o motor e dou ré. John observa enquanto eu me afasto, um rápido clarão de raiva que diz muito. Ainda não acabou.

Cometendo quase todas as infrações de trânsito, dirijo até minha casa, estaciono na pequena garagem e fico dentro do carro por um momento. Meu coração bate tambores nos meus ouvidos. Eu expiro longa e desordenadamente, esperando que o gesto acalme meus nervos.

Memórias daquela noite com John começam a sair da caixa muito bem fechada dentro da minha cabeça, mas eu trato de abafá-las. Estão trancadas há mais de um ano. Não há razão para elas saírem. Eu me arrastei para fora das profundezas do inferno em que eu morava enquanto me relacionava com ele.

Eu me recuso a voltar para lá.

Foi difícil demais enxergar uma luz no fim do túnel. Eu tinha certeza de que ficaria para sempre naquele limbo. Não irremediavelmente danificada, mas longe de me sentir inteira. Porém, quanto mais robusta minha caixa ficava, mais brilhante a luz irradiava. Não estou curada, mas existo na luz, e isso mantém os demônios sempre presentes em minha mente à distância.

E é muito melhor do que o lugar em que eu estava antes.

CAPÍTULO 3

Meus pneus cantam quando manobro na minha vaga no estacionamento abaixo do prédio da D & R. Pego minha maleta e bato a porta.

Estou atrasada. Muito atrasada. E odeio chegar atrasada.

O elevador parece ter firmado residência no saguão. Na esperança de ter mais sorte de chegar mais rápido, vou pela escada do subsolo até o piso principal. Pelo menos estou me movendo, o que no meu estado de espírito atual é muito melhor do que ficar parada.

Minha equipe de litígio deveria ter se reunido há uma hora para rever novas provas no julgamento do assassinato Trevalis. Fui forçada a voltar para casa para trocar de roupa depois que o idiota que me interrompeu e me fez entornar uma caneca de café inteira no meu terninho.

A privação de sono também não está ajudando meu humor. Tive pesadelos a noite inteira, John estrelava todos eles.

— Segure o elevador, por favor — peço, ao atravessar o saguão.

Por sorte, alguém lá dentro segura a porta, obrigando-a a ficar aberta, o que me permite entrar.

— Obrigada — digo, sem fôlego. Sigo para os fundos, passando por dois homens que já vi por lá, mas que não conheço.

Ao soltar um longo suspiro, relaxo contra a parede, até me concentrar no homem que está bem à minha frente.

Alex Stone está ali, de braços cruzados, encostado pretensiosamente na lateral do elevador. Ele está vestido de modo mais descontraído, com uma camisa social branca, sem gravata, os dois botões de cima abertos. E eu não consigo tirar os olhos dele. O homem transpira sexualidade bruta.

O elevador para no terceiro andar. Os dois homens saem. E fico sozinha com Alex Stone.

— Srta. Tate — ele me cumprimenta quando as portas do elevador se fecham.

Meus joelhos fraquejam ao ouvir a voz sedosa fazendo amor com o meu nome. Eu amaldiçoo a reação do meu corpo a ele.

— É um prazer te ver novamente. — Ele me olha de cima a baixo. Os olhos se detêm na saia lápis preta, nas pernas bronzeadas e nos saltos altos pretos.

É irritante como ele pode ficar ali parado, todo calmo e contido, enquanto eu me sinto tão exposta.

— Sr. Stone. Não o vemos em nossos escritórios há quinze anos, e agora nos agracia com sua presença por dois dias seguidos.

— Agora tenho uma razão para vir aqui mais vezes. — Ele faz uma pausa, e meu coração se agita. — Estou finalizando os detalhes de um novo empreendimento. — Um sorriso malicioso cruza o seu rosto. — Espero que minha presença não esteja te distraindo, Srta. Tate.

— Imagina, Sr. Stone. — *Mentirosa.*

A presença de Alex Stone é mais do que uma distração. É sedutora e tentadora. E ele está começando a me fazer considerar coisas em que prometi nunca mais nem sequer pensar. Stone é uma angústia sem a qual posso passar. Se ao menos eu pudesse manter aqueles olhos hipnotizantes fora dos meus sonhos...

Ele se afasta da parede e dá um passo na minha direção.

— Você parece um pouco agitada. Está tudo bem?

Fico surpresa por ver preocupação sincera em seus olhos bonitos.

— Está, obrigada. — Suavizo o tom, passando as mãos sobre a saia para desamarrotá-la, sem qualquer necessidade. — A manhã vem sendo difícil, e estou chegando atrasada. Estou um pouco desorientada no momento.

A campainha do elevador anuncia nossa chegada à cobertura. As portas se abrem, e Stone leva a mão ao meu cotovelo, me acompanhando para fora.

— Você me parece muito bem composta, Srta. Tate. — Um brilho malicioso pisca em seus olhos, fazendo-os assumir um tom ainda mais profundo de azul.

Soltando meu cotovelo, ele se vira para cumprimentar Jack, e os dois entram em uma das salas de conferência.

Percorro o corredor até meu escritório.

O que foi aquilo?

ANNE L. PARKS

Meu humor melhorou desde meu encontro no elevador, mas não consigo superar a dicotomia das personalidades de Stone. Estou me sentindo louca, minha cabeça nada em um mar de confusão. Ele é encantador e sedutor, mas em um piscar de olhos se transforma em um imbecil presunçoso. Não há como negar que meu corpo anseia por seu toque, mas minha cabeça me diz para mantê-lo a mais de que a um braço de distância.

O espaço externo da cobertura é um conglomerado de paredes de vidro que vão do chão ao teto. O piso inteiro, exceto o escritório de Jack, está aberto para exposição. Todos os escritórios. Todas as salas de conferência. Há pouquíssima privacidade.

Minha equipe de litígio assumiu uma das salas de conferência para nossas reuniões semanais. Alex Stone e sua equipe jurídica estão na sala de conferências adjacente. Na maior parte do tempo, consegui me concentrar no assassinato de Trevalis. Em algumas ocasiões, tive vislumbres da outra sala de conferências, e meu olhar encontrou o de Stone. A intensidade em seus olhos faz meu coração acelerar e a minha boca ficar seca.

No meio da tarde, minha equipe dá voltas tentando encontrar uma forma de conseguir que uma prova fundamental seja admitida em julgamento. Olhando ao redor, ouço as trocas deles. Estou passando os dedos pelo meu cabelo comprido, algo que não percebo fazer enquanto tento me concentrar em algum assunto.

Meu iPhone vibra à minha frente. Eu o pego e leio a mensagem.

> Você não deveria fazer isso com seu cabelo, Srta. Tate.

É de um número desconhecido. Quem será que é? Olho ao redor, e espio a outra sala de conferência. Stone me encara com aqueles olhos azuis penetrantes. E logo afasta o olhar.

Meu coração dispara, parece apostar corrida com o meu cérebro, que tenta, com afinco, descobrir como Alex Stone conseguiu o meu número.

Identificador de chamadas. Naquela manhã, lá na rua, quando o carro dele tinha enguiçado, emprestei o meu celular para ele. O cara ligou para pedir carona a alguém.

Aperto responder, decidindo que eu também posso participar da brincadeira.

> E por que isso, Sr. Stone?

MALEVOLÊNCIA

Eu resisto ao impulso de olhar para ele. Meu telefone apita quase imediatamente.

> Porque está me afetando.

Puxo o lábio inferior com os dentes. Não é a brincadeira que imaginei que estaríamos fazendo, mas está me dando um tesão do cacete. Não perco tempo e digito outra mensagem, enviando-a antes de perder a coragem.

> Positiva ou negativamente, Sr. Stone?

Uma descarga de calor se espalha pelo meu rosto e meu pescoço. Olho para Stone que está encarando o celular. O sorrisinho dele se transforma em um sorriso completo, e ele começa a digitar no telefone.

Ding.

Logo abro a mensagem, me comportando de um jeito nada comum, especialmente no trabalho.

> Pervertidamente, Srta. Tate.

Meu coração desacelera. Não sei nem o que dizer. Talvez eu esteja em estado de choque. Respostas espirituosas nunca me falham, e o fato de eu não conseguir encontrar uma é desconcertante pra cacete. Deixo escapar uma risada baixinha e me contorço no assento, desconfortável com a forma como este homem me faz querer ainda mais.

Olho para a outra sala de conferências, mas ela está vazia. Eu me viro e vejo Stone entrar no elevador; ele me encara. Um sorriso travesso cruza o rosto dele. O homem olha para baixo e balança a cabeça enquanto as portas se fecham.

E ele vai embora.

Quer dizer, então, que Alex Stone tem um lado brincalhão. Um suspiro longo e lento escapa dos meus pulmões quando volto a me acomodar no meu assento. *Quem diria?*

Ainda perplexa com a minha troca de mensagens nada profissionais com nosso cliente mais importante, olho para o outro lado da mesa e encontro o olhar severo de John. Seu rosto está vermelho; as narinas, dilatadas.

Eu o ignoro e me dirijo ao resto da equipe:

— Ok, acho que já estamos aqui há muito tempo, e fizemos progresso suficiente para um dia. Vamos nos encontrar novamente na próxima terça-feira.

Pego minha pilha de anotações com as várias notas sobre o caso e me dirijo para a porta.

— Lisa — chamo minha assistente —, me encontre daqui a dez minutos no meu escritório. Preciso rever algumas datas na minha agenda. — Não espero por uma resposta.

Assim que passo da recepção, sinto um puxão no meu cotovelo.

John.

Seus olhos frios e duros me perfuram.

— Que merda foi essa? — Os dedos dele cravam em meu braço. — Tem algo rolando entre você e Stone?

Eu me encolho e arranco meu cotovelo de seu aperto.

— Não é da sua conta. — Continuo percorrendo o corredor.

Ele está logo atrás de mim quando entramos em meu escritório. O frio me envolve sempre que o homem está por perto. Vou para trás da minha mesa, largo minhas anotações no aparador e coloco entre nós um espaço muito necessário.

John fica diante de mim, com os punhos cerrados na lateral do corpo, seus olhos escuros me encaram.

Suspiro, chateada por ele ter conseguido estragar o meu bom humor e me deixar nervosa.

— O que você quer, John?

— Quero saber o que você está fazendo com o bilionário mulherengo? — Ele bate os punhos na minha mesa.

Vacilo, e olho para o corredor para ver se alguém viu o rompante. Ninguém está olhando para nós, o que é pelo menos um consolo. Não preciso que essa discussão passe de boca em boca e acabe minando a minha credibilidade. Já houve insinuações sutis de que fui promovida porque estava dormindo com o John.

— Não é da sua conta, John. — Minha voz é firme e forte, embora eu não esteja nada firme no momento. Por dentro, eu só faço tremer. Conheço bem demais a violência que explode quando ele fica alterado.

— É da minha conta, sim — diz ele, entre dentes.

— Não, John, não é. Não estamos juntos, e já faz um bom tempo. O que você faz é da sua conta, e o que eu faço é da minha.

Lisa para abruptamente à porta, seus olhos estão arregalados.

MALEVOLÊNCIA

Faço sinal para ela entrar.

— Agora, se me der licença, a Lisa e eu temos coisas a rever. — Faço um gesto para que ele saia.

O escritório proporciona uma sensação de segurança, o que me permite ser brusca. Esta discussão, no entanto, seria muito diferente fora deste edifício. Longe deste santuário, a raiva de John não é tão contida, e ele não hesitaria em soltar a raiva para cima de mim.

Ele me olha uma última vez por cima de seu ombro. O homem é um amontoado de dor, mágoa e fúria.

Odeio ser forçada a trabalhar tão de perto dele. Rezei para que ele não fosse escolhido como assessor neste caso, mas Jack acha que nós formamos uma boa equipe.

Acontece que Jack não faz ideia dos horrores que John me fez passar. Na maior parte das vezes, trabalhamos bem juntos. Ultimamente, no entanto, John está passando por períodos prolongados de amargura, seja por ter sido dispensado como advogado principal neste caso seja por causa da nossa separação.

Estremeço, respiro fundo e despenco na minha cadeira. O medo se arrasta pelo meu corpo, puxando-me em direção à escuridão.

A raiva de John quase me matou quando estávamos namorando. Farei praticamente de tudo para que isso não volte a acontecer.

CAPÍTULO 4

Fora da sala de audiências, ando para lá e para cá no corredor, esperando o meu cliente chegar. Um rapaz sai do elevador, cabelo loiro desgrenhado, vestindo calça cáqui e uma camisa social verde. A gravata dele tem toda a turma do *Charlie Brown*.

Meu cliente, o sobrinho de Alex Stone, Joshua Banks.

Um homem sai do elevador atrás dele, e eu estanco.

Alex Stone.

O olhar dele trava no meu, há um sorrisinho presunçoso em seus lábios. Fico tonta na mesma hora, e minha mente, confusa. Ele irradia superioridade, e me irrita que ele esteja desfrutando do meu choque.

O que não me deixa menos excitada por vê-lo.

Os últimos dois dias têm sido insuportáveis. Passei horas pensando nele, esperando, todos os dias, que ele voltasse ao escritório para assinar a papelada ou se encontrar com o Jack. É tão frustrante. Odeio me sentir desanimada por não ter visto o homem nos últimos dias, tão dominada pela luxúria e pelo desejo, e nervosa por já estar pensando demais nele.

Trabalhei com afinco para recuperar minhas forças e minha autoestima para deixar que um babaca arrogante como Stone as destrua. Mas tem sido impossível banir o homem de meus pensamentos.

Respiro fundo e me aproximo dos dois com a maior tranquilidade que consigo reunir. No que a minha confiança me abandona, a de Stone flui através do seu sorriso brincalhão e do brilho em seus olhos.

O terno azul está tão bem-ajustado nele que poderia muito bem ter sido pintado em seu corpo. O paletó está aberto, mostrando o corpo esculpido sob a camisa cinza-claro e a gravata cinza-escuro. Ele é deslumbrante, e lindo. Eu poderia olhar para aquele homem o dia todo e nunca me cansar da vista.

— Srta. Tate, que maravilha vê-la novamente. — Ele estende a mão para apertar a minha.

— Os pais de Joshua estão a caminho? — pergunto.

— Eles me pediram para tratar do assunto.

Inclino a cabeça para o lado e sorrio.

— Está concorrendo para tio do ano?

— Algo do tipo. — A brincadeira se mistura à arrogância. Ele aponta na direção do sobrinho, que está de pé em silêncio enquanto eu e Stone brincamos um com o outro.

— Este é meu sobrinho, Joshua Banks.

Joshua murmura uma saudação.

— É um prazer conhecê-lo. Vamos entrar? — Sigo para a sala de audiências.

Aponto para os assentos vagos na galeria, indicando onde Joshua e Stone devem se sentar, e repasso rapidamente o processo que está prestes a começar.

Atravesso o portão que separa a galeria das mesas dos advogados e da bancada do juiz, e expiro. Toda a tensão em meus ombros se liberta. É aqui que estou no controle, na sala do tribunal. É o meu santuário. O único lugar que me permite esquecer de tudo, inclusive o fato de que Alex Stone está sentado atrás de mim.

Eu me aproximo da mesa da promotoria e repasso os últimos detalhes com a Teri Shasty. O escrevente comunica o caso de Joshua, e além de uma inquietação inicial, e um pigarro não tão casual que se desprende de seu tio, o rapaz conseguiu se sair muito bem. Assim como eles sempre se saem nesta fase. Havia algum tempo que eu não fazia algo tão corriqueiro, esse tipo de audiência normalmente é deixado a cargo dos novos advogados, para que eles adquiram experiência no tribunal, mas a sensação foi como se eu tivesse voltado para casa. Eu percorri um longo caminho. Mas ainda sinto como se tivesse um bom trecho pela frente.

Logo que a audiência acaba, voltamos para o corredor em frente à sala de audiência. Estou dando um sermão de *você teve sorte, não volte a pisar na bola de novo* para Joshua. Ele acena indicando que entendeu e logo verifica o celular.

— Minha mãe fez reserva no Chart House, tio Alex. — Ele olha para mim por debaixo de sua franja. — Ela também quer que você venha, Sra. Tate.

Eu sorrio para ele.

— Ah, obrigada, Joshua, mas eu não posso ir. Vou me encontrar com alguns amigos de fora da cidade e temos ingressos para o jogo de hoje.

Joshua acena com a cabeça.

— Tranquilo. Talvez outra hora? — Ele não espera por uma resposta antes de voltar a olhar para as mensagens que não param de chegar no seu telefone.

Saímos juntos do tribunal e paramos no topo das escadas. Stone aperta minha mão de levinho, no mesmo instante, sou tomada pelo calor.

— Sr. Stone, foi um prazer te ver novamente. — Procuro algo mais para dizer para que possa prolongar a conexão física entre nós.

Seu aroma picante está seduzindo cada nervo do meu corpo, intensificando a faísca elétrica que já me atravessa com fúria.

— O prazer é todo meu, Srta. Tate — diz ele.

Meus joelhos fraquejam ao som de sua voz dizendo o meu nome. Houve uma mudança em sua atitude: de presunção e arrogância para uma expressão de respeito. Por um momento, considero cancelar meus planos e ir jantar com Stone e o sobrinho. Mas não sei se estou disposta a me tornar mais uma no livrinho de Alex Stone.

Joshua se move desconfortavelmente ao nosso lado.

Stone solta minha mão e dá um passo atrás.

— Se divirta no jogo, Srta. Tate.

— Obrigada, Sr. Stone. Aproveite sua noite.

Afasto meus olhos de seu olhar fascinante e vou embora. *Deus, espero vê-lo novamente.* Estou agindo como uma menina apaixonada que chama a atenção do capitão do time de futebol americano. Não é nada do meu feitio. Mas o que eu não faria para estar com Alex Stone no banco de trás de um carro estacionado.

— Vaca! — A saudação habitual de Paul quando atendo o celular. Um de meus melhores amigos, sua maneira única de dizer olá me faz rir todas as vezes. — Onde você está?

— Estou aqui. Acabei de estacionar. Vocês estão na entrada? — Fecho a porta, tranco meu Jeep e me dirijo ao estádio.

— Sim, anda logo.

Desligo e aperto o passo, animada para ver Ryan e Paul novamente.

Nós nos conhecemos quando estudamos na Universidade de Michigan. Moramos no mesmo dormitório na loucura que foi o nosso ano de calouros, e dividimos um apartamento fora do campus durante os últimos três anos de faculdade.

Eles estão perto da cerca, rindo e conversando, enquanto me dirijo a eles. Eu os conheci separadamente, mas durante o primeiro ano de faculdade, descobri que eles eram gays. Uma vez que os apresentei, não demorou muito para Ryan e Paul começarem a namorar e me pedirem para manter as aparências platônicas entre eles. Paul estava no time de futebol americano quando ser gay não era aceito. Eu não me importava porque nos divertíamos muito juntos.

Nossos amigos nos chamavam de "Los Tres Amigos". Tenho uma foto emoldurada na minha mesa de trabalho de nós usando os *sombreros* enormes que Paul trouxe quando foi passar férias com a família no México.

Na época da formatura, Ryan e Paul estavam em um relacionamento sério, fazendo planos para o futuro. Lembro-me de ter descoberto os planos deles enquanto estava sentada na mesa da cozinha do apartamento em que morávamos. Eu estava enchendo a cara, sentindo nostalgia e brindando nossa amizade com shots de tequila. Eu também estava muito triste pelo nosso pequeno trio estar se separando depois da formatura. Paul ia para Nova York trabalhar na empresa de investimentos do pai, Ryan estava indo para Stanford tirar o PhD em psicologia, e eu ia ficar em Ann Arbor para cursar Direito.

Sentei-me lá, olhando para meus amigos por debaixo da borda do meu sombrero, *e caí no choro.*

— Não poooosso acreditaaaaaar que estamos nos foooormando. — Minhas palavras se arrastaram. — Vou sssssentir taaaaanta ssssaudaaaade de vocês! — Abaixei cabeça na mesa e chorei.

Ryan afagou as minhas costas, me acalmando, como sempre fez. Levantei a cabeça um pouco rápido demais, senti uma leve tontura e xinguei. Olhei de relance para Ryan e Paul e comecei a chorar novamente.

— Não poooosso acreditar que voccccês vão estar a um país de dissstância do outro! Não é juuuuusto! Vocês deveriam estar juntos e... e... feliiiizes.
— Shhhhh... — Ryan disse para me acalmar. — Olha para mim, K. Decidimos que eu vou para Nova York com Paul. Eu me transferi para a NYU. Vou fazer meu doutorado lá, e podemos dividir o apartamento do Paul. Há até mesmo um quarto extra para quando você vier nos visitar.
— Viu? — Paul acrescentou. — Não há nada por que se chatear, piradinha.
— Os apelidos de Paul para mim são sempre meio degradantes, o que me faz amá-lo ainda mais.
— Mas vocês vão me deixar aqui, totalmente sozzzzinha.
Eles soltaram gemidos exasperados, e arrancaram a garrafa de tequila da minha mão.
— Isso é um saco.

Mas Ryan e Paul são mais do que meus melhores amigos. Eles são toda a família que me resta, pelo menos os únicos que eu considero família. Eles estiveram lá comigo durante os momentos mais difíceis da minha vida, e eu sei que sempre estarão.
— Ei! — Corro os últimos metros, balançando os braços no alto.
Paul me dá um abraço de urso. Ele não mudou nada; ainda tem o porte de um jogador de futebol americano de um e oitenta de altura, com cabelos loiros. Todo sarado na sua camiseta branca que se estica sob os músculos rasgados de seu peito e braços. Ele está usando uma camisa de beisebol desabotoada e calças jeans.
— Minha vez. — Ryan abre caminho e me dá um beijo na bochecha.
Ele é apenas um pouco mais alto que eu, também tem uma constituição atlética. Seu lindo cabelo preto tem mais fios grisalhos do que me lembro, mas cai bem nele. Os olhos azuis de Ryan, que eu uma vez pensei que eram incomparáveis, não chegam aos pés dos de Stone.
Vou até a janela da bilheteria e dou meu nome à mulher atrás do vidro. Ela levanta o dedo, indicando que eu preciso esperar.
Um jovem vem dos fundos da cabine da bilheteria usando calça azul-clara e uma camiseta polo com o logotipo do estádio bordado no peito.

— Kylie Tate?

— Sim. — Como é que ele sabe meu nome?

— Senhorita, estou aqui para acompanhar você e seus convidados até o camarote Stone.

— O camarote Stone? — repito, perplexa.

— Sim, senhora. O Sr. Alex Stone a convidou para curtir o jogo em seu camarote particular. — O jovem aponta para os camarotes luxuosos que circundam o estádio, bem acima das arquibancadas. — Por aqui, acompanharei vocês até lá.

Boquiabertos, Ryan e Paul se viram devagar para olhar para mim, os olhos deles estão arregalados. Dou de ombros, pego minha bolsa e sigo o rapaz pelo estádio. Paul e Ryan vêm logo atrás.

O camarote é maior do que eu esperava. Há duas fileiras, um lounge mais elevado separado por três degraus que levam a duas fileiras de assentos acolchoados para ver o jogo. O camarote fica ao longo da terceira linha de fundo, ao lado da base final.

Ao longo de uma parede do lounge há um bar que parece estar bem abastecido. Em frente a ele há um buffet completo, carregado com bandejas de pratos quentes e frios. Entre o bar e o buffet há algumas mesas redondas com poltronas de couro escuro para que as pessoas possam assistir ao jogo enquanto comem.

— Há mais alguma coisa de que você precise? — pergunta o rapaz.

Faço que não, e ele sai.

— Que que isso, Tate? — irrompe Paul, com um sorriso largo no rosto.

— É, desembucha, K. O que é tudo isso? — pergunta Ryan.

— Não tenho certeza. Auxiliei o Stone, bem, o sobrinho dele. Acho que é o jeito dele de me agradecer. — Dou de ombros.

Os dois trocam olhares e imitam o meu dar de ombros antes de irem ao buffet.

Paul esfrega as mãos.

— Bem, é melhor não desperdiçarmos isso tudo.

Eles enchem o prato, pegam garrafas de cerveja ao passarem pelo bar, e vão até os assentos do estádio para assistir ao arremesso de abertura.

Eu me viro e vou direto para o barman, Phil, de acordo com o crachá, e peço um Long Island iced tea. Os barmen costumam ser bem-informados, e eu tenho algumas perguntas.

Onde está Stone? Ele está aqui? Sinto um friozinho na barriga só de pensar que vou vê-lo de novo.

Phil me entrega a bebida e eu tomo um bom gole.

— Você sempre trabalha no camarote do Sr. Stone? — pergunto.

— Sim, senhora. Eu sou o barman exclusivo do Sr. Stone.

— O Sr. Stone faz esse tipo de coisa com frequência? Quero dizer, ele tem o hábito de emprestar o camarote para... as pessoas?

Phil me olha ao limpar o balcão, sorrindo de lado.

— O Sr. Stone geralmente empresta o camarote para parceiros de negócios que estão visitando a cidade ou a pessoas com as quais ele fechou algum negócio... coisas assim.

O que é isso gente? É muito exagero. Eu não fiz nada pelo sobrinho dele que um advogado novato não pudesse ter feito por uma fração do custo. *Por que um gesto tão grandioso?*

— Obrigada, Phil. — Pego minha bolsa e a vasculho até encontrar meu iPhone. A única maneira de obter respostas é indo direto à fonte. Pego minha bebida, sento-me em uma das mesas redondas e ligo para Alex Stone.

Ele atende no segundo toque.

— Srta. Tate. Tudo em ordem no camarote?

— Sim. Obrigada, mas você não precisava fazer isso.

— Eu tenho um camarote, não o usarei hoje, e você disse que seus amigos estavam vindo de visita. Eu queria fazer algo especial para você e garantir que vocês aproveitassem o jogo.

— Bem, muito obrigada. Eu... nós... gostamos de verdade.

— O prazer é todo meu, Srta. Tate. Nos falamos em breve?

— Estou ansiosa pela oportunidade. — As palavras escapolem da minha boca um pouco rápido demais.

Há algo de irresistível neste homem. Meu coração está louco para descobrir o que é, mas a minha cabeça está desesperada, tentando puxar as rédeas e diminuir a velocidade.

— Boa noite, Srta. Tate. — ele murmura, e me acerta em cheio no peito, ateando fogo bem no meio das minhas pernas.

— Boa noite, Sr. Stone.

Balanço o copo vazio para Phil usando o gesto universal para pedir mais um.

O sol está desagradavelmente brilhante.

É o meio da manhã quando deixo Ryan e Paul na estação Amtrak. Eles têm que voltar para casa mais cedo para irem a um casamento de algum familiar a que nenhum dos dois quer comparecer.

Mal murmuramos adeus quando eles pisam na calçada. Minha cabeça ainda está um pouco pesada da bebedeira de ontem à noite, embora eu tenha tomado três garrafas de água e cerca de seis aspirinas. Em silêncio, amaldiçoo cada desnível e buraco na rua.

Ao pegar a autoestrada para voltar a minha casa geminada no centro da cidade, meu celular toca, e eu atendo sem verificar o identificador de chamadas.

— Srta. Tate, creio que você aproveitou a sua noite? — Na mesma hora, a voz de Alex Stone acalma a dor intensa atrás dos meus olhos.

— Sim. Obrigada mais uma vez pelo camarote. — Espero estar demonstrando algum profissionalismo, e não a reação infantil que sinto por dentro.

— Bom. Fico feliz. Não vou ocupar seu tempo. Tenho certeza de que você tem planos com seus convidados. Só queria ter certeza de que tudo saiu a seu gosto.

— Ah, você não está interrompendo. Acabei de deixar os dois na estação de trem. Eles tinham que voltar para Nova York.

A linha fica muda, e eu me pergunto se a ligação caiu.

— Então isso significa que você está livre hoje? — A voz de Stone está hesitante.

Isso é novo. Ele é sempre tão confiante.

Meu coração dispara.

— Sim, eu estou livre.

— Vou fazer um passeio no meu barco. Há um lugarzinho ao norte ao longo da costa que tem frutos do mar excelentes. Gostaria de vir comigo?

Alex Stone está me convidando para um encontro? *Mas nem a pau.* Eu conheço a reputação dele. Stone não namora, especialmente não mulheres de trinta e cinco anos como eu. É mais provável que ele esteja levando parceiros de negócios para exibir sua riqueza. Esse convite faz, sem dúvida, parte da etiqueta da elite e dos ricos que deve ser estendido devido ao trabalho que realizei no caso de seu sobrinho.

Eu preferiria muito mais passar o dia no sofá assistindo ao beisebol e cuidando da minha cabeça latejante, mas Jack esperaria que eu representasse a firma e que não insultasse nosso melhor cliente.

Expiro, estou grata por Stone não poder ver minha careta.

— Parece ótimo. Vou adorar ir. A que horas e onde?

— Às duas. Está bom para você? — A voz de Stone soa um pouco mais relaxada.

— Claro.

Depois de mais alguns minutos discutindo a logística, encerro a chamada e acelero. Tem sido uma surpresa atrás da outra desde que conheci Alex Stone, e eu estou tanto empolgada quanto cautelosa para ver o que ele vai inventar depois.

MALEVOLÊNCIA

CAPÍTULO 5

Estaciono em uma das vagas com a logo da Stone Industries pintada com tinta spray sobre o cimento. Um olhar pelo cais e já encontro o elegante barco branco de fibra de vidro com janelas escuras. Stone me deu uma descrição detalhada da embarcação, incluindo tamanho, modelo e marca, como se eu saber que ele possui um Sunseeker Manhattan fosse me ajudar a encontrar o barco com mais facilidade.

O sol está brilhando. Está quente, mas não excessivamente quente. Eu inspiro fundo e sinto o cheiro da maresia. Passando minha bolsa de praia por cima do ombro, ando em direção ao *Zeus*.

Decidir o que vestir roubou quase uma hora da minha vida essa tarde. O que se deve vestir para passear de iate ao longo da costa?

O short preto e a camiseta branca cobrindo um biquíni branco terão que servir. Chinelos e óculos escuros completam o visual, adequados ou não.

Alex Stone está de pé na parte mais baixa do convés de popa. A intensidade de seus olhos ao percorrer meu corpo me faz sentir um friozinho na barriga. Já faz tempo que um homem me olhou como se quisesse me adorar, me consumir e me destruir com prazer. E, no momento, estou tão grata por todos os anos de idas matinais à academia, corridas de cinco quilômetros na chuva, e voltas após voltas na piscina.

Ele me oferece a mão enquanto eu caminho até o convés da popa.

— Bem-vinda a bordo, Kylie. — Ainda segurando minha mão, ele a leva aos lábios e a beija.

— Obrigada por me convidar, Alex.

Ele abre um sorriso largo, e meu coração bate um pouco mais rápido.

— Posso te levar a uma excursão completa? — Há uma certa animação juvenil no homem enquanto ele me mostra o iate.

E ele ainda segura a minha mão com firmeza.

Subimos os degraus até o convés principal. Com o toque de um botão, as portas de vidro se abrem nas paredes, dando à área comum uma sensação aberta e arejada, ao mesmo tempo em que ainda oferece proteção contra o sol e o mar. Sofás brancos iguais contornam cada lado do cômodo. Janelas longas percorrem o comprimento do barco e oferecem vista para a cidade e para a baía.

Logo após o salão, fica a cozinha. É maior do que eu imaginava em um barco, com uma geladeira de tamanho normal, micro-ondas e um cooktop. Passo o dedo pela bancada de granito preto polido.

O recinto, no entanto, está desprovido de convidados circulando por aí com taças de champanhe e caviar.

— Uau. Fui a primeira a chegar? — pergunto.

Alex franze as sobrancelhas.

— Para a festa? — continuo.

Um sorriso bem-humorado cruza seu rosto, e ele ri.

O calor inunda meu pescoço e minhas bochechas.

— Não há festa nenhuma.

Os olhos de Alex dançam em diversão e ele balança a cabeça.

Sozinha com Alex Stone.

Minha cabeça está gritando que sei muito pouco sobre este homem, além do que os sites de fofoca relatam. Poderia haver muitas razões para Alex Stone não ser casado, e para, até onde sabemos, nunca ter tido um relacionamento duradouro com uma mulher.

Meu cérebro preenche as lacunas com cenas do meu próprio passado, um passado que inclui controle e espancamentos. Não há dúvida de que o homem exibe controle, apesar de não haver nada de cruel em suas manipulações.

Deus, espero que meu instinto esteja correto a respeito dele.

— Por que você pensou que seria uma festa?

— Me perdoe. Eu fiz uma suposição. Só isso.

— Está decepcionada? — Ele me olha com aqueles lindos olhos azuis, e eu quase me derreto aos seus pés. — Ou você acha que pode suportar um passeio pela costa só comigo?

Eu suspiro dramaticamente.

— Eu consigo, eu acho.

Alex ri e aperta minha mão. Na pior das hipóteses, pelo menos eu o entretenho com a minha aparente ingenuidade.

MALEVOLÊNCIA

Descemos as escadas da casa do leme, e Alex me mostra uma área mais ampla. Do outro lado dela há um lounge com um sofá com cara de confortável, mesa de centro redonda em vidro e uma estante de livros lotada.

Eu estanco, puxo a mão de Alex para que ele pare, e inclino a cabeça para ler as lombadas.

— Vou supor que você gosta de ler, Srta. Tate?

Fora do tribunal, eu adoro me aconchegar com um bom livro.

Alex se inclina, sua respiração roça o meu pescoço.

— Quer ver o resto do barco?

Solto uma risadinha, fazendo uma nota para voltar e inspecionar a seleção mais minuciosamente.

— Sim, por favor, continue.

Em um corredor curto, entramos em um camarote bem grande. Os pés da cama king estão para a proa do navio, e janelas enormes de ambos os lados ficam bem na linha da água, oferecendo uma vista sem precedentes da marina e da cidade.

— Então, o que você acha? — Alex se aproxima de mim.

Minha boca está seca. Eu tento engolir.

Acho que quero te beijar. Muito.

Dou de ombros.

— É um barquinho bonito.

A expressão de Alex muda, e ele arregala os olhos. E eu não consigo deixar de rir.

Finalmente, ele balança a cabeça, e um sorriso se espalha por seu rosto.

— Espertinha.

Ele pega a minha bolsa e a joga na cama.

— Se quiser, pode circular por aí e sinta-se em casa. — Ele levanta minha mão, roça os lábios nos meus dedos e sai.

Não muito depois de Alex sair, o barco se afasta da marina. Vejo a cidade ir desaparecendo devagar e, em silêncio, listo os *porquês* e os *o quês* desse passeio de barco.

Sob muitos aspectos, ele é exatamente o tipo de pessoa com quem eu deveria sair. Não há nenhuma possibilidade de nos envolvermos em um relacionamento complicado e de longo prazo. Ele é rico, sexy, e emocionalmente indisponível. Eu seria louca se deixasse a oportunidade passar. Não estou atrás de namoro sério. Esse tipo de compromisso acaba levando a um comportamento de controle possessivo, e eu já tive a minha dose disso com o John.

Agora, estou procurando um cara gostoso, divertido e que não quer nada sério.

Pego algumas águas da geladeira totalmente abastecida na cozinha e vou para o sol. Alex está atrás dos controles, olhando para a água, e me pergunto como um homem pode ser sexy desse jeito. Ele parece totalmente à vontade, nos guiando através da água, enquanto o vento sopra o seu cabelo e faz sua camisa esvoaçar. Óculos escuros da Oakley se assentam em seu rosto bronzeado e o tornam irresistível.

Ele me olha de relance e sorri, e eu coro como uma adolescente.

Em uma tentativa de recuperar a compostura, eu lhe ofereço uma garrafa de água e me viro para olhar para o mar.

— Obrigado. — Ele dá um bom gole. — Fiquei com medo de você se perder lá embaixo.

— Seu barco não é tão grande assim. — Implico com ele.

Ele aperta o peito.

— Srta. Tate, assim você me magoa.

— Peço desculpas, Sr. Stone. Prometo não fazer nenhum outro comentário depreciativo sobre o tamanho do seu…barco.

Ele me olha de rabo de olho, e eu dou de ombros. Esse Alex brincalhão me pega totalmente de surpresa. O homem foi um cretino arrogante quando o encontrei pela primeira vez. Agora, ele está descontraído, brincando, e não é nada como eu esperava que ele fosse.

— Isso é incrível. — Estou maravilhada conforme aceleramos pela água.

Estamos no meio do nada. Nenhum outro sinal de vida, exceto por algumas gaivotas que parecem estar nos seguindo. Estou surpreendida com a rapidez com que deixamos a civilização e ficamos completamente sozinhos.

— Eu também acho. — diz Alex, com um sorriso no rosto enquanto olha para a proa. — Eu amo a água. Sem trânsito, sem reuniões. Só eu e ela… — Ele olha para mim. — E agora, você.

Não posso deixar de me perguntar quantas vezes ele já usou essa

MALEVOLÊNCIA

cantada com outras mulheres. Decidi não me deter nisso e simplesmente aproveitar o momento. Faz tempo que não me divirto, e pretendo tirar o máximo proveito de Alex Stone.

— Você faz isso há muito tempo? Navegar? — Sento-me ao lado dele na cadeira do primeiro imediato, tiro os chinelos e puxo os pés para o assento.

Ele faz que sim.

— O meu pai sempre teve um ou dois barcos por perto quando eu estava crescendo. Nenhum tão grande como esse. Ele gosta de barcos menores. Diz que são mais manejáveis no porto, o que na verdade quer dizer que ele não consegue manejar um barco deste tamanho.

— Mas você consegue?

Alex dá uma puxadinha nos óculos de sol e olha por cima deles, levantando as sobrancelhas.

— Pensei que você estivesse se abstendo de fazer declarações sobre o tamanho do meu barco.

Ergo minhas mãos em rendição.

— Em minha defesa, era uma pergunta, não uma declaração. Mas deixarei de lado os comentários sobre questões de tamanho daqui em diante, direta ou indiretamente.

Alex balança a cabeça.

— Advogados.

Eu rio, maravilhada com o quanto me sinto confortável perto dele.

— Então, você tem irmãos?

— Um irmão e duas irmãs. Sou o mais velho, e depois Patty, Will e Ellie.

— Nossa. Que família grande.

Alex acena com a cabeça.

— E você?

— Filha única. — E dou um gole na minha água. Não é um assunto do qual eu quero falar. Prefiro muito mais saber da família dele e não divulgar informações sobre a minha.

— Mesmo?

— Sim. Paul e Ryan, meus amigos que vieram de Nova York ontem à noite, são como irmãos e a coisa mais próxima que tenho de uma família.

Ele inclina a cabeça e se aproxima de mim.

— Como vocês três se conheceram?

— Na faculdade. Éramos colegas de quarto. Eu me dou o crédito por ter juntado os dois. Eles agora moram juntos em Nova York.

— E onde os seus pais moram?

Ah, merda. Detesto falar da minha família estragada e da minha infância nada comum.

— Meu pai morreu quando eu estava na faculdade. Minha mãe e eu não nos falamos. Ela foi embora quando eu era pequena e nunca mais voltou. Recebo cartões postais e cartas de vez em quando. Ela se casou de novo... marido número cinco, eu acho. A última vez que tive notícias, ela estava morando em algum lugar no Noroeste do Pacífico. — Tomo mais um longo gole de água e rezo para que ele deixe o assunto para lá.

— Já pensou em entrar em contato com ela? Quero dizer, você só tem uma mãe.

Eu bufo.

— Graças a Deus por isso.

Alex fica quieto por um momento.

— Ruim assim?

— É. — Olho para a minha água. Há um silêncio constrangedor. É hora de voltarmos a falar dele.

— Deve ter sido bom ter irmãos com quem brincar quando criança.

Eu costumo odiar essas histórias porque elas destacam minha criação. Mas preciso parar de falar do meu passado e isso se sobrepõe a qualquer sentimento autocentrado e negativo da minha parte. Além do mais, ele está sendo tão aberto sobre sua vida pessoal. Eu seria burra se deixasse escapar a oportunidade de conhecê-lo melhor.

— É claro que você pensaria por esse lado, não é mesmo? — Um sorriso desajeitado atravessa seu rosto. — Para mim foi diferente. Eu era o mais velho e tinha que ser o responsável... cuidar dos outros, e tudo mais. — Ele me olha de relance.

Ah, sim, eu sei bem o que é ser uma criança com responsabilidades de adulto.

— Mas a gente se divertia — diz ele. — Quando Will tinha cerca de quatro anos, ele decidiu que era um cachorro.

— Um cachorro? — repito.

Ele faz que sim.

— Ele andava de quatro, queria comer de uma tigela no chão. — Alex ri. — Um dia, minha mãe o pegou tentando beber água da privada.

— Eca, que nojo. — A imagem de um menino com a cabeça na privada

MALEVOLÊNCIA

39

e uma jovem mãe tirando-o de lá me faz rir. — Espero que ele não tenha cavado um buraco embaixo da cerca e escapado do quintal.

— Nenhum buraco, mas ele saiu de casa uma tarde. Com a bunda de fora. — Alex ri e enxuga as lágrimas. — Ele fazia xixi nas árvores dos vizinhos, hidrantes, caixas de correio, mijava em qualquer coisa, porque estava convencido de que era um cachorro.

Eu quase caio da cadeira de tanto rir ao imaginar a cena. Era assim que a infância deveria ser. Divertida. Despreocupada.

Não temendo de onde viria a próxima refeição.

Deixo a cabeça cair no assento. Fecho os olhos e o movimento hipnótico do barco contra a água me acalma. A maresia é um tônico, trabalhando com o calor do sol para aliviar o estresse. Não é de se admirar que Alex goste de vir aqui. A experiência limpa o corpo e renova a mente e a alma.

O barco diminui a velocidade até parar, e o som de uma corrente passando pelo buraco na proa me traz de volta à realidade. Abro os olhos.

Alex está de pé na minha frente.

— Você parece se sentir à vontade aqui. — Ele se recosta no painel de navegação.

— É tão bonito e relaxante. Posso ver por que você gosta tanto. — Inclino a cabeça para trás para que o sol volte a atingir o meu rosto.

— Você anda de barco com frequência?

— Não. — Levanto a cabeça e olho para ele. — Por incrível que pareça, não tenho muitos amigos que são donos de iates.

Alex ri.

— Entendi. Bem, pode usar o meu sempre que quiser. Você é uma adição impressionante.

— Rá! Aposto que você diz isso a todas as garotas.

Com as sobrancelhas franzidas, Alex me encara.

— Você é a primeira pessoa que eu convidei para passear de barco comigo.

— Sério? — Balanço a cabeça. — Pensei que esta barcaça de festa ficasse cheia... de gente pouco vestida...todos os fins de semana.

Alex dá de ombros.

— Algumas coisas eu gosto de guardar só para mim. Venho aqui para me afastar de tudo e de todos. Não preciso fingir quanto estou aqui. É pacífico. Simples. E eu quero tudo isso só para mim. — Ele move o olhar para mim. — Não sou muito de compartilhar minhas descobertas especiais.

Eu me remexo. É um lado de Alex Stone que eu não estava esperando.

— E por que estou aqui?

Ele coça o queixo.

— Você é a primeira pessoa com quem eu quis compartilhar a experiência. Naquele dia, quando você parou para consertar meu carro, senti algo diferente em você. Bem diferente de qualquer outra mulher que eu conheci. Você me intriga, e eu quero te conhecer melhor. Além do mais… — Ele se inclina para mais perto de mim. — Dessa forma eu te tenho só para mim e posso compartilhar sua beleza com o mar.

Eu pisco. Meu coração está acelerado. Um turbilhão de emoções agarra o meu peito. Respiro fundo, inclino a cabeça para o lado e ergo uma sobrancelha.

— Belo toque nesse final, Sr. Stone.

— Também achei, Srta. Tate.

Ele reduz a distância entre nós e encosta seus lábios macios nos meus. É um beijo doce e terno. Espero que ele se afaste, mas, em vez disso, ele inclina a cabeça para o lado e agarra meu queixo com o indicador e o polegar. Os lábios empurram os meus, eu os abro sutilmente, e nossas línguas deslizam uma sobre a outra em prelúdio erótico.

Deslizo a mão para a sua nuca e deixo meus dedos passarem por seus cabelos, suavemente no início. Mas este homem sabe beijar como nenhum outro que já conheci. Há uma tempestade se formando dentro de mim, um ciclone erótico de luxúria e paixão. Eu agarro o cabelo dele e puxo à medida que fico mais excitada. Não consigo nem me lembrar da última vez que beijei alguém, mas nunca fui beijada assim. Cada centímetro do meu corpo está desperto, e ardendo.

Alex se afasta, e dá uma mordida brincalhona no meu lábio inferior antes de soltá-lo, e descansa a testa na minha. Quando levanta a cabeça, ele me dá um beijo rápido e forte.

— Temos reservas às seis. Eu tenho que conduzir o barco, e você tem que vestir algumas roupas.

Ficamos ali, nos encarando por um momento. Estou tão perto que quase posso beijá-lo.

Inclino-me. Ele fica ofegante.

Ah, eu também o deixo ansioso. Bom saber. Minha boca está a menos de um centímetro da dele. Separo meus lábios, e suspiro.

— Se você insiste — digo, por cima do ombro, e saio andando, aproveitando para dar uma piscadinha brincalhona enquanto ele me olha.

MALEVOLÊNCIA

Eu saio para o convés principal e encontro Alex de pé perto do guarda corpo, esperando pacientemente por mim. Ele dá uma piscadinha e aponta para os degraus que levam ao cais. Coloco um lenço fininho ao redor dos ombros.

Afagando minha orelha com o nariz, ele move a mão para a parte inferior das minhas costas.

— Belo vestido, Srta. Tate. Tão suave quanto você — ele sussurra.

Eu viro a cabeça ligeiramente.

— Fico feliz por você ter gostado, Sr. Stone.

Caminhamos de mãos dadas para um restaurante pequeno, de tábuas cinza e brancas, ali mesmo no cais. As pessoas estão circulando ali fora, esperando para conseguir uma mesa. Alex me guia através delas, e nós entramos.

O maître olha para Alex, aperta sua mão e nos conduz pelo salão escassamente iluminado. A música toca baixinho ao fundo. Chegamos à parte de trás da sala de jantar, e me pergunto se vamos comer no estacionamento dos fundos quando passamos por uma porta que leva a um pátio privado.

As grades cobertas de hera em ambos os lados do pátio se abrem para uma vista espetacular do oceano. Luzes brancas são intercaladas por toda a hera, dando um brilho quente à área. A mesa coberta por uma toalha de linho branco tem um castiçal feito de lágrima de sereia que lança lampejos de luz sobre a superfície. Uma garrafa de champagne esfria em um balde de gelo ao lado.

Alex puxa minha cadeira e eu me sento

— Espero que não se importe de estar aqui fora. Eu quero você só para mim esta noite — ele sussurra no meu ouvido.

— Eu não me importo nem um pouco — digo.

Toda esta experiência com Alex é surreal. É de cair o queixo o quanto ele está se esforçando para que eu me divirta. Não que eu me importe. Por que não o deixar me mimar? A realidade voltará logo, e tudo isso se tornará uma história que contarei quando eu for velha e estiver tentando reviver a juventude.

Alex se acomoda ao meu lado assim que um garçom aparece e abre a garrafa de champagne. Servindo uma taça para cada um de nós, ele a devolve para o seu banho de gelo e olha para Alex.

Alex olha para mim, seu rosto bonito e travesso está radiante, o que me deixar toda arrepiada.

— Aqui tem uns pratos que eu amo, você se importaria se eu pedisse para nós dois.

— Fique à vontade. — Estou feliz em deixá-lo tomar as decisões sobre a comida para que eu possa absorver a vista e os sons ao nosso redor.

— Vamos começar com as ostras — diz Alex, ao devolver os cardápios para o garçom. — E a lagosta na manteiga noisette como prato principal.

O garçom acena com a cabeça e sai.

— Espero que você goste de frutos do mar — diz ele, olhando para mim antes de afastar o olhar rapidamente. — Teria sido melhor eu ter perguntado antes de pedir.

Meu coração se agita de um jeito estranho e dá cambalhotas no meu peito. É uma fofura ver o Alex Stone envergonhado.

— Eu amo — digo, e tomo um gole de champagne. — Acredito piamente que as pessoas que não gostam de frutos do mar ou de café não são confiáveis.

— Gosto do seu raciocínio. — Ele sorri, e eu quase viro uma poça bem ali no chão. Não é de se admirar ele ter mulheres se jogando a seus pés. Alex Stone poderia encantar o diabo com esse sorriso.

O céu do entardecer ainda está claro quando o sol começa a sua descida lenta. As gaivotas cantam ao mergulharem no oceano para buscar a refeição da noite. Estamos em nosso próprio mundinho, e não posso deixar de apreciar a exclusividade deste momento.

Onde será que estamos? Eu poderia perguntar, mas, por enquanto, gosto que seja um mistério.

Estou caindo feito um patinho nas garras desse bilionário mulherengo. Ryan e Paul ficarão chocados por eu não ter calculado os riscos associados a um envolvimento com Alex Stone.

É claro que a minha despreocupação recém-adquirida é, em parte, obra deles. Ontem à noite, Ryan soltou:

— Quando foi a última vez que você saiu com alguém, K?

— Sair? — Eu o olhei com uma confusão zombeteira. — O que é sair?

— Nossa, K. Você precisa tirar essas teias de aranha, voltar para a pista, dar uma dançadinha. — Paul levantou as sobrancelhas e requebrou os quadris algumas vezes.

Eu olhei para ele por um momento e depois recomecei a cantar "Take Me Out to the Ball Game".

MALEVOLÊNCIA

Ryan se virou para mim.

— Paul tem razão... embora, seja vulgar. Mas você tem que sair e viver, meu bem.

Revirei os olhos.

— É fácil falar.

Sempre fui cautelosa e comedida de certa forma, mas esses traços particulares foram amplificados desde John. Quando terminou, prometi nunca mais permitir que um homem me controlasse novamente. Recordar o que eu me tornei enquanto estive com John me deixa mortificada. A perda de controle foi tão sutil que eu não tinha ideia ao que havia renunciado até quase ser tarde demais.

Algo em estar com Alex, no entanto, me faz querer lançar a cautela ao vento e viver o momento sem analisar demais a situação nem avaliar o resultado. Talvez saber que isto não tem a mínima chance de ir mais longe seja tão libertador. Isso me permite me divertir sem me concentrar no inevitável: que depois deste fim de semana, Alex Stone provavelmente procurará outra mulher.

Alex levanta a taça de champanhe e a inclina para mim.

— Obrigado por ter vindo comigo hoje. Não consigo me lembrar da última vez que ri tanto. Passar tempo com você tem sido divertido.

— Obrigada por me convidar. — Encosto a borda da minha taça na dele. — E um brinde a uma noite igualmente divertida.

Alex sorri. A luz da vela dança em seus olhos, e lança sobre ele um brilho misterioso e provocante. Tudo em que posso me concentrar é em como seria ter este homem em cima de mim. A sensação de minhas mãos agarrando seus ombros enquanto seus músculos flexionam a cada investida, seu cheiro amadeirado e masculino misturado ao suor, e aqueles olhos azuis penetrantes me forçando a ver apenas ele.

Eu me remexo, cruzo as pernas com mais força ainda e tento manter os pensamentos eróticos sob controle.

O garçom entra e fica parado próximo ao cotovelo de Alex

— Posso retirar os pratos, senhor?

Alex olha através da mesa para meu prato vazio, e um sorriso preenche seu rosto.

— Sim — ele responde, com uma risadinha. — Acredito que terminamos. Crème brulée? — ele me pergunta.

— Sim, por favor.

Alex mostra dois dedos ao garçom. O homem acena com a cabeça, pega nossos pratos e vai embora.

— Gostou da refeição?

— Quase lambi o prato — respondo.

Alex joga a cabeça para trás e ri, e isso aquece meu coração de uma forma que me perturba.

— Fico feliz que tenha gostado. Este é o meu refúgio secreto. Nunca trago ninguém aqui.

— E como exatamente eu consegui obter entrada?

Ele inclina a cabeça para o lado.

— Para ser sincero, não tenho certeza. Tudo o que fiz até agora com você foi impulsivo, o que não é muito do meu feitio.

O silêncio paira entre nós. Ele reabastece minha taça de champanhe.

— Nunca se casou?

— Não.

— Por que não? — Seus olhos não deixam os meus enquanto ele leva o champanhe aos lábios.

Respiro fundo e tento acalmar meus nervos. Odeio essa pergunta. Parece que as pessoas sentem uma necessidade constante de julgar minhas escolhas de vida. *Você tem trinta e cinco anos? Não é casada? Não tem filhos? Tic-tac, o tempo está acabando.*

— Não sei. — Dou de ombros e deixo meu dedo rodear a borda da taça. — Muito focada na carreira? Ainda não conheci o homem certo? Evitada por homens intimidados por eu saber mais de esportes do que eles? Basta escolher. — Olho para ele. — E você? Não consegue se decidir por apenas uma loira de vinte anos?

Ele faz uma pausa.

— Nunca pensei nisso. Acho que nunca me permiti conhecer uma mulher com intimidade suficiente para esse tipo de compromisso.

Não estou nada surpresa.

Alex Stone não é um homem que tem relacionamentos de longo prazo. Caramba, ele mal tem relações de curto prazo, pelo que eu percebi. Isto, seja o que for que há entre nós, não irá além do fim de semana. É isso mesmo. Nada mais.

E eu vou ter que ficar bem com a decisão, não importa o quanto eu deseje que as circunstâncias sejam diferentes. Alex Stone é um mulherengo, e qualquer noção de que ele quer algo mais desta pequena excursão comigo é uma enorme perda de tempo.

MALEVOLÊNCIA

CAPÍTULO 6

De volta a bordo do iate, Alex me leva até o convés superior. Eu escorrego para o assento do imediato enquanto ele liga os motores e navega habilmente para fora da marina.

O tempo está perfeito. O céu está limpo e as estrelas estão brilhando em contraste com um fundo cada vez mais escuro. Nenhum de nós fala enquanto as ondas batem na lateral do barco ao luar.

Alex pega minha mão, leva-a aos lábios e dá beijos suaves sobre os meus dedos e juntas. O pincelar de seus lábios na minha pele envia calafrios de prazer através do meu corpo. Seu sorriso me faz sentir como se eu fosse a única pessoa no mundo que o faz feliz.

Eu deixo meus sapatos caírem no convés e puxo as pernas para cima, enrolando-me no assento. O luar bate no rosto de Alex, jogando sombras através dele e realçando seus traços esculpidos. Ele mantém os olhos adiante, mas um leve sorriso permanece constante e fixo.

O barco desacelera, e a âncora cai na água. Alex estende a mão para mim. Pensamentos do que pode vir em seguida estouram como fogos de artifício na minha cabeça. Será que ele vai me levar para o camarote? Para a cama? Será que eu quero? Descemos as escadas em silêncio, atravessamos a cabine do meio e vamos para o convés de popa.

Alex se vira para mim.

— Fique aqui. Volto já.

A decepção estremece através de mim, e decido que quero estar na cama de Alex. Quero muito. E que se danem as consequências.

Um momento depois, a música preenche o ar com melodias suaves e doces.

Alex reaparece, pega a minha mão e envolve a outra em torno da minha cintura. Ele me puxa para perto e sussurra:

— Dance comigo.

Fico ofegante, e me derreto em seu corpo, suas palavras me comandando da maneira mais sensual.

Balançamos e nos viramos juntos conforme Tony Bennett canta ao fundo. Alex me enfeitiçou, seu olhar me encanta.

Quando a canção termina, ele aperta o braço ao meu redor. O homem pressiona os lábios nos meus. Ainda posso sentir o gosto do champanhe neles.

Eu deslizo a mão até a sua nuca e o agarro pelo cabelo. O cheiro almiscarado e picante que é característico dele cria uma chama em mim que se converte em desejo ardente. Tudo o que quero é tê-lo mais perto, seu corpo contra o meu.

Todos os músculos de suas costas se retesam ao meu toque. Passo as mãos pela parte curva delas e deleito com a firmeza, me deliciando com sua perfeição.

Ele tira o selo do nosso beijo, desnuda a superfície do meu pescoço com os lábios e mordisca ao longo do meu ombro.

Estou ansiando por ele, para sentir sua pele, beijada pelo suor e desejo, deslizar sobre a minha.

Ele ergue a cabeça, encosta a testa na minha e respira fundo várias vezes.

— Nossa, você é muito boa nisso.

— É, bem…— Jogo o cabelo por cima do ombro e rio.

— Eu amo quando você ri. Seu rosto inteiro se ilumina. É lindo, e faz a vida parecer tão simples.

Como este homem pode me deixar com tesão ao ponto de eu querer transar com ele no convés de seu barco, e em seguida falar algo tão romântico me fazendo querer coisas que sei que ele não pode me dar? Coisas que eu não quero, diga-se de passagem.

Ou será que eu quero?

Alex pega minha mão e me leva para o lounge. Eu caio no sofá enquanto ele entra na adega. O ar está fresco, com uma leve brisa soprando do oceano. Volto para as almofadas macias e aproveito esta noite perfeita e a lembrança do beijo de Alex.

— Como você se sentiria se ficasse aqui esta noite? — ele pergunta da adega.

Eu paraliso.

— Quer dizer, de um dia para o outro? No barco? — Meu coração bate forte. Posso nunca mais ter outra oportunidade de passar tempo com Alex. E já faz muito tempo que um homem não me excita como ele.

MALEVOLÊNCIA

Voltando com uma garrafa de vinho tinto e duas taças, Alex se senta ao meu lado e as enche. Ele me entrega uma delas e se vira para me olhar de frente.

— Sim, aqui no barco. Vou te deixar em terra amanhã. Só não estou pronto para que esta noite termine, e quero passar mais tempo com você.

Estou entorpecida, mas há um zumbido na minha cabeça. É isto o que eu quero: passar uma noite sem compromissos com um cara que está emocionalmente indisponível. Exceto que uma pequena parte de mim deseja que houvesse uma chance de mais. Mas isso é impossível com um homem como esse. Ele tem compromissofóbico estampado nele.

Ergo a taça e atiro a cautela ao vento.

— Claro, vou adorar ficar. Nunca vi o sol nascer de um iate no meio do oceano. Posso riscar a experiência da minha lista de desejos.

Descanso o braço nas costas do sofá, e apoio a cabeça com a mão. Alex bate a taça na minha, faz uma pausa e solta um risinho suave antes de tomar um gole.

O vinho tinto repousa na minha língua por um momento, encantando o meu paladar com seus taninos frutados, antes de deslizar suavemente pela minha garganta. Estreito os olhos para ele.

— O quê?

— Estava pensando no dia em que nos conhecemos, quando você parou para me ajudar com o carro.

Eu sorrio.

— Sim, me lembro muito bem desse dia.

— E qual a razão para esse sorrisinho debochado?

— Eu... não fiquei impressionada com você.

— Sério? — Alex levanta as sobrancelhas e sorri. — Não se impressionou comigo — murmura e esfrega o lábio inferior com o dedo.

No mesmo instante, acompanho seus movimentos, incapaz de desviar o olhar. Um estrondo se move por toda a parte inferior do meu corpo.

Sem pensar, eu deixo escapar:

— Sim, eu te achei um idiota arrogante.

O riso explode do seu peito e, tarde demais, percebo que minha boca expôs o que minha mente deveria manter embrulhado.

— Bem, não esconda nada. Me diga como você realmente se sente — ele diz.

— Tudo bem, eu não pensei isso o tempo todo. Houve períodos em que pensei que você poderia ser um cara legal de verdade. Mas você estragou tudo ao oferecer pagar pelos meus serviços. — Dou uma piscadinha.

Ele olha para baixo.

— Sim, você tem razão nessa. Foi uma atitude incrivelmente idiota e insensível.

— E presunçosa — acrescento, antes de tomar outro gole de vinho.

— Como você sabia que eu não era mais rica que você?

— Porque se fosse eu já teria te conhecido. Só um punhado de pessoas tem essa quantidade de dinheiro, e todos nós nos conhecemos.

— Bem, eu quase morri quando você apareceu no meu escritório dois dias depois. Quais eram as chances de você aparecer no meu local de trabalho?

Ele olha para mim, com a boca torcida em um sorriso maroto.

— Muito altas, se você tiver os recursos certos para encontrar uma pessoa.

— Como assim?

Alex pega a garrafa de vinho da mesa e volta a encher a minha taça antes de encher a sua.

— Significa que cerca de trinta segundos depois que entrei na SUV, pedi ao meu segurança, o Jake.

Assinto.

— Perguntei se ele tinha guardado seu número no identificador de chamadas do telefone dele. É claro que ele tinha, e já havia pedido a um dos outros caras da segurança para coletar informações sobre você.

Estou tentando entender o que ele está dizendo.

— Por que o seu segurança coletaria informações sobre mim?

— Porque é para isso que ele é pago. Sou de alto nível e não há muitas pessoas que se aproximam de mim. Você parou para me ajudar. Minha segurança quer saber se é um evento aleatório, ou se você é alguma ameaça. — Ele diz como se fosse uma prática comum. — É apenas um procedimento padrão.

Eu me sinto violada. Que tipo de informação ele tem? *Ele sabe sobre a minha infância ferrada? Sobre as circunstâncias da morte prematura de meu pai?*

Sobre John?

Na mesma hora paro de pensar em John ou aquela noite horrível e fecho com força a caixa que contém aquelas memórias em particular. Este não é o momento de deixar esses demônios vagarem livres e causar estragos na minha psique.

MALEVOLÊNCIA

Eu me remexo no assento.

— Ok, então diga. O que você descobriu sobre mim? — Meu coração está acelerado, mas eu me forço a sorrir.

Alex se inclina para trás, e respira fundo.

— Thomas, meu outro segurança, ligou para o Jake, que imediatamente começou a rir. Ele me disse que você é advogada e trabalha para o Jack. — Alex balança a cabeça. — Jack, meu advogado há quase vinte anos. E você trabalha para ele. Como o mundo é pequeno, não é?

Alex descansa o braço no encosto do sofá.

— Então, é claro, eu perguntei que tipo de direito você pratica, esperando que fosse internacional ou contratual.

Eu esfrego o nariz.

— Eca. De jeito nenhum.

Ele toma um gole de vinho.

— Tive a mesma reação quando ele disse direito criminalista. Cogitei ser preso só para poder te ter como advogada, mas Jake fincou o pé.

Eu rio, o vinho e a maresia parecem estar me subindo à cabeça.

— Graças a Deus o Jake tem mais juízo do que você. Em que você estava pensando?

— Obviamente, eu não estava pensando. Foi apenas uma declaração desesperada. Então o Jake me lembrou de que meu sobrinho estava precisando de um advogado criminalista. Foi só o que foi preciso. Liguei para o Jack e expliquei a situação do Josh. Ele começou a me falar da advogada incrível que você é e que eu deveria passar por lá e me encontrar com você. O resto é história. — Alex esvazia a taça e olha para mim, satisfeito com a conclusão de seu relato.

— Deixe-me ver se entendi direito. — Falo bem devagar. — Você faz as pessoas reunirem informações sobre a minha vida pessoal. Aí pega essa informação e começar a me perseguir. Depois, sob falsos pretextos, coage o meu chefe a nos apresentar. Então você me convence a vir para o seu barco e me leva para o meio do oceano, um lugar de que não consigo escapar? E essa é a história emocionante do nosso primeiro encontro?

Ele faz que sim.

— Basicamente.

O riso irrompe do meu peito e preenche o lounge.

Uma calma confortável se instala sobre mim. Nunca conheci um homem que pudesse me fazer rir enquanto me deixava tão louca de desejo.

E se eu nunca mais voltar a me sentir assim?

Descansando minha cabeça sobre o braço estendido, luto para manter os olhos abertos.

Com cuidado, Alex me puxa de pé e me abraça.

— Hora de dormir.

Descemos as escadas e entramos no quarto onde eu me troquei antes. Ele vai até a cômoda.

— Com o que você gostaria de dormir?

— Camiseta, se você tiver uma — digo, ao bocejar. Eu não previ passar a noite quando arrumei as coisas.

Ele me joga uma camiseta cinza, beija minha testa e se vira para sair. Meu coração afunda. Eu esperava que fôssemos dormir na mesma cama.

Ele para à porta e olha por cima do ombro.

— Volto em um segundo. Só vou me certificar de que tudo está em ordem no convés.

Um pequeno guincho escapa de minha boca depois que ele sai, e eu a tampo com a mão, me perguntando que merda está acontecendo comigo. Desde nossa dança no convés, estou com um desejo avassalador de tocar e explorar cada centímetro dele. Um fogo queima na minha barriga, e estou sedenta de pensamentos sobre ele nu ao meu lado.

Entro no banheiro, tiro o vestido e visto a camiseta. Ao voltar para o quarto, deslizo para debaixo das cobertas e derreto nos lençóis frios e macios. Meus olhos se fecham e luto para ficar acordada até o retorno de Alex.

A luz se apaga, e posso ouvir o farfalhar das roupas enquanto Alex se despe. Sinto-o se mover para detrás de mim, o tecido da calça do seu pijama roça de leve nas minhas pernas nuas.

Alex acaricia meu braço até alcançar minha mão e entrelaçar os dedos com os meus. Os lábios pressionam minhas costas. E me viro imediatamente, ficando de frente para ele. Qualquer contato com minhas costas me deixa apreensiva. Não quero passar meu tempo com ele respondendo perguntas sobre o que aconteceu e quem fez isso com você. Não é algo de que eu goste de falar... com ninguém.

Ele passa o dedo pelos meus lábios e traça o contorno deles.

— Eu nunca conheci ninguém como você, inteligente, bonita, engraçada. Arrasa no tribunal. Você me surpreende… e me assusta pra caramba.

Acaricio seu bíceps com a ponta dos meus dedos.

— Por que eu te assusto?

— Mmm — ele murmura. — Você me faz sentir coisas, coisas que eu não estou acostumado a sentir. É difícil para mim me controlar ao seu redor.

Afasto a cabeça e olho nos olhos dele. Não consigo entender bem o que ele está dizendo. É meigo e agradável, e um pouco demais para mim.

— E eu nunca senti uma atração tão feroz por uma mulher, como a que sinto por você. — Alex se deita de costas no colchão e me puxa consigo. Minha cabeça repousa em seu peito, e ele me recolhe em seus braços.

— Quando o Jack e eu entramos no seu escritório, eu não conseguia tirar os olhos de você. Você estava tão calma. Sabia exatamente o que precisava ser feito. Durante todo o tempo, você estava ali, tão estonteante e sexy pra cacete. Eu não conseguia te tirar da cabeça.

Ele bufa.

— Arranjei desculpas para passar pelo escritório. Eu até liguei para a casa do Jack, dizendo que achava que precisávamos mudar nossa reunião para lá, só para que eu pudesse estar perto de você e te ver.

Minha mente fica em branco por um momento, há um zumbido baixo na minha cabeça e não tenho certeza de que estou respirando. *Será que é verdade? Alex Stone estava persuadindo meu chefe para conseguir me ver?*

— E eu insisti em ir com o Josh à sua audiência. O que foi um erro.

Levanto a cabeça e ergo uma sobrancelha.

— Você foi tão hábil naquela corte. Você falava, e o lugar parecia ganhar vida. As pessoas reagiam a você.

Eu abaixei a cabeça de novo.

— Obrigada. — Minha voz está baixa, envergonhada com os elogios. — Mas por que foi um erro?

Alex respira fundo e prende o ar por um momento antes de expirar devagar.

— Porque eu sabia, não importava o que tivesse que fazer, que eu tinha que estar perto de você. Falar com você. Tocar você. Eu posso me perder nos seus olhos com tanta facilidade. É uma experiência nova para mim.

Levanto e descanso meu peso sobre o braço para poder ver seus olhos.

— Espera. Você está dizendo que nunca tentou conquistar uma mulher?

— Nunca precisei. As mulheres vêm atrás de mim. — Sua voz é seca. — O dinheiro é inebriante.

— Como você sabe que eu não estou inebriada pelo seu dinheiro?

— Não sei ao certo. Acho que não me importo.

Franzo a testa.

— Sim, você se importa.

Ele tira o cabelo da minha testa.

— Sim, eu me importo. Mas você parece estar estabelecida em sua carreira, o que é muito sexy, a propósito. Presumo que o Jack esteja te pagando bem e que você esteja financeiramente confortável. Portanto meu dinheiro não é um grande chamariz.

— Verdade. Então o que mais é novidade, além de eu ser a primeira mulher em seu barco, e a primeira mulher que você considerou digna o suficiente para seduzir?

— Bem, vejamos. Compartilhei meu camarote no estádio de beisebol. Normalmente, eu o reservo para visitas de parceiros comerciais.

Descanso a cabeça em seu peito e penteio levemente os pelos ali.

— Na verdade, eu já sabia disso. O Phil me disse.

Alex passa os dedos pelas minhas costas. Não é ameaçador e me relaxa, o que é uma experiência um pouco surreal.

— Ele disse? Phil dando informações privilegiadas, hein? Vou ter que checar isso.

— Vá em frente. — Eu lhe dou um leve cutucão nas costelas, não lhe dando a oportunidade de mudar de assunto.

Alex move a mão para o meu cabelo e passa os dedos por ele.

Como é possível que eu esteja tão confortável, deitada aqui com ele? Não me lembro de alguma vez ter me sentido tão desinibida com um homem, especialmente um que eu mal conheço.

— Eu nunca abracei uma mulher e conversei tanto como estamos fazendo agora — disse ele

— Mesmo depois do sexo?

— Especialmente depois do sexo.

— Como é possível?

— No passado, quando o ato terminava, eu já estava farto. Não tinha mais nada a fazer a não ser me levantar e me vestir.

— E as mulheres com quem você estava não surtavam? — pergunto.

— Não. Era entendido. Elas sempre saíam do quarto vestidas, e eu as mandava seguir seu caminho — disse ele, indiferente.

— E nunca ninguém pediu para ficar?

MALEVOLÊNCIA

Ele suspira, e não sei dizer se ele está chateado ou apenas aborrecido com o rumo que a conversa está tomando.

— Nenhuma delas se importava mais comigo do que eu com elas. Só esperavam poder se aproximar de mim e ter uma chance de receber o prêmio. É por isso que eu nunca vejo a mesma mulher mais de uma vez. Os segundos encontros eliminam o efeito de uma noitada, e há sempre expectativa de algo mais.

Ele é tão sem emoção. Fico triste por ele. Embora ele tenha estado com inúmeras mulheres, fica nítido que ele está sozinho... e solitário.

É hora de aliviar o clima.

— Mais alguma novidade? Estamos indo bem.

Ele está segurando minha cabeça firmemente em seu peito, e minhas palavras saem abafadas.

Alex ri e me liberta de seu abraço de urso. Ergo o rosto e olho para aqueles olhos azuis perfeitos.

Ele encosta a testa na minha.

— Eu nunca quis acordar pela manhã ao lado de alguém tão desesperadamente quanto quero acordar ao seu lado.

Meu coração para. Não consigo me mover...nem pensar. *Será que eu entrei em algum universo alternativo?*

O seu corpo tensiona debaixo do meu. Pergunto-me a razão, então compreendo. Alex Stone nunca se expôs. Ele nunca enfrentou a rejeição de uma mulher. Sempre controlou seus encontros. Isto é completamente estranho para ele.

— Isso é meio que uma certeza — eu digo.

Ele levanta a cabeça e franze a testa.

— Estou meio que refém aqui.

Uma risadinha baixa perpassa seu peito.

— Uma declaração verdadeira, Srta. Tate. Quase como se eu tivesse planejado dessa maneira.

Ele puxa meu queixo para o rosto e beija meus lábios antes de percorrê-los pelo meus olhos, nariz e têmpora, cobrindo meu rosto.

Apoio a cabeça em seu peito e fecho os olhos. A sensação é tão perfeita, tão certa. Há algo na maneira como ele está me acariciando. Me acalentando. Uma sensação totalmente desconhecida.

Preciso manter esta noite, esta experiência incrível com Alex, sob perspectiva. Não importa o quanto eu queira dar prosseguimento a uma relação com ele, ela terminará amanhã quando eu sair deste barco. Ele me disse, em termos indubitáveis, que não haverá um segundo encontro.

E para mim está tudo bem. Não preciso da complicação de um relacionamento com o solteirão mulherengo mais requisitado do mundo. Nenhum de nós está a fim de ficar preso.

O ritmo de sua respiração me empurra em direção ao sono.

Se ao menos meu coração parasse de dar cambalhotas só de pensar em ter algo mais...

Acordo de repente.

Onde estou? O ambiente desconhecido me envia em uma espiral de pavor. Meu peito está apertado, e há uma sensação de não poder respirar. Sinto um corpo pressionado às minhas costas. *Oh, Deus, é o John?* A adrenalina atravessa meu sistema, e a náusea faz meu estômago a revirar.

Eu tenho que fugir.

O cômodo entra em foco, e ouço a água bater nas paredes. Estou em um barco.

Com o Alex.

A testa dele pressiona as minhas costas. Sua respiração é suave, lenta e relaxada. Um braço está sobre meu quadril, e uma perna aninhada entre as minhas.

Respiro fundo pelo nariz e expiro silenciosamente. Não quero perturbar seu sono tranquilo e, do nada, me contento em estar completamente envolvida por ele.

Memórias inundam a minha mente: o beijo no convés, a dança ao luar e as revelações de Alex. Eu me aconchego mais perto dele, que levanta a cabeça, respira fundo, vira de costas e boceja.

Eu me viro e o observo, um pouco apreensiva. Ontem à noite, ele admitiu nunca ter passado a noite com uma mulher. *E se ele se arrepender de ter me deixado ficar? E se ele olhar para mim, se levantar, se vestir, e me deixar aqui na cama?*

Eu me deito de lado. Alex levanta os dois braços sobre sua cabeça e se espreguiça. Os músculos de seu peito flexionam, e eu mordo o lábio inferior conforme o calor percorre o meu corpo. Ele abaixa os braços e vira de lado para ficar de frente para mim. Agarrando meu queixo, usa o polegar para soltar o meu lábio. E o atrai gentilmente para sua boca.

Eu fico ofegante. O calor do seu hálito faz o meu corpo se arrepiar de prazer.

Ele solta o meu lábio.

— Bom dia — ele diz, baixinho.

Eu suspiro e sorrio.

— Bom dia.

— Dormiu bem?

— Muito bem — respondo. — E você?

Seus olhos se aregalam e ele sorri.

— Sim, por incrível que pareça.

— Ai — murmuro.

Alex agarra meu queixo de novo e me beija.

— Eu geralmente não durmo bem, e nunca durante toda a noite, sua boba.

— Ah.

É possível que este homem, que parecia completamente errado para mim, seja o que tornaria os meus sonhos em realidade?

Não posso seguir por aí. Ele não tem relacionamentos românticos. E também não é o que eu quero.

Envolvo meus braços em torno dele e aninho a cabeça em seu peito.

E por mais que eu resista, me pergunto como seria a vida com Alex Stone.

CAPÍTULO 7

Eu acordo novamente e espero encontrar Alex dormindo do lado dele da cama.

Vazia.

Droga.

Entro no banheiro, puxo o cabelo para cima e me pergunto o que o dia vai me proporcionar. Lavo o rosto e saio em busca de Alex.

Eu o encontro na cozinha, de costas para mim.

— Bom dia... de novo. — ele diz, sem se virar.

Parece agradável o suficiente. Sem sinais evidentes de decepção ou de arrependimento.

— Bom dia. — Vou até suas costas, envolvo meus braços em sua cintura e aninho a cabeça entre suas omoplatas. Sua pele está quente, e eu inalo o cheiro dele. Couro e especiarias e Alex, é o aroma mais inebriante da terra. Relaxante, e ainda assim tudo o que eu quero é beijar cada centímetro de seu corpo e forçá-lo a fazer sexo comigo aqui mesmo no balcão.

Engulo a risada que ameaça escapar da minha garganta por causa do momento de pornografia mental.

Atrás de mim, no balcão, há um café recém-passado... minha tábua de salvação pelas manhãs.

— Ah, obrigada, Deus — murmuro, solto Alex, e vou direto para o café.

Ele olha por cima do ombro enquanto eu pego uma caneca de um gancho na parede e a encho. Tomo um gole, fecho os olhos e aprecio o líquido quente deslizando pela minha garganta.

— Deus não teve nada a ver com isso, linda. É tudo obra minha. — Ele coloca uma tigela de frutas cortadas no balcão.

Eu rio e pego outra caneca.

— Café?

Vindo na minha direção, ele passa um braço ao redor da minha cintura e segura meu queixo.

— Eu amo quando você ri. — Ele me beija, a língua garantindo entrada na minha boca de forma bem sedutora.

Meu fôlego acelera, e minhas mãos tremem, quase me fazendo derrubar as canecas.

Ele me solta e pega a caneca cheia da minha mão.

— Muito obrigado.

Com um tapa na minha bunda, ele se vira e se senta no bar.

Meus nervos de repente ficam descontrolados. Encho a caneca vazia e me acomodo no banco ao lado do dele, cedendo à vertigem agradável.

Lá em cima há algumas frutas, uma cesta de croissants, manteiga e geleia. Nós nos servimos com morangos enormes e melões.

Caramba, eu estou com fome.

— Alguma novidade desde ontem à noite? — Mordo um morango.

Alex volta a se acomodar no banco.

— Humm…deixe-me pensar. — Ele acaricia o queixo.

Estudo seu rosto, e gravo cada centímetro na memória. O cabelo dele está bagunçado, barba por fazer cobrindo a mandíbula, e ainda incrivelmente sexy.

— Bem, conseguimos dormir juntos numa boa. — Ele me dá uma piscadinha.

Dormir é a palavra-chave. Minhas inseguranças correm de um lado para o outro. Alex é conhecido por transar com as mulheres que leva para sair. No entanto aqui estou eu, sozinha com ele em seu barco, e o homem não fez um único avanço sexual em relação a mim, a não ser me beijar. Dói, mas fica penosamente óbvio que ele não está interessado em transar comigo, nem mesmo por uma noite.

Flutuo entre a decepção e o apreço, meu humor está frenético. Tenho certeza de que fazer sexo com Alex será uma experiência incrível, e eu gostaria de pensar que posso ter uma noite com ele. Mas sei que não posso, e gostaria de ignorar o sentimento de ser usada por ele. Não quero nada que estrague minhas lembranças deste fim de semana quase perfeito.

Além disso, dei uns amassos com ele, não é mesmo? E eu dormi com ele, algo que nenhuma outra mulher fez. É claro que eu posso ser a única com quem ele também não teve relações sexuais, o que é deprimente pra caramba.

Expulso esses pensamentos. Estou aqui para me divertir, não importa como.

Alex olha as horas e enfia o último pedaço de melão em sua boca.

— Por mais que eu fosse adorar te manter aqui comigo para sempre, e eu ia adorar muito mesmo, precisamos voltar ao mundo real.

Ele me beija. A doçura do melão permanece em seus lábios.

Droga, é impossível não acreditar em cada palavra que sai de sua boca.

Ele dá alguns passos, para e se vira para mim.

— Gostaria de jantar comigo hoje?

Meu coração salta uma batida.

— Claro.

Um sorriso travesso escorrega em seu rosto, e meu corpo inteiro se transforma em geleia. O implacável Alex Stone ligeiramente desconfortável e meigo é uma das coisas mais cativantes que eu já vi.

— Ótimo. — Ele sobe as escadas correndo e murmura alto o suficiente para que eu possa ouvir: — Dois encontros com a mesma mulher. Outra primeira vez.

Ele desaparece, e eu balanço a cabeça. Não tenho ideia de para onde essa história está indo. Alex está em uma jornada de primeiras vezes e está me levando junto no passeio. Por mais que o lado lógico do meu cérebro esteja me dizendo para pular deste trem antes que ele descarrilhe, meu coração repentinamente aventureiro está me implorando para agarrar algo sólido e me preparar para o passeio.

Eu limpo a cozinha, me visto e me junto a Alex no convés superior enquanto ele nos leva para casa. Acomodando-me na cadeira do primeiro imediato, puxo minhas pernas para cima do assento.

Coloco os óculos de sol.

— Você chamou o seu barco de Zeus. Uma escolha interessante. Significa que você se considera um deus?

Alex se engasga e leva a mão ao peito.

— Você não me considera um deus?

— Ah, eu com certeza acho que você é um deus. Perguntei se você se considera um. — Termino minha terceira caneca de café e a coloco na mesinha ao meu lado.

— Bem, Zeus era um deus, mas ele também era um sacana. Acho que isso me descreve muito bem.

— Que análise mais profunda e filosófica, Sr. Stone. Estou impressionada.

MALEVOLÊNCIA

— Oh, eu posso ir além, Srta. Tate. — Ele agita as sobrancelhas.

Eu articulo um *uau* com os lábios, balanço a cabeça e rio.

— Sua vez — Alex declara. — Seu último relacionamento?

Eu me remexo em meu assento. Odeio esse assunto.

— Terminou mal, e tenho um lembrete diário disso no trabalho.

— Opa. Romance de escritório?

Aceno com a cabeça.

— Maior erro da minha vida.

— O que aconteceu?

— Namoramos por cerca de um ano, eu terminei, e passei o último ano reconstruindo minha autoestima.

Alex franze a sobrancelha e faz careta.

— O que ele fez com você?

As lembranças que reprimi no último ano penetram em minha mente, e uma onda de náusea passa por mim. Algo em Alex me faz querer me abrir para ele. É como se eu tivesse encontrado um lugar seguro, mas não tenho motivo para me sentir assim.

Por mais que meu coração me diga para contar tudo, minha cabeça me lembra de que eu não sei nada sobre este homem, e revelar esse segredo pode ser um grande erro.

Contorço os dedos, deixando-os em um tom de branco fantasmagórico.

— Ele dilacerou o meu psicológico, me dizia que eu era burra. Feia. Vagabunda. Me convenceu de que eu deveria ser grata por ele estar disposto a namorar comigo, porque ninguém gostava de mim. Ele me controlava, controlava meu acesso aos meus amigos.

A veia em seu pescoço lateja, e a tensão irradia dele.

— Bateu em você?

Dou de ombros. Eu nunca falo disso. *Nunca.*

— Algumas vezes. Ele gostava mais de empurrar. Ele me empurrava contra as paredes ou me derrubava no chão. — Abaixo a cabeça, fecho os olhos e empurro a memória que tenta vir para superfície.

Ele não precisa saber da surra que John me deu na última noite em que estivemos juntos. Como saí correndo debaixo de chuva, destroçada e sangrando. Não, essas memórias permanecerão trancadas para sempre. Há algumas coisas sobre as quais nunca falarei.

Levanto minha cabeça e forço um sorriso.

— Uma noite, fui embora e nunca olhei para trás.

Linhas profundas marcam a sua testa.

— É alguém que eu conheça? — Ele agarra o timão, os nós dos dedos ficam brancos.

Por que a história o está afetando tanto?

Respiro fundo.

— John Sysco.

— Sabia que havia algo naquele cara que eu não suportava — Alex diz através dos dentes cerrados.

Bufo.

— Ele também não é um grande fã seu.

Ele me encara, mas não diz uma única palavra.

Suspiro.

— Ele descobriu que eu e você estávamos trocando mensagens naquele dia. Acho que eu não fui muito sutil. De qualquer forma, ele ficou irritado.

— Ele fez alguma coisa com você? — Alex rosna.

— Não, nada na linha que você está pensando — digo rapidamente. — Ele me seguiu até meu escritório, perguntou o que estava acontecendo entre nós. Ele está amargurado. Quer uma reconciliação, e eu continuo recusando.

Alex afrouxa a tensão em seu maxilar e ri.

— Que idiota!

— Sim, bem, já terminou.

Foi uma das épocas mais difíceis da minha vida. Odeio reviver meu relacionamento com John. Odeio o que ele me fez, e fico enojada por ter permitido que ele tomasse tanto da minha dignidade.

Mas a reação de Alex me parece estranha. É muito mais do que ficar indignado com um homem abusando de uma mulher. É como se ele estivesse levando para o lado pessoal. Como se houvesse algo que ele pudesse ter feito para evitar o que aconteceu.

O que é ridículo.

— Você tem algum tipo de história com John? — pergunto.

Alex me olha de rabo de olho.

— Não. Por que a pergunta?

— Porque você parece querer dar uma surra nele. Pensei que poderia haver alguma coisa entre vocês dois.

Alex pega minha mão e, com gentileza, me persuade a sair de meu assento e me puxa para o seu corpo. Ele agarra meu queixo e pressiona os lábios nos meus bem de levinho.

MALEVOLÊNCIA

— Não preciso ter uma desavença pessoal com o sujeito para ficar chateado por ele te machucar. Qualquer homem que fez algo tão covarde a ponto de machucá-la física e mentalmente não é um homem. E sim, se ele estivesse aqui, eu daria uma surra nele.

Ele acaricia meu rosto e me olha nos olhos. Estou perdida no mar de azul. Perdida nele.

Ele me abraça e sussurra no meu ouvido:

— Ninguém tem o direito de te empurrar ou de bater em você. E ninguém nunca mais fará isso, se eu puder impedir.

Neste instante, eu me sinto completamente segura. Mas algo dentro de mim me diz que Alex não me contou a história completa. De alguma forma, ele compreende minha experiência bem demais.

Quem de seu passado sofreu abuso, Alex?
E quem foi o abusador?

O barco atraca no mesmo local de que saímos no dia anterior. Estou um pouco triste por estar de volta a terra firme. Minha excursão inaugural em um iate foi reveladora de muitas formas. Mas vou sentir falta da maneira como estar em mar aberto me permitiu relaxar e revitalizar. Passar tempo com Alex foi definitivamente o ponto alto.

Caminhamos de mãos dadas em direção ao meu Jeep, conversando e rindo como se não tivéssemos nenhuma preocupação. Só quando ele para bruscamente é que eu percebo que algo está errado.

Alex puxa a minha mão ao estancar.

— Que merda é essa?

Sigo seu olhar e arquejo.

Alguém cortou os quatro pneus do meu carro. Alex solta minha mão e contorna o veículo. Ele pega o celular e faz uma ligação.

Estou enraizada ali e fico olhando para o corte enorme em um dos pneus.

Alex aparece ao meu lado e passa o braço ao redor dos meus ombros.

— Sinto muito, Kylie. Nunca tive problemas com a segurança da marina.

Eu deveria ter ido te buscar, assim você poderia ter deixado seu carro em casa.

Ele olha ao redor do estacionamento.

— Ninguém mais parece ter sido alvo. É estranho o vandalismo ter sido só no seu carro.

Meu peito se agita, mas eu fico quieta. Eu sei quem fez isto e sei por quê. Mas não quero arrastar Alex para o meu drama e arruinar o fim de semana perfeito que acabei de ter ao lado dele.

Me viro para ele e prego um sorriso no meu rosto.

— Deve ser só uns universitários entediados pregando uma peça depois que os bares fecharam. — Dou de ombros.

Alex passa os braços em torno da minha cintura

— Bem, Jake está a caminho e vai te deixar em casa. Já chamei o reboque. Quando os pneus forem substituídos, mandarei te entregarem o carro.

— Alex, você não precisa fazer isso. Posso ligar para o Ray e pedir que ele cuide de tudo. — Acaricio os braços dele e apoio a cabeça no seu bíceps.

— Eu liguei para o Ray, e já está resolvido, Kylie. — Ele coloca as mãos na minha lombar e me puxa para perto do seu corpo forte. — O que eu preciso que você faça é me beijar.

Eu me perco em seu abraço quente, em seus lábios macios, mas persistentes. Uma sensação de proteção me invade. Sinto-me segura com Alex, e está bom demais para que eu examine a razão.

Quando o SUV da Mercedes chega, Alex joga minha bolsa no banco de trás e eu entro no carro. Ele se inclina para dentro, a centímetros de distância de mim. É íntimo e sensual, e eu me contorço à medida que o calor corre pelo meu corpo.

— Bem, espero que tenha se divertido neste fim de semana. — Ele passa um dedo no lábio inferior daquela maneira que me deixa excitada pra cacete.

— Sim, foi ok. — Sorrio.

— Engraçadinha.

— Eu deveria vir com algum tipo de ressalva de sarcasmo. Ok, porém, não é uma palavra adequada para expressar este fim de semana, Sr. Stone.

— Fantástico?

— Quase.

— Espetacular?

MALEVOLÊNCIA

— Quase.

— Coisa de outro mundo?

— Não é bem uma palavra.

Alex revira os olhos.

Eu rio.

— Mas resume tudo perfeitamente.

Ele suspira e afasta meu cabelo dos olhos.

— Você conseguiu me mimar em apenas uma noite. Se eu não conseguir dormir porque você não está na cama comigo, a culpa será toda sua.

— Você me raptou e me manteve cativa em alto mar. Eu não tive escolha a não ser dormir com você.

— Touché, Srta. Tate — Ele se inclina e me beija.

Deslizo a mão até a sua nuca e o seguro por um pouco mais de tempo. Eu quero muito esse beijo, preciso desse beijo, e não consigo imaginar nunca mais beijá-lo.

Ele repousa a testa na minha e fecha os olhos.

— Não quero que o fim de semana termine — sussurro.

— Nem eu.

Estamos em silêncio, aproveitando nossos últimos momentos juntos. É possível que Alex Stone realmente sinta algo por mim?

Pneus de carro cantam aos sair do estacionamento. Eu olho na direção do barulho, mas só pego os faróis traseiros do carro. Meu coração dispara.

Muita gente tem uma BMW preta, não só o John.

— Preciso descarregar o barco e amarrá-lo antes de partir — Alex diz, com um suspiro.

— Você precisa de ajuda?

Ele faz que não.

— Não, eu tenho um pessoal para cuidar da maior parte disso.

— Ah, tudo bem, então. — digo, jovial, mas estou decepcionada. O fim de semana foi uma surpresa completa, e deixar esse homem é mais difícil do que eu pensava.

Alex se inclina e me beija novamente.

— Eu te ligo mais tarde.

— É bom mesmo.

A viagem para casa passa em um borrão. O potencial de um relacionamento com Alex faz meu coração disparar, e minha mente mergulha na escuridão.

Há um lado em Alex Stone que é cativante, romântico e sedutor. Mas ele tem uma reputação, e não tenho certeza de quanto do que ele disse e fez nesse fim de semana faz parte da sua cartilha de pegador.

E também, há o John. Se ele era o motorista da BMW e a pessoa que cortou meus pneus, ele sabe que Alex e eu passamos o fim de semana juntos. Não há como prever o que ele vai fazer.

E isso me deixa apavorada.

CAPÍTULO 8

Eu saio do elevador na segunda-feira de manhã e, sem sucesso, abafo um bocejo. Na noite anterior e durante as primeiras horas da manhã, Alex e eu conversamos ao telefone, rimos, flertamos e finalmente desligamos. Recordar sua voz sedutora é como uma dose de adrenalina que pode me manter acordada por dias.

— Bom dia — Sarah cantarola, e guarda a bolsa na gaveta debaixo de sua mesa.

— Bom dia. — Entro no escritório e me deixo cair na cadeira da minha mesa. Mais outras noites como a de ontem, e não serei capaz de fazer um único argumento coerente no tribunal. Mas brincar com Alex é muito divertido para deixar passarem as oportunidades.

Abro meu e-mail e meu coração acelera. Uma mensagem dele.

> Espero que você esteja tendo uma manhã de segunda-feira tão maravilhosa quanto eu. Gostei de cair no sono com você, mesmo que fosse por telefone. Senti sua falta quando acordei hoje de manhã.

Clico em responder e digito a minha resposta.

> Estou com saudade de você agora.

E envio.

Quase imediatamente, uma resposta chega na minha caixa de entrada.

> A minha é maior.

Encaro as palavras na tela e não posso deixar de sorrir. *Isso está realmente acontecendo? Será que Alex Stone poderia estar tão apaixonado por mim quanto eu estou por ele?* É fácil demais se acostumar com este tipo de atenção.

Pelo menos eu sei que isso vai durar um pouco mais. Alex pôs os planos para o jantar em prática, afirmando que faria reservas em algum lugar especial.

Pela primeira vez, estou curtindo o momento e, neste momento, eu me sinto muito bem. Na verdade, melhor do que em anos. Esse relacionamento, ou seja lá o que seja isso com o Stone, é emocionante, imprevisível e espontâneo. É tudo o que minhas relações passadas não eram. Talvez despreocupado e desinibido seja o caminho a seguir. Guarde as preocupações para depois e seja feliz no aqui e agora. Se eu pudesse simplesmente convencer a minha cabeça a aceitar esse conceito.

No meio da manhã, Lisa e eu estamos repassando uma pilha de arquivos, sincronizando nossos calendários para as próximas audiências, e revisando documentos a serem arquivados no tribunal.

Sarah mal bate à minha porta antes de entrar no escritório. Um homem vem atrás dela, carregando um buquê imenso.

Uma enorme variedade de rosas amarelas e lavanda de haste longa preenche um belo vaso de vidro. Sarah pega o envelope preso nas flores e o entrega a mim. Ela solta um gritinho, esperando que eu abra e revele o conteúdo do cartão.

> *Por fazer meu fim de semana especial. Estou tão feliz por você ter dito sim... a muitas coisas.*
>
> *- AS*
>
> *P.S. Encomendar flores e ser romântico. Riscado da lista!*

Devolvo o cartão ao envelope e o guardo na gaveta.

— O que... — exclama Sarah.

Balanço a cabeça, e ela sai do meu escritório, com mãos desafiadoras em seus quadris. Eu amo a Sarah, mas é linguaruda, e ninguém mais além de mim precisa saber sobre o Alex.

A tarde passa, e outro arranjo é entregue. Rosas amarelas e laranja iluminam meu escritório de maneira espetacular. Espalha-se a notícia de que recebi uma segunda entrega de flores, e as garotas da cobertura param para dar uma olhada.

MALEVOLÊNCIA

É um belo arranjo. Eu me sento e fico olhando para ele. O frio na minha barriga fica glacial. Eu vejo outro envelope escondido em meio às flores. A mesma caligrafia enfeita o cartão branco.

> *Por me dar algo pelo que ansiar...*

Para um cara que afirma ser deficiente na área do romance, Alex pegou o jeito bem rapidinho. Pego o telefone e ligo para o escritório dele.

Amy, a assistente de Alex, responde animada.

— Olá. Posso falar com o Alex Stone? — Guardo o bilhete junto com o de de manhã e faço uma nota mental para levá-los para casa comigo à noite. Sarah é bisbilhoteira.

— Quem deseja?

— Kylie Tate.

— Srta. Tate, vou passar a sua ligação.

Nossa, foi mais fácil do que eu pensava. Eu esperava que ela fosse perguntar do que se tratava a ligação, e me esforcei para declarar da forma mais profissional possível: *queria agradecer a seu chefe pelas flores. Elas basicamente garantiram que ele vá transar essa noite...provavelmente várias vezes.*

Alex atende.

— Oi, linda.

Um sorriso bobo e largo cruza meu rosto quando ouço a voz dele, e eu torço meus dedos no fio do telefone. *Muito maduro.*

— Eu estava prestes a ligar para você — disse ele. — Você foi mais rápida.

— Então... conheço um cara, que afirma que nunca foi muito de romance, e que me enviou dois buquês maravilhosos. Muito romântico, Sr. Stone.

— Fico feliz por você ter gostado. Passei o dia pensando em você.

Rolo minha cadeira mais para dentro do escritório. Ninguém precisa testemunhar minha paixonite escolar. Olho pela janela e me concentro na faixa da baía que posso ver, grata por um pouco de privacidade.

— É mesmo? Alguma coisa específica?

— Sempre — ele rosna. Meu coração acelera, junto com outras partes mais ao sul. — Normalmente começa com seus olhos, e depois com seus lábios. Tenho a tendência de ficar preso lá por um tempo. Você tem os lábios incrivelmente macios e sensuais. Muito beijáveis, Srta. Tate.

ANNE L. PARKS

— Sr. Stone, se você não parar de falar assim, vou acabar com uma mancha molhada no meu assento.

Ele ri.

— Provocadora.

Eu rio.

— Mmm...meu som favorito.

Meus dedos deslizam de leve pelas pétalas macias das flores sobre o aparador. O que sinto é maravilhoso demais, e estranho demais. Assim, já namorei e até recebi flores de caras no passado. Mas isso aqui é diferente. Eu me pego sorrindo, quer dizer, rindo como uma boba sem razão alguma e nas horas mais esquisitas. E não importa o que eu faça para conter minhas risadinhas, parece que não consigo me controlar. É desconcertante demais, mas maldita seja eu se quisesse que tudo isso acabasse.

Ele interrompe meus pensamentos.

— Eu tenho más notícias. Sei que tínhamos planos para o jantar desta noite, mas tenho que remarcar. Vou deixar a cidade para participar de uma reunião de negócios de emergência envolvendo uma fusão que está prestes a dar errado. Tenho que ir de qualquer jeito.

Uma nuvem escura paira sobre mim e chove no meu bom humor.

— Para onde você vai? Ou é alguma operação clandestina, altamente secreta, de conhecimento? — brinco, esperando mascarar a decepção.

— Toronto. Volto na sexta-feira. E você foi devidamente examinada e liberada para todo tipo de coisas, incluindo informações, Srta. Tate.

Isso me faz sorrir e eleva um pouco o humor cinzento.

— Eu ainda quero levá-la para jantar. Podemos remarcar quando eu voltar?

— Com certeza.

— Ótimo.

Há uma voz no fundo, mas não consigo ouvir o que está sendo dito.

— Detesto fazer isto, mas tenho que ir. Eu te ligo quando estiver livre.

— Tudo bem. Boa sorte com os negócios.

— Obrigado, linda. — Ele faz uma pausa. — Nada de primeiras vezes com nenhum outro cara enquanto eu estiver fora.

— Sem chance, Sr. Stone. Tenha uma boa viagem.

Desligo o telefone e o sorriso escorrega do meu rosto. O jantar foi cancelado. Reunião de emergência em Toronto. Embora meu coração me suplique para que me acalme, minha mente vai logo para onde não deve.

MALEVOLÊNCIA

69

E grita de lá que homem não presta. Ela me repreende, me convence de que ninguém jamais ficará. E minhas inseguranças, nascidas do abandono e do abuso, se agarram a cada palavra e banem qualquer pensamento de que sou algo mais do que uma diversão interessante para Alex.

Afinal de contas, todos acabam me abandonando. Alex Stone não é diferente.

Mesmo de outro país, Alex comanda minha atenção e insiste em estar na vanguarda dos meus pensamentos. O almoço de um restaurante local é entregue na minha reunião de litígio de terça-feira.

Alex me envia mensagem quando o almoço está sendo entregue.

> Eu sabia que você estaria ocupada e quero que tenha uma coisa a menos com que se preocupar.

Quando John descobre quem enviou a refeição, ele joga o prato no lixo, deixa a sala e não retorna a tarde toda.

A ligação noturna termina com Alex roncando ao telefone.

Pela manhã, eu quase derreto lendo a mensagem que ele enviou.

> Se não consigo adormecer em seus braços, quero adormecer ao som de sua voz.

Aos poucos, meu coração começa a dominar a minha cabeça e a controlar as minhas inseguranças. A luz está rompendo o tom escuro que colore minha vida. Dúvida e vergonha estão se transformando em esperança e felicidade, e faz tempo que elas estão em baixa na minha vida.

Ligo para Ryan e Paul para saber como foi o casamento e contar os últimos desdobramentos com o famigerado Sr. Alex Stone.

Ryan ativa o viva-voz para que Paul possa se juntar a nós. Eu os coloco a par do meu fim de semana no meio do oceano em um iate imenso ao lado do mulherengo bilionário e fabulosamente sexy.

Silêncio no outro extremo da linha.

— Olá? — digo, com a certeza de que a ligação caiu.

— Aqui — eles respondem em uníssono.

— Ok, sério? Isso é tudo o que vou ouvir de vocês dois?

Ryan assume a dianteira.

— Você tem certeza disso, K? O homem tem uma reputação e tanto.

— Que se foda tudo isso! — Paul grita. — Ele é um puta cafajeste. Transa com as mulheres e as joga fora como lixo. Que merda você está pensando, Kylie?

Paul nunca foi de fazer rodeios, especialmente comigo. Mas acontece que ele já catou os cacos das minhas decisões desastrosas no passado, e mais recentemente as que tive com John. O olhar de dor e raiva no rosto de Paul quando ele me viu naquela noite horrível vai ficar comigo para sempre.

Ryan suspira.

— É só que a gente se preocupa com você, querida, e não queremos ver você se machucar novamente.

— Eu sei, e agradeço. — Olho para o buquê que eu trouxe para casa. — Olha, não sei o que está rolando entre o Alex e eu, nem quanto tempo vai durar. Estou me divertindo. Ele me faz rir. E faz tempo desde que ouvi um hétero dizer que eu sou incrível e bonita.

— Então, o que você está dizendo é que você só quer se divertir sem compromisso? Desde quando? — O tom acusatório de Paul me atinge como uma bofetada. — Você analisa tudo até a morte, K, e depois ainda se preocupa que tudo vá por água abaixo. Você não é do clubinho do "deixa a vida me levar".

Às vezes, eu realmente odeio que Paul me conheça tão bem, talvez até melhor do que eu mesma.

Mas meu sangue está fervendo.

— Sabe de uma coisa, Paul? Passei a vida sendo responsável e me certificando de que todo mundo estivesse bem. Eu me preocupei com tudo e com todos. Deixei de ser criança e de me divertir para cuidar de um bêbado. Mas agora, não sei, só quero me descontrolar um pouco e ser imprevisível. Acho que mereço me soltar um pouco sem me preocupar com as consequências. Tenho uma ideia muito boa do que vai acontecer. Alex Stone não é fã de compromissos. Ele não cultiva relacionamentos de longo prazo nem intimidade. Eu entendo. Eu só quero ser levada para jantar, ser paparicada e mimada, rir um pouco e talvez até fazer um sexo gostoso.

MALEVOLÊNCIA

Ryan dispersa a tensão entre Paul e eu, que é sua obrigação tácita em nosso relacionamento a três.

— Bem, desde que você saiba onde está se metendo, querida. Nem mesmo a energia de um café forte dura para sempre.

— Sim, e depois você desaba e se sente uma merda — acrescenta Paul.

— Entendido. Vou ter cuidado. Podemos prosseguir, por favor? — Respiro fundo e abaixo a voz. — Como foi o casamento? É melhor que tenha sido um sucesso, já que vocês tiveram que sair daqui tão cedo.

— Você está mesmo nos criticando por não ficarmos o fim de semana inteiro? — pergunta Ryan.

Paul resmunga.

— Se tivéssemos ficado, você não teria passado o fim de semana com o riquinho.

— Sim, sim, está bem. Falem do casamento, por favor.

Ryan passa pelos destaques, incluindo uma mulher que pegou o buquê e pediu Paul em casamento. Ela ficou extremamente decepcionada quando descobriu que ele era comprometido.

— Nós íamos te ligar amanhã — diz Ryan. — Acontece que o pai de Paul quer que ele participe de uma conferência por aí neste fim de semana. Você vai estar na cidade?

— Sim. Quando vocês vão chegar?

— Nós chegaremos na sexta-feira à noite. A conferência é sábado. Fui obrigado a ir junto para ser a musa de Paul, para que ele possa fechar os negócios.

— Certo — respondo. — Alex e eu fizemos planos para sexta-feira à noite. Talvez possamos nos encontrar todos no sábado à noite para o jantar? Eu quero muito que vocês o conheçam. Sério, ele é bem diferente quando está longe do escrutínio público

— Claro, ligo quando eu receber a programação de sábado, e aí a gente vê o que dá para fazer.

Ryan é o organizador. Ele sempre nos mantém no horário, o que não é tarefa fácil com Paul e comigo na maioria das vezes.

Paul ainda não cresceu, e ele traz à tona a criança em mim, aquela que nunca foi deixada sair na minha juventude. Ele é o irmão mais velho perfeito, e nossas brincadeiras infantis muitas vezes frustram o Ryan.

— Perfeito.

Desligamos com o "te amo" de sempre, cantado em uníssono.

Quinze minutos mais tarde, meu celular vibra com uma mensagem do Ryan.

> Tente não deixar as vozes do escuro bloquearem qualquer luz que Alex esteja trazendo para sua vida, K. Mesmo que seja apenas temporário, ainda vale a pena persegui-la. Ele pode não ser o homem que eu teria escolhido para você, mas faz tempo que não ouço o riso na sua voz, então estou feliz por você e grato a ele por isso. Estarei aqui se você precisar de mim.

Ryan me conhece tão bem quanto o Paul, conhece minhas inseguranças e está ciente de como elas roubam qualquer luz que entra em minha vida.

Só espero não ficar muito confortável com a luz que Alex está reluzindo em mim, porque ela irá embora junto com ele. E eu me recuso a continuar existindo apenas na escuridão.

MALEVOLÊNCIA

CAPÍTULO 9

Eu pego a mão de Jake e saio do SUV preto.

Alex enviou o carro para me buscar e me levar para o baile de gala anual da empresa para angariar fundos para a caridade. Mais uma vez, seus simples gestos românticos fazem minha cabeça girar, e tento descobrir o que tudo isso significa. Talvez eu queira ser uma garota mais solta, mas o meu cérebro excessivamente analítico ainda dá as caras e exige respostas.

— Obrigada — digo a Jake.

— O prazer é meu, senhorita. — Ele me entrega um cartão de visita. — É só ligar quando estiver pronta para partir, e eu a levarei para casa.

Guardo o cartão na minha bolsa de mão de lantejoulas.

— Pode deixar. Mas, por favor, me chame de Kylie.

Eu entro no salão de baile. As paredes de tijolos expostos e as janelas do chão ao teto são um belo contraste com o tecido creme e preto artisticamente pendurado ao redor do salão. No meio há uma pista de dança. O holofote do teto faz a logo D & R dançar por ela.

Muitos dos convidados estão sentados ao redor das mesinhas redondas. Lâmpadas douradas proporcionam um brilho suave aos pequenos focos de conversa íntima ao redor da pista de dança.

Ao longo da parede dos fundos, há um imenso bar de carvalho tripulado por três barmen. Os espelhos lá de trás refletem as luzes cintilantes da cidade que atravessam as janelas.

Acomodada em um lado do bar, discuto a temporada de hockey com três de meus colegas homens. Não tenho muitas amigas e a maioria das mulheres do escritório ou são muito jovens para termos algo em comum ou são casadas e só querem falar de bebês e de decoração de casas. Eu termino meu segundo martini e vou buscar outro.

Um corpo se move para perto de meu lado. John desliza o braço em torno da minha cintura.

— Não me toque — digo, através de dentes cerrados, e me afasto.

Ele levanta as mãos em rendição. Eu olho ao redor. A última coisa que quero é que alguém nos veja discutindo.

Inclinando-se casualmente no bar, John beberica do copo que o barman colocou na sua frente.

— Estou muito decepcionado com você, Kylie. Como você pode querer namorar aquele idiota arrogante do Stone quando eu estou aqui, pronto para perdoá-la por ter ido embora? — Ele estende a mão e a coloca no meu braço. Minha pele detesta seu toque, e eu retiro o braço. John se afasta.

— Não te entendo.

— Eu nunca vou voltar para você, John. Nunca.

Um sorriso nojento brinca nos lábios dele.

— Nunca diga nunca, Kylie.

Seus olhos escurecem e me lembro de como ele se enfurece rápido. O gelo corre pelas minhas veias. Quero gritar para ele me deixar em paz, mas nenhuma palavra sai. Em vez disso, eu me afasto bruscamente e coloco o máximo de distância possível entre nós. As coisas ao meu redor estão desfocadas, borrões, e eu corro e bato direto no peito de um homem.

— Desculpa — murmuro.

Mãos fortes envolvem meus braços e me equilibram. Levanto a cabeça e olho para os olhos azuis mais deslumbrantes, os mesmos com que tenho sonhado a semana toda.

— Alex — sussurro, ao suspirar.

Ele desliza o braço pela minha cintura e me puxa para si.

— Está tudo bem? — Ele encara John por cima do meu ombro, e volta a olhar para mim.

— Agora está. — Eu gostaria de poder abraçá-lo e nunca mais soltar. Quero enterrar a cabeça em seu peito e absorver seu calor dentro de mim. Agarrar a mão dele para fugir juntos. Para bem longe de John.

Alex desliza a mão para a minha e nos leva até a pista de dança. Os músculos de seus antebraços, ombros e pescoço parecem retesados, e a tensão emana dele em ondas.

— Quando você voltou? — pergunto.

Alex olha para mim, mas está a um milhão de quilômetros de distância. Quero adentrar sua cabeça e ver se ele lida com os mesmos demônios que eu, mas, num piscar de olhos, ele está de volta comigo.

MALEVOLÊNCIA

— Acabei de chegar. Vim direto do aeroporto para cá.

— Você voltou mais cedo. As coisas correram bem em Toronto?

Ele olha para o bar. Aperto sua mão e ele olha para mim.

— A viagem acabou sendo um enorme sucesso, como sem dúvida você vai ler nos jornais nas próximas semanas. — Sua voz ainda está um pouco tensa.

Coloco o dedo em seu queixo e olho dentro dos olhos dele. Agora que ele está aqui, a última coisa que quero é que a presença de John se interponha.

Alex sorri e me puxa para mais perto.

— Você tem ideia do quanto senti sua falta? — ele sussurra no meu ouvido.

— Creio que sim, se estiver perto do quanto eu senti a sua.

A música começa e, devagar, ele me conduz ao redor da pista de dança. Não existe nada além de nós dois. Sua capacidade de me distrair é quase assustadora.

— Acha que estamos atraindo muita atenção? — Seu hálito quente provoca meu ouvido e manda fios de prazer direto ao meu coração.

Olho ao redor. Quase todos os olhos estão sobre nós. Alguns sussurram e apontam. Outros olham apenas para mim. Não há dúvida de que Alex e eu seremos o tópico número um das fofocas de escritório pela manhã.

— Mais do que suficiente. — O calor do meu corpo aumenta, e um arrepio quente de antecipação passa por mim só de eu pensar em ficar sozinha com ele. Já estou viciada na maneira como ele me toca. Me beija.

— Vamos, antes que eu perca todo o autocontrole aqui mesmo nesta pista de dança — Alex rosna.

— Preciso ir ao toalete.

— Vou me despedir dos poderosos, deixarei uma doação com o Jack, e nos encontramos aqui. Não demore muito, ou vou entrar para pegar você.

Um sorriso malicioso e sedutor desliza pelo rosto dele, e meu coração gagueja.

Ergo as sobrancelhas.

— É uma promessa, Sr. Stone?

— Sim, Srta. Tate.

Pensamentos de ações altamente indiscretas no banheiro feminino me distraem enquanto caminho pelo corredor pouco iluminado, e quase bato de frente com a figura que sai da escuridão bem na minha frente.

Minha pele arrepia. Tento passar, mas as mãos agarram meus braços com firmeza.

O olhar de John arde em mim.

— Saindo tão cedo, Kylie? A festa está só começando.

Meu peito se aperta. Não consigo engolir o caroço alojado na minha garganta.

— Aonde você vai, Kylie? Vai dar para aquele bilionário idiota?

— John, me deixa em paz. — Agarro a mão dele. Se eu conseguir fazê-lo me soltar, talvez eu consiga partir.

Ele crava os dedos em mim. Eu choramingo. Meu coração está acelerado. Ele me empurra para trás e me atira contra a parede. Todo o ar sai de meus pulmões.

Ele se inclina sobre mim, me prende à parede e impede qualquer fuga. Eu me esforço para recuperar o fôlego. Minhas costas doem por causa do impacto, e punhais afiados de dor mergulham dentro e fora de minha cabeça.

Por favor, que alguém apareça no corredor e nos veja. É a única maneira de eu sair dessa viva.

Envolvendo uma mão na minha garganta, ele aperta a minha carne. Com força, cortando meu ar aos poucos como um torno amassando um cano. Pouco a pouco, até minha traqueia ser esmagada.

Eu não consigo falar. Eu não consigo gritar. Logo, não vou conseguir respirar.

Eu vou morrer. Ele vai mesmo me matar.

— John — ofego, mas mal é um sussurro. — Por favor, deixe-me ir.

Estou desesperada, puxando os dedos dele. Mas ele é muito forte. E muito determinado.

Ele roça os lábios nos meus.

— E se eu não deixar? E se eu nunca te deixar ir, Kylie?

De repente, a mão de John se solta de minha garganta. O corpo dele bate na parede em frente a mim.

John tenta se desvencilhar, mas Alex se impõe sobre ele em um piscar de olhos e o prende.

Alex passa a mão ao redor da garganta de John

— Como se sente, idiota? — A voz dele está baixa e controlada. — Você se diverte estrangulando mulheres? Acha que é um cara forte e durão? Acha que é homem o suficiente para me enfrentar?

John ofega por ar. Posso sentir o cheiro do medo dele. Ele vira os

MALEVOLÊNCIA

77

olhos para mim e implora para que eu o ajude. É um esforço desperdiçado. Eu não tenho nenhuma simpatia por ele.

Quero que ele sinta a mesma dor que acabou de me infligir.

Risos vêm do salão de baile e me puxam de volta à realidade. A última coisa de que precisamos é que alguém veja a cena e interprete errado o que está acontecendo.

Passo por trás de Alex e coloco a mão em suas costas.

— Por favor, vamos embora.

Alex solta John. Ele respira fundo, mas com dificuldade. Agarrando John pelas lapelas do paletó, ele o coloca de pé. E logo dá um soco na boca do estômago de John, e o homem desaba no chão novamente.

Curvando-se, Alex o pega pela parte de trás do cabelo e puxa sua cabeça para trás.

— Se você voltar a tocar na Kylie, eu te mato.

Os olhos de John se arregalam e espelham os meus.

Alex se vira para mim. Há tanta raiva em seu olhar. Arquejo e prendo a respiração. Meu corpo está rígido, e fico aterrorizada com a ideia de não estar mais segura com ele do que com John.

Ele agarra minha mão, e nós caminhamos rapidamente pelo corredor, passamos pela entrada do salão de baile e vamos em linha reta até o saguão. Alex aperta a minha mão com força, e eu estou lutando para acompanhá-lo. Meu coração está acelerado, estou tremendo de forma descontrolada, e prestes a me estilhaçar em um milhão de pedaços.

— Alex, calma. Você está quase me arrastando. — Minha voz está rouca, e dói falar. — Alex! — Puxo o braço para chamar sua atenção.

Ele não para até sairmos do hotel. Os músculos do seu pescoço se contraem, e a boca está em uma linha firme e rija. Eu torço a mão para soltá-la do aperto que ele tem sobre meu pulso e, desesperada, tento controlar minha respiração.

Ele olha para mim, suspira e relaxa os ombros.

— Você está bem? — Sua voz é suave, e ele acaricia minha bochecha.

Não! Eu quero gritar. Meus olhos marejam. Não consigo falar por medo de me despedaçar por completo.

— Está tudo bem, linda — Alex murmura, e dá beijos ternos nos meus lábios. Ele é tão carinhoso, uma completa contradição ao seu estado de espírito momentos antes. — Ele não te machucará mais. Nunca mais.

Este é o homem que eu venho conhecendo. O homem doce, gentil, carinhoso, que roubou meu coração. Mas há um outro lado do Alex, um que é protetor, frio e violento.

Essa violência acabou de salvar minha vida.

Ele sorri para mim e me aperta com cuidado contra si.

— Vamos para casa.

Alex instrui Jake a nos levar para a minha casa para que eu possa pegar algumas coisas. Quando Alex disse que íamos para casa, ele se referia à casa dele, e eu não tenho forças para discutir. A ideia de ficar sozinha me enche de medo.

Pego as roupas e as atiro em uma mochila. Alex se senta na minha cama e me observa, mas posso dizer que ele não está prestando muita atenção. Parece que ambos estamos repassando as emoções. Estou quase paralisada pela descrença de que John me atacou em um lugar tão público. Alex me protegeu, mas foi consumido pela fúria.

O trajeto até a casa de Alex é tranquilo, apesar de escuro. Ele está segurando a minha mão, mas ambos encaramos as janelas da lateral oposta. As estrelas cintilam no céu límpido da noite. Parece estranho depois do trauma pelo que passei. Se estivéssemos em um filme, as nuvens escuras de tempestade apagariam qualquer luz. O vento chicotearia as árvores, e a chuva cairia sem qualquer piedade.

Mas isto não é um filme. É só mais um evento da minha vida do qual parece que não consigo escapar. Olho para as estrelas cintilantes, mas tudo o que vejo é a raiva nos olhos de cada um dos homens.

Sinos de advertência ressoam na minha cabeça. Eu poderia ceder facilmente à escuridão, deixá-la se adensar ao meu redor. Me proteger das visões. A fúria de John foi direcionada a mim. A de Alex foi direcionada a John.

Será que Alex alguma vez a voltaria contra mim?

Gelo percorre as minhas veias. Não suporto a ideia de Alex me jogando no chão, me batendo, arrancando sangue de mim. Estremeço.

Alex se mexe ao meu lado, respira fundo e massageia o rosto.

— Você está com frio? — ele pergunta, e me puxa para si.

Puxo as pernas para o assento, descanso a cabeça em seu ombro e me enrolo nele. Ele envolve os braços ao meu redor, passa a mão pelo meu cabelo e beija o topo da minha cabeça. Quero que ele cuide de mim, aceito seu toque suave e acredito que ele me protegerá de John. Mas tenho tantas dúvidas de que algo de bom possa vir disso.

Fecho os olhos e deixo que seu calor me envolva. Preciso bloquear os pensamentos que passam pela minha cabeça.

Amanhã. Lide com isso amanhã. As coisas sempre parecem melhores à luz do dia.

O SUV para em uma entrada circular. A frente da casa de Alex tem uma iluminação calorosa e convidativa. Subimos as escadas que levam à varanda. Colunas brancas e altas emolduram a fachada de dois andares, e Alex abre a porta de carvalho e vidro com um empurrãozinho.

Meus saltos clicam no piso de travertino do foyer. Alex me segura pelo cotovelo e me guia até uma sala redonda com janelas do chão ao teto. A noite escura, no entanto, não nos dá o luxo de vislumbrar o que está além.

Dois sofás em meia-lua ficam de frente um para o outro com uma mesa de centro redonda entre eles. Eu sento e me afundo nas almofadas aveludadas. Alex tira o paletó e a gravata. Ele abre o botão de cima da camisa e arregaça as mangas.

Uma lareira de pedra toma toda a parede. Um espelho enorme de moldura dourada está apoiado na lareira e se estende até o teto. Inclino a cabeça para trás e olho para o imenso lustre de cristal que pende do meio da rotunda.

Alex se senta na beirada da mesa de centro, olha nos meus olhos e sorri.

Meus pensamentos estão tão dispersos quanto minhas emoções. Minha melhor opção é me enrolar no sofá e me embalar até dormir. Uma parte de mim quer fugir o mais rápido possível, para bem longe dali. Tenho medo de nunca me sentir segura, de nunca poder confiar em outro homem. Essa é uma vergonha que me assola.

Alex levanta meu queixo com cuidado e esquadrinha o meu pescoço. Seus dedos deslizam sobre minha pele, mas ainda dói muito, e eu me encolho. Os olhos dele escurecem.

As lágrimas se aproximam. Engulo em seco e tento mantê-las à distância. O movimento rígido da minha garganta prende a atenção de Alex. Ele desloca o olhar, e seus lábios encontram os meus. É um beijo terno, de cura, e que alivia meus medos.

Ele acaricia minha bochecha e se afasta.

— Você está bem?

— Estou, sim. Abalada, mas não arruinada. — Consigo abrir um sorriso fraco.

— Como estão as suas costas? Ele te jogou naquela parede com bastante força. — Ele se move ao meu lado no sofá, empurrando meu casaco pelos meus braços. — Dói?

— Eu estou bem. — As palavras mal saem da minha boca, e ele já tirou o meu casaco.

É só uma questão de tempo até que ele veja as marcas nas minhas costas. Visões de sangue, de sangue demais, lotam a minha mente. Fecho os olhos. Não posso ir por aí. Não posso lidar com as lembranças daquela noite.

Com cuidado, os dedos dele passam pela minha pele defeituosa. Cada músculos se retrai.

— Eu acho que você está bem. Não vejo nenhuma vermelhidão nem nenhum hematoma.

— Não dói, Alex. Estou bem. — Minha respiração acelera. Eu me contorço, tentando libertar os meus braços.

Seus dedos continuam a explorar minhas costas, o toque leve passa por cima de um pequeno talho profundo na minha pele.

— Mas que porra? — ele murmura.

Ele as vê. As imperfeições que me pontilham as costas. As marcas da minha vergonha.

Estou tonta e atordoada, tremendo com o mesmo medo que senti quando essas marcas estavam frescas.

Eu me afasto dele e volto a cobrir minhas costas e ombros com o casaco. Sem perder tempo, atravesso a sala e fico em frente à lareira. Meu aperto firme sobre a cornija me impede de desabar no chão.

Memórias excruciantemente dolorosas ameaçam inundar minha mente e me afogar. A escuridão me chama, ansiosa para me aprisionar onde ninguém pode me ferir, onde ninguém pode me encontrar. Um lugar em que nem mesmo Paul e Ryan conseguiram me alcançar.

— Kylie? — A voz de Alex é suave, e interrompe temporariamente minha descida para a escuridão.

Sou incapaz de me mover, incapaz de falar, incapaz até mesmo de olhar para ele.

— Kylie. — A voz dele é firme. De pé atrás de mim, ele apoia as mãos sobre meus ombros. — Kylie. Por favor, olhe para mim.

Ele tenta me fazer virar, mas eu resisto. Ele sabe. Alex sabe que eu estou arruinada. *O que ele vai pensar quando descobrir que eu deixei John me marcar?*

MALEVOLÊNCIA

81

É mais do que eu posso suportar, a decepção, o desgosto. O desprezo que eu temo que estará em seus olhos.

— Kylie.

— Por favor, Alex, não. Não posso fazer isso. — Estou tão confusa, tão perdida. Tenho medo de que as lembranças daquela noite se libertem da caixa meticulosamente construída e cuidadosamente fechada na minha cabeça.

Alex envolve os braços ao redor dos meus ombros, através do meu peito, e me abraça. Ele está quieto, e eu relaxo contra ele, as lágrimas escorrem pelo meu rosto.

— Está tudo bem. Estou aqui — ele sussurra, seus lábios roçam a parte de trás da minha cabeça.

Eu me sinto segura e aquecida em seus braços. Quero que ele cuide de mim. Preciso que ele me convença de que tudo vai ficar bem.

Esta noite, ele está me oferecendo um porto seguro, e eu vou aceitar.

Eu me viro e enterro o rosto em seu pescoço, ainda não estou pronta para encará-lo.

Ele segura as laterais da minha cabeça.

— Linda, por favor, fale comigo.

Balanço a cabeça.

— Não posso. Sinto muito, Alex. Não consigo falar sobre isso.

— Kylie, olhe para mim. — Ele afasta meus braços de seu pescoço, segura meu queixo e o levanta.

Antes que eu possa me virar, seus lábios se chocam nos meus. Ele é áspero, exigente no início, mas depois suaviza. É uma cura sensual. Eu relaxo e me entrego a ele.

Ele se afasta e repousa a testa na minha, seus olhos estão fechados.

— Não precisamos conversar, a menos que você esteja pronta. Mas você está a salvo comigo. Não há nada que me faça pensar menos de você. Eu posso não saber exatamente o que você enfrentou, mas sei que está assustada. Você jamais precisará sentir isso comigo. — Ele ergue o meu queixo para que nossos olhos finalmente se encontrem, e seca uma lágrima.

O peso no meu peito se dissipa. Por esta noite, vou confiar em Alex e no que ele está dizendo.

Amanhã é um novo dia, e as coisas sempre parecem diferentes na luz.

— Tudo bem — sussurro.

— O que posso fazer? Diga-me do que você precisa.

— Conhaque… e dormir.

CAPÍTULO 10

O sol da manhã envia raios rejuvenescedores através das janelas do quarto de Alex. Estou no meio da cama, sozinha.

Tenho tantas dúvidas, sendo a mais recorrente o estado do nosso relacionamento. Ele foi capaz de dormir, mesmo com os acontecimentos da noite passada, e de refletir se quer continuar por este caminho comigo ou me deixar de lado.

Entro no banheiro, dou uma olhada no espaço enorme e, por um breve momento, penso em entrar no box com jatos de água posicionados em vários lugares. Talvez mais tarde, se as coisas com Alex ainda estiverem bem.

Escovo meu cabelo, prendo-o no alto da cabeça e inspeciono meu pescoço. Há alguns hematomas, mas não estão tão feios quanto eu esperava. Não tão ruins quanto foram no passado.

Deixar meu cabelo solto pode ser a melhor opção. Não há necessidade de chamar mais atenção que o necessário. Demoro um pouco para localizar minhas roupas, mas as encontro penduradas no closet imenso. Eu me visto e vagueio pela gigantesca casa de estilo mediterrâneo. Pé direito alto e janelas imensas exibem a paisagem deslumbrante e a vista para o mar.

Atravesso o foyer e entro em uma cozinha espaçosa. Uma bancada de café da manhã separa a cozinha da copa.

Logo após a cozinha, há uma sala com um sofá de couro macio e uma mesinha de centro de mogno. Uma enorme TV de tela plana fica acima da lareira de pedra rústica na parede dos fundos.

Alex está sentado em uma bela mesa redonda de vidro na copa. Ele me olha por cima do jornal. Linhas profundas marcam sua testa, e ele faz careta.

— O quê? — pergunto, olhando para baixo, para a minha blusa branca de colarinho, cardigan preto, calça social preta e saltos pretos.

É simples, mas profissional. Não preciso ir ao tribunal hoje, então posso evitar usar um terno.

— Por que parece que você está vestida para ir trabalhar? — pergunta ele, com a voz bem articulada.

— Porque estou vestida para trabalhar. — *É alguma pegadinha?*

Ele olha para o jornal.

— Você não vai trabalhar hoje.

Cruzo os braços.

— Posso saber por quê?

Não tenho certeza se Alex está falando sério ou não. Ainda há tanta coisa que eu não sei sobre ele e seus humores.

— Não quero você perto *daquele* homem.

Há uma cafeteira sobre o balcão da cozinha, e vou lá me servir de café. Não há como eu sobreviver a essa conversa sem minha cafeína matinal.

Abro os armários até encontrar as canecas e pego a maior.

— Vai ser difícil, já que trabalhamos juntos.

Com o café na mão, vou para a mesa e paro ao lado dele.

— Não consigo imaginar que John seja idiota o suficiente para fazer qualquer coisa no escritório, especialmente na frente de todo mundo.

— Ele estava disposto a te estrangular ontem à noite em um lugar muito público e correu o risco de ser descoberto por todo mundo. Ele está perdendo o controle. É muito perigoso.

Eu me aproximo dele, coloco a caneca sobre a mesa e minhas mãos deslizam por seus braços.

Posso não conhecer Alex muito bem, mas sei que ele é feroz em matéria de proteção. Desde que lhe contei sobre John, ele tem sido um escudo contra o homem.

Alex se preocupa com minha segurança, e eu não tenho o direito de fazer pouco caso disso, não depois de tudo o que ele fez por mim no pouco tempo que nos conhecemos.

Tipo, salvar a minha vida.

Mas isso não nega a minha necessidade de estar no escritório hoje. Eu ainda tenho muito trabalho a fazer no caso Trevalis. Alex vai ter que soltar um pouco as rédeas.

Viro a cabeça e beijo seu pescoço de levinho. O cheiro dele é tão bom, não é perfume nem sabonete, apenas Alex, o cheiro dele e, por um momento, considero tentar convencê-lo a ir para a cama.

Mas que pensamento tentador... Droga.

— Agradeço a preocupação, mas tenho que ir trabalhar — digo, decidindo que o sexo pode esperar.

— Não posso te proteger lá.

— Você não precisa me proteger no trabalho. Vou ficar bem.

Ele dobra o jornal às pressas e resmunga.

Uma onda de calor me atravessa. Eu não serei controlada. Ele não tem o direito de ditar meu horário de trabalho.

— Alex, não posso me esconder aqui.

— Na verdade, você pode, sim. — Ele me olha fixamente, seus olhos escurecem.

Eu o encaro, e não cedo.

— Vou trabalhar. Fim de discussão.

Nenhum de nós fala por um momento. Ele remexe o jornal enquanto eu tento lembrar que ele tem a melhor das intenções, mesmo que esteja sendo um idiota controlador no momento. Mas acontece que sua insistência em ditar minha vida está ultrapassando os limites, o que me diz para ficar atenta.

Eu suspiro. Um impasse com ele provavelmente não é um bom começo para o dia.

— Vamos fazer um trato. Depois do trabalho, vou para casa, arrumo mais algumas roupas e coisas e volto para cá, onde você pode ficar de olho em mim.

Ele estreita os olhos.

— O fim de semana todo?

— Você quer que eu fique aqui o fim de semana todo?

Ele acena com a cabeça.

— Durante todo o fim de semana.

Dou de ombros, apanhada de surpresa.

— Se é isso que você quer.

— Feito. — Ele fica de pé e me beija. — Bom dia, a propósito.

— Bom dia. — Passo os dedos pelo cabelo dele e lhe dou um beijo demorado e intenso.

Droga, ele me irrita por ser supercontrolador, mas eu adoro fazer as pazes com ele.

MALEVOLÊNCIA

CAPÍTULO 11

Meu coração bate forte. Quanto mais perto da cobertura eu chego, mais sinto que minha cabeça talvez exploda. Alex está estoicamente ao meu lado e segura minha mão, mas uma expressão sombria está gravada em seus belos traços.

O trajeto até o escritório foi tranquilo. Alex insistiu que me acompanharia ao trabalho e me informou que trocaria umas palavras com John. Respondi, bem alto, que eu poderia lidar com a situação com o meu ex, muito obrigada. Isso levou Alex a ameaçar se sentar no meu escritório o dia todo para garantir que John não me incomodasse. Eu ri, mas o olhar feroz dele me convenceu a não o desafiar. Por fim aceitei, não querendo fazer uma cena no escritório, nem dar ainda mais material para as fofocas, nem lidar com o Sr. Nervosinho olhando para mim o dia todo.

Se Alex estiver à vontade, minha vida ficará bem mais fácil. Mas eu já estou um pouco cansada de ele me sufocar.

Meus nervos estão à flor da pele. Já repassei todos os tipos de cenários do que poderia ocorrer quando chegássemos ao último andar. *E se John estiver lá quando sairmos do elevador? Como Alex vai reagir? Será que eles retomarão de onde pararam ontem à noite? Todos no escritório sabem o que aconteceu no corredor do lado de fora do salão de baile?*

Fecho os olhos, e respiro fundo. Há perguntas demais sem resposta.

As portas do elevador se abrem. Alex coloca a mão na parte inferior das minhas costas. Sarah nos olha e fica boquiaberta. Ignoro sua necessidade por explicações e tento medir a atmosfera do escritório.

— O John já chegou? — pergunto.

Ela olha fixamente para Alex e depois vira a atenção para mim.

— Não. Ele disse que está doente. Acho que ele saiu correndo da festa ontem à noite. Não o vi, mas as pessoas disseram que ele estava segurando a barriga. Brenda jura que o viu vomitando em uma das plantas no saguão.

— Obrigada, Sarah.

Alex e eu a deixamos encarando nossas costas e entramos em meu escritório. Não vai demorar muito para que a rede de fofocas informe a todos na cobertura de que Alex Stone me trouxe para o trabalho.

Vou até a minha mesa, e Alex se senta na cadeira de frente para mim. Lisa para abruptamente à porta e encara Alex, boquiaberta.

— Oi, Lisa. Entre. Eu gostaria de te apresentar ao Alex Stone. Alex, esta é Lisa.

Alex se levanta e aperta a mão dela.

— Oi, eu sou o namorado.

Eu paro de respirar. *Namorado?*

Lisa sorri.

— Prazer em conhecê-lo. Eu sou a assistente jurídica.

Alex abre seu sorriso de derreter calcinhas, e ela fica muito vermelha.

— Lisa, eu te chamo quando estiver pronta para rever as coisas.

— Tudo bem. — Ela desvia o olhar, sai e fecha a porta.

Suspiro. Ela sucumbiu ao Efeito Alex Stone.

— Por favor, pare de usar seu sorriso de um milhão de dólares contra a minha assistente. Ela quase derreteu no tapete, e eu dependo muito dela.

— Eu? — Alex leva a mão ao peito — E é um sorriso de um *bilhão* de dólares, linda. — Ele dá uma piscadinha.

A tensão matinal se alivia, e é um pouco mais fácil respirar.

— Até amanhã à noite? — Alex pergunta enquanto eu passo pela minha rotina matinal.

Ligo o computador e começo a verificar os e-mails mais importantes.

— Uhum.

— Planos para o fim de semana?

— É...

Droga!

Mais documentos inúteis da promotoria aparecem na minha caixa de entrada. Deus, eles me irritam. Por que não podem fornecer as informações que eu solicito, em vez de me forçar a ser prolixa?

Alex se remexe na cadeira. Eu o olho. O que foi mesmo que ele perguntou?

— Planos para o fim de semana? — ele repete.

MALEVOLÊNCIA

— Ah, sim, desculpa. O Ryan e o Paul estão vindo de Nova York. Vão a alguma convenção ou algo assim. Vamos nos encontrar no sábado à noite. Esqueci de te falar.

— Ah. — É um som inexpressivo. — A atividade vai envolver você desmaiando de bêbada com eles de novo?

Eu bufo.

— Não dá para prever.

Nenhuma resposta. E ele parece prestes a ficar irritado.

— Brincadeira. Eu esperava que você e eu pudéssemos nos encontrar com eles para jantar no sábado à noite, se você não tiver compromisso.

Seus olhos de aço estão fixos nos meus.

— Eles ficarão o fim de semana todo?

Faço que sim

— Eles chegam sexta-feira à noite, conferência o dia todo no sábado, e estão livres depois disso.

— E amanhã à noite?

— Eu disse a eles que vou sair com o meu *namorado*. — Sorrio, mas o rosto dele permanece inexpressivo. — O que foi?

— Quase não te vi essa semana. Eu esperava ter você só para mim.

— Você só ficou fora por dois dias, Alex, e nós passamos a noite de ontem juntos.

— Pois é. — Ele se inclina para frente em seu assento. — Olha, sei que estou sendo egoísta, mas tudo isso é novidade para mim. Você é tudo em que pude pensar nas últimas semanas e quero te conhecer melhor, muito melhor.

Sinto um formigar na coluna, e minha cabeça zumbe. Passei de zero homens a namorada do homem mais cobiçado do planeta em menos de duas semanas. *Mas como assim?*

— Alex, eu também quero passar tempo com você. Muito. Mas o Ryan e o Paul são a minha família. Eles sabem mais sobre mim do que ninguém. Você chega perto em segundo lugar, por incrível que pareça. Mas eles me ajudaram a passar por coisas muito ruins.

Alex solta um suspiro profundo, e seus ombros afundam.

— Não os vejo com muita frequência…

— Esta é a segunda vez desde que te conheço.

Eu respiro fundo e prendo o fôlego até me acalmar.

— Não é típico. Normalmente, eu os vejo três ou quatro vezes por ano. Além disso, quero apresentá-los a você.

Ele se inclina para frente.

— Sábado à noite? É só isso? O resto do fim de semana você é minha?

— Para fazer o que você quiser.

— Tentador.

Meu lábio desliza em um beicinho e ele finalmente sorri.

Alex se levanta e se inclina sobre a minha mesa.

— Fechado. E se você não puxar esse lábio de volta, eu a jogarei nesta mesa e darei aos funcionários um espetáculo de que eles nunca se esquecerão.

— Eita! — Rio, e volto o lábio para o lugar. A imagem de Alex me possuindo em minha mesa me faz me contorcer no meu assento.

— Senti falta desse doce som, Srta. Tate. — Ele olha para o relógio. — O que você vai fazer depois do trabalho?

— Direi a Lisa para me deixar em casa. Pegarei minhas coisas e vou para a sua casa no meu Jeep.

— Eu ainda acho que Jake deveria levá-la para casa e te ajudar a fazer as malas.

— Eu sou bem capaz de fazer as malas sozinha. Mas se você quiser que Jake acaricie minhas calcinhas e os meus sutiãs... — Levanto-me e contorno a mesa em direção a ele.

Alex ri.

— Droga, está bem. Você ganhou, advogada.

— Meu bom Deus! Posso cair durinha agora mesmo. Alex Stone acaba de me conceder a vitória.

Eu o acompanho até a porta.

Ele repousa a mão na maçaneta.

— Cuidado. Posso mudar de ideia, espertinha.

— Vai trabalhar, Stone. — Inclino-me e o beijo, plenamente consciente de que estamos expostos, e do tumulto que se seguirá.

— Tchau, linda. — Ele me lança um sorriso travesso e vai para o elevador.

Quero guinchar, e desmaiar, e dançar ao redor do meu escritório como uma menininha apaixonada. Mas eu não posso fazer isso. Tenho que agir profissionalmente.

Aceno para Lisa entrar, e volto para trás da minha mesa.

Mas mal posso esperar que o dia termine.

É final da tarde, e já limpei uma quantidade substancial dos arquivos da minha mesa. Mas minha mente não para de repassar o Alex se apresentando como meu namorado. Nem tenho certeza se estou pronta para um namorado.

É verdade que a mídia apresenta Alex como um mulherengo rico, mas eu vejo um lado diferente dele. Em particular, ele é gentil, protetor, um homem que parece querer um relacionamento e, aparentemente, quer ter um comigo. Essa é a parte que eu não consigo entender.

Meu telefone apita com uma mensagem dele.

> Topa uma pequena mudança de planos? Tenho um jantar de negócios hoje à noite que acabou de ser marcado. Quer ir comigo?

Digito a resposta e aperto em enviar.

> Estou dentro. Código de vestimenta?

> Esporte chique. A Lisa ainda vai te levar para casa?

> Vai.

> Ok. Eu passo por lá para te pegar. Thomas pode buscar seu Jeep mais tarde. Você consegue ficar pronta em uma hora?

Olho as horas e respiro fundo. Vai ser apertado, mas acho que consigo.

> Creio que sim. Talvez possamos discutir isso de você ser meu namorado durante o trajeto?

> Aguardo ansiosamente, linda.

E logo chega outra resposta.

> Quer dizer, namorada.

Sorrio e balanço a cabeça, ainda sem saber bem o que sentir. Espero que a conversa com ele possa me trazer clareza e liberar o nó no meu peito.

Cinco minutos depois, Lisa e eu entramos no elevador. Sarah grita que eu tenho um telefonema.

— Anote o recado, por favor.

Ela acena com a cabeça.

— Sinto muito. Ela já saiu. Quer deixar recado? — Ela acena enquanto as portas do elevador se fecham.

Lisa me deixa no beco atrás de minha casa. O trânsito na rua estreita em que eu moro está intenso demais para que ela me deixe lá na frente. Eu aceno um adeus, atravesso o pátio e viro a maçaneta na porta dos fundos.

Será que me esqueci de trancá-la ontem à noite?

Entro na cozinha, pego meu celular e largo a bolsa em uma cadeira da cozinha. *Eu nunca esqueço de trancar.*

Claro que depois de quase ser estrangulada e tendo que pegar as coisas com Alex na minha cola ontem à noite... eu poderia ter esquecido de trancar a porta.

Entro com cuidado na sala de estar. Minha pele arrepia, e eu estanco. Algo não está certo.

Tem alguém aqui.

— Ora, ora, veja só quem finalmente chegou em casa. — Uma voz vem de detrás de mim, da cozinha.

Eu me viro e fico cara a cara com John Sysco.

— O que é que você está fazendo aqui?

Os cantos de sua boca se dobram em um sorriso maligno.

— Eu estava preocupado com você.

— Eu estou bem, John, não graças a você. Você precisa sair, agora, ou eu chamarei a polícia.

Estou desesperada para sair dali, mas minha voz está trêmula, o que me irrita. Torço as mãos pegajosas e me afasto dele devagar.

John balança a cabeça de um lado para o outro.

— Você está doida se acha que vai dar certo com o Stone. Eu a vi entrar no barco daquele idiota. Esperei que você voltasse naquela noite, mas você não apareceu. Eu te vi beijando o cara no dia seguinte lá no cais — ele sibila. — Onde você ficou ontem à noite, Kylie? Você não estava aqui. Eu sei por que passei a noite aqui. Você ficou na casa daquele cretino?

Imagens e sons do passado inundam a minha cabeça. O clique de algemas apertando ao redor dos meus pulsos. A lâmina da faca na minha pele. O desamparo de ser içada no ar enquanto o sangue escorria pelo meu corpo e se empoçava aos meus pés.

Sufoco as lágrimas e forço as visões para longe. Preciso sair daqui, mas meus pés não se mexem.

— Saia, John. Você e eu não estamos mais juntos. Você tem que aceitar e seguir em frente. — Minha voz é forte, mas meus joelhos ameaçam ceder.

John atravessa a sala, o rosto dele fica a centímetros do meu. Seus olhos estão escuros e ameaçadores. O corpo musculoso cresce acima de mim, e me encolho já prevendo a sua fúria. O cabelo preto curto e a barba por fazer desenham sombras ameaçadoras sobre seu rosto e só realçam as ilusões de um louco.

Ele enfia o dedo no meu rosto.

— Eu jamais vou aceitar! — Ele tira um frasco do bolso de trás e toma um bom gole.

Meu coração afunda. *Ele está bêbado.* Isso vai acabar mal.

Ele se inclina para perto da minha orelha. O cheiro pútrido de álcool exala de seus poros.

— Você transou com ele? — Ele levanta a mão para me bater. — Você deu para aquele merdinha arrogante?

Eu me encolho e viro a cabeça.

Ele ri.

— Seu amiguinho não está aqui para te proteger agora, está? Ele te deixou sozinha para cuidar de si mesma. Que belo protetor ele se provou. — Ele volta para a cozinha, murmurando obscenidades, seus punhos estão cerrados, e ele soca o ar.

Minha cabeça gira. Memórias da sua violência — a dor de ser pendurada pelos braços, a sensação do sangue quente pingando sobre os azulejos frios — se recusam a ficar trancadas.

Desta vez ele vai me matar. Ele não vai embora até que eu esteja morta.

Eu preciso de ajuda. Eu me atrapalho com o celular e pressiono a rediscagem.

John está de costas para mim, resmungando que eu sou uma cadela e que ele precisa me ensinar a respeitar os outros. Ele não vai passar muito tempo naquela, e então sua atenção total, assim como seu ódio e sua ira, vão se voltar contra mim. Levo o telefone à orelha e fico de olho em John.

— Estava pensando em você. — Uma voz baixa sexy me cumprimenta depois de um toque.

— Alex — sussurro, com a voz grave.

— Kylie, o que há de errado?

John se vira. Ele vê o celular no meu ouvido. Seu rosto fica de um vermelho profundo e seu corpo inteiro treme.

— Sua puta de merda!

— Kylie, quem está aí? Kylie! — Alex grita.

— O John.

Ele desfere um soco no meu rosto. O celular voa pela sala. Pedaços dele se espalham pelo chão.

E tudo fica preto.

MALEVOLÊNCIA

CAPÍTULO 12

Estou com tanto frio. Não consigo me concentrar. Fecho os olhos e espero que o latejar da minha cabeça diminua. A dor dispara pela minha mandíbula.

Pedaços do meu celular estão espalhados pelo chão. As portas francesas na parte de trás da casa estão abertas, o vento as faz bater nas paredes. Memórias confusas estão começando a clarear.

John me bateu. *Ele ainda está aqui?* Prendo a respiração e tento escutar qualquer barulho dentro de casa, mas não ouço nada. Se ele estiver aqui, ele continuará com as agressões físicas.

Há um som de madeira estilhaçando. A porta da frente se abre e quase é arrancada das dobradiças. Dois homens entram correndo. Jake passa por mim sem dizer nada.

Alex chega ao meu lado em um instante, agarra meus ombros e olha dentro dos meus olhos.

— Jesus, Kylie. Você está bem?

— Eu estou bem — respondo baixinho. — Ele me deu um soco, nada mais.

Alex respira fundo através dos dentes cerrados e, com cuidado, passa os dedos pelo meu maxilar.

— Eu sabia que não era seguro você sair de casa hoje. Eu sabia que ele não desistiria — ele murmura baixinho. — Por que eu te deixei me convencer de que estava tudo bem?

Cada músculo do meu corpo fica tenso. Já vi esse olhar no rosto de Alex. A mandíbula cerrada, a veia pulsando no pescoço e os olhos escuros e perigosos. John estava assim também.

Eles são a mesma pessoa... com a mesma raiva?

Alex exala, e leva minha mão aos lábios.

— Desculpe. Sinto muito por não ter estado aqui para te proteger dele. De novo.

Ele se culpa por isso?

Será que alguma vez vou entender este homem?

Abro a boca para protestar, mas Jake aparece na nossa frente, com a arma em punho.

— O andar de cima está limpo, Sr. Stone.

Eu aponto para a porta aberta na parte de trás da casa.

— Acho que ele foi embora.

— Você sabe para onde ele pode ter ido? — pergunta Jake, ao guardar a arma.

— Para casa, talvez. Ele esteve bebendo, talvez um bar? — Olho para Alex. — Provavelmente um com vista para o seu barco. Ele sabe que passei o fim de semana com você. Acho que ele estava acampado em um bar do outro lado da marina, esperando o nosso retorno.

Ele olha para Jake, que acena e sai pela porta dos fundos.

Alex coloca a mão no meu queixo e, devagar, vira o meu rosto para a luz.

— Você tem um saco de gelo?

Aponto para a cozinha.

— No freezer.

Ele o pega e o embrulha em um pano de prato. Eu me encolho quando ele o coloca no meu queixo. Rugas profundas se formam na sua testa e ele exala ruidosamente.

Jake se junta a nós, logo que guarda o telefone no bolso.

— Thomas está a caminho da residência do Sysco. Vou levar vocês dois para casa e depois vou dar uma olhada no centro da cidade.

Alex fica de pé e estende a mão para mim. Minha cabeça parece pesar cem quilos e mal consigo firmar o pescoço. Vamos para o SUV preto, que está estacionado no meio-fio com as portas bem abertas. Deslizo pelo banco de couro e apoio a cabeça no descanso.

— Você está bem? — Alex sussurra, seus lábios pressionados na minha testa.

Fecho os olhos e faço joinha.

John está fora de controle, e não tenho certeza se mesmo Alex pode impedir que os eventos que temo sejam inevitáveis.

John me quer, e ele não tem medo de me matar se isso significar me manter afastada de Alex.

MALEVOLÊNCIA

— Kylie, linda, chegamos em casa. — Alex me sacode de levinho, e eu abro os olhos.

Ele passa o braço pela minha cintura e me ajuda a subir os degraus e entrar na casa. Pela segunda vez em duas noites, preciso de refúgio após um ataque de John.

Eu me acomodo no sofá, e Alex se senta na beirada da mesa de frente para mim e inspeciona a lesão. Ele fixa o olhar na minha mandíbula, e segura o meu queixo. Sua boca é uma linha solene.

— Sr. Stone. — Jake se junta a nós e joga um saco de gelo para Alex.

Os dois homens olham um para o outro por um momento. Jake acena com a cabeça para Alex antes de se virar e sair da sala.

De alguma forma, eles tiveram uma conversa inteira sem pronunciar uma única palavra ou me incluir.

Queria eu conhecer o Alex melhor. Então o segredo que, sem dúvida, me envolve talvez não me incomodasse tanto. Estou perdida, e o medo assola o meu corpo. Será que é aqui que Alex começará a me abandonar? A ideia de não o ter em minha vida, aliada à loucura da noite, me fragiliza.

Com cuidado, ele coloca o saco de gelo na minha mandíbula e leva minha mão até lá.

— Segure isso.

Seus olhos estão escuros, e não sei dizer se ele está chateado com a situação ou comigo. Ele me advertiu sobre não encarar o comportamento de John levianamente.

— Tenho que ir falar com Jake. Você vai ficar bem aqui? — Aceno com a cabeça.

— Claro.

— Certo. — Ele aponta para o saco de gelo. — Mantenha o gelo na mandíbula.

Eu sorrio, e ele sai da sala. O cômodo é quente e acolhedor, e eu absorvo sua atmosfera reconfortante. Na escuridão, as janelas se tornam um espelho do interior. Consigo ver meu reflexo, com o gelo no rosto.

Aqui estou novamente, com gelo numa ou noutra parte do meu corpo depois de John me bater. Pensei que me afastar dele traria um fim a isso, mas ele ainda está aqui. Sempre na periferia de minha vida. Pronto para atacar como uma cascavel e descarregar seu veneno em mim.

O que teria acontecido se eu não tivesse ligado para o Alex? John não teria parado com um soco. Ele nunca parou no passado. Ainda posso sentir cada golpe no rosto, nas costelas e o gosto do sangue na boca por causa de um lábio cortado.

Afasto as visões. O pior não aconteceu. Alex aconteceu. Em ambas as noites, ele me salvou. John está fora de controle, desenfreado, descuidado, como Alex disse. Eu deveria ter dado ouvidos a ele e ficado aqui. O único lugar onde estou a salvo.

Sei que no fundo é uma tolice sonhar com um futuro com Alex. Já seria difícil, em circunstâncias normais, manter um relacionamento com o homem mais rico e mais desejado do mundo. Acrescentar um ex-namorado abusivo que deseja me reconquistar, ou matar, já é pedir demais.

Os decantadores de cristal com os vários líquidos cor de caramelo alinhados na parte de trás do bar chamam por mim. Uma boa bebida forte ou duas ou cinco, dependendo de quanto tempo Alex vai demorar. Vai ajudar a abafar a dor da realidade. Atiro o pacote de gelo sobre o granito preto e pego uma garrafa com um líquido marrom claro. Contanto que me faça esquecer essa noite desastrosa, não estou nem aí para o que seja.

Minhas mãos tremem. O decantador de cristal tilinta contra o copo.

— Deixe-me ajudar. — Alex está perto de mim, com as mãos na minha. Ele enche meu copo até a metade, pega a garrafa da minha mão e se serve também.

Eu volto para o sofá e me sento. O bourbon desce queimando pela minha garganta, e me aquece de dentro para fora.

— Melhor? — Alex se senta ao meu lado e me observa por cima da borda do copo.

— Muito. Obrigada. — Tomo outro gole e coloco o copo sobre a mesa.

— Lamento muito, Alex. Jamais tive a intenção de te envolver no meu drama. Não é problema seu e não é o que você esperava quando me convidou para um segundo encontro.

Alex coloca o copo sobre a mesa, respira fundo e aperta a minha mão.

— A culpa é minha. Eu poderia ter evitado que isso acontecesse. Eu não segui meus instintos, o que não é do meu feitio, e você foi ferida por causa disso. Por minha causa.

MALEVOLÊNCIA

Minha boca se abre, mas não sai nada. Estou sem palavras. Nada do que Alex diz faz sentido.

— Como você pode dizer isso? Não foi culpa sua. — Reúno meus pensamentos e tento compreender a realidade da situação. — Foi o John, não você. Você me salvou dele duas vezes. Você foi além do que seria de se esperar de um cara que conheço há apenas duas semanas.

— Eu te fiz uma promessa — diz ele —, lá no barco. Eu disse que não deixaria nem ele, nem ninguém, colocar as mãos em você nunca mais.

— Você não tem obrigação de me proteger, Alex. Confie em mim quando digo que nunca o prenderia a algo que você disse durante um passeio de fim de semana. Você não me deve nada. Eu não espero nada.

Alex fica de pé e vai até a lareira. Ele passa o dedo por cima de uma foto emoldurada de uma mulher, em preto e branco. Ele olha para ela enquanto esfrega a ponte do nariz.

— É isso que você acha que é? Só um lance de fim de semana no meu barco?

Meu coração afunda.

— Não. Não foi o que eu quis dizer. Eu só… Não entendo, Alex. — A conversa está me deixando muito frustrada.

Vou até as costas dele, envolvo meus braços ao redor de sua cintura e descanso a cabeça entre suas omoplatas.

— Por que você sente que tem que me proteger?

Ele respira fundo e exala devagar.

— Há coisas no meu passado, coisas das quais não quero falar no momento, que me obrigam a reajustar a forma como lido com abusos. Não é algo de que me orgulhe, mas se eu tivesse sido mais forte, poderia ter evitado que algo semelhante acontecesse com outra pessoa com quem eu me importava demais. Fico frustrado por conseguir ver tão claramente o que está por vir. Não é específico, mas sei como o John pensa. Ele não vai deixar isso passar batido, Kylie. Ele está obcecado e é perigoso, duas coisas com as quais estou muito familiarizado.

Eu me afasto dele, algo ruim faz meu peito afundar. *Familiarizado de que forma?*

Ele fica de frente para mim e apoia as mãos nos meus quadris.

— A respeito do porquê meus sentimentos por você serem tão fortes… Também não tenho certeza se posso explicar. Eu os entendo tão bem quanto você. Quando você parou para me ajudar, me senti atraído por você.

Não estava brincando quando te disse que tudo isso é novidade para mim. Eu nunca senti nada remotamente semelhante ao que sinto por você.

Vou até o sofá e me sento. Minhas emoções estão por toda parte. Estou tão feliz, não, extasiada, por Alex se sentir assim. Também estou assustada com a rapidez com que as coisas estão progredindo.

— Mal nos conhecemos, e até hoje eu não tinha ideia de que estávamos em um relacionamento. Mas se relacionar comigo é perigoso. Eu não o culparia por querer reconsiderar.

Alex se senta ao meu lado.

— Você acha que o que aconteceu nos últimos dois dias, com o John, diminui meus sentimentos. Muito pelo contrário, apenas os deixa mais intensos. Vejo você, tão forte, tratando disso sozinha para que John não se interponha entre nós, e eu quero te proteger ainda mais. Mas é mais do que isso. Eu preciso de você, provavelmente mais do que você precisa de mim. Você tem uma casca dura, mas a pessoa calorosa, vibrante e apaixonada que você é por dentro me inspira. Quero falar do meu passado e ver se é possível me redimir.

Fico atônita e muito confusa. *O que será que aconteceu em seu passado?*

— Não estou me expressando bem. — Ele se remexe em seu assento, passa a mão pelo rosto e me olha nos olhos. — Você desencadeou algo em mim que eu não sabia ser possível, que nunca soube que estava faltando. Eu a quero desde que a conheci, mas, de alguma forma, em algum lugar nesta nossa breve jornada, esse querer se transformou em necessidade. Eu preciso te proteger. Preciso que você esteja a salvo. Porque eu preciso de você para mim. Enquanto eu estava em Toronto, passei muito tempo tentando descobrir como era possível eu estar sentindo tanto em tão pouco tempo. Mas não há resposta. Apenas é. Por isso, eu simplesmente aceito.

Há silêncio no cômodo. Não tenho certeza se ainda estou respirando. Não tenho a menor ideia de como me sinto ou de como responder, mas não posso lidar com mais nada hoje.

Suspiro e rompo o silêncio, mas não a tensão.

— É muita informação. Acho que preciso dormir. Aconteceu muita coisa hoje à noite, ontem à noite.

Não tenho certeza de para onde vai esse relacionamento com o Alex, mas estou em um lugar onde me sinto segura e protegida. Alex parece precisar de mim tanto quanto eu preciso dele. E ele está tão desconfortável e assustado quanto eu.

Há um certo conforto em saber que vamos explorar juntos estas águas desconhecidas. O verdadeiro teste será como navegaremos nos mares turbulentos.

MALEVOLÊNCIA

CAPÍTULO 13

Seco o rosto e olho para meu reflexo no espelho do banheiro. Mais cortes e contusões, por cortesia de John. Será que algum dia me verei livre daquele homem?

Apago a luz e entro no quarto. Alex se aproxima por trás de mim, envolve as mãos em torno da minha cintura e as entrelaça na frente. Acompanhando a curva do meu pescoço com seus lábios, seu hálito quente faz cócegas na minha pele. Descanso as mãos em cima das dele, encosto a cabeça em seu ombro e fecho os olhos.

— Eu deveria ter te dado ouvidos hoje de manhã — murmuro. — Eu posso ser um pouco teimosa às vezes, eu acho, pelo menos de acordo com o Ryan e o Paul.

— Isso não será um problema no futuro — ele ri. — Da próxima vez, vou colocar algemas em você e te prender na cama. — As mãos dele se apertam ao redor dos meus pulsos.

Meu coração acelera. Minha respiração está errática. *Ah, Deus! Ai, meu Deus!* Visões de sangue. Os azulejos frios contra o meu corpo, o sangue quente escorrendo pelas minhas costas.

— Não! — Me liberto, e disparo para fora da sala. Tropeçando para frente, bato com a canela na cadeira.

Não consigo respirar. O cômodo gira sem parar. Eu puxo grandes quantidades de ar, mas é inútil.

Eu tenho que dar o fora daqui. Meus joelhos cedem, e desabo no chão.

Alex atravessa a sala feito um raio, e me agarra antes que minha cabeça bata no canto da mesinha.

— Merda, Kylie. — Ele me envolve em seu abraço.

Eu o estapeio.

— Me solta.

— Kylie, está tudo bem. Eu estou aqui. — Seus braços se apertam ao meu redor. — Shh, está tudo bem. Você está em segurança, querida.

A exaustão me domina, e desabo em cima dele.

— John. — Meu corpo estremece quando seu nome deixa meus lábios.

— Não, linda. O John não está aqui. Somos só você e eu, Kylie. — Ele me embala para frente e para trás e descansa o queixo no topo da minha cabeça. — Você está a salvo. O John nunca mais vai te machucar. — Sua voz é calma, suave e firme.

Enterro o rosto no peito de Alex.

O John não pode me machucar aqui. Eu estou a salvo.

Tudo o que ouço é a voz de John na minha cabeça. "Você sempre será minha."

Balançando-me para frente e para trás, beijando minha cabeça, Alex tenta me acalmar enquanto toda a agonia e tortura assaltam meu corpo e minha mente mais uma vez. As lágrimas fluem, onda após onda, até eu despencar contra ele.

— Querida, me diga o que acabou de acontecer, me diga o que eu fiz. — A voz sussurrada de Alex enche meus ouvidos.

Com cuidado, ele segura as laterais do meu rosto, e ele tenta fazer o meu olhar encontrar o dele, mas eu não suporto olhar lá dentro e ver minha vergonha refletida para mim.

— Não posso, Alex. Não é você. É ele. Não quero que você saiba de todas as coisas que eu deixei o John fazer comigo.

— Kylie, você pode me contar qualquer coisa. — Sua voz é suave, e seu hálito sussurra pela minha bochecha.

— Você não vai olhar para mim da mesma maneira. Você não vai me querer. Estou tão destroçada, Alex.

Tento afastar meu rosto das suas mãos, mas ele se recusa a me soltar. Em vez disso, se aproxima mais e apoia a bochecha na minha.

— Nada do que disser poderia me fazer ir embora. Nada. Eu quero você, Kylie. Não importa o que aconteça, eu quero estar com você. Por favor, me permita te ajudar. Deixe-me te ajudar a superar isso.

Superar isso? É o que quero há tanto tempo, mas nunca sonhei que seria capaz de conseguir. Mesmo agora, me pergunto como vou dizer as palavras em voz alta e me abrir ao julgamento. Mas Alex está aqui, e estou tão cansada de guardar este segredo, este fardo todo para mim.

MALEVOLÊNCIA

Não há como voltar atrás, muita coisa foi deixada de fora, mas isso não torna mais fácil dar o próximo passo e revelar o segredo mais profundo, mais obscuro da minha vida. Quero continuar sendo a mulher que primeiro despertou sentimentos e desejos em Alex, a mulher que é forte e lhe faz frente. Mas ele está prestes a ver que sou fraca, muito fraca, e não sou nem de perto a mulher que ele pensa que sou.

— Não quero que você saiba, Alex. Por favor, deixe para lá. Deixe-me ser a pessoa que você pensa que eu sou.

— Você é essa pessoa, linda, não importa o que você me diga. Você será sempre a mulher com quem eu quero estar. Só quero te ajudar a superar isso, para que essa coisa não te assombre mais. Por favor, acredite em mim — ele pede, acariciando meu rosto, enxugando minhas lágrimas.

Há algo em seus olhos, algo que me faz confiar nele, e eu quero liberar a dor e a mágoa.

— É tão difícil. Eu nunca pensei que me tornaria uma *dessas* mulheres... — Respiro fundo. — ... que sofreram abuso.

Alex fica rígido ao meu lado.

— Foi tudo tão sutil. Não sei bem como não percebi até ser tarde demais.

Alex se senta diante de mim, seus dedos entrelaçados com os meus. Ele está quieto, e é paciente. Exatamente do que eu preciso.

— No começo, John e eu éramos um casal comum. Depois de alguns meses, ele pareceu ficar... não sei... inquieto. Ele me disse que queria apimentar um pouco a nossa vida sexual. Nada muito pesado, algemas, vendas, coisas assim. — Levanto os olhos o suficiente para ver Alex, esperando ver sinais de nojo em seu rosto.

Ele continua impassível, gentil, esperando que eu continue.

— Não demorou muito e, em vez de ser um desvio ocasional do comum, começou a acontecer todas as vezes que tínhamos relações sexuais. E ele tornava a experiência cada vez mais violenta, mais dolorosa. As algemas ficavam muito apertadas e deixavam marcas. Ele puxava meu cabelo com força exagerada a ponto de arrancar os fios. Depois de um tempo, mesmo isso não era suficiente para satisfazê-lo, e ele começou a acrescentar coisas novas, acessórios para causar dor. Coisas com as quais eu nunca concordei. — Eu me movo devagar e ergo a cabeça, meu olhar encontra o dele.

"Ele insistia em fazer sexo com seus novos brinquedos todos os dias. Quando eu recusava, ele me empurrava e depois me dava pontapés e tapas até ser mais fácil para eu ceder. Ele me afastou de todos, especialmente do Ryan e do Paul. Ele ameaçou minha carreira. Me disse que se eu contasse a alguém, eles ririam de mim, que ninguém jamais acreditaria no que eu disesse. Ele disse que as pessoas pensariam que eu era uma vagabunda, especialmente depois que ele contasse que eu havia implorado pela experiência."

Olho para o colo, torcendo as mãos, as pontas de meus dedos oscilando entre o vermelho escuro e o branco fantasmagórico. Respiro fundo, com dificuldade.

— Ele parava apenas quando eu pedia pelo amor de Deus. Quanto mais altos os gritos, mais aquele filho da puta sorria e mais bruto ele ficava comigo. Um dia, ele chegou em casa com um chicote de couro preto que tinha umas bolas pesadas com espinhos nas pontas. Eu fiquei com um medo do cacete e me recusei a permitir que ele o usasse. Eu disse a ele que estava acabado, que eu estava indo embora. Eu não me importava com o que as pessoas pudessem pensar, e ele recuou um pouco.

Os músculos e as veias de Alex se retesaram em seu pescoço e na parte superior do corpo. É reconfortante compartilhar minha dor, mas sei que ouvir tudo o que eu sofri está acabando com ele.

— Certa manhã, me lembro de sair do chuveiro e de me olhar no espelho. Estava com outro hematoma, dessa vez no ombro, e fiquei feliz por não estar em algum lugar visível. Minha blusa cobria. — Balanço a cabeça, ainda incapaz de acreditar como me deixei chegar a um ponto em que meu namorado me deixar marcas imperceptíveis era aceitável. — Fiquei ali parada... me encarando, me perguntando o que diabos tinha acontecido comigo.

Respiro fundo, esperando que o gesto me acalmasse, mas sabendo que nada ajudaria a não ser pôr tudo para fora.

— As coisas começaram a melhorar, mas eu podia perceber que John estava ficando inquieto novamente. Ele estava irritado e mal-humorado. Eu sabia que não demoraria muito para que ele exigisse sexo sob tortura. Eu não conseguiria fazer isso. A ideia de passar mais um minuto com ele me deixou enojada. Foi quando empacotei todas as minhas coisas, tudo. Nunca mais quis voltar a entrar na casa dele.

"Quando ele entrou no quarto, eu disse que para mim já tinha dado, que tudo havia acabado. Ele partiu para cima de mim, furioso, me empurrou, me xingou, e me expulsou da casa dele, e saiu possesso do quarto.

"Ele voltou alguns minutos depois, mais calmo, implorando para que eu ficasse. Não olhei para ele nem falei nada. Simplesmente dei as costas e

MALEVOLÊNCIA

continuei fazendo as malas. Eu não queria discutir nem brigar. Eu só queria ir embora."

A memória repassou na minha cabeça. Meu coração se despedaçou da mesma forma que naquela noite, e todas as noites depois, até que eu tranquei tudo. As lágrimas escorriam quentes pelo meu rosto. Eu as sequei com a palma da mão, mas não fez diferença.

— Ele veio por trás de mim. Pensei que fosse para me abraçar, mas ele agarrou meu braço e me sacudiu tão rápido que eu não tinha ideia do que estava acontecendo. Antes que eu pudesse me orientar, ele tinha algemado o meu pulso e depois o outro. Eu nem me lembro delas sendo presas, apenas o som dos cliques enquanto ele as apertava. Deus, eu ainda posso ouvi-las. Pareceram ter feito tanto barulho na hora.

Alex fica pálido enquanto faz a correlação entre sua fala inocente e brincalhona quanto a me conter e o que causou o meu colapso momentos antes.

— Ele me arrastou para o banheiro e me jogou no chão. E se sentou em cima de mim para que eu não conseguisse me levantar e amarrou os meus tornozelos. Com tanta força que senti as amarras cravarem na minha pele. Eu sabia que ele tinha a intenção de deixar marcas. Ele adorava deixar marcas em mim. Era uma reivindicação de propriedade ou algo assim. Ele passou um cinto de couro pela corrente das algemas e me puxou até o chuveiro. Uma barra de aço industrial era o trilho da cortina do chuveiro. Ele fazia flexões nela de manhã, quando acordava. Eu fiquei ali parada, com os tornozelos amarrados. Eu precisei me concentrar muito para não cair. Depois, ele passou o cinto sobre a barra… e me prendeu lá.

Minha cabeça cai, minha respiração se mistura com soluços e lágrimas encharcam minhas bochechas, a frente de minha camisa e pingam constantemente sobre o edredom.

Só preciso passar por isso, exorcizar os demônios, e lidar com as consequências mais tarde.

— Ele puxou minha calça até os tornozelos e depois rasgou a minha blusa. Cortou as alças do meu sutiã com uma de suas facas de caça. Eu estava chorando tanto, implorando para ele me soltar. Ele disse que tudo o que eu precisava era de um pouco de instrução. Uma vez que eu tivesse sido devidamente treinada com todos os seus novos brinquedos, eu entenderia por que isso era tão importante para ele, ia querer agradá-lo. Ele me disse que ia começar com o meu favorito, e eu soube que ele se referia àquele chicote, porque me aterrorizava desde o primeiro minuto em que ele me mostrou. Ele passou a coisa por cima de mim, de levinho no início. Depois, começou a me chicotear. — Minha voz está vacilante, tremores correm através de mim como um terremoto de sete pontos de magnitude.

Eu não posso parar. Estou tão perto.

— Eu nunca senti tanta dor na minha vida. Cada golpe foi como se mil vespas me picassem de uma só vez, todas nas minhas costas. Eu podia sentir minha pele rasgando. Estava pegando fogo. Eu gritava para que ele parasse, mas ele não parava de me bater. Parecia que continuaria para sempre. Eu tinha certeza de que ele me espancaria até a morte. A certa altura, implorei a Deus que me deixasse morrer rapidamente, para que eu não tivesse que sentir mais dor.

"Depois de um tempo, perdi a voz e não consegui mais gritar. Não conseguia nem manter a cabeça firme. Tudo estava girando, e eu me sentia como se estivesse em um túnel escuro."

Levanto a cabeça, mas olho para além de Alex, em direção ao nada. A lembrança daquele dia está se desenrolando em cores vivas. O medo, a consciência de que eu não tinha controle sobre minha própria vida, e a aceitação de que eu ia morrer.

Minha respiração abranda um pouco, mas continuo a encarar o nada.

— E foi quando ele parou. Ele cortou a gravata que usou para amarrar meus tornozelos e soltou o cinto, me deixando cair no chão do banheiro. Eu não conseguia me mover nem falar. Acho que estava prendendo a respiração, apenas esperando o que viria em seguida. Mas, na maior parte, eu só queria morrer. Ele tirou as algemas, e depois saiu. Sem dizer uma única palavra, simplesmente me deixou lá no chão como se eu fosse lixo.

"Não sei bem quanto tempo fiquei lá, mas, em algum momento, recobrei o bastante da consciência para descobrir que aquele devia ser apenas o primeiro round. Eu sabia que ele não me mataria de imediato. Ele esperaria até usar todos os seus brinquedos em mim, e então me deixaria morrer ou me forçaria a viver.

"Fiz um esforço para me levantar. Havia tanto sangue no chão, em cima de mim. Puxei a calça até a cintura e enrolei um casaco ao meu redor. Consegui andar, talvez devido à adrenalina? Não sei, mas desci as escadas. Acho que estava com muito medo de morrer naquele banheiro, sozinha. Ou com medo do que ele havia preparado para o segundo round. Aparentemente, bater em mim exigiu muito de John, porque o encontrei desmaiado, dormindo na poltrona reclinável. Peguei minhas chaves e fugi.

MALEVOLÊNCIA

De alguma forma, acabei em um hotel… e em algum momento, Ryan e Paul chegaram lá."

Alex olha para longe de mim, e murmura:

— Eu vou matar aquele filho da puta.

Acabou.

Saiu tudo, todos os meus demônios estão expostos. Alex vai me deixar, e não posso culpá-lo. Eu estou danificada. Maculada. E John ainda está vindo atrás de mim. Suas ações não param de se intensificar. Ele não está mais simplesmente me perseguindo e assediando. Ele está abusando de mim. Me proteger está se tornando um trabalho em tempo integral. Eu não posso achar ruim que Alex queira deixar tudo para lá. Depois do que acabei de revelar, como ele vai conseguir me olhar da mesma maneira?

Ele agarra minhas mãos entre as dele.

— Você é a pessoa mais corajosa que eu conheço, Kylie Tate. John quase te matou, mas você sobreviveu. Isso requer uma força incrível, e todos os dias você dá um passo em direção aos seus sonhos e se afasta dele, isso faz de você uma heroína. Estou admirado.

Balanço a cabeça.

— Eu não sou forte, Alex. Deixei que ele me batesse, que me marcasse. Nunca dei queixa, e continuei voltando para ele durante meses. Ele se safou. E, agora, ainda estou permitindo que ele me controle. — Minha voz cai para um sussurro. — Ele sabia que eu não queria que você descobrisse, que eu faria qualquer coisa para evitar que você descobrisse que eu estou danificada.

Alex apoia a testa na minha.

— Nunca mais diga que você está danificada. Você é bonita, inteligente e resiliente. Você não fez nada de errado, Kylie. Ele te manipulou. Ele te fez acreditar que você era a doente. Ele é um monstro, um predador. Provavelmente foi a sua energia e a sua estabilidade que o atraíram. Você foi, e continua sendo, um desafio. Ele quer te controlar, te fazer submeter. E se ele não puder ter você, está disposto a acabar com a sua raça.

Ele levanta meu queixo até nossos olhos se encontrarem.

— Mas ele não pode te destruir. Você foi embora e rompeu o ciclo ao não voltar. Essas cicatrizes nas suas costas não são marcas de vergonha. Elas são a prova de que você é uma guerreira. Você é incrível, Kylie, e eu estou tão orgulhoso de você.

As lágrimas vertem pelas minhas bochechas. Mas eu não posso falar. Suas palavras são como um elixir que enchem meu coração ferido, entorpecem a dor e curam os cortes profundos da minha alma.

ANNE L. PARKS

Ele se levanta e me puxa junto.

— Venha. Você está tendo uma noite exaustiva. Vamos para a cama.

Eu me inclino e o beijo. Quero que a dor desapareça. Eu quero o Alex. Preciso que ele me faça sentir algo que não seja vergonha.

Eu agarro a parte de trás da cabeça dele e tento aprofundar o beijo. Ele se afasta.

— Desculpe — digo, e cruzo os braços —, foi simplesmente eu saltando para conclusões. Eu...

Alex descruza os meus braços e me puxa para si. O fogo arde em seus olhos, não raiva, como já vi antes, mas paixão.

— Eu te quero desde o dia que te conheci. Mas não vou me aproveitar de você enquanto você estiver vulnerável.

Uma onda de emoção me inunda. Temia que ele se afastasse de mim quando descobrisse minha vergonha secreta, mas ele está aqui. A verdade é que, embora eu possa ter me aliviado dos fatos, o horror do que John me fez permanece.

— Não quero que as lembranças de John sejam tudo o que tenho. Quero lembrar o que é sentir prazer, não dor nem humilhação. Quero novas lembranças, com você.

Nós nos encaramos pelo que parece uma eternidade. Em um movimento rápido e fluido, ele agarra a parte de trás da minha cabeça, e seus lábios se chocam com os meus. Sua língua invade minha boca, e explora cada parte, sensual e urgente ao se entrelaçar com a minha.

Os músculos das suas costas são sólidos e poderosos, sinto sua pele macia na ponta dos dedos que arrasto sobre cada depressão e cada saliência. Ele é sensível ao meu toque, e o desejo ardente que me assola se avoluma.

Eu o quero dentro de mim. Preciso que ele afaste as lembranças das minhas experiências sexuais deturpadas.

Ele me guia para a cama, e eu me deito. Alex desliza por cima de mim, apoiando o peso com os braços. A cada movimento de seu corpo, a luz substitui a escuridão no meu coração e na minha alma. Estamos em sincronia: prazer e cura. Nada escuro nem perigoso. Apenas nós dois existimos neste momento, luz e emoção.

Alex me revive aos poucos, lembrando-me das alegrias da intimidade, à medida que diminui o medo da dor e do controle. Nós nos elevamos juntos, e não consigo me lembrar de me sentir tão próxima de outra pessoa em toda a minha vida.

— Kylie — ele me chama, mas soa como uma oração atendida.

MALEVOLÊNCIA

Ele é tão gostoso, mas é o som do meu nome em seus lábios e o olhar em seu rosto, uma mistura de prazer e felicidade, que finalmente me empurram para além dos limites.

Eu me desfaço ao redor dele, e a libertação é muito mais do que física. O medo do que vem a seguir, de que novo tipo de tortura terei que suportar, flui para fora de mim. Não há pânico nem ansiedade. Apenas um êxtase compartilhado e um senso de dignidade.

Onda após onda de tremores se movem através de seu corpo. O movimento abranda, mas nós permanecemos conectados.

Os olhos dele olham dentro dos meus, sérios, mas sensuais.

— Eu precisava disto tanto quanto você. Eu queria sentir… não apenas fazer. Ninguém jamais me fez *sentir*, Kylie.

Eu não considerei a falta de experiência de Alex. Eu precisava de uma conexão com ele, para sentir prazer através da intimidade, em vez de dor. Nunca me ocorreu que Alex também nunca tinha tido a experiência, e que ele queria e precisava se curar à sua própria maneira.

— Outra primeira vez — murmuro —, para nós dois.

Estou exausta. Ele repousa a cabeça no meu peito, e eu passo meus dedos pelo seu cabelo umedecido de suor.

— Humm — Alex geme. — Isso é bom.

Ele levanta a cabeça e me olha, e eu sorrio, perdida no contentamento e na alegria de seus olhos.

— Foi incrível — diz ele.

— Foi, sim.

Estou tão próxima dele no momento, talvez até mais próxima do que estou de Ryan e Paul. Libertei as memórias, dividi o fardo com ele, e ele não fugiu para as colinas. Ele está aqui, me ajudando a curar.

Como isso aconteceu?

Alex vira de lado, e nós nos deitamos juntos, com os olhos fixos um no outro.

— Obrigada, Alex — sussurro.

Ele afasta o cabelo dos meus olhos e sorri.

— Eu estou aqui por você, Kylie. Eu estarei sempre aqui. O John nunca mais te fará mal. — Ele acaricia meu rosto, seu olhar jamais se desvia do meu. — Você está a salvo.

Devagarinho, ele passa os lábios pelos meus e me acalma com seus beijos. Minha cabeça gira. Tudo parece ser o sonho perfeito. Um sonho do qual eu não quero acordar.

Ele prende meu queixo entre o polegar e o indicador.

— Você percebe, é claro, que agora que fizemos isso, talvez eu nunca mais te deixe sair da minha cama? Foi intenso.

— Você vai me manter em cativeiro? Vai me forçar a fazer muito sexo alucinante com você?

— Alucinante? — Ele ergue uma sobrancelha.

— Alucinante de fazer os olhos saírem da órbita e vender a alma ao diabo.

Ele sorri, e seus olhos se iluminam, o azul fica mais vibrante.

— Eu poderia ficar viciado em dormir com você, Srta. Tate.

Ele se inclina e me beija com carinho. Sorrimos, simplesmente perdidos no olhar do outro.

— Então, *namorado*? Eu não tenho o direito de dizer nada?

Alex se vira de costas e me puxa para si.

— Não. Você deveria simplesmente seguir com o fluxo. Não há como eu desistir de você.

Depois da minha confissão e da intimidade que compartilhamos, *namorado* não chega perto do que sinto por ele. Porto seguro, amante. Protetor. Ele está no meu coração, é uma parte da minha alma. Mas eu não confio em promessas nem em revelações românticas. As ações falam mais alto do que as palavras.

Talvez Alex venha a provar que estou errada. Não tenho dúvidas de que ele acredita genuinamente no que diz, mas a maioria das pessoas tem intenções excelentes quando fazem promessas. Já me decepcionei tantas vezes com as palavras que as pessoas dizem, declarações que sempre acabam contradizendo suas ações.

Estou tentando aceitar Alex por sua palavra e dar a ele o benefício da dúvida, mas essa onda de afeto que ele sente pode não ser suficiente para levá-lo adiante.

Ele quer isso de verdade, ou simplesmente está encantado com o romantismo?

MALEVOLÊNCIA

CAPÍTULO 14

Acordo de manhã e me viro para me aconchegar em Alex. Sozinha. Novamente.

Suspiro, estendo os braços sobre a cabeça e me espreguiço. O mundo é novo, minha atitude é revigorante, o que é notável, considerando tudo o que aconteceu ontem à noite. Tomo banho e depois vagueio até o armário para pegar a minha mochila. Uma fileira de roupas de mulher está pendurada ao lado das roupas de Alex. Sinto uma pontada de ciúme.

Examino as roupas, o ressentimento substituído pelo choque ao perceber que são minhas. Alex trouxe algumas das minhas roupas. Tenho certeza de que esta é apenas outra forma de me encorajar a ficar aqui. Talvez eu devesse ficar irritada por ele estar me manipulando, mas estou começando a perceber que a maior parte do que Alex faz é para me proteger.

Visto rapidamente uma legging preta e uma blusa vermelha e vou para a cozinha. Alex está à mesa lendo jornal, deslumbrantemente sexy em jeans e camisa preta. Pego um pouco de café e me junto a ele. O canto do seu jornal se dobra, e ele olha para mim, e desliza os olhos pelo meu corpo.

— Bom dia, Sr. Stone. — Tomo um bom gole do meu café e quase gemo quando a cafeína atinge o meu sistema.

Um sorriso ilumina seu rosto.

— Bom dia, Srta. Tate. Você está linda.

— Presumo que aprove o modelito desta manhã?

— Muito. Isto significa que você vai trabalhar de casa?

— Sim, significa. — Minha voz jorra doçura.

— Excelente. Podemos evitar essa discussão.

— Prefiro pensar nisso mais como um debate saudável do que como uma discussão. Além do mais, talvez você não fique tão feliz por me ter por perto o dia todo, te distraindo do seu trabalho.

— Pareço mesmo ter problemas para resistir a você — ele resmunga.

Ergo uma sobrancelha.

— E isso é ruim?

— Só quando me esqueço das exigências básicas.

Coloco a caneca sobre a mesa e descanso o queixo nas mãos.

— Tipo?

Alex dobra o jornal, joga-o na mesa e se reclina na cadeira.

— Bem, digamos que a noite passada foi mais uma novidade para mim, e não de uma maneira responsável.

— Explique. — Pego um croissant da travessa no meio da mesa e separo as camadas folhadas, estalando-as na boca.

— Eu nunca faço sexo sem perguntar sobre controle de natalidade. E nunca sem usar proteção.

Pego o café e me encosto na cadeira.

— Quanto ao controle de natalidade, de minha parte, estamos a salvo e seguros. Não haverá nada saindo daqui. Pode ficar tranquilo. Fui ao médico depois que terminei com o John, e não estou com nenhuma doença. Não me envolvi com ninguém desde então.

— Bom saber — diz Alex. — Isso também vale para mim, a propósito.

— Ufa. — Limpo o suor inexistente da minha testa. — Fiquei com medo de ter te engravidado.

Uma gargalhada gutural escapa dele, e eu me deleito em saber que sou uma das poucas pessoas que é capaz de desfrutar deste lado de Alex. Sinto-me especial, como se houvesse uma parte de sua vida reservada só para mim.

— Aliás, como você é novo nisso, sinto a obrigação de te informar de que você está perdendo um dos maiores benefícios de dormir com alguém: o aconchego matinal. É conhecido por levar a outras coisas.

Ele encosta o nariz na lateral do meu pescoço e inala profundamente.

— É mesmo? Terei que levar isso em consideração de agora em diante. Sou um fã de *outras coisas* com você.

Vigor dispara pelo meu corpo e aquece minha pele. Deus, este homem pode me seduzir apenas com a voz e uma carícia.

— Qual são os seus planos para hoje? — pergunto.

— Passar tempo com você.

Fico de pé, coloco a caneca sobre a mesa e me inclino para envolver meus braços em torno de seu pescoço.

— Alex, não preciso de uma babá.

MALEVOLÊNCIA

111

— Talvez, Srta. Tate, eu só queira ficar com a minha namorada. — Ele me abraça pela cintura e me puxa para o colo. — Ver se podemos fazer mais sexo desprotegido.

Descanso uma mão em ambos os lados do rosto dele.

— Mmm… Sr. Stone, se você continuar falando assim, isso pode acontecer aqui mesmo nesta cadeira.

Eu me inclino e o beijo quando ele agarra minha bunda. Eu solto um gritinho surpreso e quase salto do colo dele.

— Desculpe-me, senhor. — Jake está de pé à entrada da cozinha. — Estou com as informações que você queria.

Alex me levanta de seu colo e fica de pé, nem um pouco abalado com a interrupção.

— Certo, obrigado.

O calor se arrasta pelo meu pescoço e invade meu rosto. *Ótimo, estou no colo de Alex, planejando nossa próxima aventura sexual, enquanto ele me apalpa a bunda.*

— Bom dia, Jake.

— Bom dia, senhora… Kylie.

Alex olha para Jake e depois para mim, e eu espero que ele não dê uma bronca no Jake por ele usar meu primeiro nome. Não passou despercebido que Alex é chamado de Sr. Stone mesmo em sua casa.

— Aqui. — Alex me entrega um iPhone com uma capinha vermelha. — Seu telefone novo. Acrescentei alguns contatos.

Ah, é mesmo. Meu celular está espalhado em um milhão de pedacinhos no chão da minha sala.

Vejo a hora… Dez da manhã.

— Como você conseguiu outro tão rápido?

— Tenho a tendência de trocar de telefone com uma velocidade alarmante, assim eu garanto resposta rápida quando preciso de um novo. — Ele desvia o olhar.

Inclino a cabeça para o lado.

— Você troca de celular com frequência? Tipo, você os perde, eles param de funcionar, ou você os joga no chão e pisa neles por pura frustração?

— Sim.

Passo o dedo pela capinha rígida.

— Bem, obrigada pela rapidez em me arranjar outro. Bela capa, também.

Ele me agarra pelos quadris, e um brilho lampeja em seus olhos.

— É vermelho ardente, igual a você, linda.

Eu rio.

— Mmm...eu amo esse som.

Ele me beija, e ondas de calor passam por mim.

Eu o agarro pelo queixo e viro sua cabeça de modo que nossas bochechas ficam coladas.

— Sorria — digo, e tiro uma foto de nós com o aplicativo da câmera.

Eu a coloco como imagem de fundo na tela principal, e um largo sorriso se espalha pelo rosto de Alex.

Os gestos simples me derrubam. Ele pode não perceber o quanto são valiosos para mim, mas são. Ninguém jamais cuidou de mim. Eu gosto disso, muito, mas também estou indo com cautela. Não quero ter esperanças de que vai ser assim para sempre.

— Venha, tenho outra surpresa para você. — Ele segura minha mão e me leva pelo corredor.

Entramos na sala em frente ao escritório dele, e eu arquejo. Estantes de livros que vão do chão ao teto se estendem por três das paredes. Há um divã imenso de frente para a parede de vidro que não só enche a sala com a luz do sol, mas também mostra o belo pátio e nos permite dar uma espiada no oceano. Depois do tribunal, bibliotecas são o meu segundo lugar favorito.

Seus lábios roçam na minha orelha, e ele sussurra:

— Tudo isso é para você, seu próprio espaço.

Lanço meus braços ao redor de seu pescoço e solto um gritinho.

— Presumo que isso significa que você gostou?

Eu o puxo para perto e encosto a cabeça em seu ombro.

— Eu amei.

Paro na frente dele e tento encontrar algo em seus olhos que explique por que ele faria isso por mim. Uma mulher que ele mal conhece, mas que aparentemente quer em sua vida, e em sua casa.

Meu espaço.

— É perfeito. — pressiono os lábios nos dele.

Ele segura meus braços e me afasta um pouco.

— Tenho que ir falar com o Jake, e preciso que minhas ideias estejam claras, o que não vai acontecer se você continuar beijando o meu pescoço. Isso só nos levará a outras coisas, tipo eu te jogar naquele divã e fazer o que eu quiser.

MALEVOLÊNCIA

Eu dou um passo em direção a ele.

— Gosto dessa ideia. Por que não podemos fazer isso?

Ele se afasta, rindo.

— Porque eu tenho que fazer algumas coisas antes. Depois, podemos pensar em batizar a biblioteca como você preferir.

Eu suspiro alto, sorrio, e o observo percorrer o corredor. O jeans que ele usa abraça sua bunda com perfeição, e meu ventre palpita na expectativa de estar na cama ao seu lado com as mãos sobre aquelas curvas firmes, e os dedos cravados na carne macia.

Eu me acomodo no divã e ligo para o escritório. Sarah atende. Informo que não vou hoje, e ela me transfere para Lisa para que possamos repassar o que precisa ser feito.

Eu passo uma hora na biblioteca, vasculhando todos os livros e reparando nos achados interessantes. Alex está entocado em seu escritório. De vez em quando, tenho um vislumbre de lá conforme Jake entra e sai.

Meu estômago ronca, e percebo que já se passaram mais de vinte e quatro horas desde que comi algo substancial. Duvido que eu dure até o almoço ou qualquer refeição que Alex normalmente coma, então é melhor eu ver se consigo encontrar algo para me segurar até lá.

Entro na cozinha e paro de supetão. Uma mulher mais velha está diante da pia, lavando pratos. Olhamos uma para a outra e acho que ela está tão chocada quanto eu.

Jake entra atrás de mim, olha de um rosto atordoado para o outro e sorri.

— Maggie, essa é Kylie Tate, a namorada do Sr. Stone. Kylie, aquela é a Maggie. Ela cuida da casa e se certifica de que estejamos alimentados.

Estendo a mão por cima do balcão para apertar a dela.

— Oi. É um prazer te conhecer.

Maggie olha para Jake, e depois para mim.

— É um prazer te conhecer, Kylie. — Ela ri.

Jake dá uma piscadinha para ela.

— Deixarei as duas se conhecendo. — Ele segue por um corredor do lado oposto da sala principal, e que leva a outra ala da casa.

— Você está com fome? — pergunta Maggie.

— Estou faminta. — Eu me acomodo em um dos assentos da bancada.

— Muito bem, você chegou na hora certa. Acabei de tirar alguns muffins de mirtilo do forno. Quer um?

Meu estômago ronca alto em resposta.

— Sim, por favor — digo entre risadas.

Maggie coloca um prato na minha frente com o maior muffin de mirtilo que já vi, junto com uma xícara de café fresco. Não há como eu conseguir comer o bolinho inteiro de uma só vez.

— De onde você é, Kylie? — Ela volta a lavar as poucas coisas que sobraram na pia. — Está aqui há muito tempo?

Acabo de engolir um pedaço de muffin.

— Eu moro na cidade. Alex me convidou para passar o fim de semana aqui. — Não me aprofundo nos motivos, pois duvido que Alex fale da sua vida pessoal com a governanta. Além disso, prefiro não explicar que meu ex está me perseguindo, e este parece ser o único lugar onde ele não pode chegar até mim.

— Então nos veremos com frequência. Que maravilhoso! — Os olhos de Maggie brilham e ela abre um sorriso afável e, por alguma razão, fico feliz e aliviada por ela parecer me aceitar nesta pequena família singular.

— Trabalha para o Alex há muito tempo? — pergunto.

Ela olha para além de mim, mirando a janela com uma expressão pensativa.

— Vamos ver. Deve fazer uns quinze anos. — Ela balança a cabeça como se não pudesse acreditar que suas próprias palavras são verdadeiras. Então me encara. — Em todos esses anos, você é a única mulher que ele já trouxe para cá. Você deve ser muito especial, Kylie.

Eu sorrio, mas não tenho ideia de como responder. Gritar de alegria, dar um soquinho no punho dela ou pular para cima e para baixo parecem todos inapropriados, mesmo que seja o que estou a fim de fazer. Ainda acho difícil acreditar que Alex nunca se relacionou com outra mulher, mas gosto de ser a primeira e única.

Maggie puxa a tampa do ralo e a água escoa devagar.

— Você trabalha?

A pergunta me incomoda. Ela acha que eu sou filha de algum ricaço que não precisa trabalhar ou, pior, uma interesseira que está atrás do dinheiro de Alex? Claro, estou aqui, no meio do dia, em um dia de semana.

MALEVOLÊNCIA   115

— Eu sou advogada criminalista na Roberts & Daniels. — Ponho o último pedaço de muffin na minha boca. *Acho que estava com mais fome do que eu pensava.*

— Ah, você trabalha para o Sr. Daniels? Ele é um homem tão maravilhoso. Ele e a esposa vêm jantar de vez em quando. A Sra. Daniels é um amor.

Eu sorrio, e meu coração fica quentinho.

— Jack e Annabelle são muito especiais para mim. Eles são como família.

Conheci o Jack durante uma audiência na época que eu era defensora pública. A audiência dele foi logo depois da minha, e ele estava esperando que seu caso fosse chamado. Eu argumentava com um promotor para excluir uma prova, e revirei toda a argumentação do advogado da outra parte. Jack adorou e apertou minha mão quando saí da sala de audiências, me agradecendo pelo espetáculo maravilhoso. No dia seguinte, recebi um telefonema de seu escritório pedindo-me para passar por lá para uma conversa. Ao fim da reunião, eu tinha recebido uma oferta de emprego e voltava à defensoria pública para entregar meu aviso prévio.

Maggie roda a cozinha, limpando balcões e guardando pratos.

— Sua família é daqui? — Ela coloca uma tábua de carne no imenso balcão no meio da cozinha.

Mordo o lábio inferior por um segundo.

— Não, meu pai morreu quando eu estava na faculdade. Minha mãe mora na costa oeste, mas eu raramente a vejo.

Ela para de cortar o aipo e olha para mim, com expressão branda e compassiva.

— Sinto muito. Deve ter sido horrível perder o pai e não ter a mãe por perto.

Maggie é a imagem personificada que tenho de uma avó. Meiga, amorosa e cozinhando algo incrível. Clichê, pode até ser, mas eu não conheci nenhuma de minhas avós, então o clichê é tudo o que tenho.

— Estou feliz por você ter o Sr. e a Sra. Daniels. Eles são boas pessoas.

Aceno com a cabeça. Não vivi os sonhos de infância, mas sou grata pelos amigos que fiz e que me amam e cuidam de mim. Eles podem não ser a família pela qual eu rezei quando criança, mas se tornaram a família de que preciso e a que adoro.

— O Sr. Stone vê a família com frequência? — pergunto. Ele me contou histórias sobre suas irmãs e irmão, de quando eles estavam crescendo, mas não mencionou passar tempo com eles. É claro, minha vida louca está no centro das discussões ultimamente.

Maggie continua a cortar os legumes.

— Não sei. Tenho certeza de que ele os vê, mas eles não vêm aqui.

Não quero que ela pense que a estou bombardeando apenas para obter informações sobre Alex, então levo minha xícara para a pia.

— Obrigada pelo muffin. Acertou em cheio.

Ela finalmente olha para mim, e o sorriso em seu rosto ilumina seus olhos.

— É para isso que estou aqui. Se precisar de alguma coisa, é só falar.

Volto pelo corredor e espio o escritório de Alex. Ele está ao telefone, mas acena para mim. Vou até lá e ele me puxa para o colo. O homem desliza a mão por debaixo do meu top e afaga a minha barriga, deixando um milhão de arrepios em seu rastro.

Ele afasta o telefone do ouvido o suficiente para que eu possa ouvir uma voz masculina do outro lado. Alex revira seus olhos e sussurra baixinho:

— Desculpe.

Beijo-o na bochecha e aponto para a biblioteca. Ele acena com a cabeça e eu vou para meu novo santuário. Há algo dentro de mim que quer acreditar que todos os gestos, simples e grandiosos, são como Alex expressa seu desejo de ficar comigo a longo prazo. Ele está em águas desconhecidas, experimentando coisas que nunca fez antes. Mas ele não está se esquivando de nada. Na verdade, o homem parece confortável em explorar uma relação comigo.

Meu coração já passou por muita dor e traição. Estou feliz por ver aonde as coisas vão com Alex, mas também estou cautelosa.

Nenhum homem vai me pegar desprevenida novamente.

Pego meu clássico favorito, o *Frankenstein*, de Mary Shelley, e me aconchego no divã e volto a me entreter com um velho amigo até meus olhos ficarem pesados.

Entre o pesadelo, a confissão e o sexo, estou exausta e logo adormeço.

Lábios pressionam os meus e me despertam de meu sono. Abro os olhos e vejo Alex afastando os cabelos do meu rosto e olhando para mim. Não consigo parar de olhar para ele, e meu coração palpita ao seu toque suave.

— Me prometa que sempre me acordará dessa maneira — sussurro.

— Só se você prometer que sempre me olhará dessa maneira quando eu te acordar.

Nós nos encaramos, e há algo em seus profundos olhos azuis que me

MALEVOLÊNCIA

excita e me acalma. Justo quando resolvo ficar atenta e cautelosa, Alex diz algo que traz esperança ao meu coração e me faz acreditar em tudo o que ele diz.

Ele pigarreia e abre um sorriso travesso.

— O almoço está pronto, linda.

Serpenteando o braço ao redor da minha cintura, ele me puxa para mais perto e beija a lateral da minha cabeça. Caminhamos de braços dados até a cozinha. Um gesto simples, mas o impacto me pega de surpresa. Parece tão normal... como se estivéssemos namorando há meses ou anos. E parece tão certo.

Alex puxa minha cadeira.

— Volto já. — Ele desaparece pela porta da sala.

Maggie desliza um prato no jogo americano à minha frente.

— Espero que goste de salada de frango. — Ela sorri, e seus olhos cor de mel cintilam.

Os meus se deleitam ao ver os pedaços de frango misturados com aipo, nozes pecan e uva, todos empilhados em um croissant fresco.

— Eu amo. É o meu prato favorito.

— Bem, isso torna tudo mais fácil. É também o favorito do Sr. Stone.

Alex volta com uma garrafa de vinho branco e duas taças. Ele preenche uma pela metade e a entrega a mim. Fortes notas cítricas atingem o meu nariz antes que o vinho se espalhe pelo meu paladar. É fresco, leve e refrescante.

Eu olho para Alex.

— Qual é?

Ele gira o vinho na taça, e o movimento do líquido me hipnotiza.

— É um chardonnay argentino. Eu o descobri durante uma viagem de negócios.

— É maravilhoso. — Tomo outro gole.

— Você é maravilhosa — ele murmura, e dá uma piscadinha.

Meu coração titubeia.

— É um vinho branco perfeito para o verão e complementa a deliciosa salada de frango de Maggie. — Ele olha por cima do ombro e sorri para a mulher que está de pé na cozinha. O olhar em seu rosto é de pura adoração, e eu me pergunto se ela tem alguma outra conexão com ele além de administrar a casa.

Jake e Thomas entram na cozinha e se sentam nos bancos altos ao longo do balcão. Maggie os serve, e os três conversam aos sussurros enquanto almoçam.

Alex e eu estamos em um debate sobre qual filme do James Bond é o melhor, e o critério insano que bolamos nos faz ter ataques de gargalhada. Os três que estão fora da conversa se viram para nós, como se nunca tivessem visto duas pessoas rirem. Ou talvez Alex não ria com muita frequência. É uma pena porque ele tem um sorriso caloroso e um riso contagiante, e eu não posso deixar de cair sob seu feitiço.

MALEVOLÊNCIA

CAPÍTULO 15

Após o almoço, Alex e eu caminhamos de mãos dadas ao longo da sua propriedade através da vasta extensão da grama muito bem cuidada. A espessura exuberante é muito convidativa para deixar passar, e eu descalço os chinelos e permito que meus pés sejam engolidos pelo verde luxuoso. Alex está explicando as muitas reformas que fez no paisagismo quando se mudou para lá.

Duas pedras enormes estão no alto de um penhasco com vista para o oceano Atlântico. Com o topo achatado, elas são um banco criado pela natureza. Alex passa por elas, vai até a borda do despenhadeiro e aponta o pequeno trecho de praia arenosa abaixo.

— Como você consegue ser produtivo trabalhando em casa? — pergunto, hipnotizada pelo bater da água na areia. — Eu passaria o dia indo da praia para a piscina e ainda enfiaria uma corrida em um dos intervalos.

— Fique à vontade para fazer isso — diz Alex.

— Não trouxe biquini. — Levanto as mãos e dou de ombros.

— Não há problema. Eu encorajo o nado e o banho de sol ao natural. — Seu olhar desliza para o meu.

— Perfeito. Não tenho certeza se a Maggie vai gostar, mas aposto que o Jake e o Thomas vão apreciar o show.

Uma linha fina substitui os lábios carnudos e beijáveis.

— Talvez não.

— Sr. Stone, seus olhos assumiram de repente um tom de verde deslumbrante.

— Srta. Tate, eu já te vi nua. É uma visão gloriosa, com certeza, mas não é uma que eu esteja disposto a compartilhar. — Ele me abraça com força e me puxa para um beijo sedutor que faz meus dedos dos pés curvarem na grama aquecida pelo sol. — Ninguém mais pode ter essa visão, a não ser eu.

— Por mim, está ótimo — murmuro, perdida em seu beijo.

Estar aqui com Alex, em sua casa, me dá muito mais do que uma sensação de segurança. Cuidado, profunda preocupação, um homem que me quer de uma maneira que eu nunca experimentei. Não é a obsessão violenta e sombria que eu vivi com John.

Com Alex, eu me sinto desejada, bela e respeitada. Olho para ele, mas seus olhos estão fixos em algo à distância, e ele está a um milhão de quilômetros. Quero tanto entrar na cabeça dele, saber em que ele está pensando.

Será que seus pensamentos refletem os meus?

O medo e a dor que John evoca em mim tem que parar. Não posso mais viver em constante terror.

— Tomei uma decisão hoje cedo — digo, e chamo a atenção dele de volta para mim.

Ele estreita ligeiramente os olhos, mas espera que eu explique.

— Tenho que contar ao Jack sobre tudo o que aconteceu com o John. Eu deveria ter feito isso há muito tempo, eu sei, mas nada vai melhorar até que eu deixe alguém lá no escritório saber o que ele está fazendo comigo.

— E quanto às ameaças dele de arruinar sua reputação na comunidade de advogados e te fazer ser demitida? — pergunta Alex.

— Não posso mais deixar que isso influa nas minhas decisões, e pode ser inevitável a essa altura. Ele me quer de volta, mesmo que seja apenas para me dar uma surra e desfrutar da próprio sadismo. Ele sabe que estou com você, que vou ficar com você e que você está me protegendo. Isso deve estar deixando o John frustrado, porque ele não consegue chegar até mim.

Eu olho para o mar. O sol cria cintilações na água, e elas dançam com as ondas. Tudo neste lugar parece simples, e estou enxergando as coisas com clareza pela primeira vez em muito tempo.

— Tem mais a ver com derrotá-lo. Se ele apresentar a própria versão distorcida do que aconteceu, qualquer coisa que eu diga parecerá que estou tentando sujar o nome dele para encobrir meus próprios pecados.

Eu me sento em uma das rochas e olho para Alex.

— Acho que o Jack vai ficar do meu lado. Ele tem sido meu mentor e a coisa mais próxima que eu já tive de um pai. Confio que ele me apoiará e se recusará a acreditar na merda que está prestes a ser jogada no ventilador. Ele é a razão de eu ter o escritório de canto no andar de cima.

MALEVOLÊNCIA

121

Ninguém mais acreditava em mim nem me queria lá, nem mesmo o John.

Alex passa a mão pelo rosto e solta um suspiro profundo.

— Acho que você está certa. Jack pode proteger a sua carreira. Ele é altamente respeitado na costa leste e é uma força a ser considerada quando levado ao limite. — Ele se senta ao meu lado e coloca a mão no meu joelho. — E o John está ficando mais desesperado. Só não sei se podemos descartar a possibilidade de que ele não vai voltar a te agredir. Acho que ele não consegue mais recuar. John vê tudo isso como uma derrota, e é um grande golpe para seu ego.

Não quero pensar no que John poderá tentar fazer a seguir. Seu alvo agora é a punição, e depois do que experimentei sob o disfarce de seu amor, sei que nunca sobreviverei à retaliação.

— Cansei de me examinar no espelho para ver a extensão dos machucados que ele me infligiu. Minha sanidade e segurança são mais importantes que o meu trabalho. — Tremo só de pensar em não poder exercer mais a advocacia. É uma parte tão grande de mim. Eu a amo, e a vivo. É tão importante para mim quanto respirar. — Além do mais, você nunca pode subestimar o poder dos dedos cruzados, da oração e dos encantamentos de: "Por favor, faça-o desaparecer".

Um sorriso finalmente rompe o verniz estoico no rosto de Alex. Ele segura minha mão nas dele e a aperta. Absorvo sua força e permito que ele me reabasteça, me conforte e me envolva em sua proteção.

Mas estou assustada por precisar tanto dele. Se Alex se afastar de mim, mesmo nesta fase inicial de nosso relacionamento, vou escorregar para as profundezas da escuridão. Estarei perdida. E essa possibilidade me aterroriza mais do que qualquer uma das surras de John.

Voltamos para a casa, de braços dados, e Alex aponta uma trilha que percorre o perímetro da propriedade. O caminho de terra começa na casa, serpenteia pelas árvores ao longo de ambos os lados do terreno, e se divide na frente. Um caminho leva à praia, enquanto o outro atravessa o escarpado acima. E, por fim, faz a volta ao redor da casa.

— Posso ir correr? — Não me lembro da última vez que corri. Na manhã em que conheci Alex?

— Claro. Quero que você se sinta como se esta fosse a sua casa. E provavelmente é mais seguro do que correr na rua. — Ele me dá um olhar de lado e abre um sorriso encantador. — Nunca se sabe que tipo de coisas podem aparecer na beira da rua.

Balanço a cabeça e rio.

— Milionários perigosos com carros inúteis.

— Bilionário, linda.

Reviro os olhos, e ele ri, ao que parece, conseguindo a reação que desejava.

Paramos em frente às portas duplas, e Alex digita a senha no teclado numerado. Entramos em uma sala grande e arejada com luzes fluorescentes. Espelhos percorrem o comprimento de uma parede e refletem sacos pendurados em fila no lado oposto. Ao longo da parede do fundo há pesos, bancos e os aparelhos de ginástica mais modernos.

Eu aponto para o canto mais próximo das janelas.

— Você tem um ringue de boxe?

— MMA — diz Alex. — Já praticou?

— Não. Eu fiz uma aula de autodefesa depois de...John. Treinamos alguns golpes e coisas assim, mas nada pesado demais.

Alex entrelaça os dedos nos meus.

— Você ainda faz? A aula de autodefesa?

— Não. Era em um ginásio de uma escola e durou apenas dois sábados.

— Dois sábados inteiros, hein. — Um sorriso divertido cruza seu rosto. Eu me viro para olhá-lo, e me perco nas linhas de riso ao redor de sua boca.

— Não eram sábados inteiros. Quatro horas por dia.

— Uau. Oito horas no total? Você acha que é o suficiente?

— Você quer que eu enfie o dedo no seu olho?

Ele levanta as sobrancelhas.

— Sabe, os movimentos clássicos de autodefesa: dedo no olho, pisão no pé, chute na virilha?

— E quantos desses você empregou quando John veio atrás de você ontem à noite? Ou no baile de gala?

Faço careta e afasto o olhar.

— Nenhum.

Ele agarra o meu queixo e me obriga a olhá-lo.

— O meu objetivo não é te repreender nem te envergonhar, Kylie.

MALEVOLÊNCIA

Dois cursos de quatro horas não vão ensinar o que você precisa saber para ficar segura. Instrução e exercícios constantes farão ser instintivo. Você executa os procedimentos automaticamente porque é para isso que foi treinada. Entende?

— Entendi. Acho que se tratava menos de aprender de fato a autodefesa e mais de sentir que eu poderia circular por aí sem ter um ataque de pânico. — Procuro nos olhos dele uma indicação de que ele entende como eu estava mental e emocionalmente frágil naquela época da minha vida.

Seus olhos suavizam, mas as linhas duras de tensão permanecem, como se ele estivesse revivendo uma memória, e uma nada agradável. Não tenho ideia se é uma memória recente ou de seu passado.

Ele leva minha mão aos lábios e a beija.

— Quer experimentar o MMA? Poderíamos treinar juntos.

— Claro, mas você terá que assinar um termo de responsabilidade antes — digo. — Não quero ser processada se eu estragar essa cara linda enquanto lutamos.

Alex me agarra pela cintura, e nossa barriga colide. Centelhas elétricas disparam através de mim, a sede por sua pele na minha fica maior a cada segundo.

— Tenho certeza de que podemos chegar a um acordo, Srta. Tate. Prometo não te processar se você prometer me deixar receber qualquer indenização a que eu possa ter direito... na minha cama.

Eu me aproximo dele e agarro seu traseiro firme.

— Bem, Sr. Stone, o senhor é bem rígido em seus acordos. — Eu o puxo para mais perto. A ereção dele cutuca a minha coxa e ergo uma sobrancelha. — Bem rígido mesmo.

Ele agarra a parte de trás da minha cabeça e seus lábios se movem febrilmente nos meus. O gosto do vinho ainda está em sua língua, misturado com seu gosto único. Um gosto ao qual estou me viciando.

Cravo os dedos em suas costas e deslizo de seus ombros fortes até a curva sexy da sua lombar. Ele é lindo e, no momento, todo meu.

Ele move seus lábios ao longo da minha mandíbula e pela lateral do meu pescoço. Ele vai devagar, atingindo todos os pontos sensíveis e quase me enlouquecendo de desejo. Eu o quero, de qualquer maneira que eu puder tê-lo.

Minha perna vibra, e levo um segundo para perceber que o celular de Alex está vibrando no bolso da frente. Ele pega o telefone e verifica o identificador de chamadas.

— Droga — ele murmura, e olha para mim, seus olhos pedem desculpas.

— Tenho que atender. É uma ligação que passei o dia esperando.

Aceno com a cabeça. Seus olhos se fixam nos meus, e eu nado no incrível azul com o qual nenhum oceano é capaz de competir. É melhor do que ficar deitada em uma rede com uma bebida na mão, tomando sol. Eles me absorvem e eu ficaria muito feliz se me perdesse neles para sempre.

— Kylie? — ele me chama, e sou arrancada da serenidade. — Tenho que atender em meu escritório.

Antes de seguir para o escritório, ele beija minha testa, então entra e fecha a porta. Eu suspiro, vagueio pela biblioteca e me largo no divã.

Lá se foi minha maratona sexual pós-almoço com o altamente qualificado Sr. Stone.

MALEVOLÊNCIA

CAPÍTULO 16

Volto à cozinha, sem saber o que fazer para me distrair. Abro a geladeira e pego uma garrafa de água.

A casa está desconfortavelmente silenciosa. Não tenho ideia de onde Maggie está, ou se ela ainda está aqui. *Por quanto tempo ela trabalha? Ela vem todos os dias? E onde estão o Jake e o Thomas?*

Pego uma ameixa no cesto de frutas na bancada que fica no meio da cozinha e me pergunto quanto tempo vai durar a ligação de negócios de Alex. Quanto tempo leva para comprar uma propriedade dilapidada, decidir se deve reformar ou construir um edifício e transformá-lo em apartamentos de luxo muito procurados ou em centros comerciais chiques?

Eu sei quanto tempo leva para se preparar para um julgamento, e tirar um dia de folga nos últimos estágios é perigoso. Meu julgamento por homicídio doloso qualificado está se aproximando rápido, e eu preciso adiantar umas coisas. Eu gostaria de estar com o meu Jeep para dar um pulinho no escritório e pegar alguns arquivos.

Jake entra na cozinha e pega mais café em uma xícara que parece estar permanentemente manchada. Tenho certeza de que Alex não ficará feliz comigo chegando perto do escritório, mas talvez ele leve numa boa se o Jake me levar.

Jake me olha com desconfiança.

— O que foi?

— Eu preciso ir ao escritório.

Uma vermelhidão queima suas bochechas e se espalha até o pescoço.

— Apenas para pegar alguns arquivos, para que eu possa trabalhar daqui. — Odeio ter que pedir permissão como se eu fosse uma criança.

— Thomas e eu a levaremos. Avise-me quando você estiver pronta para ir.

Ele ainda não parece feliz com a ideia, mas é uma pena. Eu fiquei aqui hoje, mas nunca concordei em abandonar todas as minhas responsabilidades.

— Eu estou pronta. Vou ligar para minha assistente no caminho e pedir que ela reúna tudo de que eu preciso.

O trajeto até a cidade é tranquilo. Acabou sendo mais difícil convencer Alex a me deixar ir ao escritório do que eu pensava, mesmo tendo Jake e Thomas como seguranças. Após uma série de respirações profundas para resistir ao impulso de lembrá-lo de que eu não precisava da permissão dele para ir a qualquer lugar, enfim o convenci de que, a essa hora da tarde e em pleno verão, todos os advogados já teriam ido embora.

Um pouco mais da minha independência escapole, mas, no final, não é uma questão suficientemente importante para ser discutida.

A voz de Ryan soa nos meus ouvidos. *"Escolha suas batalhas, Kylie."*

Somos recebidos por vivas barulhentos quando as portas do elevador se abrem. Todos do último andar, assim como algumas pessoas de outras partes do edifício, estão reunidos na sala de conferências. Vejo a Lisa de pé perto da porta e digo ao Jake que vou encontrá-lo em meu escritório. Ele olha para a sala de conferências, acena com a cabeça e caminha pelo corredor com Thomas perto, como um companheiro fiel.

O pavor passa por mim quanto mais perto chego da sala de conferências. Algo grita comigo para que eu pegue os arquivos e vá embora. Mas ignoro o impulso e me aproximo de Lisa.

— Oi, Kylie — ela sussurra.

Dou uma olhada rápida ao redor da sala, procurando por John, mas não o vejo, e relaxo um pouco.

— O que está acontecendo?

— O caso de Bob Shaw finalmente foi resolvido. O escritório ganhou uma grana preta, e eles continuam comprando champanhe vagabundo. — Ela ergue a taça de plástico cheia de espumante rosa.

Eu rio.

— Este caso tem se arrastado desde que entrei aqui. Na verdade, nunca acreditei que ele fosse ser resolvido.

— Não é?

Há momentos em que eu gostaria de não ser chefe da Lisa. Acho que seríamos boas amigas.

Do outro lado da sala, Jack ergue a taça.

— Pegue um pouco de champagne e venha cumprimentar o Bob.

Um corpo se aproxima de mim.

— Você não está bebendo nada, Kylie. — O hálito quente de John está a centímetros da minha orelha. Meu estômago revira, a bílis sobe para a minha garganta.

Chego mais perto de Lisa e quase a faço derramar a bebida.

— Não cause uma cena, Kylie. — Sua voz é baixa e ameaçadora. Ele me dá um copo e pega outro para si na bandeja.

— Aqui. Tome um pouco de champagne e relaxe essa tensão.

A voz de Jack se eleva no pequeno espaço.

— Então, um brinde ao Bob.

Viro o champagne de uma só vez, ansiosa para sair da sala de conferências e me afastar de John. Entrego minha taça vazia a Lisa.

— Os arquivos estão prontos?

Ela franze a sobrancelha, e olha para trás de mim. Algo cintila em seus olhos quando ela espia em direção a John.

— Sim, eles estão na cadeira em seu escritório.

— Muito bem. Obrigada, Lisa. Tenha um bom fim de semana.

Saio da sala de conferências sem dizer uma única palavra para John. Ando depressa pelo corredor até chegar ao meu escritório. Assim que entro, minha cabeça começa a doer, como se as ondas do oceano estivessem balançando meu cérebro dentro do meu crânio. Amaldiçoo Jack pelo champagne de merda.

Olho para Jake.

— O John está aqui.

Ele olha além de mim, em direção aos elevadores. Sigo seu olhar, e vejo John. Ele abre um sorriso presunçoso, mas há uma ponta de surpresa, como se estivesse me dando um aviso. O homem não esperava que a equipe de segurança de Alex estivesse aqui. Eu me viro. Estou farta de dar a ele a satisfação de me assustar. Este jogo de controle através do medo que ele ama fazer comigo acabou.

Jake olha para Thomas.

— Ele está indo embora.

128   **ANNE L. PARKS**

Thomas acena com a cabeça, outro código secreto que eu não conheço, e pega uma pilha enorme de arquivos sobre a cadeira.

Aponto para a mesa.

— Preciso desta pilha, também. Se você quiser levar lá para baixo, analisarei esses aqui e verei do que mais preciso.

Jake olha por cima do ombro. John não está lá.

— Tudo bem. Fique aqui até eu voltar — diz ele.

Aceno com a cabeça, vasculho os arquivos e pego o que preciso. Há apenas uns poucos, e me sinto mal por fazer Jake vir pegá-los.

John se foi. Com os arquivos debaixo do braço, vou até o elevador. Com alguma sorte, vou encontrar Jake e Thomas antes que eles voltem sem nenhuma razão. Aperto o botão para o lobby e as portas se fecham.

Uma mão dispara através da abertura, agarra a porta e a força a abrir. John entra e pressiona imediatamente o botão de *fechar a porta*. Sou inundada pelo medo. *Merda!* Ele deve ter esperado por uma oportunidade para me pegar sozinha.

Ele leva a mão o painel e pressiona o botão para a garagem. Meu coração bate alto em meus ouvidos. Minha cabeça está latejando. Preciso pensar em uma forma de sair deste elevador antes de chegarmos à garagem. Uma vez que ele me leve até lá, estarei longe antes que alguém perceba que algo está errado.

As coisas estão confusas. Meus pensamentos estão dispersos.

— Você não parece muito bem, Kylie. Acho que devo te levar para casa — diz John, mas sua voz está longe de demonstrar cuidado ou preocupação.

— Já tenho quem me leve — digo, sem entonação nenhuma, sem olhar para ele.

Vejo-o balançar a cabeça no reflexo das portas.

— Não, eu vou te levar.

Meu coração despenca. Eu sei o que isso significa. Ele terminará sua sessão de treinamento sádico.

As imagens piscam diante dos meus olhos: amarras, espancamentos e muito sangue. Uma queimadura ácida se eleva das profundezas do meu estômago.

Os andares passam. Prendo a respiração quanto mais perto chegamos do andar de baixo. Eu deveria ter ficado no meu escritório e esperado por Jake. Mas até mesmo o Jake pensou que o John tinha indo embora, ou eu não teria ficado sozinha.

Mas John esperou por mim. Esperou para ver se ele poderia aproveitar o fato de eu ficar sozinha. E eu caí direto na armadilha dele.

MALEVOLÊNCIA

Um som anuncia nossa chegada ao saguão. Os olhos de John estão descontrolados, e suponho que ele não esperava que alguém no saguão interrompesse nosso passeio particular.

As portas se abrem. Eu me apresso para lá. John aperta o botão para fechar as portas. A outra mão bate no meio do meu peito, e ele me joga de volta para a parede. Todo o ar abandona os meus pulmões. Eu me atiro para a porta antes que ela feche, mas perco o equilíbrio e tropeço. Minha cabeça parece que está em um carrossel, e meu equilíbrio está seriamente prejudicado.

O espaço entre as portas está quase fechando. Meu coração dispara. *Não consigo escapar.*

Uma bota se enfia entre as portas e as força a abrir. Thomas entra rápido, joga John contra a parede e o prende ali. Jake entra correndo, me agarra pelo braço e me tira do elevador.

A tontura me cega, e meus joelhos se dobram. Jake me segura e praticamente me carrega até o SUV.

Eu me largo no banco de trás enquanto o segurança de Alex vai para trás do volante e se vira para mim.

— Você está bem, Kylie?

Minha cabeça está latejando, em contagem regressiva para detonar.

— Sim, eu estou bem. Não estou machucada. Só estou muito tonta e com a cabeça estranha. — Estou confusa. Não reajo assim ao estresse. Eu não me desfaço completamente diante do perigo. Sou mais forte que isso.

— Sente-se e relaxe. Vamos levá-la de volta à casa do Sr. Stone.

Olho para o espelho retrovisor e chamo a atenção de Jake.

— Obrigada… por tudo.

— É para isso que estou aqui, Kylie.

Fecho os olhos e massageio as têmporas.

— Como você sabia que o John estava no elevador comigo?

— Não sabia. Thomas e eu estávamos voltando para te ajudar com o resto dos arquivos. As portas se abriram e começaram a fechar antes que alguém saísse. Foi puro instinto.

A magnitude do que aconteceu me atinge. Uma onda de frio passa por mim, e eu tremo quando considero do que escapei por muito pouco. Sorte pura e intuição: foi tudo o que me salvou do inferno pelo qual John prometeu me fazer passar.

— Sinto muito, Jake. Eu deveria ter esperado vocês, mas pensei que o John tinha ido embora depois de ver você e Thomas comigo. Não importa.

Eu não deveria ter corrido o risco.

A porta do passageiro se abre, e Thomas pula para dentro, com meus arquivos debaixo do braço, sorrindo de orelha a orelha. Aparentemente, ele gostou da pequena dose de adrenalina que a minha situação precária proporcionou. O homem tem cara de novinho e é consideravelmente mais jovem que o Jake, que está na casa dos trinta e poucos anos. Eu não prestei muita atenção nele porque ele é tão quieto e reservado na maior parte do tempo. No entanto, o cara é bem grande. Seus músculos repuxam a camisa social branca. Posso ver por que Jake confia nele como apoio.

Encosto a cabeça na parte de trás do banco enquanto cruzamos as ruas em direção à casa de Alex.

O celular de Jake toca, e interrompe o silêncio no veículo.

— Sim, senhor. Estamos a cerca de dez minutos de distância. Houve um incidente com o Sysco. Ele encurralou a Srta. Tate no elevador. Conseguimos removê-la sem causar nenhum ferimento... nela. — Há uma pausa antes de Jake voltar a falar. — Ela nos relatou que não está se sentindo bem.

Encostamos na frente da casa, e Jake me ajuda a subir os degraus e a entrar. Thomas leva meus arquivos para dentro e desaparece. Entro no escritório de Alex, me sentindo um pouco desequilibrada, e agarro a cadeira para evitar a queda. Minha cabeça está tão pesada. Estou tonta e vendo umas manchinhas.

Alex me olha com cautela.

— Você está bem? — Ele sai de detrás da mesa e vem na minha direção.

— Estou muito tonta. Eu não sei o que há de errado comigo.

A sala começa a girar. Fechando sobre mim, como se eu estivesse em um corredor que se afunila cada vez mais, desabando sobre si mesmo a cada segundo que passa. O mundo ao meu redor, e dentro de mim, desacelera. Meus braços e pernas estão dormentes, e me sinto como se estivesse flutuando.

Minha cabeça é um balão preso na ponta de um fio longo, saltitando para cima e para baixo. Alex chama meu nome, mas ele está a milhares de quilômetros de distância. Ele corre na minha direção, mas o buraco negro finalmente se fecha antes que ele me alcance.

MALEVOLÊNCIA

CAPÍTULO 17

Está claro… claro demais. Eu me agito, confusa, até perceber que estou na cama de Alex. Tento me sentar, mas a dor brota da parte de trás do meu crânio e atravessa até os meus olhos. Eu os aperto e desisto.

O lado da cama afunda.

— Calma, calma — diz Alex. Ele coloca uma mão atrás da minha cabeça, segura meu cotovelo com a outra e me puxa com cuidado.

— Está tudo bem. Você só precisa ir devagar.

Volto a abrir os olhos enquanto a dor dissipa um pouco. Os olhos de Alex, carinhosos e brandos, estão cheios de alívio.

— O que aconteceu? — Esfrego a testa na tentativa de aliviar o latejar na minha cabeça.

Alex me encara por um segundo e suspira alto.

— Você foi drogada. Está apagada há cerca de dezoito horas.

— Drogada? Como? Por quem? — As palavras saem da minha boca em rápida sucessão.

— Simples, querida. Temos quase certeza de que foi o John, baseado na droga e na tentativa de sequestrar você. O *como* é mais difícil.

Respiro fundo. Preciso manter a calma para que Alex não decida que eu não posso lidar com os detalhes e que os esconda de mim. Além disso, já parece que alguém está martelando dentro da minha cabeça.

— Qual era a droga?

— Rohypnol.

— A droga do Boa noite Cinderela? — Meu peito se aperta. Meu cérebro está confuso, o que torna quase impossível lembrar dos acontecimentos.

Jesus, se John tivesse conseguido me pegar sozinha, ele poderia ter feito qualquer coisa comigo, e eu não teria sido capaz de detê-lo.

Nós nos sentamos por um momento. Alex segura minha mão, e a afaga com o polegar.

— Você se lembra de estar no escritório? Algo estranho que tenha acontecido enquanto você estava lá?

Fecho os olhos e tento reconstruir a cena. Mas conectar os pontos não é tão fácil, e eu fico frustrada.

— Todos estavam na sala de conferências quando eu saí do elevador. Vi a Lisa e entrei para falar com ela. Olhei ao redor, procurando pelo John, mas não o vi. O Jack estava nos dizendo para pegar champagne. — As lembranças estão confusas. — John estava bem perto de mim, mas não me lembro de ele se aproximar. Ele trazia uma taça de champagne e me entregou.

E pegou outra para si na bandeja.

Abro os olhos e fito Alex.

— E se ele colocou na minha bebida?

— Como? — Alex pergunta, e não há como se enganar com a nota de ceticismo na sua voz.

— Ele já devia estar com a bebida e pode ter acrescentado o Rohypnol ao me ver entrar. — Com a quantidade de pessoas lá na sala, ele poderia ter ficado atrás de alguém e facilmente acrescentado a droga sem que ninguém percebesse.

Alex respira fundo. Estreita os olhos e balança a cabeça.

— E... o quê? Aconteceu de por acaso ter a droga com ele?

— Sim.

Alex me olha de soslaio.

— Por que é tão difícil de acreditar?

— Linda, você não estava trabalhando.

— Mas ele só teria sabido depois de chegar lá. Devia estar com ela no bolso, assim ele poderia ter posto no meu café, o que, aliás, poderia ter sido feito com bastante facilidade. Sempre tem uma xícara na minha mesa. Ele poderia ter esperado até eu sair para usar o banheiro, e eu nunca teria sabido. A questão é que ele precisaria ter a droga à mão para poder usar quando surgisse a oportunidade.

— E você entrou na sala de conferências e deu a ele a oportunidade perfeita.

Que pesadelo minha vida se tornou.

As lágrimas fazem os meus olhos arderem.

— Isso nunca vai acabar. Ele nunca vai me deixar em paz.

MALEVOLÊNCIA

133

Alex segura meu rosto com cuidado e me força a olhar em seus olhos.

— Escute-me. — Sua voz está seria. — Vai acabar, sim. Agora. Vou me certificar de que ele nunca mais te faça mal. Nunca mais. Vou te proteger de todas as maneiras possíveis.

A escuridão turva seus lindos olhos e me causa calafrios. Lembro-me do aviso que Alex deu a John no baile de gala. Ele ameaçou matar o meu ex se ele voltasse a me machucar.

— Por favor, me diz que você não está planejando cumprir a sua ameaça.

Seu olhar suaviza, e os lábios se curvam ligeiramente para cima.

— Não vou encontrar um assassino para dar cabo de John, se é isso que você está perguntando. Há outras maneiras de matar um homem. Formas que não envolvem assassinato.

Eu estreito meus olhos.

— Como?

— Arrasar com a vida dele até não ter mais nada sobrando. — Sua voz está desprovida de toda e qualquer emoção. — Arruiná-lo financeiramente.

— Um homem que não tem mais nada pode ficar ainda mais desesperado e perigoso.

Alex traz seus lábios aos meus e me beija. Seus olhos voltam ao mar de azul que me aquece, mas ainda têm vestígios de agitação e ira.

— Levarei tudo isso em consideração. — Ele se levanta e me ajuda a sair da cama. — Venha comigo, tenho uma surpresa para você.

Há um brilho em seus olhos, e a animação dele é contagiante. A emoção substitui os dedos de medo que me apertam o peito. Mas sei que é apenas temporário. Tenho que lidar com John e com seu comportamento abusivo. Neste momento, porém, afasto a ansiedade para os recantos da minha mente e me consolo nos braços de Alex.

Caminhamos pelo corredor, atravessamos a cozinha e entramos na sala de estar. Um jogo de beisebol está passando na TV, o que me lembra de Alex emprestando seu camarote para Ryan, Paul e eu.

— Aqui está ela. — diz Alex.

Ryan e Paul nos olham por cima do encosto do sofá. Cubro a boca com a mão e abafo o choro subindo pelo meu peito. Vejo os meus dois melhores amigos através da névoa das lágrimas frescas.

Ryan corre para mim, envolve seus braços na minha cintura e me beija na bochecha

— Ah, docinho. Estou tão feliz por você estar bem. — Ele se afasta, me olha por um momento e me puxa para outro abraço.

As lágrimas escorrem pelo meu rosto e ensopam a camisa de Ryan, onde minha cabeça repousa em seu ombro.

Paul me dá um abraço de urso, me levantando do chão.

— Merda, Kylie. Você me deu um susto do cacete. — A respiração dele acelera e fica mais ofegante, e ele enterra o rosto no meu cabelo.

— Eu te amo, Paul — sussurro e me engasgo com um soluço.

Ele mal levanta a cabeça do meu pescoço.

— Eu também te amo, K.

Ele finalmente me põe no chão e seca as minhas lágrimas. Paul não se emociona com frequência. Na verdade, a única outra vez que o vi tão chateado foi também por causa do John. Na noite em que ele me encontrou depois que eu escapei.

Tudo se acalma, e agora que o clima está se tornando desconfortável.

Paul mostra seu sorriso de mané de sempre.

— Bem, uma coisa boa saiu disso. Não vou ter que ir a esta maldita convenção.

Ryan geme, e Alex balança a cabeça.

Eu dou um soco no ombro de Paul.

— Que bom que eu pude ajudar.

Ryan e Paul voltam a ver o jogo.

Envolvo meus braços ao redor do pescoço de Alex e fito seus olhos.

— Obrigada. Você não tem ideia do quanto significa para mim tê-los aqui.

— Não foi nada. — Ele me beija e sussurra — E eu acho que tenho sim.

Alex me surpreende por completo. A proteção, o apoio e a aceitação de meus amigos são mais do que alguma vez imaginei ou me permiti esperar. Mesmo diante de todos os horríveis acontecimentos recentes, neste momento, estou mais feliz do que já fui em muito tempo, rodeada pelas pessoas mais importantes da minha vida.

MALEVOLÊNCIA

CAPÍTULO 18

É a torcida que me acorda. Ainda estamos acampados no sofá de couro da sala de estar. Os meninos assistem ao beisebol enquanto eu tiro uma soneca. Eu me enrolo ao lado de Alex, com a cabeça apoiada em seu peito conforme ele passa os dedos pelo meu cabelo.

Eu me lembro da nossa troca de mensagens naquele dia no escritório, quando ele disse que o gesto o fazia pensar safadeza. Foi quando eu imaginei pela primeira vez como seria estar com Alex Stone. Claro, eu pensei que seria um evento único.

Eu estava tão enganada. As coisas aconteceram rápido demais e ainda é difícil compreender que estamos em um relacionamento. Ainda me preocupa que Alex acorde um dia, volte a si e siga em frente. Foi o que minha mãe fez. Meu pai, também, de certa forma. Por isso não parece tão difícil acreditar que o mesmo possa acontecer com Alex.

Ninguém me ama para sempre.

Eu olho no rosto de Alex, e ele sorri para mim. Ele é tão sexy que parece mentira. Inalo seu cheiro almiscarado e me aconchego um pouco mais nele.

— Você é muito confortável, Sr. Stone.

Ryan dá um tapa nos meus pés.

— Sim, bem, você chutou a minha perna o tempo que passou dormindo. Estou vendo que vou acabar com um roxo.

Eu olho para o Ryan.

— É a casa do meu namorado. Eu posso te chutar se eu quiser.

Ryan olha para Alex, com as sobrancelhas erguidas.

— Desculpe, Ryan. — diz Alex. — Se eu jogasse no seu time, eu poderia repreendê-la por te chutar. Mas acontece que eu durmo com ela.

Paul, Ryan e eu ficamos completamente quietos. Nosso queixo vai caindo. Não tenho certeza de qual de nós começa a rir primeiro, mas a sala irrompe.

— Que engraçado, cara! — diz Paul.

Eu me inclino, agarro o rosto de Alex com as duas mãos, e o beijo.

— Obrigada por me fazer rir novamente.

Seus olhos dançam, e estou perdida neles. Quando Alex olha nos meus olhos, eu me sinto completa. Ele nunca deixa de fazer meu coração disparar, de me deixar boba e de me envolver em uma sensação de calma, como um cobertor quente em um dia frio.

— Tudo por você, querida.

Estou muito grata por Ryan e Paul estarem aqui, e por Alex estar abrindo a casa para todos nós.

Eu me levanto e me espreguiço.

— Onde vamos jantar?

O riso cessa, e a sala fica em silêncio. Todos os três me olham como se eu estivesse perguntando qual deles doaria o rim para mim.

— Você tem certeza de que quer sair esta noite, Kylie? — Alex pergunta, Paul e Ryan concordam com a cabeça.

Eu fico olhando para eles e rio.

— Sério? Eu estou com os três caras mais gostosos e bonitos da costa leste e vocês são todos meus. Se acham que vou desperdiçar isso ficando em casa, vocês estão loucos. Vou ostentar os três na frente de mulheres que me chamarão de vadia na cara, que vão me odiar, e que vão tentar roubar vocês de mim. Vai ser divertido de assistir, já que vocês vão voltar para casa comigo. — Sorrio, esfregando as mãos de brincadeira.

— Ei, a gente não é um pedaço de carne que você pode jogar aos lobos só para se divertir — diz Ryan.

— É, na verdade, eu posso, sim. — Eu me viro para Alex e o agarro pelo queixo. — Exceto você. Você é meu.

— Todo seu — ele rosna.

Alex pega o telefone na mesinha de canto.

— Tudo bem, todos concordam com o Le Deux? Eles servem uma carne muito boa e abrem a pista de dança no final da noite. DJ decente.

Balanço a cabeça.

— Nunca vamos conseguir entrar lá.

Alex está passando sua lista de contatos.

— Eu vou ligar e pedir para reservarem uma mesa para a gente. Nada de mais.

MALEVOLÊNCIA

Eu dou uma bela exagerada quando olho para ele, e depois para o relógio, e de volta para ele.

— Às três horas da tarde de um sábado. Você acha que tem chance de conseguir uma mesa para hoje à noite no restaurante mais badalado da cidade? Não vai rolar.

Alex se inclina, e me dá um beijo rápido.

— Alex Stone, linda. — Ele aperta um botão em seu telefone e o leva à orelha. — A gente vai conseguir uma mesa.

Ele passeia pelo corredor, indo em direção ao seu escritório, e eu posso ouvi-lo fazendo as reservas. Não posso deixar de olhar aquele homem, de admirar seu charme arrogante e me perguntar como eu posso ter dado tanta sorte.

Eu me viro e olho para Ryan e Paul.

— Admitam. Ele é magnífico.

— É. — Paul pega sua cerveja na mesa e bebe. — O Alex é tranquilo. Você mandou bem, K.

CAPÍTULO 19

Dançamos, bebemos e rimos até altas horas da madrugada, quando finalmente nos arrastamos, bêbados e cansados, de volta para a casa de Alex.

Já passava do meio-dia quando acordamos e começamos a segunda rodada, aproveitando a piscina e a hidromassagem do Alex, enquanto ele fazia margaritas para nós. É um esforço hercúleo para mim parar de olhar para aquele calção azul e cinza que está bem baixo em seus quadris. Os músculos do peito e dos braços flexionam a cada movimento que ele faz. E seus cabelos desarrumados, o rosto barbado e áspero e aqueles óculos de sol me fazem arrepiar de um jeito bom.

Paul e Alex começam a conversar sobre ações, títulos e diversificação de mercado. Quando eles chegam aos paraísos fiscais, Ryan e eu não aguentamos mais.

Ryan fica de pé e me pega pela mão.

— Certo, rapazes, vocês ficam aí falando dessa chatice de negócios. Kylie e eu vamos dar uma volta.

Eu me inclino por cima do balcão e beijo Alex antes que Ryan e eu atravessemos o gramado verde e exuberante, rindo feito criancinhas. Nós balançamos nossas mãos dadas para frente e para trás, enquanto aproveitamos o sol quente do verão.

— Como vocês acabaram aqui na casa do Alex? — pergunto.

— Liguei para seu celular na sexta à noite para fazer planos para o sábado. O Alex reconheceu meu nome no identificador de chamadas e atendeu. Eu quase desliguei na cara dele, pensando que tinha ligado para o número errado. De qualquer forma, ele me disse que você desmaiou depois de voltar do trabalho, mas não tinha ideia do que aconteceu e não conseguia te acordar. Acho que ele tem um médico que atende em domicílio

MALEVOLÊNCIA

e que estava a caminho. O Alex parecia estar muito nervoso, então eu disse que o Paul e eu estávamos a caminho. Quando chegamos aqui, ele disse que se a gente quisesse, poderíamos ficar. E aqui estamos nós.

Caminhamos um pouco mais longe antes de Ryan parar e me encarar.

— O médico já estava te examinando quando chegamos aqui. Juro que se não fosse tão trágico, teria sido cômico. O Paul e o Alex andando de um lado para o outro. O Paul em uma ponta do corredor e o Alex na outra. — Ryan sorri e balança a cabeça. Mas seu sorriso fica sério. — Quando o médico saiu, ele disse ao Alex que achava que tinham te dado uma dose perigosamente alta de Rohypnol.

Chegamos ao despenhadeiro que tem vista para o oceano e nos sentamos sobre as rochas.

— O Paul surtou e começou a gritar com o Alex, acusando-o de não te proteger do John. Eu me senti muito mal pelo Alex, mas ele simplesmente ficou ali parado e assumiu a culpa.

É claro que ele assumiu.

— Ele se sente responsável por mim, quer garantir que eu esteja segura. Ele acha que pisou na bola comigo ao permitir que o John se aproximasse e voltasse a me fazer mal.

Ryan acena com a cabeça e olha para a água.

— Bem, depois disso, o Paul ficou bravo com você por não ter ouvido o Alex e ter ficado longe do John e de qualquer lugar onde ele pudesse estar.

Dou uma risadinha e sorrio, mas não há humor em nenhum dos dois.

— Estou puta comigo por causa disso. Não é como se eu não soubesse dos extremos que o John alcança.

Ryan me olha de relance.

— Bem, aí o Paul se virou contra ele mesmo, gritando sobre como ele deveria ter dado um jeito no John quando ele... bem, naquela noite.

Um olhar pensativo cruza seu rosto. É frequente ele e o Paul não saberem como vou reagir quando mencionam a noite em que John me deu aquela surra. Eu nunca lhes dei detalhes. Quando eles me encontraram, eu já havia trancado os horrores mentais, até a noite em que Alex libertou os demônios e a dor.

Aperto a mão de Ryan e sorrio.

— Está tudo bem. Eu estou bem. O Alex me convenceu a me abrir. Não sei dizer o quanto isso ajudou. Sinto que posso respirar novamente.

O sol nos banha. As ondas se quebram na praia lá embaixo, e o cheiro da maresia nos rodeia.

— Posso pedir sua opinião, profissionalmente falando? — peço, e rompo o silêncio.

Ryan estreita os olhos e olha para mim.

— Quer dizer, você quer invocar o sigilo médico-paciente?

— Sim.

Ele consente.

— Claro. Pergunte.

Eu respiro fundo, não sei bem como começar. Há tantas coisas que preciso resolver, mas tudo na minha vida está pontuado com uma interrogação nos dias de hoje, o que dificulta classificar as coisas do jeito certo.

— Alex é muito protetor. Protetor demais. Isso é normal, tendo em vista que nos conhecemos há apenas duas semanas?

Ryan se senta de lado na rocha para ficar de frente para mim.

— O que você quer dizer com muito protetor?

— Bem, ele quase espancou o John por me atirar na parede e quase me enforcar até a morte no baile de gala. Ameaçou matar o cara se ele voltasse a pôr um dedo em mim. A primeira vez que Alex prometeu me proteger foi no fim de semana em que estivemos em seu barco. Ele usa palavras como *sempre* e *para sempre*. Vou ficar na casa dele para que ele possa manter o John longe de mim. — Respiro fundo e seguro por um momento antes de exalar. — Por que você acha que ele leva minha segurança tão a sério?

— Se eu tivesse que adivinhar, diria que é um reflexo de algo do passado dele. E que isso ainda o afeta profundamente e foi o que estimulou essa necessidade de te proteger. Você pode lembrá-lo de alguém do convívio dele que sofreu esse tipo de violência.

— Ele mencionou algo assim de passagem, mas não entra em detalhes. — Odeio que Alex não se sinta à vontade para falar comigo sobre seus próprios demônios.

— Ele nunca deve ter tido um relacionamento baseado em cumplicidade, K. Você tem seus problemas com confiança, mas ainda é capaz de encontrar uma maneira de se abrir e deixá-lo entrar. Ele ainda tem que se resolver quanto a isso. Pode doer muito revisitar o passado, e ele simplesmente não consegue enfrentá-lo. Se esse for o caso, é mais fácil rejeitá-lo do que lidar com uma compreensão mais profunda do que aconteceu.

— Mas é normal ele ser tão protetor assim? — pergunto.

— Você se sente segura? — Ryan contrapõe.

Eu aceno. Sinto-me mais segura do que me sinto há anos.

MALEVOLÊNCIA

— Você parece feliz. Eu adoro te ver sorrir. Faz muito tempo que não te vejo tão animada. Não tenho certeza se já te vi assim.

Eu suspiro.

— Estou feliz. Mesmo com toda a merda que aconteceu com John, ainda estou mais feliz do que jamais estive. O Alex me faz sentir tão bem. Ele sorri para mim e eu me sinto a pessoa mais importante do mundo para ele. Ele me beija, e eu me derreto. Ele me diz que sou linda e incrível, e eu acredito nele. E eu sei que ele está falando sério agora. Só não tenho certeza se ele vai sentir o mesmo amanhã. Tenho medo de me apegar demais e depois perder tudo.

Ryan segura o meu rosto.

— Você já está apegada a ele, K. Você revelou uma parte de seu passado que não compartilhou nem com o Paul nem comigo. Você contou a ele o seu segredo mais profundo, mais obscuro. Você já confia nele de alguma forma.

— É tudo muito confuso. Mas não quero que você se preocupe. Eu vou descobrir.

Ryan ri no nosso caminho de volta.

— Docinho, não é com você que eu me preocupo. É com o Alex. Ele está caidinho por você. Eu só espero que você possa deixar as coisas acontecerem sem exagerar na análise. Ele é bom para você, K. Eu posso ver. E eu estava com sérias dúvidas sobre esse playboy em particular. Há algo mais nele. Não deixe que suas inseguranças atrapalhem e te façam perder o que está bem na sua frente só porque você já predeterminou que tudo vai acabar.

CAPÍTULO 20

— Obrigada por deixar o Ryan e o Paul passarem o fim de semana aqui. Eu sei que eles gostaram muito, e eu também. — Deixo meus dedos afagarem o braço de Alex. Quero memorizar cada curva, cada músculo que compõe esse homem.

Assim que Ryan e Paul saíram, não demorou muito para Alex e eu irmos para a cama explorar o nosso novo relacionamento sexual desenfreado.

Uma sensação de calma se instala em mim. É tão estranho. Estou completamente à vontade com ele, como se estivesse predeterminado que pertencemos um ao outro.

A ameaça que John representa para nosso relacionamento é real, no entanto, e pode perturbar minha euforia. Só que para mim seria impossível largar o Alex, mesmo que isso signifique protegê-lo da ira do John. O pensamento faz meu peito doer e meu coração se afundar.

Ele beija as pontas dos meus dedos.

— Não foi nada. É por isso que eu tenho quartos de hóspedes. Acho que eles se divertiram, sabe, depois que soubemos que você ficaria bem. Além disso, você os considera família, e eu quero conhecer a sua família.

Fico imóvel, sem saber o que dizer. Os demônios do meu passado rugem: *não confie nas palavras*. As palavras fazem promessas, e promessas são facilmente quebradas.

Ele passa o polegar pela minha bochecha.

— O que está passando por essa sua bela mente, Kylie?

— Não sei quando vou acordar deste sonho, ou quando você vai acordar.

— E se não for um sonho? Por que isto não pode ser realidade? — Ele se inclina, pressiona os lábios na minha testa, e depois olha nos meus olhos.

— Porque tudo está acontecendo rápido demais. Nós nos conhecemos há, o quê? Uma semana? Duas? De repente, eu sou sua namorada, temos um relacionamento e você quer conhecer minha família. É surreal. Uma loucura completa.

— Então seu problema é porque as coisas estão acontecendo rápido demais? — Ele beija a palma da minha mão e depois passa os lábios pelo meu pulso.

Eu levanto minha mão até seus olhos encontrarem os meus.

— O meu problema é que não é sustentável.

Ele fica rígido, e me encara.

— Por que você acha isso? — Ele deixa minha mão cair sobre a cama, mas ainda a segura com força.

— Porque você acha que precisa me salvar, me proteger. E você está certo. Eu preciso de proteção, e você salvou minha vida de mais maneiras do que você jamais saberá. Mas o que acontece quando eu não precisar mais ser salva? O que teremos então?

— Um ao outro? — Seus olhos escurecem, e os vincos na testa se aprofundam.

— Baseado em algo que não existirá mais, tornando a relação fugaz.

Alex solta um suspiro ruidoso.

— Queria que você pudesse confiar em mim.

Eu me sento, pronta para desafiá-lo.

— Confio em você mais do que em qualquer outra pessoa, Alex.

Ele se senta e me enfrenta, nós dois estamos com as pernas cruzadas.

— Bem, isso não é dizer muito, não é? Você confia em mim para te ajudar e te manter em segurança. Mas você não confia plenamente em mim. E não é só comigo... você se comporta assim com o Ryan e o Paul também. Eles são seus melhores amigos, sua família, mas ainda não sabem o que realmente aconteceu com você e John naquela noite.

E no mesmo instante, minhas defesas sobem.

— Não me fale de confiança, Alex. É uma via de mão dupla que você não fez nenhuma tentativa de atravessar.

Ele fica inexpressivo.

A voz na minha cabeça me diz para recuar, mas eu estou com raiva e desenfreada. O calor corre pelo meu corpo e todos os músculos da minha cabeça e pescoço ficam tensos.

— Se você confiasse mesmo em mim, me falaria de seus demônios.

Mas eu não sei nada da sua vida nem do seu passado. Você se agarra aos seus segredos com unhas e dentes. Quer que eu compartilhe meus medos e pesadelos com você, mas você, por sua vez, pode guardar tudo para si. Você me diz que é meu, mas só até certo ponto. Eu não te conheço de verdade, Alex. Eu só sei o que você quer que eu saiba e nada mais.

Um olhar doloroso encontra meus olhos, e eu gostaria de poder retirar tudo o que eu disse. Eu poderia muito bem ter dado um soco na boca do estômago dele e ter deixado o homem sem ar.

— Não é porque eu não confio em você. Só não estou pronto para falar sobre isso. Há tantas coisas, tantos sentimentos que eu ainda preciso resolver. Você manteve seu segredo trancado por um ano e veja como foi difícil para você se abrir. O meu está trancado por muito mais tempo. Estou tentando lidar com ele. Eu só preciso de tempo. Eu te dei espaço quando você precisou, e deixei que me contasse conforme achasse melhor. Só te peço que retribua a cortesia. — Sua voz se abaixa e se torna infantil, os olhos me imploram para entender. — Você é a única pessoa para quem eu quero contar, e eu vou fazer isso. Eu quero me curar, como você. Só que ainda não cheguei lá.

Eu engulo com força o nó alojado na minha garganta e luto para manter as lágrimas à distância. Estou sentindo muita vergonha de mim mesma.

— Você está certo. Você me deu espaço. Sinto muito por ter falado o que falei, não foi justo e eu não tinha o direito de usar isso contra você.

— Eu fui sincero naquele dia, Kylie. Você despertou uma parte de mim que ficou adormecida por tanto tempo que não achei que ela ainda existisse. Eu não vou a lugar algum. Quero estar aqui mesmo, com você. Nunca mais quero voltar à vida onde você era apenas um sonho. Você é uma realidade para mim. E não pretendo deixar isso escapar por nenhum motivo. — Ele acaricia o meu rosto.

— Até que você encontre uma razão. O John é um fator importante na nossa vida, e é possível que ele cause dificuldade a ponto de você desistir. — Olho minha mão na de Alex, e vejo seu polegar acariciar os nós dos meus dedos.

Seus brilhantes olhos azuis são uma mistura de suavidade e tristeza.

— Queria eu saber o que dizer para te fazer acreditar em mim, para que você confie no que estou dizendo. Eu quero estar com você. Ponto final.

— Confio que você se sinta assim... agora. Mas sei que não devo contar com um relacionamento duradouro. Todo mundo acaba indo embora,

MALEVOLÊNCIA

Alex. É assim que as coisas são, como sempre foram. Não é você nem qualquer outra pessoa. Sou eu. Há algo de errado comigo. E quando você descobrir, você também vai embora.

— Isso não é verdade. O Ryan e o Paul ainda estão por perto.

— Existem razões para eles ficarem. Nós nos ajudamos em alguns momentos cruciais de nossas vidas. Além disso, só nos vemos ocasionalmente agora.

Alex esfrega a ponte de seu nariz e suspira.

— Por favor, confie em mim — ele pede, baixinho.

Levanto o seu queixo, forçando-o a me olhar. Preciso fazer com que ele entenda que é inútil pensar que essa relação tem futuro.

— Você está certo. Eu não confio. Em ninguém. Eu não sou a pessoa que você pensa que eu sou. Um dia, você vai acordar e perceber que não precisa mais de mim. E então não vai me querer mais. As pessoas mudam. Pode haver algo que, neste momento, você acha que não pode viver sem, mas, amanhã, você pode ver que é possível sobreviver sem esse algo. Ou talvez você descubra que é muito difícil ficar comigo, e que é mais fácil abrir mão de mim. A razão não é importante. O resultado é o mesmo. Você. Vai. Me. Deixar.

Os olhos de Alex ardem e os músculos de seu pescoço flexionam.

— Isso é muito contraditório, Kylie. — Depois de respirar fundo, sua voz se suaviza. — Não preciso de você porque quero te salvar. Eu quero te salvar porque preciso que você me salve. Faz tempo que estou esperando por alguém como você. Para mim, te encontrar foi uma jornada. Tanta coisa aconteceu antes de você me emprestar seu celular naquele dia. Agora que eu a encontrei, não vou julgar nossos sentimentos, profundidade ou nível de seriedade, seja qual for o termo que você queira usar com base em um cálculo de tempo. Eu nunca me senti assim, por isso meu cálculo de tempo não é muito preciso.

Balanço a cabeça. Quero acreditar no que ele diz, mas não posso contar com a presença dele a longo prazo. Ele é bom demais para ser verdade, por isso não posso me apegar.

— O que eu fiz para você não confiar em mim?

Agarro as duas mãos dele e as trago aos meus lábios.

— Não é você. Eu não confio nem em mim mesma. Tomei decisões horríveis na minha vida, e que afetaram negativamente muitas pessoas. Você está lidando com as consequências de uma dessas decisões desastrosas.

E isso pode nunca mudar. O John não vai parar até que ele nos destrua.

Alex abre a boca para falar, mas eu coloco meu dedo sobre seus lábios.

— Eu estou danificada, Alex. Estou aos pedaços. Não sirvo para um relacionamento a longo prazo. Se eu fosse uma pessoa mais forte, eu abriria mão de você. Eu fugiria e nos pouparia da mágoa. Mas estou tão atraída por você. Você me faz querer acreditar em tudo o que você diz, e eu acredito. Neste momento, eu acredito que você me quer e que precisa de mim. Só não acredito que você vai querer todas essas coisas amanhã. As coisas parecem diferentes à luz do dia, Alex. Tudo isso é um sonho, um sonho maravilhoso, mágico. Mas você vai acordar dele, e a realidade de quem eu sou não terá o mesmo encanto para você.

Alex se aproxima de mim até que nossos joelhos batam uns contra os outros. Agarrando meu rosto, ele me obriga a olhar apenas para ele.

— Por favor, não me escute apenas. Me dê atenção. Eu adoraria te dar tudo o que você possa desejar, mas conheço minhas limitações. Eu gostaria de poder apagar todos os demônios do seu passado. Mas tudo o que posso fazer é oferecer um futuro sem demônios... bem, com demônios mais bem administrados. Não pretendo ter todas as respostas ou ser especialista nesse assunto. Quero que você me acompanhe nesta jornada. Se você pular do penhasco comigo, aprenderemos a voar juntos. Prometo que a levarei na minha asa quando você vacilar, se você fizer o mesmo por mim. Eu preciso que você dê esse salto no escuro comigo, assim poderemos nos curar e ser felizes. Juntos.

A parte escura da minha alma se abre, e o calor se derrama. Esperança. Luz. Algo que pode até parecer amor.

E eu sei que Alex está certo. Ele poderia ter desistido e fugido em tantas ocasiões durante este breve interlúdio, mas ele reforça suas promessas e dá um passo adiante. É ele quem nos faz avançar. É ele quem está tentando me curar, e está me pedindo para ajudá-lo a se curar também.

Fé. É isso que ele está pedindo de mim. Tenho pouca fé sobrando depois de uma vida inteira de pessoas me sacudindo até o âmago e me esvaziando disso.

Algo neste homem sentado diante de mim, alguém que despiu sua alma, ofereceu seu coração, arriscou a rejeição, me força a reconsiderar. As lágrimas rompem uma fenda na represa que construí no início da discussão, e derramam pelas minhas bochechas.

— A pouca fé que me resta— sussurro —, eu entrego a você.

MALEVOLÊNCIA

Ele está quieto, simplesmente me encara. Devagar, um sorriso cruza seu rosto, e ele se inclina e me beija. Seguro seu rosto com ambas as mãos e o acaricio.

Alex puxa a cabeça para trás, um sorriso toma o seu rosto.

— Então, isso faz com que você seja toda minha.

— Até você se cansar de mim — brinco, mas uma parte de mim se pergunta se é mais uma profecia.

Alex geme e joga as mãos para o alto.

— Desculpe, desculpe — digo — Roma não foi construída em um único dia, Stone.

CAPÍTULO 21

Alex rola para fora da cama e espreguiça o seu glorioso corpo nu. Mordo meu lábio inferior e admiro sua masculinidade sensual. Ele estende o braço e, com o polegar, puxa meu lábio dos dentes e o suga bem de levinho. Vou me incendiando aos poucos até ele me soltar. O homem é deslumbrante e excitante sem nem sequer tentar.

Ele se afasta, e o sorriso de menino reaparece em seu rosto.

— Estou morrendo de fome. Vamos sair para comer?

Faço careta.

— O que foi? — ele pergunta.

— Não estou muito a fim de me arrumar hoje — respondo, e franzo o nariz.

— Sou conhecido por comer em outros lugares que não sejam restaurantes elegantes de cinco estrelas, Srta. Tate. Então, eis o plano: boa comida, ambiente descontraído, totalmente casual. Prometo. — Ele levanta as sobrancelhas, e faz olhinhos pidões. — Vamos. Eu quero exibir a minha namorada.

— Está bem. — Reviro os olhos e finjo estar desconcertada, mas um sorriso se estende pelo meu rosto. No fundo, eu adoro a ideia de ser a namorada de Alex Stone. Eu sei que é perigoso, mas preciso acreditar que ele é meu.

Vou até o closet para encontrar algo para vestir, e Alex entra atrás de mim e pega a roupa nas prateleiras.

Encaro as minhas roupas penduradas ao lado das dele, e sinto uma necessidade desesperada de saber mais sobre todas as mulheres que vieram antes de mim. É perigoso mexer nesse vespeiro no momento. Acabamos de passar por uma discussão relativamente exaustiva, e não estou com

MALEVOLÊNCIA

vontade de seguir por esse caminho. E uma vez que eu tenha a informação, posso não gostar e será impossível de esquecer.

Mas a curiosidade leva a melhor, e eu abro a boca antes que meu bom senso possa me convencer a mudar de ideia.

— Onde você... teve relações com outras mulheres?

Alex desliza o olhar para mim.

— Por que você quer saber?

— Bem, você disse que eu sou a primeira mulher a vir aqui, passar a noite, e tudo o mais...

Alex puxa o ar devagar e com firmeza.

— Tenho um imóvel na cidade. Um apartamento em um dos condomínios, que usava exclusivamente para isso.

— Oh. — Eu sei que já houve muitas mulheres antes de mim. Não é surpreendente que ele tenha um lugar dedicado a essa atividade, especialmente porque ele nunca teve um relacionamento com uma mulher que durasse mais de uma noite.

— E você ainda tem o apartamento? — *Sutil, Kylie.*

— Não estive lá desde que te conheci. Na verdade, ainda nem pensei nisso. Mas sim, eu ainda o tenho. — Alex veste a calça. Ele não olha para mim, mas uma tensão desconfortável irradia dele.

— Onde fica... o prédio? — Estou dando o melhor de mim para parecer indiferente, e tenho certeza de que estou falhando miseravelmente.

— Não é importante. Não vou mantê-lo mais à minha disposição.

Levo minhas mãos aos quadris, ele só pode estar brincando.

— Você vai vender um prédio inteiro só porque estamos de rolo?

Alex levanta as sobrancelhas.

— Desculpe, em um relacionamento sério e de longo prazo — reformulo.

Ele sorri e se dirige a mim, cheio de sedução e sensualidade. Ele me agarra pela cintura, me puxa para si e me olha nos olhos.

— Vou vender porque não quero nem preciso de lembranças de quando eu não estava com você. Essa vida acabou para sempre. — Ele me beija e volta a se vestir. — Além do mais, não quero que você se pergunte, a cada vez que entrarmos em um dos meus prédios, se esse é o *tal.*

Considero o assunto por um momento e percebo que é inútil discordar.

— Boa ideia.

CAPÍTULO 22

Sento-me no banco do cais onde a lancha de Alex está ancorada, completamente cativada por duas criancinhas. Elas estão jogando pedaços de pão velho para os patos na marina. As risadas encantadoras das crianças preenchem o ar enquanto os patos competem entre si por seus prêmios. O pai delas está por perto, a postos para puxá-las da borda do cais caso elas se aproximarem demais, já a mãe está sentada em um banco ao lado do meu, de olho em todos eles.

O menino joga o pão, assiste aos patos nadarem até lá, e depois vai até a mãe, gritando:

— Os patos, mamãe! Os patos! — Ele aponta um dedinho rechonchudo para a água e bamboleia de volta para o pai para pegar mais pão.

Quanto mais alto eles gritam, mais eu rio. Eles me hipnotizam.

A noite tem sido perfeita, e eu sorrio, refletindo sobre o quanto tenho me divertido com Alex. A começar pelo passeio de quadriciclo até o lugar em que fica o seu barco, um canto escondido de sua vasta propriedade, terminando com o passeio de lancha pela baía e até a cidade, vê-lo em ação é inebriante.

Alex optou ir para a cidade pela hidrovia, em vez de pela rodovia. Vamos a toda velocidade através das ondas, e um sorriso largo e travesso ficou estampado em seu rosto durante todo o trajeto.

Jantamos no pátio externo de um pub local, onde descobrimos que somos ambos loucos por frutos do mar, lutando com os garfos pela última lula no prato. Nossas gargalhadas encheram o ar e desanuviaram o humor.

Durante uma hora após o jantar, vagamos pela eclética mistura de butiques, aprendendo o que o outro gostava e desgostava. Alex quase não largou a minha mão, e me puxou para muitos beijos aleatórios.

É tão bom estar em um relacionamento normal, curtindo a pessoa, aprendendo coisas um do outro… simplesmente se divertindo.

Só aconteceu uma coisa estranha quando estávamos olhando a vitrine de uma livraria: uma mulher se aproximou de Alex com os olhos brilhando.

Ela obviamente o conhecia, dada a forma como ela envolveu sua mão no cotovelo dele e disse:

— Oi, Alex.

Ele respondeu e se afastou dela. O olhar em seu rosto era uma mistura de choque, vergonha e raiva.

Em uma galeria de arte, a mulher que trabalhava lá também se aproximou de Alex com o mesmo fogo no olhar. Ele percebeu e nos conduziu para longe da mulher. Ele não disse uma palavra sobre nenhuma delas, e eu não sabia como abordar o assunto, nem se eu queria uma explicação.

Alex insistiu para tomarmos um sorvete, mesmo depois de eu resmungar que ainda estava muito cheia do jantar. Concordamos em dividir um, e ele me deixou sentada no banco enquanto esperava na fila.

Os pelinhos na parte de trás do meu pescoço se eriçam. Posso sentir que estou sendo observada. E de alguma forma, sei que John está por perto. Olho ao redor, mas há muita gente, e não o vejo. Estou quase pronta para ir em busca de Alex e arranjar uma desculpa para sairmos quando o vejo vindo na minha direção.

Ele se acomoda ao meu lado no banco, me dá uma colher de plástico e observa o pato mergulhar da borda do cais. Sua presença é como um casulo de proteção. Eu não me importo se John está lá. Eu me sinto segura com Alex. Na verdade, espero que John veja como estamos felizes. Vai finalmente perceber que não vou voltar para ele.

Tomo uma colherada de sorvete sem saber de que sabor é, e fico agradavelmente surpresa quando o creme fresco de menta derrete na minha língua, deixando pedaços de chocolate preto.

Pego mais um pouco.

— Que delícia!

Alex sorri e puxa a colher da boca.

— Viu? Sempre há espaço para um sorvete.

— Sim, bem aqui na minha bunda.

Alex olha atrás de mim.

— Parece normal daqui.

Eu rio baixinho e dou um soco em seu braço. Ele pega uma última colherada de sorvete e me oferece.

Faço que não.

— Vai em frente.

Ele lambe a colher e bate os lábios nos meus. Eu lambo os restos de sorvete de lá e rio.

— Eu nunca vou me cansar de te ouvir rir assim. — Seus olhos brilham e derretem meu coração.

— Quem era aquela mulher que te cumprimentou lá na loja?

Alex suspira.

— Para ser sincero, Kylie, não faço ideia. Se eu fosse dar um palpite, diria que provavelmente a levei para sair, mas não consigo me lembrar. — Ele olha para o pote de sorvete vazio em suas mãos.

— O mesmo para a mulher na galeria de arte? — Sinto uma pontada de ciúmes. É bem capaz de que todas essas mulheres tenham feito sexo com Alex.

— Suspeito que sim — diz ele. Enfim, ele levanta a cabeça e me olha. — Não me orgulho do fato de que as mulheres com quem estive tenham significado tão pouco para mim a ponto de que não consigo nem me lembrar como elas são, muito menos de seus nomes. Sei que isso me faz parecer um babaca, e até algumas semanas atrás, eu não estaria nem aí. Agora, eu me importo. Eu me importo porque não suporto a ideia de você pensar mal de mim, achando que eu só usava mulheres para sexo e só estava interessado em ver quantas eu conseguiria levar para a cama.

— Não estou te julgando, Alex. O que você fez ou como isso o faz sentir... isso é com você. Eu não sou sua bússola moral nem sua consciência. Se você queria mulheres jovens e bonitas, e elas entendiam que era um lance único, quem sou eu para julgar qualquer um de vocês?

— Preciso que você saiba que eu não colecionava mulheres. Não se tratava de ver com quantas eu poderia transar. Não era isso. Nunca confiei nos motivos das mulheres, por isso nunca dei a elas a oportunidade de se aproximarem. Tudo o que já vi nos olhos delas foram cifrões. Eu não queria me lembrar delas, porque elas não se importavam comigo, apenas com o meu dinheiro. Isso faz algum sentido?

Me surpreende o fato de que todo mundo entendeu errado. Eu entendi errado. Alex Stone não é um mulherengo, pelo menos não pela definição comum. Ele não é o tipo de cara que usa e joga fora, depois vai atrás da próxima jovem bonita. Ele não confiava nelas, não confiava que alguém pudesse lhe querer sem seus bilhões. Tudo o que ele vê são mulheres que

MALEVOLÊNCIA 153

querem segurança financeira e o tipo de vida que a riqueza extrema pode proporcionar. Mas Alex é mais do que seu dinheiro e seus bens. As coisas que eu desejo dele vão além de qualquer valor financeiro.

— Sim, faz sentido. E você sabe que o que eu vejo em você não tem absolutamente nada a ver com quantos bilhões você tem, certo? Sei que é fácil para mim, ficar sentada aqui, proclamando que eu ia querer você, não importa qual fosse sua situação financeira, mas é verdade. Você me faz sentir tantas coisas, Alex, e nenhuma delas tem a ver com sua riqueza. — Traço sua mandíbula com o polegar.

Nossos olhos se prendem, e eu perscruto os dele, em busca de alguma evidência de que ele acredita em mim.

— Eu sei, Kylie — ele sussurra. — Eu sei, e isso significa muito para mim. — E se inclina, me dá um selinho e apoia a testa na minha.

Ele joga o pote vazio na lixeira e me estende a mão. Caminhamos sem pressa pela marina, indo em direção à sua lancha.

— Alex — chama alguém atrás de nós.

Uma mulher vem em nossa direção e passa os braços ao redor do pescoço dele. O ciúme rasga o meu peito e eu estou prestes a arrancar a mulher de cima dele e jogá-la ao mar.

Alex a abraça com um braço, e não solta a minha mão.

— Oi, mana.

Sou inundada pelo alívio e pela vergonha. Respiro fundo e rio baixinho, ligeiramente mortificada por querer afogá-la.

Eles se afastam e olham para mim.

Alex aperta minha mão, e me puxa para si.

— Esta é a minha irmã, Patty. Patty, esta é minha namo...

— Srta. Tate!

Eu me viro a tempo de ver Joshua, o sobrinho de Alex, vindo na minha direção.

— Oi, Joshua.

Ele me dá um abraço desajeitado e quase me derruba. O garoto recupera o equilíbrio, e se afasta, manchas vermelhas cobrem suas bochechas e pescoço.

— Mãe, essa é a Srta. Tate!

Eu aperto a mão da Patty.

— Kylie. É um prazer te conhecer.

Patty abre um sorrisão.

— É realmente um prazer te conhecer. O Joshua falou muito de você. Muito obrigada por tudo o que fez por ele.

Antes que eu possa dizer que foi um prazer ajudar, um homem se aproxima e se coloca entre Patty e eu.

— Oi, Alex — ele diz, e os dois trocam um aperto de mão.

Patty aponta para mim

— Esta é a namorada do Alex, Kylie.

— Oh? — As sobrancelhas do homem se levantam.

Alex intervém:

— Kylie, este é o marido da Patty, Roger.

— Olá. É um prazer te conhecer.

Roger me encara, e eu rio, o que contagia Patty. Alex parece perturbado, mas depois sorri.

— Sim, sim, beleza. O que todos vocês estão fazendo aqui esta noite?

— É domingo — diz ela.

O constrangimento surge no rosto dele.

— Certo. Eu esqueci.

Roger se vira para Patty.

— Precisamos ir andando, amor.

Depois que eles partem, eu me viro para Alex.

— É domingo?

Ele ri.

— Jantar em família no Chart House. Todos vão, meus pais, irmão, irmãs, filhos, chegados. Eu raramente apareço.

Olho para ele e inclino a cabeça para o lado, esperando por mais explicações.

— Estou cansado do interrogatório constante: "Por que você não sossega e começa uma família?" ou mesmo o simples: "Conheceu alguém novo?"

Eu rio. Conheço essas situações muito bem.

— Ah, a maldição de ser a única pessoa solteira à mesa.

— Exatamente. — Alex agarra minha mão, e nós vamos em direção ao barco.

— Você quer ir comigo ao jantar da família no próximo domingo? — Ele me olha de soslaio, leva minha mão aos lábios e beija meus dedos.

— Estou entendendo. Vai me atirar aos lobos?

Ele ri.

— Está mais para equilibrar as coisas, linda.

— Claro. — Eu me inclino e o beijo na bochecha. — Vou adorar ir.

MALEVOLÊNCIA

CAPÍTULO 23

Mais uma vez, estou no elevador a caminho da cobertura com Alex ao meu lado. Dá para sentir a tensão no ar, e minha respiração acelera conforme nos aproximamos do topo. Alex ligou para Jack do carro e avisou que precisávamos nos encontrar com ele.

As portas se abrem, e Sarah olha para nós.

— Bom dia, Sr. Stone, Kylie. O Sr. Daniels está esperando vocês no escritório dele. Aceitam um café?

— Não, obrigado — Alex responde educadamente.

Faço que não e rodeio a mesa da recepção.

— Vamos para lá agora, Sarah. Obrigada.

O escritório de canto do Jack é cerca de quatro vezes maior que o meu, com uma vista espetacular da baía, e é o único no prédio que tem estantes embutidas, do chão ao teto, em vez de paredes internas de vidro.

Jack aperta a mão de Alex, e me dá um beijo paternal na bochecha. Alex e eu nos sentamos no sofá enquanto Jack se acomoda em uma das cadeiras, de frente para nós.

— O que posso fazer por vocês dois? — Ele repousa os cotovelos nos braços da cadeira, as pontas dos dedos formando um triângulo logo abaixo do queixo.

Respiro fundo. Juro que queria não ter que fazer isto. Falo das agressões de John, do passado e do presente, tentando ser o mais objetiva possível.

Vários tons de vermelho colorem o rosto de Jack até ficar quase púrpura. Seus lábios estão tão apertados que são um branco fantasmagórico.

Alex não está melhor. Cada músculo de seu corpo está rígido, e os nós dos dedos estão brancos de tão forte que ele aperta os joelhos. Conhecendo Alex e sua necessidade de me proteger, tenho certeza de que é igualmente difícil para ele ouvir tudo pela segunda vez. E eu sei que ele está se culpando por não me proteger de forma adequada.

Ele me protegeu, porém, e provavelmente salvou a minha vida. Se John tivesse me pegado sozinha depois de ter me drogado, ele teria me espancado e torturado e me deixado para morrer, assim como tinha ameaçado tantas vezes.

Respiro fundo e pego a mão de Alex sem olhar para ele. Sei que perderei o tênue controle que tenho sobre minhas emoções se vir a dor e o pesar em seus olhos.

Jack está olhando para além de mim, pelas janelas. A sala está mortalmente silenciosa. Espero por uma reação e, por fim, ele pisca algumas vezes e passa as mãos pelo rosto antes de virar o olhar para mim.

— John bateu em você ao ponto de deixar cicatrizes?

Eu engulo com dificuldade e tento me acalmar. *John não pode mais me machucar. Agora estou mais forte.*

— Sim.

— Por que você não me procurou, Kylie? Eu teria te ajudado.

A mágoa na voz de Jack, a dor e o carinho em seus olhos quase me levam às lágrimas. Depois de tudo o que ele fez por mim, ele não merecia descobrir dessa maneira.

Eu me movo para a cadeira vazia ao lado dele e pego sua mão. Este homem é a coisa mais próxima que já tive de um pai dedicado e solidário, e sinto que o decepcionei.

— Sinto muito, Jack. Gostaria de ter podido te dizer. Não foi porque eu não quis. Por favor, acredite em mim. Entrei em choque naquela noite, e tranquei tudo. Eu nunca contei para ninguém. Simplesmente tentei fingir que nunca aconteceu. A primeira vez que me abri sobre o assunto foi na semana passada.

— O que aconteceu para trazer tudo à tona agora?

— O John tem sido violento desde que comecei a sair com o Alex. — Tento avaliar sua reação à confirmação de que estou em um relacionamento romântico não só com nosso cliente mais importante, mas também com um amigo próximo da família. — O John me ameaçou, me agrediu no baile de gala, invadiu a minha casa e me bateu. Eu não tenho provas concretas, mas creio que ele me drogou na sexta-feira.

Jack esfrega o queixo.

— Kylie, por que você não relatou nenhum desses... acontecimentos recentes?

MALEVOLÊNCIA   157

— Jack, você sabe que minha carreira é tudo para mim. Tive medo de que o John cumprisse suas ameaças de tirar tudo de mim. E eu fiquei tão envergonhada.

Jack liberta um suspiro exasperado.

— Eu sei que é difícil de entender, mas eu só queria que tudo desaparecesse.

— Bem, o seu desejo será atendido, pelo menos em partes. Isso termina hoje, está bem? Sua carreira não será prejudicada. Não permitirei que isso aconteça.

— Obrigada, Jack.

Ficamos de pé, e Jack me dá um abraço apertado antes de olhar para Alex, que vem para trás de mim e apoia a mão na minha lombar. A expressão de Jack muda de pai amoroso para pai superprotetor em um piscar de olhos.

— Estou confiando a minha menina a você, Alex. Ela é muito querida por Annabelle e por mim, e espero que você a trate bem.

Meu coração derrete. Um sorriso bobo cruza meu rosto.

Alex sorri e estende a mão.

— É o que eu pretendo fazer, Jack. Você tem minha palavra. Não há nada mais importante para mim do que ter a certeza de que ela está sendo bem cuidada. A Kylie é muito especial para mim também.

Um nó se forma na minha garganta e eu olho para baixo, esperando que nenhum deles tenha notado o rubor intenso nas minhas bochechas. É avassalador ter tanto amor e atenção dirigidos a mim. É maravilhoso e novo, mas também assustador. Não tenho certeza se quero abraçá-los em grupo ou fugir da sala para pegar um ar. Depois de uma vida inteira de pessoas me deixando e levando todo o seu amor com elas, não estou acostumada com essa demonstração.

— Muito bem, de volta ao trabalho. — Jack nos acompanha pelo corredor e vai até a recepção para falar com a Sarah.

Sigo para a minha mesa e ligo o computador. Alex olha a hora e fecha a cara. Lidar com minha carreira e questões pessoais significa que ele está negligenciando seus negócios.

Ele me olha de relance.

— Você vai ficar bem, aqui?

— Sim, eu estou bem.

Ele vem até mim e me agarra pela cintura

— Ok. Tenho uma reunião agora. Eu te ligo depois. — E me beija e passa os dedos pelo meu cabelo.

As fofocas vão ficar em polvorosa com a notícia de que Alex e eu ainda estamos juntos. Talvez minhas chances melhorem no bolão do escritório.

Mas o que me preocupa neste momento é como John vai reagir às notícias, e como eu protejo a mim e a Alex das consequências?

MALEVOLÊNCIA

CAPÍTULO 24

Alex entra no elevador e some de vista. Coloco a cabeça para fora da porta e chamo a Lisa.

— Pode se sentar — digo, quando ela entra no meu escritório.

Lisa franze a testa.

Isso é humilhante. Detesto que minha vida pessoal seja comentada no trabalho. Não exatamente o que John me fez, mas vai ser óbvio que qualquer providência que Jack tome, será por minha causa.

— Estão acontecendo umas coisas, e um dia abriremos uma garrafa de vinho, e eu descarregarei todos os detalhes mórbidos. Neste momento, o que você precisa saber é que o John e eu temos alguns problemas graves que estão chegando a um ponto crítico.

Ela ri e acena com a cabeça.

— É, percebi que o John não está feliz por você estar com o Alex, não é?

— Você notou, não é mesmo? — Respiro fundo e exalo pelo nariz. — Mais alguém sabe?

Ela dá de ombros.

— Há algumas especulações. A maioria das conversas giram em torno do seu relacionamento com Alex.

— Algo que eu deva saber?

— Não.

Eu me encolho. Lisa é minha conexão com o círculo interno da empresa, e ela sempre me conta tudo sem fazer rodeios.

— Não sei exatamente o que vai acontecer hoje — explico —, mas queria que você ficasse sabendo de antemão. Sou grata de verdade por poder confiar que você vai manter minha vida pessoal em sigilo.

— Qual é, como se eu fosse dizer alguma coisa para esse bando de duas caras aqui do escritório. Sou leal a você, Kylie.

Tenho uma sorte do caramba por ter essa mulher do meu lado.

— Obrigada. — Abro a pasta do caso Trevalis. — Você conseguiu ler essa porcaria de argumentação que a promotoria fez do caso Trevalis? É ridículo.

Passamos a próxima meia hora revisando a argumentação, fazendo algumas anotações e discutindo várias possibilidades de resposta. Lisa é extremamente inteligente e bem versada, e tem um instinto maravilhoso para defesa legal. Confio no discernimento dela.

— Em que pé estamos com Crawford e o exame de sangue? — pergunto.

Lisa agarra um caderninho e o folheia.

— A moção de anulação está quase pronta. Estará pronta à tarde para que você a revise.

— Bom, quero que dê entrada nela assim que... — Dirijo meu olhar para a pessoa que está saindo do elevador. Meu coração para.

John olha para mim, com um sorrisinho doentio no rosto. Ele se vira e dá um par de passos em direção ao meu escritório.

Sarah deve ter dito algo, porque ele se detém e olha para ela. A mulher está com o telefone no ouvido, aperta um botão e tem uma breve conversa antes de colocar o aparelho no gancho. John desce o corredor até o escritório de Jack.

Encontro o olhar de Lisa, e nós duas respiramos fundo. Meu coração está disparado, e meu estômago se revolve. Abro o arquivo na minha frente, mas não faço ideia do que é aquilo. Estou preocupada demais com o que está acontecendo no escritório de Jack para me importar com qualquer outra coisa.

Há uma batida na porta, e a cabeça de Sarah aparece.

— Um homem chamado Jake está aqui para te ver, Kylie. — Ela lança um olhar engraçado sobre o ombro, para o homem grande que está atrás dela.

Eu sorrio e aceno ligeiramente com a cabeça.

— Alex...— murmuro. Não posso deixar de sorrir de sua natureza superprotetora. É claro que ele ia mandar alguém para cá para me proteger, eu precisando ou não.

— Obrigada, Sarah. Pode deixá-lo entrar.

Sarah sai do caminho e fecha a porta quando Jake entra.

— Fique à vontade, Jake.

Lisa olha para Jake e alisa o cabelo.

MALEVOLÊNCIA

— Jake, está é a Lisa, o meu braço direito. Lisa, este é o Jake, o braço direito do Alex.

Jake abre um sorrisão para Lisa.

— É um prazer conhecê-la, Lisa.

— É um prazer conhecê-lo também, Jake. Aceita um café ou qualquer outra coisa? — A voz de Lisa é mais suave, e ela está ligando o charme.

Puta merda! Ela está flertando com ele? Vejo as faíscas voarem entre os dois até que a voz de Sarah soa no intercomunicador e nos interrompe.

— Alex Stone para você, Kylie.

— Obrigada, Sarah. — Pego o telefone, giro na minha cadeira, ficando de costas para Jake e Lisa, e dou a todos um pouco de privacidade.

— Oi, linda — diz Alex. — Só para avisar que eu mandei o Jake, no caso de o John causar problemas.

— Não é bem um aviso se é dado depois que ele chega, quando eu não posso discordar, Alex.

— Humm….vou levar isso em consideração para o futuro, advogada. — Alex ri, e o som quase apaga meus medos. — Eu tenho um jantar de negócios hoje à noite. Será que eu consigo te convencer a ir comigo?

— Claro, eu posso ir com você. — Abaixo a voz, assim o casal atrás de mim não pode ouvir. — Você sabia que o Jake consegue sorrir?

Conversamos por mais alguns minutos antes de eu desligar. Três seguranças saem do elevador, e Sarah os conduz pelo corredor em direção ao escritório de John. A atmosfera leve e divertida se dissipa e é substituída pela gravidade da situação.

O silêncio no escritório é rompido quando uma porta bate com força suficiente para balançar as paredes e janelas, e também a minha confiança.

— Puta de merda!

Eu olho para Jake, cujo sorriso despreocupado se foi. Em seu lugar, está um olhar estoico e tenso. Ele se aproxima e toca levemente o braço de Lisa.

Bem-vinda à minha vida…

Um dos seguranças passa pelas janelas em frente ao meu escritório. John segue atrás dele. Ele olha ao redor até me encontrar. Seus olhos estão escuros e sinistros. O ódio que emana dele é palpável, mesmo através do vidro grosso que nos separa.

Jake se levanta, abre o paletó e expõe o coldre da arma. John olha para ele, mas antes que o homem possa fazer qualquer coisa, o segurança que vem atrás dele lhe dá um empurrão nas costas, e eles continuam percorrendo o corredor.

Eles param na frente dos elevadores e esperam. John vira a cabeça o suficiente para que eu o veja articular com os lábios uma mensagem fatal: *Você está morta.*

A ameaça me atinge como uma explosão glacial. Pedaços de gelo me cortam e congelam minha alma. Não é uma ameaça vazia.

Os seguranças escoltam John até o elevador e as portas deslizam até se fecharem.

— Você está bem, Kylie? — pergunta Jake.

— Estou bem — minto.

Eu quero correr e me esconder em um lugar onde John jamais me encontrará. Quero navegar para o meio do oceano e fingir que nunca o conheci. Mas o que eu quero mais do que tudo é o Alex. Ele é a força que acalma a minha vida, minha rede de segurança.

Eu daria tudo para me enroscar em seus braços e bloquear as ameaças de violência de John que saltam pela minha cabeça, e as imagens horríveis que elas conjuram.

CAPÍTULO 25

Alex afasta meu cabelo dos olhos e encara o meu vestido preto.

— Você está linda.

Eu o agarro pela lapela do paletó, puxo-o para mais perto e o beijo.

— Obrigada, e você está bonito, como sempre. Você perdeu uma senhora queima de fogos hoje no escritório: Jake e Lisa. — Mantenho a voz baixa, mesmo sabendo que Jake não pode me ouvir lá do assento do motorista.

Alex ergue as sobrancelhas.

— Sério?

Aceno com a cabeça, e rio.

— Lisa estava verificando a arma dele.

Alex joga a cabeça para trás e solta uma gargalhada, o que faz um formigamento gostoso percorrer todo o meu corpo.

— Tudo bem, então precisamos ter uma conversa. — Tenho esperança de que o bom humor de Alex perdure até o fim da discussão, embora eu tenha certeza de que ele não vai ficar nada feliz com o que vou dizer. — Agora que o John foi demitido, talvez seja melhor eu voltar para a minha casa.

O belo sorriso se evapora instantaneamente. Seus olhos escurecem e o brilho radiante apaga.

— Não, não é seguro.

Eu aperto a mão dele.

— Ele perdeu o emprego, e sabe que não estamos de brincadeira. O Jack pode me proteger no escritório. Acho que o John se cansou deste jogo.

Alex se remexe.

— Tirando o fato de que ele ameaçou sua vida antes de deixar o escritório hoje.

Valeu, Jake. Dedo-duro.

Agarrando minha mão, Alex suspira.

— Fique comigo até que possamos localizá-lo e mantê-lo sob vigilância.

Por que sinto que minha vida agora se resume a um homem ditando os métodos preventivos necessários por causa da obsessão de outro homem por mim? Estou tentando desesperadamente me lembrar de que era isso que eu queria: me sentir segura, permitir que Alex me proteja do perigo que John representa. Mas não posso deixar de ter a sensação de que minha independência está se esvaindo. Eu não tenho mais controle sobre minha vida nem sobre minhas decisões.

Também não posso ignorar as medidas que John está tomando para me trazer de volta. Ou me destruir.

Alex afaga minha bochecha com a ponta dos dedos.

— Qual é, Kylie. Estou tentando te manter a salvo, mas você tem que ajudar também.

Ele está certo, é claro. Tenho que superar a paranoia de que estou me perdendo novamente ou permitindo que um homem controle minha vida. Alex não é John. John quer me machucar e me humilhar. Alex quer me proteger. E ele só me fez sentir especial, desejada e respeitada.

— Tudo bem. — Suspiro. — Essa sou eu cooperando. Vou ficar até que você o encontre.

Alex sorri e beija as costas da minha mão quando paramos em frente ao restaurante.

O maître nos acompanha até uma mesa grande e redonda no meio do salão. Três homens já estão sentados quando chegamos, e eles se levantam assim que veem Alex.

Alex apoia a mão nas minhas costas.

— Cavalheiros, gostaria que todos conhecessem minha namorada, ela se juntará a nós para o jantar.

Os homens todos acenam e sorriem enquanto Alex continua com as apresentações.

Bruce Baldwin, um homem alto e atraente, mal se dá o trabalho de apertar a minha mão. É óbvio que ele está mais interessado em falar com Alex do que em desperdiçar tempo ou energia comigo.

Rick Manlan está ao lado de Bruce. Ele é calmo e reservado, e detecto um sotaque britânico. Ele ou está com um jet lag severo ou extremamente irritado. E não parece mais interessado em mim do que Bruce.

Ao meu lado está Peter Johnston, um homem baixinho com um topete estilizado. Fico brevemente animada quando ele sorri para mim, mas sua

MALEVOLÊNCIA

mão pegajosa se agarra à minha por tempo demais, e seu olhar está fixo em meus seios.

Alex puxa minha cadeira.

— Vamos nos sentar?

Estou perplexa. Não tenho certeza do que mais me surpreende. Alex não forneceu nenhuma informação sobre mim além do título de namorada, nem mesmo meu nome, não que ninguém pareça notar ou se importar.

Na metade do jantar, estou adormecendo. A tediosa discussão de negócios, apesar de ser completamente ignorada por Alex, já que Bruce chama toda a atenção para si, quase me faz querer morrer. Também estou muito perturbada pelo fato de parecer que estou só enfeitando a mesa e sendo uma distração para o pequeno Yoda careca ao meu lado que continua encarando os meus seios. Ele tem um sorriso assustador e lascivo no rosto, e está se inclinando um pouco demais na minha direção.

— Eu não ouvi o seu nome.

Meu estômago revira. Forço um sorriso, mas não olho para ele.

— Ele não foi dito. — Já passei do ponto de ser uma namorada obediente, e estou pronta para o papel de megera dos infernos.

— Bem — ele continua, ao que parece, perdendo completamente o interesse no meu nome —, se você estiver livre na próxima semana, tenho que ir a mais um destes jantares. Eu adoraria que você se juntasse a mim. Prometo fazer valer a pena. — Ele coloca a mão no meu joelho, e aperta.

Mas que porra é essa?

Eu me afasto dele, pronta para esbofetear o rosto bizarro daquele pequeno troll. E é quando entendo. Estes homens pensam que eu sou apenas mais uma das parceiras de foda do Alex. Eles não estão interessados em mim porque sabem que nunca mais me verão. Afinal todo mundo deve saber, especialmente nestes círculos, que Alex usa uma mulher uma única vez e depois a joga fora.

O Peter Esquisito obviamente não tem problemas em aceitar as sobras de Alex Stone.

Já deu! Chega!

Coloco a mão na testa para aplacar o latejar na minha cabeça.

Alex se inclina para mais perto de mim.

— Você está bem, Kylie? — ele sussurra, preocupado.

Tudo o que ouço, no entanto, é meu nome soando em meus ouvidos. É a primeira vez que o ouço desde que estamos aqui, e estou farta.

— Estou com enxaqueca.

— Eu te levo para casa, então. — Ele afaga as minhas costas, claramente preocupado e completamente alheio ao meu estado de espírito.

— Não, você fica. Vou pedir ao Jake para me levar para casa.

Alex me encara, a angústia está estampada em seu rosto.

— Vou ficar bem. Além do mais, lá vai estar quieto, e assim eu melhoro mais rápido. — Sorrio com fraqueza e espero que isso mascare o fato de que estou com um ódio dos infernos.

Funciona.

Alex fica de pé, me ajuda a me levantar e pede licença ao grupo. Saímos em silêncio do restaurante. Jake encosta o SUV, e eu me acomodo no banco de trás.

— Não vou demorar — ele murmura, e me dá um beijo rápido na lateral da cabeça antes de fechar a porta do SUV e voltar para o restaurante.

— Jake, me leve para a minha casa — instruo, assim que nos afastamos um quarteirão do restaurante.

Meu sangue está fervendo, me queimando de dentro para fora. Não vou me permitir me sentir como uma prostituta barata sendo que Alex esteve sentado lá e permitiu que isso acontecesse.

Jake me olha pelo retrovisor.

— Você precisa pegar alguma coisa lá?

Fecho os olhos e encosto a cabeça no banco.

— Não, vou passar a noite lá.

— O Sr. Stone insistiu para que eu a levasse de volta para a casa dele — diz Jake. — O Sr. Sysco ainda está à solta, Kylie. Não é seguro você ficar na sua casa.

Eu resmungo alto.

— O Sr. Stone não é meu dono nem dita a minha vida.

Olho para o espelho retrovisor. A julgar pela linha sombria que atravessa o rosto de Jake, ele não está entusiasmado com o curso atual da conversa.

MALEVOLÊNCIA

— Muito bem, pode me levar para a casa do Alex. Chamo um táxi para ir me buscar. — Há uma vozinha na minha cabeça me dizendo para respirar fundo e reconsiderar este movimento precipitado. Infelizmente, a raiva é mais forte e diz à voz para calar a boca.

Alex Stone pode fazer outra mulher se sentir uma merda. Esta aqui se cansou.

Jake não fala comigo durante o trajeto até a minha casa. Depois de uma varredura no interior, ele me fez prometer ligar caso algo remotamente estranho acontecesse.

Tranco a porta assim que ele sai, me atiro no sofá e tento me lembrar da última vez que estive aqui.

Na noite em que John me atacou. A noite em que Alex me salvou de uma surra feia.

Droga, eu odeio quando o homem está certo.

Pego meu celular para ligar para Jake e pedir para ele vir me pegar. Porém ele toca com uma ligação de Alex.

Foi rápido. Considero deixá-lo cair na caixa de mensagem, mas sei que Alex continuará ligando, então atendo.

— Pensei que tínhamos combinado que você ficaria na minha casa. — A voz de Alex se eleva através do telefone.

Fico na defensiva na mesma hora. Um demônio furioso está desperto dentro de mim e pronto para lutar.

— Não estou a fim de bancar a sua namorada esta noite, Alex.

— Que merda isso quer dizer?

Ele ainda está no restaurante?

— Significa que eu não tinha ideia de que me tornar sua namorada me faria perder a minha identidade e o meu nome. Você percebeu que não falou o meu nome para eles? Aqueles homens pensaram que eu era apenas mais uma das mulheres que você costuma usar e jogar fora. Um deles me fez uma proposta como se eu fosse a porra de uma garota de programa. Então vou tirar o resto da noite de folga.

Alex suspira forte ao telefone.

— Sinto muito. Não percebi que isso estava acontecendo.

— Bem, o que você pensou que ia acontecer quando eu fosse apresentada como a namorada sem nome? — Ando pela sala de estar, frustrada e com minha raiva ardente tomando decisões por mim. Não é a melhor das situações para se estar.

— Linda, sinto muito. Me deixe passar aí e te buscar. Podemos ir para casa e conversar.

— Eu estou em casa.

— Não é seguro ficar aí, Kylie.

Respiro fundo, tentando me acalmar. Se eu o provocar demais, ele atravessará aquela porta e me arrastará esperneando para a casa dele.

— Estou cansada, Alex, e eu vou passar a noite aqui. A gente conversa amanhã.

Há silêncio do outro lado.

— Muito bem. — A voz dele é interrompida. E a linha fica muda.

Bem, que dia de merda.

Minha cabeça está me matando e na verdade estou vendo umas manchinhas. Cama é uma ideia muito boa neste momento. Eu só quero dormir e esquecer que este dia aconteceu, especialmente o jantar de negócios.

Verifico as portas, apago as luzes e subo para o meu quarto. Lido com Alex pela manhã. Nós dois precisamos nos acalmar.

Enquanto deslizo entre os lençóis, meu telefone apita com uma mensagem de Alex.

> Desculpe por não ter te apresentado de forma adequada. Não foi legal e também não foi de propósito.

Eu digito uma resposta e a envio.

> Me senti como mais uma das suas putas.

Meu telefone apita.

> Você é muito mais. Você é tudo. Por favor, me perdoe.

Eu sei que ele está falando sério. E, lá no fundo, sei que ele nunca me desrespeitaria de propósito.

> Está perdoado, Alex. Só preciso ficar sozinha. Vai para a cama. Eu te ligo de manhã.

O celular fica em silêncio por um momento, e considero telefonar para tranquilizá-lo, quando ele responde.

MALEVOLÊNCIA

> Boa noite, Kylie.

Eu sorrio e envio.

> Boa noite, Alex.

Seguro o aparelho junto ao peito, desejando que ele me proporcione só uma fração do alívio que normalmente sinto quando estou com ele. Meu peito aperta. Estou sendo injusta. Meu orgulho está ferido, e estou descontando em Alex. Mas a punição não é justa para o crime.

As lágrimas escorrem pelo meu rosto e caem no travesseiro. Quem me dera poder descobrir em que ponto estou com ele. *Por que ele é tão protetor comigo?* Como ele pode deixar de ser um homem que nunca sai duas vezes com a mesma mulher para, em um piscar de olhos, querer apenas a mim?

Ele me disse que não confia nas mulheres, acredita que elas só querem se casar com um bilionário. Mas há muito nas entrelinhas, coisas que não consigo decifrar, e me pergunto se Alex não consegue confiar nas mulheres ou se não consegue confiar no amor.

— Alô? — Atendo o celular e me arrasto do estado de sonho semi-inconsciente.

— Por favor, me deixe entrar — Alex diz, com a voz cheia de angústia e cansaço.

Ainda estou grogue, tentando identificar o que é realidade e o que é sonho.

— Onde você está?

— Porta da frente.

Eu me movo através da escuridão e navego ao redor dos móveis da sala de estar. Uma figura escura está do lado de fora da porta de correr, na parte de trás da casa.

Pensei que ele tivesse dito porta da frente?

Olho para trás, mas a figura desapareceu, uma sombra do meu sonho. Eu acendo a luz e destranco a porta da frente.

O cabelo de Alex é uma bagunça e o estresse destrói seu lindo rosto. Ele entra, e eu fecho a porta. Quando me viro, ele agarra meus braços, me empurra para a porta e me prende com seu corpo. Antes que eu possa reagir, sua boca devora a minha. Ele cheira a especiarias e carvalho, e posso saborear a doçura do uísque em sua língua. A combinação é inebriante. O beijo é profundo, intenso, e sei que preciso da conexão tanto quanto ele.

Suas mãos se movem pelo meu abdômen, as pontas de seus dedos escorregam sob a cintura da calça do meu pijama. Eu o agarro pela nuca, e puxo o cabelo dele.

Todo o estresse e tensão do dia estão saindo neste beijo.

Finalmente, nós nos separamos para respirar.

Alex encosta a testa na minha.

— Desculpa. Eu simplesmente não conseguia dormir. Eu tinha que ter certeza de que você estava segura. Deus, eu me importo tanto com você, Kylie.

Todos os meus sentimentos do início da noite, o jantar, castigar Alex, voltam para mim, e eu sou um pacote de tensão e desejo sexual. Meu corpo zumbe, e tudo o que quero é que estejamos tão próximos fisicamente quanto estamos emocionalmente.

— Mostre-me, Alex. Me mostre o quanto eu significo para você.

Alex se afasta de mim, me pega pela mão e me leva para o quarto.

CAPÍTULO 26

Thomas é meu guarda-costas até que John seja encontrado. Alex me informou desse pormenor logo de manhã, bem antes de Jake aparecer para levar a mim para o trabalho e a Alex de volta para casa. Meu primeiro instinto é argumentar que não é necessário.

Depois de ontem à noite, pensei que deveria ouvir aquela voz irritante em minha cabeça, que soa muito parecida com Alex hoje em dia, e que continua me dizendo que o homem tem feito de tudo para me proteger e que quando eu discuto com ele acabo me ferrando. E não quero mais acabar ferrada.

E eu odeio brigar com o Alex. Mesmo que fazer as pazes seja incrível.

Ter Thomas sentado em meu escritório enquanto eu discuto informações confidenciais do cliente, no entanto, é um problema. Então elaboramos um plano em que Thomas fica no canto da sala de conferências, usando fone de ouvido e jogando no celular.

Sarah bate à porta enquanto Lisa, eu e o resto da equipe de litígio estamos ocupados numerando as provas.

— Kylie, ligação para você.

Fui muito clara quando disse que não queria ser interrompida.

— Anote o recado.

— É o corpo de bombeiros. Eles disseram que é uma emergência.

Todos na sala param o que estão fazendo. Thomas tira o fone, muito provavelmente notando o clima na sala, senta-se direito e presta atenção em mim.

Eu pego o telefone na mesinha.

— Kylie Tate.

Devolvo o aparelho ao gancho logo que termino a chamada, e me dirijo a Lisa e Thomas.

— Lisa, ligue para o escritório do Alex. Diga a Amy para passar a ligação para ele e explicar que você tem uma mensagem minha e que é uma emergência. Diga que Thomas e eu estamos indo para minha casa. Ela está pegando fogo.

Pego meu celular e minha bolsa.

— Thomas, vamos. — Me dirijo para o elevador.

Barricadas azuis bloqueiam a rua em que moro e mantêm meus vizinhos nervosos à distância. Eu me aproximo do policial mantendo as pessoas afastadas. Ele impede o meu avanço e me diz para ir para casa.

Eu mostro a ele minha carteira de motorista.

— Eu sou Kylie Tate. Esta é minha casa. Os bombeiros me ligaram.

Ele olha a documentação e me devolve.

— Srta. Tate, você terá que ficar aqui até que seja seguro entrar. O comandante dos bombeiros estará aqui para te atualizar. Vou avisar que você chegou, mas você precisa ficar aqui por enquanto.

O oficial Kincaid, com sua carinha de bebê e todos os seus dois minutos na força policial, espera que eu reconheça suas instruções antes que ele se vire e se afaste.

Thomas se aproxima de mim

— Srta. Tate, o Sr. Stone está a caminho.

— Obrigada, Thomas. Se eles me deixarem entrar antes de ele chegar aqui, certifique-se de que os policiais saibam que ele está comigo.

— Sim, senhora.

Restos de fumaça escapam pelas janelas do andar de cima. Minha cabeça está girando. *O que pode ter acontecido nas poucas horas desde que eu saí de manhã? Será que deixei algo ligado?*

Minha vida, meu passado, tudo se transforma em cinzas diante dos meus olhos. Tudo pelo que trabalhei tanto, as coisas que nunca tive enquanto crescia, logo irão embora. As lembranças da minha infância, do meu pai, e aqueles pedaços de história que me foram confiados, tudo destruído. Um nó imenso se forma na minha garganta, e eu me concentro para não desabar sob o peso da minha súbita depressão.

MALEVOLÊNCIA

Um homem de cabelos brancos e curtos se apresenta, mas não ouço o seu nome. Após uma breve discussão e de reparar no uniforme dos bombeiros, sou capaz de supor que ele é o comandante que Kincaid prometeu que falaria comigo. Ele me informa que o incêndio começou no quarto da frente no andar de cima e se espalhou por todo o andar superior. O andar principal, assim como o porão, sofreram alguns danos causados pelo fogo, mas a maior parte foi por fumaça e água.

— Indícios iniciais são de que um agente acelerador foi espalhado sobre a cama.

Sinto a presença de Alex atrás de mim quando a eletricidade no ar fica totalmente carregada. É o que sempre acontece quando ele está por perto. Eu me viro e envolvo meus braços ao redor de seu pescoço, e ele me puxa para perto.

Ele estende a mão para apertar a do comandante dos bombeiros, ainda me segurando junto a si com o outro braço.

— Alex Stone. Poderia me atualizar com o que sabe até agora?

Eu me desligo do que está sendo dito, enterro a cabeça em seu pescoço e solto um suspiro longo e constrito. Alex assumirá o controle e me permitirá desabar. É tão bom tê-lo como apoio. Eu sempre tive que ser forte, para cuidar dos outros. Mas com o seu braço ao meu redor, me apoiando, finalmente sou capaz de deixar que alguém cuide de mim.

— Vou dar uma olhada lá em cima — Alex sussurra no meu ouvido. — O Thomas vai ficar com você.

— Não, eu quero ir.

Alex começa a se opor.

— Eu estou bem, Alex. Você está aqui. Eu posso encarar o acontecido.

Ele me pega pela mão, e nós subimos as escadas com cuidado.

Paro abruptamente à porta do meu quarto. A cama está bem no meio do cômodo, os lençóis agora são uma pilha preta no chão. Não sobrou muito do colchão. Como é possível que há algumas horas eu e Alex estávamos deitados juntos, conversando, rindo e nos beijando bem ali?

E se o fogo tivesse começado naquela hora? E se não tivéssemos sido capazes de sair de casa? Fecho os olhos e paro de pensar naquilo. Não aconteceu. Graças a Deus, nós não estávamos mais lá quando a casa pegou fogo.

Há tinta spray por toda a parte. Mensagens vermelho-sangue, a mais perturbadora está na parede em que a cama costumava ficar encostada.

Vagabunda maldita. Você vai pagar.

Eu aperto a mão de Alex com mais força.

— John — murmuro. — Ele esteve aqui ontem à noite. Eu pensei que estava vendo coisas. Havia um homem na porta dos fundos quando eu desci para te deixar entrar. Ele deve saber que você passou a noite aqui.

Os olhos de Alex escurecem, e ele aperta a minha mão.

— Nós vamos encontrá-lo, Kylie. Ele cometerá um erro e nós o pegaremos.

Jake entra na sala e me olha de relance.

— Sr. Stone.

Alex se inclina para que Jake possa passar qualquer informação que ele tenha sem que eu a ouça.

Frustrada, puxo o meu braço do de Alex com força.

— Não escondam nada de mim. Esta é minha vida e eu mereço saber o que está acontecendo.

Alex acena para Jake.

— O Jeep da Srta. Tate não está na garagem. Suspeito que quem começou o incêndio também roubou o veículo.

Alex olha para mim, mas fala com Jake.

— A polícia sabe?

Contenho minha irritação diante dos dois homens à minha frente, permaneço estoica e calma por fora. Ao que parece, eles precisam de provas de que eu posso lidar com as circunstâncias. Começo a me irritar e a me ressentir por ser tratada como uma criança.

Jake balança a cabeça.

— Não, senhor. Eu queria informá-lo primeiro antes de falar com qualquer outra pessoa.

Alex passa a mão pelo rosto e solta um suspiro profundo.

— Informe a eles. Passe o número da placa e do chassi para que possam começar a procurar.

Jake se vira para sair, mas depois para.

— Você quer que eu inclua Sysco nas informações às autoridades?

— Não — Alex diz. — Isso fica a nosso cargo. Me mande mensagem se surgir alguma novidade.

Um fogo lento acende em meu peito. Estou enfurecida por dentro, e todos os meus pensamentos se centram em como punir John. Aquele sádico filho da puta vai se arrepender de ter mexido comigo. Eu vou virar

MALEVOLÊNCIA

o jogo, e torturá-lo com o mesmo sadismo. Minha fúria cresce, meu medo agora vira ódio, a linha entre a autopreservação e a vingança fica borrada.

Envolvo Alex em um abraço e aproximo os lábios da sua orelha. Não preciso que mais ninguém ali me ouça.

— Temos que conversar antes de discutir John com as autoridades.

Alex afaga a lateral do meu rosto com os lábios e desliza a mão no meu cabelo. Para qualquer um que nos olhe, deve parecer que ele está me consolando.

— Verdade, mas precisamos sair daqui. Eles vão querer te interrogar assim que as coisas ficarem tranquilas.

— Segue o fluxo. — Eu me afasto e forço um profundo soluço a sair de meus pulmões, chacoalho os ombros e enterro o rosto em minhas mãos.

— Não aguento mais ficar aqui. É demais para mim.

O ato chama a atenção de todo mundo ali no quarto.

Alex passa o braço em volta dos meus ombros.

— Shh… está tudo bem. — Ele me leva até a porta.

O comandante dos bombeiros se aproxima de nós e ergue a mão para nos impedir de sair.

Alex enterra minha cabeça em seu peito e fala com ele.

— Eu a levarei para minha casa, para que ela possa se recompor antes que você a interrogue. Acho que ela não será muito útil no estado em que se encontra. Meu motorista passou todas as minhas informações de contato para a polícia.

Sentado na parte de trás do SUV, Alex aperta minha mão e sorri. Eu não sorrio de volta. Estou possessa, e quero vingança. Estou apavorada com o terror que John anda causando. Ele precisa parar. Eu quero justiça, e quero que doa.

— Não me importa o que você tem que fazer, Alex. Encontre o desgraçado. — Minha voz é medida e controlada. — Não permitirei mais que aquele imbecil destrua a minha vida.

Alex acaricia meu rosto, mas seu olhar está implacável.

— Nós o encontraremos, Kylie.

Eu me inclino em sua mão e fecho os olhos. Ter alguém assumindo meus fardos é tão estranho para mim. É reconfortante, estranho e um pouco avassalador. Eu nunca tive um protetor, um herói. Mas, ao me agarrar a Alex, eu afundo nesta sensação maravilhosamente estranha e permito que ela acalme a minha alma.

Preciso recarregar. Partir para a ofensiva contra John vai ficar feio, mas eu não serei mais a sua vítima.

CAPÍTULO 27

Alex me entrega uma taça de vinho e se senta ao meu lado no sofá da sala. Bebo metade de uma vez só.

— Preciso contar tudo à polícia. Quero que eles encontrem o John, que o prendam e o processem. Quero que ele seja condenado e que apodreça atrás das grades.

Alex estreita seus olhos e me encara.

— Minhas mãos estarão atadas se lidarmos com isso do seu jeito, Kylie.

— Eu entendo, e sem querer nenhum detalhe de seu plano para destruí-lo, me deixe apenas dizer isto: eu não o quero morto, Alex. Não porque eu sinta empatia por ele. Eu não sinto nada além de hostilidade e repugnância. Ele precisa experimentar uma dor imensa. Sentado na prisão, perdendo tudo o que lhe é mais caro. Talvez ele se torne objeto da obsessão de um companheiro de prisão. Eu não me importo. Tudo o que eu quero é visitá-lo todas as semanas para que ele possa ver que eu estou livre. Livre dele e de sua mente sádica. E quero que ele veja que eu sobrevivi. Que eu ganhei, e que ele perdeu.

Alex ergue as sobrancelhas e esfrega a mão ao longo da mandíbula. Mas algo cintila em seus olhos.

— Faremos à sua maneira. Eu te apoiarei no que você quiser fazer. Apenas me diga o que precisa que eu faça.

Pela primeira vez desde que vi a obra de arte pintada com spray acima da minha cama, minha fachada de forte racha. Este homem tem meu coração na palma da mão, mas não sinto mais medo por ficar tão vulnerável. Eu me sinto aliviada. Sei o quanto ele se preocupa comigo e quer me proteger. Deixar isso acontecer não me torna fraca. Me fortalece. Sou mais forte, e tenho certeza de que ele estará lá para me apoiar quando eu precisar dele.

Descanso a testa na dele.

— Só me ajude a passar por isso tudo. Você é a única pessoa a quem eu já contei. Tenho medo de que eles não acreditem em mim.

As lágrimas escorrem pelas minhas bochechas. O peso de tudo o que aconteceu, e a perspectiva do que está por vir, se assentam no meu peito como uma rocha pesada, me sufocando.

Seus lábios pressionam de leve nos meus, sua voz é um sussurro.

— Não vou a lugar nenhum. Estarei sempre aqui.

Apoio a cabeça em seu peito, e me aconchego em seu corpo.

— Pode me abraçar, por favor? — Ele me abraça, com força.

— Por quanto tempo você precisar, linda, e uma vida inteira além.

CAPÍTULO 28

Os sargentos Reyes e Carter se sentam no sofá da sala redonda de frente para Alex e eu. Aperto forte a mão de Alex e não afrouxo nem um pouco, embora eu tenha contado toda a história de terror que é minha relação com John Sysco.

O sargento Carter toma notas em seu bloco. Reyes me olha, inexpressivo, mas juro que posso ver as rodas girando em sua cabeça. Não sei dizer se ele acredita em mim ou se pensa que sou uma ex-namorada desprezada buscando vingança.

— Posso perguntar por que você não relatou nada disso antes? — Carter pergunta, sem olhar para cima, ainda escrevendo furiosamente.

Pigarreio e forço as lágrimas a recuar.

— John me ameaçou. Ele disse que me destruiria e me arruinaria na comunidade jurídica. Ele é muito querido e bem conhecido e tem amigos influentes. Acreditei nele. Eu não queria que o que me aconteceu se tornasse notícia de primeira página. Pensei que se eu terminasse nosso relacionamento romântico, e agisse com ele com profissionalismo, que ele me deixaria em paz. — Dou de ombros. — E deu certo por um tempo.

Carter levanta a cabeça.

— O que mudou?

Eu olho para Alex.

— Fui promovida e me atribuíram casos importantes em vez de repassarem para ele. Também comecei a namorar com o Alex, o que parece ter sido o que fez John surtar.

Carter suspira, fecha o bloco de notas e fica de pé.

— Acho que vai ser suficiente por agora. Vou fazer um relatório, e você precisará assiná-lo. Nós a procuraremos se precisarmos de mais alguma informação ou se encontrarmos seu carro.

MALEVOLÊNCIA

Reyes continua sentado e me olha com atenção.

— Teremos que tirar fotos das cicatrizes em suas costas, Srta. Tate.

Alex fica de pé em um instante.

— Não mesmo.

Reyes não vacila. O homem levanta devagar e dá um passo em direção a Alex. Carter se põe entre os dois.

— Tudo bem, vamos todos respirar fundo.

— Alex. — Eu tento chamar sua atenção para mim, e puxar a mão dele. — Alex.

Ele me olha.

— Está tudo bem. — Mantenho a voz tranquila e espero poder aliviar a tensão na sala. — Eu estou bem. É o que eles precisam para dar entrada no caso. — Olho para o sargento Reyes. — Você está com a câmera?

Reyes dá um rápido aceno de cabeça para Carter, que pega a câmera na bolsa no chão.

Desvencilho minha mão do aperto firme de Alex, passo na frente dele e agarro seu queixo para que seus olhos encontrem os meus.

— Eu estou bem. Apenas fique perto de mim.

Alex encosta a testa contra a minha e fecha os olhos. Ficamos assim por um momento. Enfio a mão por dentro da blusa e abro o meu sutiã. Ergo a peça e exponho minhas costas. Alex coloca as mãos em ambos os lados do meu rosto, e olha bem fundo nos meus olhos, e um impenetrável campo de força me isola. Me protege da humilhação de descobrir uma parte de mim que eu me esforcei tanto para manter trancada.

A câmera clica e clica e clica.

— Jesus Cristo — Carter murmura.

Lágrimas se acumulam na borda dos meus olhos e caem pelas minhas bochechas.

Alex sussurra:

— Está tudo bem, querida. Eu estou aqui. — E seca as lágrimas com os polegares.

— Terminamos, senhora — O sargento Reyes diz baixinho.

Solto a blusa e a deixou cobrir as minhas costas, me viro e me apoio em Alex. Seus braços cruzam meu peito, minha própria sentinela mantendo guarda.

Reyes olha para mim, mas rapidamente desvia o olhar.

— Lamentamos muito fazer você passar por isso, mas as fotos vão ajudar na investigação, e mais tarde no tribunal.

— Eu sei, sargento. Eu estou bem. Obrigada.

Consigo ouvir Alex ranger os dentes às minhas costas, e ele respira fundo.

Meu Alex superprotetor.

Jake aparece e acompanha os policiais até a porta. Alex me vira e me abraça com força. Enterro o rosto em seu peito e o inspiro, seu cheiro picante e almiscarado queima devagar pelo meu peito, como um bom uísque.

— Alex? — Minha voz está abafada contra o peito dele.

— Sim, querida?

— Você pode fechar meu sutiã, por favor?

Alex ri, e leva as mãos para debaixo da minha blusa.

Sorrio. Eu consegui. Me sinto invencível, e sei que isso se deve em grande parte ao homem que é muito melhor para desenganchar sutiãs do que para fechá-los.

Meu herói, meu protetor.
Meu Alex.

Gritos me puxam de um sono profundo. Viro de lado e tento me concentrar enquanto minha cabeça clareia.

Alex está se debatendo. Seu braço voa através da escuridão e me acerta com força no rosto. A dor passa pelo meu nariz, diretamente entre meus olhos. Eu me afasto dele para bloquear qualquer outro golpe. Acendo o abajur da mesa de cabeceira. Sem sangue, mas a dor está fazendo meus olhos lacrimejarem.

Alex está de costas, contorcendo-se, apertando os lençóis com força.

— Não, não a machuque!

Merda! É um pesadelo.

Fico rapidamente de joelhos e tento acordá-lo.

— Alex!

— Não, não me deixe. Por favor, você não pode morrer. — Ele chuta o nada. — Você a matou. Você a matou.

MALEVOLÊNCIA

Eu me sento em seu peito e prendo seus braços com os joelhos. Não sei bem como consegui essa proeza, mas ele ainda não me jogou para longe. Preciso fazer o homem acordar antes que ele me faça voar pelo quarto. Agarro as laterais do rosto dele, e é preciso todas as minhas forças para segurá-lo quieto.

— Alex, acorde. Vamos, querido, acorde.

Os olhos de Alex se abrem de supetão, arregalados e descontrolados. Ele não está totalmente desperto. Se estiver desorientado, ele pode me confundir com um agressor.

Eu me inclino e o beijo nos lábios.

— Alex, querido, estou aqui. Você está bem.

Ele se acalma, braços e pernas afrouxam, e o corpo relaxa. Ele abre os olhos. Não tenho certeza se ele me reconhece, devido à maneira como suas sobrancelhas se franzem com tanta força. Ele pisca algumas vezes, e seus olhos se arregalam.

— Kylie?

Toda a cor escorre de seu rosto, e meu coração aperta. Odeio vê-lo com tanta dor, e não tenho ideia de como ajudá-lo. Ainda há tanta coisa que ele guarda para si mesmo e sabe-se lá por que ele se recusa a falar sobre isso. É frustrante, mas também de partir o coração. Gostaria de poder transmitir como compartilhar os meus segredos mais profundos e obscuros com alguém em quem confio libertou minha alma.

Escorrego dele enquanto ele se senta.

— Você estava tendo um pesadelo, querido. — Acaricio seu rosto. Gostaria de poder entrar na sua cabeça, ver seus sonhos, seus medos, e descobrir o que o assombra, para poder fazer tudo desaparecer.

— Você está bem? — Suas mãos viajam pelo meu corpo, seus olhos me inspecionam por ferimentos que ele possa ter infligido.

— Eu te machuquei?

— Não, eu estou bem — minto, mas não há como dizer a ele que ele me bateu durante o pesadelo. Isso o machucaria mais do que o golpe, e eu não posso fazer isso com ele.

— Alex, quem morreu?

Uma centelha de medo atinge seus olhos.

— O que eu disse?

— Só que alguém foi morto.

Ele me encara, e prende a respiração antes de exalar.

Ele está se desligando. Consigo ver em seu olhar distante.

Coloco a mão no meio de seu peito.

— Alex, por favor, fale comigo.

— Não me lembro, Kylie. — Ele olha para longe de mim. — Não me lembro do sonho.

Levanto o seu queixo assim nossos olhos se encontram. Preciso que ele me veja, que me ouça e use minhas forças.

— Estou aqui, Alex, e eu não vou a lugar algum. Eu posso ser um porto seguro para você. Quero que confie em mim. Prometo que vou tentar te ajudar, mesmo que isso signifique apenas ouvir.

Ele sustenta o meu olhar, desliza a mão para trás da minha cabeça, me atrai para si e seus lábios me atacam. Em um movimento rápido, ele ergue os meus quadris e me deita na cama. Nossa língua se entrelaça, e sua boca empurra com força contra a minha. Saboreio o sabor da menta, um contraste com o calor do nosso beijo. Ele empurra mais fundo, mas ainda não é o suficiente para me satisfazer. Eu nunca me fartarei dele, vou sempre querer mais.

— Obrigado, Kylie. — Alex sussurra no meu ouvido.

Eu sorrio. É disso que ele precisava para superar o pesadelo. Algum tipo de conexão com outra pessoa. Alguém para espantar os pesadelos. Lembro-me desses tempos, mas não tinha ninguém para me ajudar a superá-los até recentemente. Dói, porém, que Alex não esteja pronto para falar sobre o que o assombra. Não posso levar para o lado pessoal. Minha cabeça sabe disso. Mas meu coração se apodera, e só posso esperar que ele confie em mim em breve.

Eu beijo a testa dele.

— Sempre, querido. Farei qualquer coisa por você. Sempre.

Não demora muito até que Alex esteja roncando baixinho e se entregado a um sono profundo. Eu o braço. Embora eu não tenha todas as peças do quebra-cabeça, a imagem começa a tomar forma a partir dos poucos pedaços de evidência que consegui colher. Essa coisa que ele está mantendo trancada envolve agressão. E essa agressão pode ter causado a morte de alguém.

Não tenho ideia de quem foi agredido nem de quem morreu. E rezo para que a razão pela qual Alex está escondendo isso de mim não seja porque ele foi o agressor.

MALEVOLÊNCIA

CAPÍTULO 29

Meus olhos se abrem para o mais belo mar azulado que me olha de volta.

— Bom dia, linda — Alex diz, e afasta o cabelo dos meus olhos.

— O que você está fazendo? E por que você está sorrindo? — pergunto.

Ele flutua a ponta dos dedos ao longo da minha bochecha.

— Estou vendo você dormir, o que me faz feliz. Você é tão bonita, Kylie. Acordar ao seu lado faz a rotina ser mais atraente.

Eu sorrio, e o calor corre para as minhas bochechas.

Alex move a mão sob meu queixo, levantando-o para encontrar seus lábios.

— Eu te fiz corar. — Ele sorri como um louco.

— Sim, sim. Não sou romântica, valeu aí!

Ele me dá outro beijo suave.

— Você tem algumas decisões a tomar hoje.

Olho para ele, e franzo as sobrancelhas.

— Chamei meu arquiteto para passar por aqui para te mostrar opções para você reconstruir a sua casa.

Meu bom humor esvazia como um balão com um buraco bem pequeno, arrematado com aquele lamentozinho irritante.

— Droga, é verdade. Sou uma sem-teto.

— Você não é uma sem-teto, Kylie. Esta é a sua casa.

Fecho os olhos e passo o braço pelo rosto.

— Alex, a construção pode levar muito tempo, não apenas semanas, mas meses. — Levanto o braço o suficiente para abrir um olho. Ele está com uma sombra de barba sexy ao longo da mandíbula. Meus dedos se contraem, e eu desejo que os pelos arranhem as pontas dos meus dedos. — Você tem certeza de que me quer por perto por tanto tempo?

Alex deixa sair um suspiro profundo, e faz uma breve pausa.

— Kylie, eu sempre te quero por perto. Não quero que você volte para a sua casa nunca mais. Eu não quero que você vá para qualquer outro lugar. Quero que você more aqui comigo. Faça desta a sua casa.

— Oh.

Oh!

Eu me sento e encosto as costas na cabeceira. Por que sempre sinto que estou dois passos atrás de Alex nesta relação? Justo quando me sinto confortável, ele me atira uma bola curva. Ainda nem pensei em ir morar com ele, embora eu adore estar aqui. Ao crescer, sonhava em viver em um castelo com o Príncipe Encantado. Calor, amor, rodeada pela família; era essa a minha concepção da vida perfeita. E está tão próximo, tão real, eu a sinto, a provo, a toco, e agora tudo o que tenho que fazer é aceitar.

Mas sonhos de infância não se tornam realidade. Pelo menos não os meus.

Alex se acomoda ao meu lado e coloca a minha mão entre as dele.

— Concordamos que você ficará aqui enquanto localizamos John, e especialmente agora que sua casa é inabitável. — Ele puxa minha mão para os lábios dele. — Eu quero você comigo, Kylie. Eu preciso de você comigo.

Encaro o nada.

— É muito cedo, Alex.

O calor de seus lábios pressiona meus ombros nus bem de levinho. Truque sujo. Ele sabe que esse é um dos meus pontos mais sensíveis.

— Já falamos sobre isso, Kylie.

— Foi uma discussão sobre estar em um relacionamento, não de morar junto. É um passo enorme, Alex.

— É apenas a próxima fase, linda.

Minha cabeça está girando. Estou tentando ser lógica ao considerar as possibilidades e implicações de ir morar com Alex. *Será este mais um passo para perder minha independência? Minha identidade?* Se alguma coisa acontecer, e nós terminássemos, para onde eu iria?

E que merda é a "próxima fase"?

Respiro fundo, exalo, e encontro os olhos lindos e suplicantes de Alex.

— Me deixa pensar, por favor. Ficarei enquanto minha casa estiver em construção, mas quero ver como as coisas vão ficar, ter certeza de que é o que realmente queremos depois de viver juntos por um tempo. Está bem?

Alex se inclina para perto e me beija.

MALEVOLÊNCIA

— Está bem. Só não suporto a ideia de você não estar aqui comigo.

Aqueles lindos olhos azuis podem me fazer sentir quase tudo, mas aí ele me lança aquele olhar meigo, e eu derreto. E logo seus lábios estão sobre os meus. Sinto o cheiro do enxaguante bucal de canela que ele usa um segundo antes de prová-lo em meus lábios. Ele é tão apaixonado que eu quase concordo em viver aqui para sempre.

Abro um olho, vejo as horas e pulo da cama

— Merda, tenho que ir trabalhar.

Alex me estende a mão e tenta me puxar de volta para a cama.

— Não, fique aqui comigo hoje.

— Não posso, querido. O julgamento de Trevalis começa na segunda-feira e eu preciso me preparar. — Dou um beijo rápido nele e vou correndo para o banho.

CAPÍTULO 30

Nem vejo os três dias seguintes passarem enquanto trabalho incansavelmente com a minha equipe de litígio. A partida de John deixou um vazio, e por mais que eu deteste admitir, sinto falta da experiência dele. Não há tempo suficiente para trazer outro advogado, então estou por minha conta, o que me assusta muito.

Mas este caso me aterroriza em outras frentes. Como advogada criminalista, eu normalmente não perco muito tempo pensando se meus clientes são culpados ou inocentes. Na verdade, prefiro não saber.

Mas este caso é diferente. Eu acredito verdadeiramente na inocência do meu cliente. Anthony Trevalis está sendo acusado de assassinar a esposa socialite para evitar um divórcio. Há também um seguro de vida substancial, sendo ele o único beneficiário.

A Sra. Cynthia Onstad Trevalis veio de uma família muito rica, dona de uma grande companhia de navegação da costa leste do país. Tony vinha de uma família de classe média que dirigia uma imobiliária pequena, mas bem-sucedida. Eles se apaixonaram quando estavam na faculdade. Os Onstad não ficaram satisfeitos com o marido escolhido por Cynthia, mas eles permitiram que ela se casasse, desde que houvesse um acordo pré-nupcial que dizia que Tony não receberia nada no caso de um divórcio.

Após dez anos de casamento, dois filhos e um negócio imobiliário fracassado, Cynthia decidiu trocar Tony por um especulador financeiro milionário de Nova York com quem ela teve um caso por nove meses antes de morrer.

Duas semanas depois de Cynthia dizer a Tony que estava indo embora, ela foi encontrada morta em sua propriedade de três milhões de dólares com vista para o oceano. A governanta a encontrou deitada em uma poça

MALEVOLÊNCIA

de sangue no meio do chão da sala. Ela havia sido espancada até a morte com um objeto circular, mais tarde identificado como um taco de beisebol que foi localizado em uma lixeira atrás de um bar no centro da cidade. Não havia evidência de arrombamento, e nada de valor estava faltando em casa.

Como é típico, a suspeita se voltou para o marido. Tony estava participando de uma conferência imobiliária, tentando fazer contato com grandes empresas imobiliárias comerciais para encontrar um emprego. Ele estava bebendo com membros de uma empresa de Washington D.C. quando recebeu a notícia da morte da esposa.

Apesar de ter um álibi sólido, Tony foi preso sob a teoria de que havia encomendado a morte da esposa. Os Onstad estão convencidos de que Tony mandou matar Cynthia e, através de suas conexões, eles persuadiram a polícia e a promotoria.

A teoria da acusação é que Tony contratou alguém para matar a esposa antes que ela tivesse a chance de se divorciar dele e pôr fim ao seu estilo de vida confortável. A investigação revelou que Tony é o único beneficiário de uma apólice de seguro de vida no valor de cinco milhões de dólares que ele havia feito com a Cindy seis meses antes.

O caso é claramente circunstancial. Nenhuma evidência física que ligue Tony ao assassinato foi descoberta, e o assassino contratado nunca foi encontrado.

É o padrão comum de quase noventa por cento dos homicídios domésticos. O cônjuge quer se livrar do casamento, ou não, ou está precisando de um aumento de renda por qualquer motivo. Este deve ser como qualquer outro caso do gênero com que me deparei ao longo da minha carreira.

Acho que é o que me incomoda tanto. É muito conveniente. É muito clichê. E Anthony Trevalis simplesmente não me passa essa vibração de quem cometeria um crime desses. É uma intuição, e uma que pode causar um golpe imenso na minha carreira e nas questões de equidade aqui na cobertura, caso ele seja condenado.

Os Onstad têm investido pesado nas notícias, testando Tony no tribunal da opinião pública. Eles apareceram em emissoras locais, em alguns noticiários nacionais matutinos e em noticiários de TV a cabo. O pai de Cindy até chorou ao pedir por justiça durante uma entrevista sobre o assassinato de sua filha em um programa de TV do tribunal.

Fui chamada para aparecer, mas dei apenas uma breve declaração por escrito oferecendo condolências à família Onstad enquanto afirmava a inocência do meu cliente. O sentimento predominante do público é que ele é culpado e deve receber a pena de morte. Eu odeio a mídia e sua necessidade de sensacionalizar essas porcarias. Tantas facetas do sistema legal são afetadas pela imprensa divulgando fatos e provas de um caso ao público em geral, sem a salvaguarda de regras de prova e procedimentos legais.

No fim da tarde de sexta-feira, estou colocando em dia os e-mails antes de encerrar a semana. A voz de Sarah vem pelo intercomunicador do meu escritório.

— Kylie, o sargento Carter está na linha. Você quer falar com ele ou devo transferi-lo para seu correio de voz?

— Eu vou atender. Obrigada. — Atendo no primeiro toque.

— Srta. Tate — diz Carter. — O seu Jeep foi encontrado.

— Onde ele está? — pergunto. Meu coração acelera, assim como a minha respiração.

— No momento, está no pátio de apreensão, sendo revistado. Precisamos que você venha aqui e nos ajude a determinar que itens no veículo pertencem a você e o que pode ter sido deixado pela pessoa que o roubou.

Fecho o e-mail e desligo o computador.

— Tudo bem. Chego em cerca de trinta minutos.

Depois de desligar, oriento Lisa quanto às anotações e argumentações que ela deve separar, já que passarei o fim de semana me preparando para a escolha do júri e as declarações de abertura na segunda-feira.

Pego meu celular e mando uma mensagem para Jake.

> **Preciso de uma carona até a delegacia para daqui a cerca de vinte minutos.**

Dentro de um minuto, meu telefone toca. O identificador de chamadas mostra que é o Alex.

— Por que você precisa ir à delegacia? — O tom dele é curto e acusatório.

— Eles encontraram o Jeep e precisam que eu vá identificar umas coisas. Eu posso ir sozinha, Alex. Não quero incomodá-lo se você estiver ocupado.

— Estaremos lá em vinte minutos.

A linha fica muda e está claro que ele ainda está tenso por causa do meu horário de trabalho. A preparação do julgamento é uma operação

MALEVOLÊNCIA

caótica, de alto estresse, que envolve longas horas e muito pouco sono. Normalmente, fico até os joelhos de provas, depoimentos e anotações, revisando tudo sem parar. Mesmo quando não estou trabalhando ativamente no caso, estou preocupada, e a apreensão aumenta por me faltar um argumento-chave que fará toda a diferença. O fato de ele estar perturbado com isso, faz algo disparar na minha cabeça, e é apenas mais uma razão que indica que Alex e eu não daremos certo.

Respiro fundo e tento aplacar a raiva. Meu coração me diz que ele precisa de tempo para se acostumar com tudo, mas minha cabeça me diz para correr. Solto o ar retido em meus pulmões e começo a guardar os arquivos.

Lisa e eu empurramos um carrinho carregado com o que deverá ser revisado no fim de semana até o SUV. Tenho me sentido culpada por ficar no escritório até as dez horas todas as noites desta semana, por isso vou trabalhar de casa.

O breve telefonema foi indicativo da crescente desconexão entre Alex e eu. Ele está se sentindo negligenciado, ressentido e amargurado, e eu passei por crises de irritação por não ter entendido, seguidas pela constatação de que tudo isso é novidade para ele. Alex está tentando superar uma vida inteira, ou pelo menos uma vida adulta, de pessoas que estão à sua disposição, sem fazer perguntas. Entre as longas horas de trabalho, o estresse de tentar resolver um caso de assassinato por conta própria, e a carência de Alex, eu estou exausta e pronta para fugir.

Jake nos encontra na traseira do veículo e abre o porta-malas. Seus olhos se iluminam ao ver Lisa.

— Oi, Lisa.

— Oi, Jake.

Alex se aproxima da traseira do veículo, com as sobrancelhas erguidas e olha para Jake e Lisa. Eu olho para ele e sorrio. Acho que ele também nunca viu o segurança flertar.

Lisa se vira para mim antes de voltar para dentro.

— Se precisar de mim neste fim de semana, me avise. Não vou fazer nada e vai ser um prazer te ajudar a separar as provas.

— Ah, obrigada, mas não posso pedir que você faça isso — digo.

Seu sorriso vacila, e os ombros caem.

— Não me importo mesmo.

Eu reconsidero. Ter Lisa lá seria bom. Ela conhece meu processo, e talvez eu faça tudo mais rápido, o que deixará o Alex mais feliz.

— Tudo bem, se você tem certeza. Você se importaria de ir até a casa do Al...

O Alex me lança um olhar que é metade chateação e metade irritação.

— Desculpe, *nossa* casa?

— Claro que não.

— Por que não fica por lá mesmo? Você pode passar a noite em nosso quarto de hóspedes? Dessa forma, você pode trabalhar e fazer intervalos sem se preocupar com a hora — Alex oferece.

Lisa acena com a cabeça, e a animação irradia dela.

— Está bem, então. Resolvido. Jake, você pode enviar para ela uma mensagem com o endereço? — pergunto.

Jake acena com a cabeça.

— Claro.

Alex e eu nos acomodamos no banco de trás. Jake fecha a grade do elevador e pega o número do celular de Lisa. Com dois homens felizes, minha vida ficou mais fácil... pelo menos por enquanto.

MALEVOLÊNCIA

CAPÍTULO 31

Trinta minutos depois, eu largo em uma caixa o último dos meus pertences que estavam no Jeep. O carro está destruído. Não há um centímetro que não esteja amassado ou danificado. Reyes mostra um vídeo da câmera de segurança do estacionamento do Walmart onde o Jeep foi encontrado. Ele mostra baterem o carro nas barreiras de cimento na base dos postes de luz. Parece mais um jogo de pinball veicular. Repetidamente, o motorista esmaga todos os lados até a fumaça subir do motor, e o carro parar de se mover. Uma figura encapuzada emerge do lado do motorista e se afasta do local.

Eu o reconheço no mesmo instante.

— É o John. Posso dizer pela maneira como ele anda. Ele sempre balança um braço, mas não o outro.

— Ele destruiu o veículo — diz Carter. Não é uma pergunta, mas a implicação de que ele está procurando uma explicação permanece no ar. — Ao que parece, ele queria deixar claro o que pensa, mas usou uma quantidade excessiva de força.

— Ele sabe que eu amo o meu Jeep. — Minha voz está inexpressiva, vazia de qualquer preservação. Eu sigo a figura na tela. — Eu queria um Jeep como este desde antes de eu aprender a dirigir. Foi o primeiro carro zero que comprei.

Reyes tem estado quieto, só me observando. Ele cruza os braços.

— O lugar tem alguma relevância?

Dou de ombros.

— É o jeito dele de me dizer que sou uma pobretona? Um tema comum de quando ele ficava chateado comigo. Um lembrete de onde eu vim. — Olho para Alex, medindo a reação dele.

Eu não falei da minha infância com Alex. Ele não tem ideia dos lugares infestados de ratos que chamei de casa enquanto meu pai bebia todo o dinheiro do aluguel.

— John se orgulha de nunca ter colocado os pés no Walmart, de nunca precisar de cupom de desconto, e ele sempre me importunava por eu frequentar o mercado.

Enquanto conversamos, uma mulher usando luvas de látex entra carregando um saco de papel marrom. Ela troca sussurros com o sargento Reyes antes de colocar o saco sobre a mesa. Escrito na frente com um marcador preto largo está o meu nome com o distinto K da letra de John.

— Nós encontramos debaixo do banco da frente. A perícia examinou, mas precisamos que identifique o conteúdo, pois foi claramente deixado para você. — A mulher com luvas abre a bolsa com cuidado e tira de lá o único objeto que eu nunca mais queria ver.

Puxo o ar com dificuldade e dou um passo atrás, mas meus olhos estão fixos no chicote.

— Droga, Reyes! — Alex grita, puxando-me para si e envolve um braço possessivo em torno da minha cintura.

O sargento Reyes ignora o comportamento cada vez mais agressivo de Alex e se concentra em mim.

— É este o objeto que fez as marcas nas suas costas, Srta. Tate?

— Deixe-a em paz, Reyes — Alex sibila.

Eu coloco minha mão sobre o coração de Alex. *Esse objeto não pode me machucar...*

— Não posso ter certeza se é o mesmo chicote que ele usou, mas sim, sargento, é o mesmo tipo que ele usou em mim.

Reyes estreita os olhos, e eu sinto como se estivesse sendo interrogada.

— E ele deixou isso para você? Por quê?

— Porque ele sabe que eu morro de medo desse objeto. Talvez seja algum tipo de ameaça, como se ele pudesse chegar até mim quando bem quiser e me machucar. Eu não sei. Mas deste item em particular, ele queria que eu sentisse medo, que eu revivesse a dor. Que sentisse vergonha. — Minha voz está calma, e até eu me surpreendo por não ter me lançado aos prantos no chão.

O que passou, conforme a paciência de Alex se esgotava de vez.

— Já terminamos aqui?

O sargento Carter reassume seu posto entre Alex e Reyes.

MALEVOLÊNCIA

— Sim. Nós informaremos se descobrirmos algo.

Pego a mão de Alex e saímos da sala de provas, descemos o corredor, e seguimos para o SUV à espera. A última coisa de que precisamos é que Alex vá longe demais e seja preso. Preciso trabalhar no caso de Trevalis, não passar o fim de semana pagando a fiança de Alex para tirá-lo da cadeia.

Jake nos leva para casa em meio a um silêncio desconfortável. Alex olha pela janela, retraído, e passa o polegar pela parte de trás da minha mão. Sei que ele não está chateado comigo e provavelmente também não com Reyes, embora ele seja um alvo mais fácil para a raiva de Alex. Ele se culpa. Pelo que, exatamente, eu não sei. Pode ser por Reyes ter mostrado o chicote, John ter incendiado minha casa ou pelo fato de eu ter sido ferida.

Sendo racional ou não, Alex leva minha segurança para o lado pessoal. O que quer que tenha acontecido em seu passado para torná-lo assim foi substancial o suficiente para dar a ele uma espécie de complexo de Deus. Não no sentido habitual, não como John, que não tem capacidade de ter compaixão, mas acredita que ele mesmo é melhor que todos. Há um senso de culpa com Alex. Ele é empático, o que pode ser quase um defeito.

Alex se vira para mim, e vincos profundos na testa marcam suas belas feições.

— Desculpe, Kylie. Eu deveria ter impedido os policiais de alguma forma. Eu poderia ter matado Reyes por fazer você passar por isso. Ele sabia que porra era aquela, mas queria ver sua reação, doente do caralho.

Eu me viro e olho para ele.

— Amo que você queira me proteger de tudo e de todos, mas eu estou bem, Alex. Estou falando sério. Agora estou mais forte. — Ele abre a boca para falar, ou mais do que provável, protestar, mas eu coloco meus dedos nos lábios dele. — Você me deu força. Por sua causa, eu posso enfrentar tudo o que está acontecendo sem desmoronar. Não estou dizendo que não vou desmoronar nunca mais, mas sei que nada disso, nem mesmo aquele maldito chicote, pode me machucar mais. Você me deu um lugar seguro para ficar e permitiu que eu me abrisse e não me julgou por isso. Você aliviou o fardo, e por isso voltei a respirar. Eu sou mais forte por sua causa.

— Kylie... — Alex suspira forte e balança a cabeça em protesto. Apoio a cabeça em seu ombro e o abraço pelo pescoço.
— Desculpe, Stone. É o que eu sinto, e você vai ter que aceitar.

Jantamos rápido, e eu começo a organizar tudo para passarmos o fim de semana fazendo os preparativos para o julgamento. A área aberta da sala de estar é grande o suficiente para pendurar os cartazes com as fotos das evidências, que chegam a tamanhos obscenos para que o júri possa vê-las com facilidade. As minhas são bastante mundanas, com apenas algumas fotos do corpo da vítima no local do crime. A promotoria está restrita a apenas dez fotos do cadáver. Eles queriam trinta e cinco ângulos diferentes. Questionei que era exagero, e o juiz concordou.

Uma longa parede branca fica entre a TV e o sofá, perfeita para projetar a tela do meu notebook. Graças a Deus, a Lisa sabe como usar o programa. Eu odeio essa coisa e nunca consigo fazer bom uso dela no julgamento. A tecnologia e eu às vezes temos uma relação de amor e ódio... ódio, na maior parte das vezes.

Alex se relega ao escritório, respondendo e-mails e amarrando algumas pontas soltas, mas posso sentir que ele está chateado por eu não estar passando um tempo com ele. Não posso culpá-lo, na verdade. Até eu tenho me sentido distante. Não passamos tempo juntos desde o início da semana, quando ele me pediu para morar com ele.

Essa é outra fonte de angústia. A ideia de perder minha identidade me assusta tanto que me recuso a enfrentá-la. Estar com Alex me parece tão certo, e eu adoro ir para a cama com ele à noite e acordar com ele pela manhã. Parece que não consigo superar a parte em que estou desistindo de tudo por ele. Sempre contei comigo mesma e tomei conta daqueles que deveriam cuidar de mim durante a maior parte da minha vida. De repente, a falta de controle e independência parecem um estrangulamento, e temo sufocar.

A menos que haja uma maneira de eu morar com Alex sem renunciar à minha independência. O pensamento me atinge, quase me derrubando. *Não posso acreditar que não tenha pensado nisso antes!*

A centelha de clareza me excita o suficiente para adiar o que estou fazendo e ir atrás de Alex. O escritório está pouco iluminado. A cadeira está vazia, e o notebook dele está fechado. Ao olhar ao redor da porta, vejo-o sentado ao lado do pequeno abajur, lendo o *The Wall Street Journal*. Eu me acomodo perto dele no sofá, e ele dobra o jornal e o coloca sobre a mesinha de canto.

Apesar de estar certa do que estou prestes a fazer, meu coração bate com força no peito.

— Ok, tenho uma resposta para a sua pergunta... pedido. Convite? O que você quer que eu faça. — Estou enrolando antes de derramar minha resposta muito atípica e impensada. — Mas preciso de algo em troca.

Uma fina linha aparece em sua boca, e as marcas de expressão da sua testa ficam mais proeminentes. Ele é um homem acostumado a fazer o que quer, e eu imagino que talvez eu seja a única mulher do mundo que não está louca para ir morar com ele.

— Vou morar com você. Vou morar aqui, mesmo depois que a minha casa for reconstruída, mas... — Respiro fundo enquanto Alex exala alto. — Quero manter a minha casa.

E lá vamos nós...

Ele se mexe e inclina a cabeça para o lado. Não pensei que fosse possível que a linha sombria de sua boca ficasse mais proeminente, mas seus lábios assumiram um branco assustador, todo o sangue desapareceu por ele estar franzindo-os com tanta força.

Seus olhos escurecem no que ele me olha com desconfiança.

Caramba, para onde seus pensamentos o levaram para o homem estar evocando uma resposta tão assustadora?

Falo rápido, antes que a veia em seu pescoço exploda.

— Não por eu querer manter o imóvel como um refúgio nem um lugar para onde eu possa fugir. Para ser sincera, não pensei tanto no assunto quanto eu gostaria, mas talvez possamos alugá-la. Usar como propriedade de investimento. É que... Deus, você não vai entender... eu cresci pobre. Pobre pra caralho. Eu comprei aquela casa sem a ajuda de ninguém. Foi um feito meu. Eu fiz de tudo. Tomei todas as decisões, consegui o empréstimo e paguei a entrada. Sonhei toda minha vida e trabalhei duro para chegar ao ponto de poder comprar um imóvel de um milhão de dólares. E, sim, essa foi a minha demarcação. Onde eu predeterminei que tinha "chegado lá". Sei que não deve parecer importante para você, mas, para mim, é, muito, especialmente se você tivesse visto de onde eu vim, o que você nunca verá, graças a Deus.

Eu respiro para acalmar um pouco os meus nervos.

— Não estou pronta para abrir mão daquela casa. Sei que é apenas um imóvel, mas foi um momento decisivo na minha vida, e nem todos eles foram positivos. Sinto que perdi muito de mim mesma ao longo dos anos, e quero me agarrar um pouco mais ao que resta.

Eu me preparo para a explosão de Alex, seus sentimentos feridos e sua incapacidade de me controlar chegando ao limite. Em vez disso, ele respira fundo. Seus olhos suavizam e o sangue corre da veia em seu pescoço de volta para seus lábios quase mortos.

Ele se vira e acaricia a lateral do meu rosto.

— Primeiro de tudo, é claro que entendo como você se sente. Eu não acordei um dia com tudo o que tenho à minha disposição. E você tem todo o direito de sentir orgulho das suas conquistas. Eu não sei muito sobre sua infância, espero que isso mude logo, mas estou extremamente orgulhoso de você. Toda vez que aprendo algo sobre você, fico atônito. Estou admirado com você. E você nunca deve se desculpar por querer ser bem-sucedida.

"Segundo, eu gosto da ideia de alugar a sua casa. A localização dela é excelente, e acho que se fizermos tudo direitinho, ela pode te render uma boa quantia. Além do mais, estou sempre à procura de um bom investimento e você é um excelente investimento. E, terceiro… — Ele me puxa para si, seus olhos estão semicerrados. Ele se acomoda no sofá, e me traz para o seu colo. — Bem-vinda ao lar, companheira de quarto. — Sua voz é sensual e sedutora."

Eu me aninho em seu peito.

Em três semanas, conheci um homem completamente sem tempo e o tornei indisponível de uma maneira totalmente diferente. Perdi minha casa, mas ganhei um lar. Fui perseguida, assediada, espancada… e salva.

O que mais as próximas três semanas trarão?

MALEVOLÊNCIA

CAPÍTULO 32

Sirvo minha segunda xícara de café, e me lembro da transa de ontem à noite. O sorriso bobo de Alex ao me carregar para o *nosso* quarto, fazendo o ato de me deitar na *nossa* cama ser grandioso. Sua animação foi contagiante, e eu entrei na dança, informando-o quando acordei que estava indo para a *nossa* cozinha passar o *nosso* café. O sorriso largo e o corpo nu quase me fizeram pular para o lado dele na cama e ter outra rodada de sexo de companheiros de quarto. Em vez disso, eu o deixei aconchegado em meu travesseiro.

Apenas com a parte de baixo do pijama, ele entra na cozinha. Deslizando diante de mim, ele coloca as mãos em meus quadris.

— Você está vestida — diz ele, beijando o meu pescoço.

Minha respiração acelera, e meus joelhos fraquejam.

— Você não está.

Ele pressiona os lábios nos meus, estende a mão por detrás de mim para pegar uma xícara e, de alguma forma, ele é capaz de não sair de onde está.

— Dormiu bem?

Coço levemente suas costas e beijo seu ombro macio e nu.

— Muito bem. Melhor do que toda a semana, na verdade.

— Humm…eu também. Interessante. — Ele morde meu lábio inferior de forma brincalhona.

— Interessante — eu o imito. Eu amo esses pequenos momentos com Alex e espero que eles definam nossa relação mais do que qualquer outra coisa. Os pequenos momentos de nada significam tudo. Estes bolsões onde podemos simplesmente estar juntos sem nada nos atrapalhando. Somos apenas nós dois, sem roteiro nenhum… compartilhando experiências, rindo e nos divertindo um com o outro.

A campainha toca.

— Deve ser a Lisa — murmuro.

Jake atravessa a cozinha apressado para ir atender a porta, o que só encoraja Alex a continuar me beijando. É um beijo prolongado, doce, simples, não um beijo destinado a ir mais longe. Um que nos conecta e nos lembra o que significamos um para o outro.

Ouço a porta da frente se fechar, e vozes sussurradas se infiltram do foyer. Alex geme, se afasta de mim, e me olha nos olhos. Sei que ele sente o que eu estou sentindo... completude.

Um cheiro desconhecido se prolonga na cozinha.

— O Jake está usando perfume?

Jake acompanha Lisa até a cozinha.

Uau!

Esta não é a mesma garota do escritório. Ela está usando uma blusa rosa mais justa do que de costume e short branco. O cabelo está solto, e ela tomou muito cuidado com a maquiagem, incluindo um brilho labial rosado. Sobre o ombro dela está a bolsa com as coisas para passar a noite, que parece mais uma bolsa de equipamento de hóquei, repuxando nas costuras. Eu imagino uma peça para cada ocasião possível, e me pergunto quantas são curtas e de seda com um sutiã meia taça embutido.

Deus a abençoe. Espero que ela tenha sorte.

Jake a alivia da bolsa, e ela abre um sorriso meigo para ele. O rosto do segurança vai de um leve tom rosado a vermelho tomate em menos de dois segundos. É a coisa mais fofa que eu já vi vindo daquele homem que mais parece um urso de pelúcia gigante e sisudo.

Lisa nos vê, e seus olhos se arregalam à medida que ela absorve a beleza de Alex diante dela.

— Eu trouxe alguns muffins daquele lugar onde costumamos ir. Não consigo me lembrar do nome...— Seus olhos estão fixos no peito nu e bronzeado de Alex.

Não dá nem para falar nada. O homem tem o mesmo efeito sobre mim, e eu tenho essa visão todos os dias.

Alex se vira para mim e me dá um beijo rápido antes de pegar o seu café e sair da cozinha.

— Bom dia, Lisa. É bom vê-la novamente.

— A você também — Lisa responde. Seu olhar segue Alex para fora da cozinha, e ela assume um tom muito profundo de vermelho-escarlate.

Eu vou até lá e pego os muffins com o Jake.

MALEVOLÊNCIA

— Você pode mostrar a Lisa onde ela vai ficar e ajudá-la a se instalar enquanto eu coloco os muffins em um prato e faço mais café?

Ele acena com a cabeça, e Lisa o segue pelo corredor. Será que Jake vai partir para cima dela agora ou esperar até de noite? Se eu tivesse que adivinhar, eu diria que ele a beijará até os dedos dos pés dela se encolherem, apagando de sua cabeça qualquer pensamento persistente de um Alex seminu.

Durante a maior parte do dia, Lisa e eu revisamos a ordem em que pretendo apresentar as provas no julgamento. Os meninos, Alex e Jake, nos deram espaço e permaneceram em seus respectivos escritórios para nos permitir trabalhar sem interrupções. Em algum momento, sanduíches aparecem sobre a mesa, e não tenho certeza de onde exatamente eles vieram, mas estou aliviada por alguém ter pensado em nos alimentar.

Ao fim da tarde, estamos mexendo no software de julgamento e fazendo as últimas deliberações sobre posicionamento, perguntas e pontos de vista que eu quero abordar. Eu me dirijo até a imagem projetada na parede para ver uma foto de perto. Alex e Jake estão no fundo da sala.

Particularmente preocupantes para mim são as duas fotos da vítima deitada no chão. Uma é um *close-up* do pescoço da vítima, mostrando marcas de estrangulamento e denotando um ataque pessoal, não o de um assassino contratado, como alega a acusação. A outra mostra objetos espalhados e quebrados ao redor dela, levando a crer que houve uma briga, e não um único golpe na cabeça dado por trás.

— Não queremos primeiro a foto da vítima no chão e depois passar a do pescoço? Para dizer logo que houve luta? — Lisa argumenta.

— Não. Nós vamos mostrar o pescoço primeiro. Dê uma olhada. Ainda há muito sangue na foto, assim como parte do rosto da vítima. Mostramos essa, pedimos ao médico que explique o que é relevante, e depois a retiramos o mais rápido possível. Não queremos que o júri tenha tempo para olhar a foto inteira e ficar enojado com o sangue ou os lábios brancos. Não vai funcionar a nosso favor. Deixe-os ver que há marcas no pescoço e depois seguir em frente. A segunda foto mostra apenas a cena do crime.

Lisa inclina a cabeça para o lado.

— Sim, mas você pode vê-la deitada ali. Você disse que não quer que eles vejam a vítima?

— Verdade, mas ela está ali deitada no chão, e é de uma boa distância. Ela não foi virada, então ainda está de bruços, e não podemos ver o seu rosto. Ela é anônima. Não há nenhuma conexão visual com a vítima. Pouco sangue visível deste ângulo, assim ninguém vai deixar de almoçar. É uma imagem mais segura para ficar um bom tempo em exibição enquanto falamos da cena do crime. Isso não os voltará contra o Tony... em teoria.

Lisa acena com a cabeça, a confirmação do argumento faz sentido fora da minha cabeça. O que me faz sentir um pouco melhor.

Alex olha da foto para mim enquanto eu respondo às perguntas de Lisa. Com os braços cruzados, ele inclina a cabeça para um lado, parando para examinar a foto.

Alex Stone, empresário extraordinário, cativado pelo que estou fazendo. Não é legal pra caramba?

Alex se larga ao meu lado no sofá e passa o braço ao redor dos meus ombros.

— A carne vai ficar pronta em dez minutos. Vocês vão trabalhar depois do jantar, ou devo fazer um jarro de margarita?

— Ah, carne e margarita de Alex Stone? Nada de trabalhar de noite.

Alex ri e me beija na testa antes de voltar para a churrasqueira. Eu sei que posso ceder nesse ponto, para aliviar a dor da próxima semana. A possessividade de Alex vai ser um desafio quando eu estiver em modo tribunal: indisponível física, mental e emocionalmente.

Nós quatro, Lisa, Jake, Alex e eu, terminamos o terceiro jarro de margaritas depois de comer filé mignon grelhado à perfeição, acompanhado de batatas assadas e milho na espiga. Nem em um milhão de anos eu teria tomado Alex como um mestre churrasqueiro, mas posso acrescentar isso à crescente lista de talentos que o homem possui.

Passamos da mesa para a área de estar diante de uma grande lareira de pedra que fica ao ar livre, perto da piscina e da banheira de hidromassagem. Alex e eu nos aconchegamos no sofá de dois lugares, enquanto Jake e Lisa ocupam as poltronas de tamanho exagerado diante de nós.

Lisa está falando da sua infância com a família de trabalhadores braçais. Não tinha dinheiro para ajudar na faculdade, então ela foi para a faculdade comunitária local e se formou em estudos paralegais. Ela tem frequentado a faculdade à noite e se formará como bacharel em dezembro.

Eu não tinha a menor ideia, e estou mais do que um pouco envergonhada. Fico perplexa por saber tão pouco sobre Lisa, com quem trabalho há mais de cinco anos. Preciso me interessar mais pelas pessoas e não as excluir. Vou começar com Lisa, logo após o julgamento.

— Bem — Alex anuncia —, Kylie diz que você é mais inteligente do que a maioria dos advogados que ela conhece.

Eu bato meu copo no dele.

— Pode crer nisso. — Minhas palavras saem um pouco arrastadas.

— Você está se candidatando às faculdades de direito? — Alex toma o restante de sua bebida, aparentemente sem saber, ou sem se importar, que esse é um assunto pessoal e que não é da nossa conta.

Decido fazer mais perguntas, já que minha curiosidade foi aguçada.

— Ah, não. — Lisa nega com a cabeça e balança o canudo em sua margarita meio vazia. — Meu objetivo era apenas obter um diploma de bacharelado. Jack disse que vai ajudar no futuro com aumentos e bônus e outras coisas.

— Por que não ir para a faculdade de direito? Está óbvio que você domina muito bem o assunto. E é inteligente e jovem. E teria uma excelente mentora. — Alex aponta para mim, bebida vazia na mão, e o gelo tilinta no copo.

Ela sorri e algo brilha em seus olhos.

— É verdade, mas eu não posso me dar ao luxo de sair do trabalho e ir para a faculdade de direito. Além disso, adoro trabalhar com a Kylie. — Ela abre um sorriso não tão convincente. — Não preciso ser advogada. Está bom do jeito que está.

— Você deveria pensar no assunto — Alex insiste, sempre autoritário, no comando. Ele reabastece o copo de todos nós e sacode o jarro vazio. — Mais?

— Não! — nós três exclamamos em uníssono.

Alex já está na cama quando eu rastejo para o seu lado e me aconchego no seu peito.

— Nada de sexo hoje à noite, Sr. Stone. Minha assistente não precisa ouvir meus gritos de paixão.

— A questão acabou de virar um desafio — diz ele. — Além disso, podemos ouvir os dela. Você viu a maneira como aqueles dois estavam se olhando? Acho que eles nem chegaram ao quarto do Jake e que, no momento, estão trepando feito coelhos lá na escada.

— Obrigada pela visão, querido. Não sei se quero pensar no Jake transando com a minha assistente.

Um risinho profundo se liberta de seu peito.

— Desculpe. Então, por que isso significa que não podemos fazer sexo? Não é justo. Eu arranjo uma garota para o Jake, garantindo que ele fique feliz por um tempo, mas eu que acabo fodido, sem o benefício de ser de verdade? Que situação de merda, linda.

Eu sorrio, sabendo que Alex está brincando, mais ou menos.

— Se eu pudesse transar com você e ficar quieta, eu estaria me esfregando em você agora mesmo, mas isso ainda não aconteceu. Não posso deixar de soltar gemidos extasiados e inapropriadamente altos enquanto você me penetra.

Alex se inclina e me beija.

— Isso foi interessante. Eu deveria te embebedar com mais frequência. Sua linguagem fica desinibida e grosseira. Gostei.

Eu o empurro para longe.

— Não tente me seduzir com elogios extravagantes, Stone. Não vou cair nessa. Nada de sexo. Ponto final.

— Acha que fizemos muito barulho? — Afasto a massa de cabelo indisciplinado do meu rosto e puxo ar para controlar a respiração.

Alex vira de lado e sorri como um louco.

— Não me importo. Foi incrível, e eu não estou nem aí se alguém nos ouviu — Alex diz, através de uma respiração laboriosa. — Fiz você gozar quatro vezes. Novo recorde.

MALEVOLÊNCIA 203

— Sim, sim, estou feliz que você esteja tão orgulhoso de si mesmo. — Finjo desaprovação, mas, por dentro, estou maravilhada com o que meu corpo pode fazer sob o toque experiente de Alex. Sou incapaz de exercer qualquer autocontrole quando ele se volta para seu sempre presente e insaciável desejo sexual.

— Estou orgulhoso de mim mesmo, na verdade. — Ele traça o contorno do meu lábio inferior saliente com o dedo. — E se você continuar fazendo beicinho, eu pegarei esse lábio e farei coisas que a farão gozar de novo... muito alto.

Por um momento, considero forçá-lo a provar que faria isso mesmo.

CAPÍTULO 33

Lisa e eu embalamos a última caixa de provas e a empilhamos ao longo da parede com as outras. Olho as horas e vou dividindo tudo o que preciso fazer hoje de acordo com as prioridades e decido esperar até de noite para levar para o SUV as caixas que usaremos no tribunal de manhã.

Lisa aceitou ir até a casa de Tony comigo à tarde, para que eu possa prepará-lo para o julgamento. Estou indecisa se é uma boa ideia o Tony testemunhar. Terei que verificar como as coisas estão indo quando chegar a hora. A decisão final é do Tony. Mas é por isso que ele está me pagando, bem, pagando ao escritório, um valor exorbitante. A decisão é essencialmente minha.

Por um momento, considero perguntar a Alex se posso conduzir o Maserati até lá, já que não tenho mais carro. Estou com muita vontade de dirigir aquela beleza. O bom senso descarta a ideia e estou certa de que ele insistirá para que alguém me leve. Talvez seja melhor eu ir com Lisa e ligar quando eu terminar.

Sorrio ao entrar no escritório de Alex, as lembranças de nossas aventuras no sofá inundam minha mente.

Alex afasta o olhar do computador.

— Oi, querida. — Ele empurra a cadeira para longe da mesa e se inclina nela. — O que está pegando?

— Lisa e eu estamos saindo. Eu vou com ela até o Tony e te ligo quando estiver pronta para me pegarem. Estou com o celular, então pode mandar mensagem se acontecer alguma coisa.

Estou defrontando um olhar inexpressivo.

— Não estou entendendo. Do que você está falando? — Alex pergunta.

— Merda, querido, desculpa. Achei que tinha te dito. Vou me encontrar com o Tony para prepará-lo para a semana que teremos pela frente. Eu não devo demorar muito, talvez duas ou três horas, no máximo. Coisas preliminares. No final desta semana, teremos uma preparação mais profunda para rever o testemunho dele, se eu o deixar testemunhar.

Meu celular toca, e eu abro o e-mail que o escrivão acabou de me mandar.

— Caramba, o juiz vai permitir câmeras na sala de audiências. — Isso praticamente garante que o julgamento será uma apresentação digna de circo. Como se eu precisasse de mais pressão. — Puta merda. — Eu me viro para Alex, seus olhos estão escuros e faiscando. — Algum problema?

— Você não me disse que ia à casa dele, Kylie. — O tom é ríspido e entrecortado.

— Desculpe. Vou à casa do Tony, Alex.

— Não tem graça, Kylie. Eu vou com você. Me avisa quando você estiver pronta para sair. — Ele volta a se acomodar à mesa e redireciona a atenção para a tela do computador, me dispensando com eficiência.

— Bom, nossa, obrigada pela oferta, pai, mas eu vou com a Lisa. Se você quiser me buscar mais tarde em seu carro esportivo extravagante, vai ser ótimo.

— Não vou entrar nessa discussão, Kylie. Você não vai sozinha. — Seu olhar permanece no computador, mas o calor da raiva irradia dele, e seus ombros estão tensos por baixo da camisa.

— Você está certo, Alex, eu não vou sozinha. A Lisa vai comigo. Já estou de saída. Por favor vê se desenterra a cabeça do próprio rabo enquanto eu estiver fora.

— Kylie! — A voz dele me deixa agitada.

Eu me viro e o fuzilo com o olhar. Esta merda vai acabar agora. Minha carreira é muito importante, este caso tem implicações demais para eu permitir que Alex pense que ele pode me dizer o que fazer. Eu já vivi essa vida. Não vou repetir a dose.

— Não vou te deixar sozinha com *aquele* homem. Fim da discussão.

O impacto de suas palavras me dá uma bofetada na cara.

— *Aquele* homem? Que merda isso quer dizer? Você está me dizendo que é tão ruim quanto o resto dos filhos da puta desta cidade e está disposto a condená-lo sem saber de que diabos está falando?

Ele finalmente olha para mim, seus olhos me avisam para não bater o pé no que diz respeito a esse assunto.

— Não estou disposto a correr o risco, Kylie. Essa é a oferta. Aceite ou fique em casa.

ANNE L. PARKS

Ah, vai se foder!

— Preste bastante atenção, Alex. Você não vai ditar a minha vida. Você não vai me dizer para onde posso ir, quem posso ver, nem como vou chegar lá. Você não vai interferir no meu trabalho. Eu sou sua namorada, não sua filha. Sou também uma advogada criminalista. Isso faz parte do pacote. Se você não puder lidar com a situação, me avise agora mesmo. Porque essa intrusão na minha carreira é uma quebra de contrato. — Minha voz está alta, mas controlada, e eu estou muito puta da vida.

— E mais, você não vai comigo. Esta é uma reunião confidencial com um cliente. Você não pode estar presente. Agora, eu estou indo. E me avisa se eu vou precisar voltar para cá ou se devo mandar buscar minhas coisas.

Fico ali, sem vacilar, enquanto Alex me encara. É claro que não são muitos, se é que há alguém, que o desafia desta maneira, mas eu é que não permitirei que Alex Stone me trate como uma criança ou como um de seus funcionários, e eu não o deixarei ditar a minha vida.

Alex solta um longo suspiro e esfrega a ponte do nariz.

— Kylie, eu não conheço este homem. Ele pode ser perigoso.

— Você está certo, Alex. Você não o conhece. Mas eu o conheço. Ele não é o culpado. Que tal, em vez de você dar ouvidos à porra das notícias, você dar ouvidos à mulher que realmente repassou todas as provas? Aquela cujo trabalho é ser alguém que duvida de tudo e que analisa todos os quadros antes de determinar qualquer coisa. Aquela que analisa todos os detalhes. Por que você não pode simplesmente acreditar no que eu digo? Este é o meu trabalho, Alex. É o que eu faço, e sou muito boa nele. Acredite em mim, Tony Trevalis não é perigoso. Ponto final. Estou indo agora. Fim da história. — Eu saio do escritório sem esperar por uma resposta.

Lisa e Jake estão de pé na cozinha, tentando parecer indiferentes, mas está óbvio que eles ouviram a minha discussão com Alex. Lisa evita meus olhos e troca o peso de uma perna para a outra. Jake olha para além de mim, provavelmente para ver se Alex está vindo para lhe dar instruções sobre como lidar com a situação.

— Lisa, você está pronta?

Ela acena com a cabeça, sacudindo suas chaves.

— Jake, eu te mando uma mensagem quando tiver acabado.

Ouço os passos de Alex atravessarem o corredor e considero dar uma acelerada antes que ele chegue à cozinha.

— Kylie, uma palavra, por favor? — Sua voz é profissional e fria.

MALEVOLÊNCIA

Respiro fundo e me preparo para a parte dois.

Bem, a Lisa não precisa ser obrigada a ver as próximas cenas.

— Jake, por favor, ajude Lisa com as coisas. Estarei lá em um momento. — Sorrio para Lisa enquanto ela pega a mão de Jake e é levada para longe.

— Por que você continua se desfazendo dos meus esforços para te manter em segurança? — pergunta Alex. — É ridículo eu ter que estar sempre te lembrando do perigo que você está correndo. Se não quer que eu te trate como criança, pare de agir como uma.

— Alex, você está me matando aos poucos...

— Nunca mais repita isso. — A voz de Alex se eleva, e ele fica furioso.

Eu me encolho e me afasto, esperando a bofetada que receberia sempre que John estivesse irado desse jeito.

— Tudo bem, desculpa.

O rosto de Alex se contorce.

— Não, eu que peço desculpas. — Sua voz suaviza e os ombros caem, mas ele não se aproxima de mim. — Kylie, alguém precisa estar com você. Se você não me quer lá, tudo bem. Leve o Jake. Por favor.

— Alex, não tem nada a ver comigo não querer você lá. — Suspiro e vou até ele, e o abraço pela cintura. — Não posso permitir que alguém lá não esteja coberto pelas regras de confidencialidade advogado-cliente. Lisa é minha assistente jurídica, por isso ela se encaixa na categoria. Você e Jake, não. Sinto muito, mas é assim que funciona no meu mundo. Eu não posso arriscar. A vida deste homem é minha responsabilidade no momento. Vou te avisando. Vou deixar meu telefone ligado e mantê-lo à mão, e até atendo se você ligar. Está bem?

Ele passa os braços ao redor de meus ombros e descansa a testa na minha.

— Tudo bem, mas mantenha contato comigo, Kylie, e com frequência. Se eu não tiver notícias suas, derrubarei a porta dele, e que se dane a confidencialidade. Entendido?

Eu aceno.

— E, linda, pare de ameaçar me deixar.

Eu não posso mais brigar com ele. É muito desgastante física e emocionalmente. E eu tenho que ir.

— Tudo bem, mas voltaremos a falar disso mais tarde, Alex. É evidente que precisamos estabelecer algumas diretrizes. Combinado?

Ele me atrai para um beijo profundo e purificador que libera toda a negatividade entre nós.

— Combinado.

Ele me acompanha até a frente da casa, me dá outro beijo, e fecha a porta do passageiro no carro de Lisa.

A semana mal começou, e Alex já é um desafio. Isso não augura nada de bom para o resto dela.

CAPÍTULO 34

Meu celular toca. Eu o pego rapidamente, sem saber a hora ou quando troquei mensagens pela última vez com Alex. Ocorreu-me no trajeto até a casa do Tony que Alex não estava preocupado com o meu cliente sendo uma ameaça, mas com a possibilidade de o John chegar até mim. A ideia que meu ex está esperando do lado de fora da propriedade de Alex na oportunidade de eu sair sem ele, Jake, ou Thomas parece delirante. Mas, bem... O sujeito está além do extremo e do irracional.

Saio da sala de jantar onde estivemos trabalhando e entro na cozinha em busca de alguma privacidade. Estou um pouco apreensiva por ter perdido uma mensagem de texto, e de que Alex vai falar alto.

— Oi, querido — respondo quase que meiga demais, esperando me esquivar de algum conflito. — Já estou terminando por aqui.

— Então, se eu sair agora, você estará pronta para ir quando eu chegar?

Não sei dizer se Alex está irritado ou tentando avaliar meu estado de espírito e pegando leve. Ainda temos muito a aprender um sobre o outro.

— Sim, creio que sim. Vamos fazer algo especial ou só vamos para casa? — Espero que o homem não veja através da minha lamentável tentativa de brincar com as emoções dele ao chamar a casa dele de *casa*.

— É domingo, linda.

Leva um minuto para eu entender a relevância da informação.

— Jantar de família. Caramba, eu mal consigo lembrar meu nome esses dias, quanto mais o dia que é. Que tristeza.

Faço uma avaliação rápida do que estou vestindo. A calça branca e a blusa azul devem servir para ir a Chart House.

— Ainda quer ir? — A voz de Alex é hesitante.

Presumo que ele se preocupe com o fato de que nossa briga tenha me azedado ao ponto de eu não querer me encontrar com sua família.

— Claro, querido. Estou ansiosa para ir. Vai ser bom me distrair do julgamento.

Quinze minutos depois, Alex está apertando a mão de Tony. Tony se desculpa profusamente por me incomodar no fim de semana.

Alex é magnânimo.

— Sem problema algum. Faz parte do pacote quando você está namorando uma advogada criminalista. — Ele olha para mim e dá uma piscadinha.

Alex e Tony conversam por alguns minutos enquanto eu falo com a Lisa antes de ela ir embora.

Nós nos despedimos de Tony, e eu noto o Maserati estacionado na entrada.

— Finalmente — guincho, com um enorme sorriso no rosto.

Alex olha de rabo de olho.

— Eu quis andar nesta máquina desde que passei por você na rua.

Ele abre a porta do passageiro e eu me acomodo no assento de couro macio que parece ter sido feito exclusivamente para o meu traseiro.

— Você me disse para vir buscá-la no... como foi mesmo que você disse? Ah, no meu carro esportivo extravagante?

Eu sorrio para Alex enquanto ele se ajeita atrás do volante.

— Você estava escutando.

— Escutei, querida. Para ser sincero, eu estava com um pouco de medo de não escutar. — Ele pega minha mão e a beija antes de ligar o motor.

Eu me inclino, puxo o rosto dele para o meu, e o beijo com vontade. Ele agarra minhas bochechas e me mantém no lugar por mais um momento, permitindo que o beijo se aprofunde.

Sim, nós voltamos ao normal.

MALEVOLÊNCIA

CAPÍTULO 35

Somos os últimos a chegar ao restaurante, o que arranca um comentário da mãe de Alex.

— É culpa minha. Eu tinha um trabalho que precisava concluir — justifico, ao ser apresentada a Francine Stone.

Ela tem o cabelo escuro, quase preto, cortado bem curto. Seus olhos verdes parecem amáveis. Entretanto sua expressão é severa, apesar do sorriso no rosto.

Harold Stone, o pai de Alex, é um homem grande, de cabelo branco e rosto redondo. Seus olhos escuros brilham, e ele me puxa para um abraço caloroso assim que Alex me apresenta. Gosto dele imediatamente, e me impressiona o quanto senti falta de um abraço paternal.

Logo sou apresentada a Ellie, a irmã mais nova, e seu namorado atual, Connor. Will, o único irmão de Alex, aperta minha mão e me dá um beijo na bochecha. Sua namorada, Leigha, inclina-se e oferece apoio.

— Não deixe que Fran incomode você. Ela é superprotetora com seus meninos. Já, já ela relaxa.

Sorrio em agradecimento, e deduzo que ela já esteve na mesma posição que eu.

Patty se aproxima da mesa e dá um abraço em Alex antes de me puxar para um também.

— Estou tão feliz por vocês terem vindo hoje.

Os olhos dela estão marejados, e eu me pergunto há quanto tempo Alex não comparece ao evento.

O jantar é bastante descontraído. As garrafas de vinho esvaziam e logo são substituídas. Eu pego Fran observando Alex e eu, e não posso deixar de me sentir um pouco consciente de mim mesma. É uma corda bamba:

se eu demonstrar muito afeto, vai parecer que estou me esforçando demais; muito pouco, e sou uma interesseira que não se importa com o filho dela.

Alex está totalmente alheio ao escrutínio da mãe. Ele está se divertindo e relata os acontecimentos do fim de semana, especificamente, como eu assumi a sala de estar e exibi fotos enormes de cadáveres. Claro, ele está exagerando completamente a cena, mas está se divertindo tanto que eu o acompanho.

— Em que julgamento você está trabalhando? — pergunta Patty.

Alex responde antes que eu tenha a oportunidade:

— Anthony Trevalis.

— Como você pode defender aquele homem? — A voz de Fran me agride.

Todos se voltam para olhar para ela. Pela segunda vez hoje, estou defendendo minhas ações e meu cliente contra um membro da família Stone sem estar realmente em um tribunal. Isso está me irritando de verdade.

— Creio que ele é inocente, e pretendo defendê-lo o melhor que puder, que é o meu trabalho. Acho improvável que o promotor público consiga provar que Tony matou a esposa. — Dou um bom gole no meu vinho, e espero que o ato acalme meus nervos.

Uma das coisas que mais me incomodam são as pessoas que não tomam tempo para pesquisar e aprender sobre um caso, mas pulam no comboio da condenação com base nas escassas informações divulgadas à imprensa.

— Bem — ela continua —, pelo que ouvi, ele é culpado. — Ela é tão veemente em sua declaração, acenando com a mão como se eu fosse ridícula por acreditar em qualquer outra coisa. — Só não vejo por que alguém quereria defender um assassino.

Tomo mais um longo gole da bebida, mantenho minha respiração uniforme e controlada, e tento lembrar que esta mulher, por mais mal-informada que seja, ainda é a mãe de Alex.

— Acredito que todos merecem uma representação justa e igual perante a lei, não importa qual seja sua culpa ou quem sejam. Levo muito a sério meu trabalho e minha responsabilidade de representar zelosamente meus clientes. Contudo, estou a par das especificidades do caso e estou confiante de que meu cliente é inocente. — Sorrio para ela enquanto o ar se enche de tensão. — É dessa forma que eu posso defendê-lo.

Alex, aparentemente apreciando o tête-à-tête com a mãe, inclina-se para frente quando ela abre a boca para me repreender de novo.

MALEVOLÊNCIA

— Você está passando dos limites. Nós não viemos aqui para sermos atacados. Se quiser continuar, a Kylie e eu vamos voltar para casa.

Fran olha de Alex para mim antes de fixar o olhar no filho.

— Casa? Vocês dois estão morando juntos?

Merda. Está indo de mal a pior.

Harold coloca a mão no braço da mulher e sussurra:

— Chega, Fran. Não é da nossa conta. Alex e Kylie são adultos e podem tomar as próprias decisões, e nós os apoiaremos. — Ele olha através da mesa para mim. — Agora, então, sobremesa. Kylie, eles têm um petit gateau de chocolate delicioso aqui. Você topa?

Eu sorrio para Harold, esperando transmitir a profunda gratidão que sinto por sua intervenção.

— Chocolate? O chocolate poderia me convencer a ficar.

Ele me lança uma piscadinha, e eu decido que gosto muito de Harold Stone.

Assim que estou me sentindo um pouco mais relaxada, graças em grande parte à rica e aveludada textura do chocolate no prato à minha frente, Ellie começa a falar:

— Bem, Alex, graças a Deus você chutou para o escanteio aquela outra mulher com quem você estava saindo há um tempão. Qual era o nome dela? Rebekah? Aff, ela era horrível. Eu nunca vou entender o que você viu nela.

E lá se vai o meu apetite.

A mesa fica em silêncio. Patty e Will lançam olhares mortais para Ellie. Meu estômago revira, e luto para não vomitar o jantar. Fico quieta, pensando se ouvi direito. Estou completamente confusa.

Alex teve um relacionamento duradouro com outra mulher? Quando? Ele fez tanto caso dizendo que fui sua primeira em, bem, tudo. Foi tudo mentira? Por que ele faria algo assim?

Alex atira na mesa o guardanapo de linho que estava em seu colo.

— Certo, já terminamos. — Ele se levanta e pega minha mão. — Obrigado por uma noite verdadeiramente memorável. Acho que nos absteremos a partir de agora.

Patty se levanta e passa o braço ao redor da minha cintura.

— Sinto muito, Kylie.

Alex me puxa para longe, e vamos para a frente do restaurante. Permito que ele me arraste junto. Minha cabeça está flutuando. Estou tentando agarrar qualquer vestígio de realidade que posso encontrar.

Alex joga o bilhete de estacionamento para o manobrista e nós esperamos pelo Maserati para podermos escapar. Minha mente está em um nevoeiro, e tenho o desejo avassalador de largar a mão de Alex e fugir para o mais longe possível dele e de sua família.

Rebekah? Quem diabos é ela? Ela ainda está com ele?

Alex se vira para mim.

— Kylie…

— Alex — Harold nos chama. — Espere. — Ele chega até nós e olha de um para o outro com uma expressão dolorosa.

— Sinto muito. Foi simplesmente desprezível. Kylie, não costumamos ser tão malcomportados. Eu não tenho explicação nem uma desculpa. Espero que você não fique magoada conosco. Não posso dizer o quanto estou feliz por vocês dois, assim como o resto dos idiotas na mesa. Fran vai entender, e então ela se chutará pela forma como a tratou. — Ele me puxa para um abraço, o qual eu retribuo com um braço só, já que Alex se recusa a soltar minha mão. — Eu, por exemplo, acho que o Alex encontrou uma joia. Você é muito preciosa.

No que nos separamos, o Maserati arranca rampa acima, e Alex abre a porta do passageiro antes de o manobrista parar por completo.

— Vamos, Kylie.

Eu entro, e a porta se fecha. Alex se vira para ficar de frente para o pai. Ele está falando baixo, e presumo que não quer que eu ouça o que está dizendo. Minha cabeça está girando, e estou tentando descobrir o que acabou de acontecer.

Alex tinha uma namorada da qual ele nunca me falou.

Na superfície, não é nada demais. É a mentira que está despedaçando o meu coração.

Ele entra e fecha a porta. Eu me viro e olho pela janela. Harold está de pé na entrada do restaurante, olhando para nós. Ele abre um sorriso e acena. Eu tento sorrir de volta e coloco a mão na janela. Nós nos afastamos, e eu me sinto mal do estômago.

Fico entorpecida. Sinto-me traída e incrivelmente estúpida. *Como eu posso ter acreditado que fui seu primeiro relacionamento sério? É do Alex Stone que estamos falando.*

Alex segura minha mão, mas eu a deixo mole.

— Kylie, lamento muito pela minha família e como eles te trataram. Eu não tinha ideia de que agiriam dessa maneira.

MALEVOLÊNCIA 215

Eu lhe lanço um olhar aguçado.

— Você dormiu com ela?

— O quê? Com quem? — As sobrancelhas de Alex se franzem, e ele olha dentro dos meus olhos.

O homem parece confuso. E lá está, ele tem encoberto seu relacionamento com esta mulher, sempre fazendo uma grande algazarra sobre eu ser a primeira dele. Eu não respondo, ressentida por ele estar tentando manter a farsa.

— Quem? Rebekah? — Ele pergunta. — Deus, não! Ela é apenas uma amiga.

Reviro os olhos e volto a encarar a janela.

— Kylie, olhe para mim.

Ele está suplicando, mas não sou afetada. Nada desta noite faz sentido, e sinto que minha cabeça voltou a girar.

— Kylie? — Ele puxa o meu braço.

Eu o arranco de sua mão.

Ele se enfia em um estacionamento vazio e para abruptamente.

— Kylie, olhe para mim!

Vá se foder!

— Muito bem, então pelo menos ouça. Rebekah é uma amiga, está mais para colega. Ela foi a alguns eventos comigo. Nada mais. Eu não dormi com ela. Você é a única mulher com quem já dormi. Você sabe disso.

— Mas você trepou com ela. — Meus olhos ficam marejados, o que me enfurece.

— Não! Droga, Kylie. Não, eu nunca fiz nem farei sexo com ela. Ela é apenas uma amiga, nada colorida, e a única coisa que ofereci a ela foram jantares e alguns vestidos para usar nos eventos. Ela é a única mulher com quem eu já saí em mais de uma ocasião, mas foi um arranjo comercial, sem encontros, sem sexo. Ela ficava disponível quando eu precisava dela como acompanhante. Ela se encaixa bem na multidão com a qual eu normalmente me associo, por isso foi fácil sair com ela. Mas foi só isso. Prometo.

— Ela foi importante o suficiente para conhecer sua família. Todos eles pensam que ela era sua namorada.

Alex solta um suspiro ruidoso.

— Kylie, por favor, olhe para mim.

Finalmente aceito o pedido, e viro meus olhos para ele.

Ele pega minha mão e respira fundo.

— Eu cometi o erro de levá-la uma vez a um jantar em família. Foi estúpido e impulsivo, e me arrependi da decisão. Estava cansado da constante aporrinhação para eu encontrar alguém. Então decidi dar um cala-boca neles, e apareci com a Rebekah. Eu te disse que ela era boa nestes círculos e que se saía muito bem. Todos eles acreditaram, e eu não corrigi suas suposições.

— Então eles gostam da Rebekah, e eu me pareço a vagabunda interesseira que separou os dois. Isso é ótimo, Alex.

— Eu vou consertar. Vou dizer a verdade a eles. Vou fazê-los entender que Rebekah foi uma fraude e que você é a única, a única com quem eu já me importei profundamente e a única com quem eu quero ter um relacionamento. Eles gostam de você, Kylie. Patty e Harold já te amam. Francine, bem, ela é mãe. É superprotetora. Você sabe como é.

— Não, na verdade, não sei. Nunca tive essa experiência — digo, e me remexo no meu assento.

As pessoas adoram fazer suposições sobre as mulheres, como se dar à luz despertasse um gene que faz delas mães carinhosas. Pode ser verdade para muitas, mas não para a minha. Ela é tão calorosa e fofa quanto um porco-espinho. Suas habilidades maternais incluem fugir para ser uma acompanhante de um cara rico e lembrar de, uma vez por década, enviar um cartão postal de aniversário de qualquer praia em que esteja.

— Sinto muito, linda. Eu nunca pensei que o assunto de Rebekah seria abordado hoje. Eu teria falado com você sobre ela para evitar a chateação. Eu nunca penso nela dessa forma. Desde que te conheci, eu nem cheguei a pensar nela. Não foi de propósito, prometo. E lamento muito que você esteja magoada.

As lágrimas que tenho retido finalmente se rompem e caem pelas minhas bochechas.

— Pior, Alex. Eu me sinto traída. Pensei que tudo o que eu sabia sobre nós era mentira.

— Deus, Kylie, não. Eu jamais, jamais trairia você. Eu me preocupo tanto contigo. Você é tudo para mim. Odeio que você tenha ficado magoada e que tenha sido culpa minha. — Ele me puxa para si, me levantando sobre a caixa de marcha e para o colo dele.

Enterro o rosto em seu pescoço e choro. Todo o desentendimento entre nós hoje, a hostilidade de sua mãe e o crescente estresse do julgamento que se aproxima se derramam de mim. Ele envolve seus braços ao meu redor e me abraça enquanto eu deixo tudo sair.

MALEVOLÊNCIA

— Odeio brigar com você, Alex. Dói demais e exige tanto de mim. Eu estou esgotada — sussurro, incapaz de elevar a voz.

— Eu também, linda. Eu também. — Ele coloca suas mãos de cada lado do meu rosto, levanta-o e olha nos meus olhos. — Eu sou seu, Kylie. Você é minha. Nós pertencemos um ao outro e somente um ao outro. Se acredita numa coisa, acredite nisto: não importa o que os outros digam. Nunca houve, nem nunca haverá, ninguém além de você.

Ele me puxa para si, os lábios forçam os meus. Eu retribuo com igual ferocidade. A necessidade de sentir seu desespero aliviarem meus medos é intensa.

Ele rompe a conexão entre nós, e repousa a cabeça na minha.

— Vamos para casa, querida. Você tem um longo dia pela frente amanhã e precisa descansar um pouco.

Ficamos em silêncio pelo resto do caminho, mas Alex aperta minha mão com força, e não posso deixar de pensar que ele teme que eu possa desaparecer se ele me soltar.

Eu também temo isso.

CAPÍTULO 36

Eu olho para as doze pessoas sentadas na tribuna dos jurados. *Como vou fazer dar certo?*

Tony se inclina e sussurra:

— Este é um júri formado pelos meus semelhantes?

— É o que parece — respondo, sem olhar para ele.

Não é o júri que eu quero, mas nunca conheci um advogado que tenha conseguido o júri dos sonhos. Este júri, no entanto, é quase o júri exato com o qual tenho tido pesadelos.

Há oito mulheres e quatro homens. Todas as oito mulheres têm filhos, seis delas com crianças menores de dez anos de idade. Jovens mães que podem se relacionar com a vítima. Vão ver as fotos que a acusação coloca retratando uma mulher com seus filhos. Uma mulher morta no auge da vida. Uma mãe que nunca verá os filhos crescerem. E eles vão sofrer por ela.

Os homens são mais velhos, casados, mas com filhos crescidos. Pais com filhas, e filhas da mesma idade da vítima. E tudo o que verão é sua preciosa menina deitada em uma poça de sangue. E eles vão querer que meu cliente pague.

O júri inteiro olha para Tony com os olhos estreitados; carrancudos, e temo que eles já tenham condenado o homem antes que qualquer prova tenha sido apresentada.

Intervalo para o almoço. Os argumentos de abertura começarão à tarde, e eu tenho uma última oportunidade de repassar o que direi na minha primeira chance de falar sobre meu cliente com o júri. Alex e eu planejamos um almoço íntimo em um restaurante francês na esquina do tribunal durante a pausa do meio-dia, mas preciso retrabalhar minha declaração de abertura para estar de acordo com o júri. Alex toma providências para trazerem as iguarias francesas para o escritório.

— Não me dei conta de que o restaurante fazia entrega — diz Lisa.

Alex sorri, e eu viro os olhos, dizendo:

— Você ficaria surpresa com o que as pessoas farão para satisfazer Alex Stone.

Eu lhe dou crédito, no entanto. Ele não interfere na minha preparação, passa o resto da hora sentado em silêncio enquanto eu escrevo furiosamente no meu bloquinho, repassando o novo monólogo na minha cabeça e tentando memorizá-lo.

Voltamos juntos para o tribunal, e Alex encontra um lugar nos fundos da galeria. Saber que ele está lá me proporciona uma explosão adicional de confiança. Eu sei que ele me apoia, mas, ultimamente, eu tenho entendido que ele também me respeita. Respeita o que eu faço.

Sei que temos um longo caminho a percorrer, e tantas coisas a aprender um sobre o outro, experiências que nos farão mais fortes ou que nos separarão, mas, no momento, estou segura de quem sou e do que preciso fazer pelo meu cliente. E parte dessa força vem de Alex.

As câmeras estão espalhadas pala sala de audiências. As duas primeiras filas da galeria estão cheias de homens olhando através de lentes, ajustando e reajustando, para obter a foto perfeita do meu cliente sendo trazido. Pessoas de terno, algumass folheando bloquinhos, outras digitando em tablets, um retrato visual de um encontro da velha guarda com as novas tecnologias no jornalismo. E, de repente, de forma involuntária, sou empurrada para uma novela jurídica.

CAPÍTULO 37

O promotor principal, Matt Gaines, volta para o seu lugar ao concluir a declaração de abertura excessivamente longa. Alguns membros do júri já estão com o olhar levemente entediado e vidrado. Eu pego minhas anotações e as olho uma última vez.

— A defesa está pronta para fazer a declaração de abertura? — O juiz Riley me olha por cima dos óculos.

Eu me levanto.

— Estamos, Meritíssimo.

A tribuna está de frente para o júri, respiro fundo e pigarreio. Mais para captar a atenção deles do que qualquer outra coisa. Alguns homens que estavam deslizando em seus assentos, parecendo estar a um piscar do cochilo da tarde, sentam-se e me encaram.

Acalme os nervos. Você consegue.

— Boa tarde, senhoras e senhores. Em nome de meu cliente, gostaria de aproveitar esta oportunidade para agradecer seu tempo, sua atenção e seu sacrifício em apoio a este processo. Entendo que provavelmente não é a maneira como vocês imaginaram passar a semana. Com isso em mente, vou me esforçar para manter minhas observações breves, para que possamos sair daqui o mais cedo possível. Lembrarei, no entanto, que sou advogada e que não somos conhecidos pela brevidade, por isso, provavelmente eu também devia pedir desculpas por isso de uma vez.

O júri solta uma pequena risada, e eu relaxo um pouco.

Ah, a arte do humor autodepreciativo. Funciona quase sempre.

Júris sem humor são extremamente predispostos a condenar com mais rapidez e facilidade, mesmo sem ouvir todas as provas. Júris bem-humorados concederão, muitas vezes, o benefício da dúvida, o que pode funcionar a nosso favor.

Pensei que as câmeras na sala do tribunal seriam uma distração, mas, na metade da minha declaração de abertura, eu as esqueci e caí na minha apresentação orquestrada para o júri.

A declaração de abertura é muito importante. É a primeira oportunidade que o júri tem de ouvir o caso geral do ponto de vista da defesa. É importantíssimo não exagerar na abertura e prometer coisas que não podem ser entregues. Se eu disser ao júri que eles vão ouvir de uma certa testemunha que vai declarar que meu cliente não estava nem perto de sua casa no dia em questão, e essa pessoa nunca testemunhar de fato, será a única coisa de que o júri se lembrará na hora das deliberações. Eles vão se perguntar por que eu não trouxe essa pessoa e não haverá como eu lhes dizer que o testemunho não era necessário, afinal de contas. Vão pensar que eu menti. Ponto final. Fim da história. Porque se eu estou mentindo quanto a isso, sobre o que mais eu estou e, por extensão, meu cliente está mentindo?

Estou na reta final da minha abertura, quase chegando na terceira base para concluir a corrida. Preciso marcar este ponto e fazer com que se mantenha.

— Este é um caso horrível.

O júri está atento e faz contato visual comigo enquanto me dirijo a eles. Definitivamente, um sinal positivo.

— Este caso exige justiça. O Estado exige justiça. A família da vítima exige justiça. E Anthony Trevalis e seus dois filhos pequenos... eles também exigem justiça. Mas apressar um julgamento não é justiça. Claro, condenar meu cliente pode facilitar o processo para o Estado engavetar o caso. Poderia ajudar os Onstad a seguir em frente e ter um desfecho. Entretanto isso não pode ser feito com uma linha do tempo fabricada. Condenar por condenar... não é assim que funciona.

Eu me desloco para a lateral da tribuna, para parecer menos ensaiado e mais como se eu realmente acreditasse no que digo, o que é o caso.

— O Estado é encarregado de investigar o crime, reunir provas e ver aonde elas o levam. Este é um caso em que velhos rancores estão prejudicando o bom senso, em que o luto de uma família está sendo representado através de uma justiça travestida, aqui mesmo nesta sala de audiências. Condenar um homem sem nenhuma prova simplesmente para concluir um caso... não é bem assim que o sistema funciona.

Eu dou um passo adiante e faço contato visual com cada um dos jurados.

— Não há nada que o meu cliente queira mais do que ver esse caso concluído, seja para a comunidade, para os Onstad, para si mesmo, mas principalmente, para seus filhos. O trabalho de vocês é olhar para as provas, ver que o Estado não cumpriu sua obrigação, seu fardo de provar *além de uma dúvida razoável* e considerar o meu cliente, Anthony Trevalis, inocente. Envie uma mensagem para eles avisando que eles precisam fazer seu trabalho, voltarem às investigações e encontrar o verdadeiro assassino.

Volto para o meu lugar. A sala de audiências fica em silêncio.

Que comece a diversão...

CAPÍTULO 38

O tribunal está dispensado por hoje, e eu recolho as notas nas quais precisarei trabalhar esta noite. Matt Gaines se aproxima de mim e diz baixinho:

— Então, Kylie, seu namorado parece estar roubando nossa atenção. A imprensa está mais interessada nele do que em nós, e na verdade nós somos as estrelas deste programa.

Ele bufa e acena para o fundo da galeria onde os repórteres estão entrevistando Alex. Eu me pergunto como ele sabe sobre Alex e eu, mas depois me lembro de fotos nossas espalhadas pela página social do jornal.

Eu olho por cima do ombro e depois de volta para Matt e dou de ombros.

— Se Deus quiser, ficarão tão encantados com ele que não se importarão com como estamos vestidos ou com quem está fazendo o nosso cabelo.

— Verdade, embora eu esteja considerando um novo penteado. — Ele passa a mão por seus cabelos curtos, quase inexistentes. Matt não mudou o estilo do cabelo nos quinze anos em que o conheço.

— Certo, algo longo e leve... e possivelmente loiro.

— Bem por aí. — Matt volta para a mesa.

Vou em direção ao oficial de justiça, um homem mais velho, com excesso de peso e uma antipatia feroz por advogados criminalistas, menos uma pessoa, eu.

— Carl, posso pedir um grande favor?

Ele me olha.

— De que você precisa, Kylie?

Eu abro o meu melhor sorriso.

— Uma saída. — Aponto para a imprensa, e Carl ri.

— Claro, Kylie. Eu te levo pela garagem do porão.

— Você é o melhor, Carl. Eles deveriam mesmo te dar um aumento.

— Logo trato de enviar uma mensagem para o Jake para que ele saiba onde nos encontrar.

— Deus te ouça — Carl murmura.

Eu chamo a atenção de Alex e faço sinal para ele vir. Carl abre o portão e permite a Alex o acesso ao santo dos santos do tribunal.

Ao dispensar o resto da imprensa, Carl tranca a porta e se vira para mim.

— Tudo pronto, Kylie?

— Sim. — Recolho minhas coisas, sigo Carl até a porta ao lado do banco do juiz, e até o corredor que corre por detrás das salas de audiência. No final há um elevador, acessível apenas pelos oficiais de justiça, usado para levar os supostos criminosos que estão sob custódia na cela de detenção no porão até as salas de audiência.

Ao descer, apresento Alex e Carl. Alex é incrivelmente hábil conversando com qualquer pessoa. Ele tem o talento único de verificar um interesse comum e explorá-lo na conversa. Os dois homens têm uma breve conversa fascinante falando da arma que Carl usa, e descubro que Alex conhece bastante as armas de fogo.

Jake está esperando na garagem, e Carl vai até o lado do motorista enquanto a janela abaixa.

Carl estende a mão através da janela.

— Jake, como você está?

— Bem, Carl. Há quanto tempo você está trabalhando aqui? — pergunta Jake.

— Há muito tempo. Preciso me aposentar desta merda.

— Te entendo, cara. É hora de entregar o crachá e aproveitar a vida. — Jake diz.

Carl olha para o SUV da Mercedes e depois de volta para Jake.

— Sim, infelizmente, duvido que eu tivesse dado a mesma sorte que você depois que deixou a força.

Jake ri.

— Diga a Lucille que mandei um beijo, e nós conversaremos mais tarde.

Alex e eu nos acomodamos no banco de trás.

Jake sobe a janela e olha para Alex.

— Para onde, Sr. Stone?

— Onde você gostaria de comer esta noite, Kylie? — Alex pergunta, ao pegar a minha mão.

— Desculpe, querido, mas tenho que voltar para o escritório e me

MALEVOLÊNCIA

225

preparar para amanhã. Lisa vai levar comida chinesa para nós, então eu só quero isso mesmo.

— Você não pode tirar uma hora para jantar comigo? — Alex praticamente se queixa, com uma pontinha de irritação.

Eu me inclino e lhe beijo a bochecha.

— Não esta noite, Alex. Preciso rever minhas anotações e minhas perguntas de contrainterrogatório para amanhã. Se eu for agora, vou terminar mais cedo. Então talvez possamos comer a sobremesa mais tarde.

Ele se acalma um pouco, mas ainda está tenso.

Eu ofereço mais uma concessão.

— Amanhã à noite as coisas vão estar mais calmas, querido. Que tal remarcarmos?

Ele suspira.

— Claro. — Então, me beija quando Jake estaciona em frente ao escritório. — Thomas chegará em breve, e vai ficar por aqui até que você esteja pronta para voltar para casa.

— Obrigada, querido. — Eu o beijo e depois acrescento calmamente: — Sabe, eu gostei muito da sua presença lá hoje.

Ele sorri.

— Eu gostei muito de estar lá. Você é a única advogada que eu quero para me livrar de uma acusação de homicídio qualificado.

Eu rio.

— Que tal você se esforçar para não acabar nessa situação? — Eu lhe dou outro beijo rápido nos lábios, e sigo para o prédio.

Às onze e quarenta e cinco, entro no closet do quarto e visto meu pijama sem fazer barulho, para não acordar o Alex, que está dormindo na cama. Eu rastejo, me aconchego em suas costas e beijo seu pescoço.

Ele se mexe e me olha sem muito ânimo.

— Que horas são?

— É tarde, querido. Volte a dormir.

Ele solta um suspiro profundo, mas agarra minha mão e me puxa para mais perto enquanto adormece de novo.

CAPÍTULO 39

Respiro fundo e exalo. Hoje foi uma porcaria, e não estou ansiosa por todo o trabalho que ainda tenho que fazer à noite. Minha mesa é uma confusão de arquivos, anotações e depoimentos. Estou lutando com a necessidade de organizar tudo para amanhã e com a minha necessidade de ver o Alex.

Meu celular toca, e eu atendo rapidamente.

— Oi, querido.

— Como foi a audiência hoje? Você arrasou com todo mundo?

Alex parece feliz, o que me faz sentir ainda mais culpada por adiar nosso jantar de hoje à noite. Ele não me incomodou esta manhã por eu ter ficado até muito tarde no escritório, o que tornou muito mais fácil sair pela porta no estado de espírito adequado.

— Você sabe. Foi tudo bem. Acho que fiz uns argumentos muito bons. Nada de outro mundo, mas nem sempre é como desejamos.

— Onde devo te buscar para irmos jantar?

— Eu estou no escritório, mas preciso de cerca de uma hora para me organizar para amanhã. Algum lugar em mente?

Alex suspira.

— Fed House?

— Perfeito. É logo no fim da rua. Me dê uma hora, e eu o encontrarei lá. O que acha?

— Uma hora, Kylie. Faça seu trabalho, e nos vemos lá.

Só volto a verificar as horas às sete e quarenta e cinco. Estou quarenta e cinco minutos atrasada para o jantar com Alex.

Porra!

Pego o celular para ligar para ele e pedir mil desculpas quando recebo uma mensagem dele. Eu me encolho ao abri-la.

> Tenho uma oferta melhor. Te vejo quando você finalmente decidir voltar para casa.

Ligo para ele e o espero atender. *Que merda isso significa? Que oferta melhor?*

— Kylie — ele diz meu nome de forma arrastada.

Meu peito se aperta. Ele bebeu, e eu caio na familiaridade que é estar perto de um bêbado, algo com que convivi durante toda a infância e o início da vida adulta.

— Ei, você ainda está no restaurante? — pergunto, calma e otimista, apesar das náuseas que me atingem como uma maré raivosa.

A música no fundo está alta, e reconheço a canção de sua *playlist*. Alex está no Maserati.

Bebendo e dirigindo. Que gracinha.

— Não, vou sair com uma amiga.

Todos os nervos do meu corpo estão em alerta máximo.

— Com quem?

— Minha amiga. Você ainda não a conheceu oficialmente, mas ouviu falar dela na outra noite.

Rebekah?

Meu estômago revira.

— Entendi. Bem, ainda nos encontraremos para jantar? — Meu sangue está fervendo, mas eu tento manter a voz calma.

— Não, eu levei um bolo no jantar, então optei pela sobremesa com alguém disponível. Você não precisa esperar acordada por mim.

A linha fica muda. Eu caio na cadeira da minha mesa.

Ele está me traindo, abertamente, e com aquela mulher?

Não tenho certeza do que fazer. Suor gelado cobre minha pele.

Minha mente vai de zero a cem em um segundo. *É sério isso?*

Alex está tão perturbado por eu estar atrasada para o jantar que está com outra mulher só para se vingar de mim?

Meu coração se comprime violentamente contra minhas costelas. Puxar ar para dentro dos meus pulmões se torna mais difícil. Sei muito bem como o álcool pode derrubar até o mais forte dos homens quando misturado com uma dose de traição… mesmo que essa traição seja imaginada e nada real. Meu pai era o homem mais forte que eu conhecia, até que minha mãe foi embora.

Volto a ligar para ele e escuto o telefone tocar e tocar antes de finalmente cair na caixa de mensagens e eu ouvir a saudação: "Stone".

Desligo sem deixar uma mensagem.

Estou tão magoada. A fúria ardente me consome. Tudo o que senti há apenas duas noites, ao saber sobre esta mulher, volta com uma picada ainda mais pungente.

Pego minha bolsa e minha pasta, vou para o elevador, até faço sinal para Thomas, que está sentado na recepção, jogando em seu Nintendo DS. Vamos para o estacionamento e me acomodo no banco de trás do SUV e ligo para o celular do Jake.

Jake atende após o segundo toque.

— Kylie? Está tudo bem?

— Você falou com Alex?

— Não, eu pensei que ele estivesse com você no restaurante.

— Eu me atrasei, e ele foi embora. Ele estava bebendo, Jake. Precisamos encontrá-lo antes que ele seja parado pela polícia... ou pior. — Fecho os olhos, não querendo pensar em Alex enfiando o Maserati em uma árvore.

— Ele disse onde estava ou para onde ia?

— Não, apenas que ele está com alguém. — As palavras ficam no ar, pesadas com as implicações.

— Ah. — Jake se cala por um momento. — Thomas te levará para casa, e eu vou procurar o Sr. Stone.

Não discuto. Só ofereço um dócil "tudo bem" antes de desligar.

Eu me encolho no banco de trás, sem ter certeza do que pensar, tentando bloquear tudo, mas não consigo. Visões de Alex ferido e sangrando se transformam em sexo com outra mulher. Meu estômago revira. Aperto os olhos e forço as imagens a saírem da minha cabeça.

Jake foi um amor ao ir me atualizando, mas às onze, depois de dirigir por três horas sem ter achado rastro de Alex, ele está sem ideias. O homem chega pela cozinha e balança a cabeça para mim ao passar.

— Vou até meu escritório e ver o que posso fazer daqui.

Pego o celular e pressiono ligar pela milésima vez esta noite, esperando que Alex finalmente atenda e me avise que não está deitado numa vala, sangrando até a morte.

MALEVOLÊNCIA

— Alô? — A voz de uma mulher atende do outro lado da linha.

— Quem fala? — pergunto, ficando puta na mesma hora.

— Rebekah. Quem é? — A voz dela é extremamente doce.

Ela sabe muito bem quem eu sou e está gostando do meu desconforto.

— Kylie. Ponha Alex na linha. — Já cansei do joguinho dela.

— Ahn, Alex está…bem, como posso dizer de forma delicada? Ele está indisposto no momento, mas aviso que você ligou, Kylie. Tchau, tchau.

E desliga.

Eu não sei o que fazer. Meu coração quase sai do meu peito. Minhas mãos tremem com violência. Quero fugir daqui e nunca mais olhar para trás.

A escuridão me cerca, e eu quero muito ceder e escapar da dor.

Em poucos minutos, Jake desce de seu escritório.

— Eu o encontrei. Não vou demorar.

Eu me afundo na cadeira, abaixo a cabeça na bancada da cozinha e choro. É demais, mais do que eu posso aguentar. E não tenho certeza se Alex alguma vez será capaz de se adaptar ao meu mundo. Se é assim que ele reage com apenas dois dias de julgamento, sei que jamais poderei aceitar uma atitude dessas.

Cerca de uma hora depois, Jake entra pela porta, carregando Alex, que está claramente bêbado e incapaz de andar por conta própria.

— Alex. — Vou até ele. Ele coloca o braço em frente ao corpo, com o cotovelo dobrado me bloqueando.

Eu saio da frente.

— Leve-o para o quarto, Jake.

— Não! — Alex grita. — Não quero dormir lá. Escritório.

Jake olha para mim, e eu aceno com a cabeça, concordando com Alex. Não vale a pena brigar com ele nesta condição. Em algum momento, vou precisar dormir um pouco.

Sigo Jake até o escritório e ele coloca Alex no sofá.

— Obrigada, Jake. Pode me trazer uma garrafa de água e algumas aspirinas, por favor?

Tiro os sapatos de Alex e depois começo a desabotoar sua camisa e luto para tirá-la. Nós não falamos, e ele não está me afastando. O homem só me observa enquanto eu executo minhas tarefas. Meu pai costumava olhar para mim da mesma maneira. Já faz um tempo desde que eu tive que colocar um bêbado na cama, mas tudo volta para mim como se fosse ontem.

Jake retorna com a água e a aspirina, e eu peço para que ele as coloque na mesinha de canto.

— Pode deixar, Jake. Obrigada.

Ele nos deixa.

Eu olho para Alex.

— Abra bem a boca. — Coloco as aspirinas na língua dele e abro a água. — Beba — peço, ao lhe entregar a garrafa.

Ele toma um gole e a devolve para mim.

— Não. Beba mais. É a única coisa que o salvará pela manhã. — Eu não o deixo parar até que metade da garrafa esteja vazia.

— Você está enjoado? — pergunto, minha voz não tem emoção, mesmo eu estando tão puta que mal consigo ficar perto dele.

Ele balança a cabeça, ainda olhando para mim. Não consigo olhar para ele por muito tempo. A dor profunda se reflete em mim. Ele parece tão perdido, e uma parte minha quer tomá-lo em meus braços e deixar essa noite para trás. A outra quer que ele se magoe tanto quanto me magoou hoje. Tudo o que posso fazer, no entanto, é me desligar da situação e levá-lo para a cama. O amanhã virá, e as coisas vão parecer diferentes à luz do dia.

— Certo, vamos tentar deitar. — Coloco a mão atrás da cabeça dele enquanto ele desliza devagar para o sofá. — Deite-se de lado, Alex. Não quero que você se engasgue se vomitar enquanto dorme.

Assim que ele acomoda a cabeça, eu o olho.

— Você está bem? Precisa vomitar?

— Não, eu estou bem. — Sua voz é dócil, quase infantil.

Meu coração derrete, apesar de ainda estar magoada e decepcionada. Deixo a emoção de lado. Só preciso passar por essa noite sem cair aos pedaços. Pego o cesto de lixo debaixo da mesa de Alex e despejo o conteúdo no chão antes de voltar para o sofá e colocá-lo na frente dele.

— Se você ficar nauseado, basta vomitar aqui dentro, ok?

Alex acena com a cabeça, e eu me levanto. Ele agarra minha mão, com os olhos suplicantes. Pelo que, não tenho ideia.

Eu puxo a mão.

— Eu vou voltar. Relaxe e tente dormir.

Jake está na cozinha quando eu entro. Pego outra água da geladeira e o frasco de aspirina do balcão.

— Como ele está? — pergunta Jake.

— Vai sobreviver. Ele vai ter uma ressaca dos infernos, então você vai precisar ligar para Amy de manhã e pedir para ela remarcar pelo menos as

MALEVOLÊNCIA

primeiras reuniões, mas provavelmente as do dia todo.

— Vou cuidar disso.

Eu me viro para sair.

— Eu o busquei na casa da Patty, Kylie. A Rebekah não estava lá.

Olho para Jake e aceno antes de seguir pelo corredor. No quarto, eu coloco o pijama e pego alguns travesseiros da cama, bem como o cobertor que está artisticamente dobrado nas costas da cadeira. Minha cabeça ainda está enevoada.

Roncos baixinhos preenchem o escritório. Atiro os travesseiros na poltrona, cubro Alex e desisto de tentar colocar um debaixo de sua cabeça. Sentada na cadeira, ajusto o alarme do meu celular para tocar a cada meia hora. Apago a lâmpada na mesa ao meu lado e me encolho na poltrona. Olho para Alex dormindo no sofá, e tento descobrir como as coisas deram tão errado.

Quando meu alarme soa às seis da manhã, saio da poltrona uma última vez, vou até Alex, e o verifico. Por incrível que pareça, ele conseguiu passar o resto da noite sem nenhum problema. Eu o verifiquei a cada meia hora para ter certeza de que ele ainda estava de lado e que não tinha vomitado. Uma vez, eu o acordei para beber mais água e tomar aspirina, o que ele fez sem resistir, antes de voltar a cair no sono.

Estou cansada demais. Entro no chuveiro e deixo a água quente cair sobre mim. A água me paralisa, no entanto, e finalmente me permito chorar. Eu choro por mim e por Alex. Choro pelo que aconteceu e pelo que está por vir. Estou perdida, devastada e completamente exausta.

Coloque tudo para fora, depois respire e siga em frente. Tony está contando que você esteja concentrada hoje.

CAPÍTULO 40

Saio do quarto e decido verificar Alex uma última vez antes de ir para o tribunal. Ao verificar as horas, olho para cima e quase o atropelo em seu caminho até o quarto. Ele parece cansado e de ressaca, mas seus olhos ainda têm o mesmo tom de azul brilhante que nunca deixam de me tirar o fôlego. Paramos e nos encaramos por um momento, nenhum de nós se mexe nem diz uma única palavra. Por fim, eu me desvio dele e vou para a cozinha.

— Kylie... — Alex agarra a minha mão.

Eu a puxo de volta.

— Agora não, Alex.

Estou perto da sala de música quando o ouço vir atrás de mim.

— Kylie, precisamos conversar.

— Não, Alex, agora não.

— Kylie, não podemos deixar as coisas desse jeito. Por favor.

Eu me viro, e ele estanca na minha frente.

— Não vou entrar nessa com você agora, Alex. Estou trabalhando praticamente sem dormir, e tenho que ir salvar um homem de tomar uma injeção letal. Você me desculpe se seu encontrozinho bêbado com outra mulher não for minha principal prioridade.

Alex apenas olha para mim, boquiaberto, e eu dou alguns passos em direção a ele.

— Uma semana. Foi tudo o que eu pedi. Uma maldita semana, Alex. E você nem isso pôde me dar. Agora, já falei tudo o que eu tinha a dizer, e tenho que ir para o tribunal. Se você quiser falar com alguém, ligue para a Rebekah.

Eu me afasto e, desta vez, ele não vem atrás de mim.

Pego uma caneca para viagem, a encho e pergunto:

— Quem vai me levar hoje?

Dirijo a pergunta a Jake, mas Thomas levanta a mão, o que me enche de alívio. Jake, que é muito autoritário e protetor, pode me levar ao limite hoje. Thomas é jovem o suficiente para ser manipulado.

Na garagem, eu me viro para Thomas.

— Chaves — exijo, e estendo a mão para ele.

— Desculpe, Srta. Tate. Não posso fazer isso.

— Beleza, vou pegar as chaves do Maserati, e você pode tentar acompanhá-lo.

Thomas baixa a cabeça, solta um suspiro alto e me entrega a chave. Eu tiro o SUV da garagem e começo a descer pela entrada. Conecto meu iPhone ao som, e ligo a minha *playlist*. Eu adoro dirigir. Me acalma e me ajuda a colocar a cabeça no lugar. A música me dá algo pouco importante em que me concentrar. Quanto mais alta, melhor.

Estendo a mão para aumentar o volume quando Thomas fala:

— Sei que não é da minha conta, mas eu estava com o Jake quando ele foi buscar o Sr. Stone ontem à noite. Eu tive que vir dirigindo o carro dele. A Srta. Patty disse que ele estava lá desde as oito e que a amiga dela esteve lá, mas não com o Sr. Stone, e que ela não demorou muito.

Agradecida pela informação e pelo esforço, eu sorrio, mas não quero falar com Thomas sobre esse assunto.

— Então, você dirigiu o Maserati? Como foi?

Um sorriso manhoso cruza o rosto dele.

— Foi irado.

Eu balanço cabeça.

— Você não presta. — Aumento o volume e acelero.

Passo pelo saguão, deixo minha pasta no chão e vou direto para o bar na sala redonda. Viro um uísque, volto a encher o copo, viro tudo de uma vez e respiro fundo. Sirvo um terceiro, me afasto do bar e me encosto na parte de trás do sofá. O uísque desce devagar pela minha garganta, e queima seu caminho para o meu estômago vazio.

Fecho os olhos, e me tranquilizo. Sei que uma briga está prestes a acontecer, e depois da batalha que ocorreu no tribunal hoje, junto com a privação de sono de ontem à noite, não tenho certeza se estou pronta para discutir com Alex.

A luz do cômodo fica mais forte, e sinto sua presença antes mesmo de ele passar pela porta. Abro os olhos e o encontro parado na minha frente. Nós nos encaramos por um momento, e eu interrompo a conexão para tomar mais uma dose.

— Kylie, não tenho certeza se tenho palavras suficientes para expressar o quanto lamento.

Esvazio o copo e passo por ele a caminho do bar. Não consigo olhá-lo. Os olhos desse homem têm ligação direta com meu coração e minha alma e, neste momento, quero estar irritada e ser impiedosa.

— O que aconteceu, Alex? Você ficou entediado, foi ao bar, ligou para a sua ex-namorada e teve uma noite de sexo embriagado?

— Ela nunca foi minha namorada, Kylie.

Eu me viro para encará-lo, fuzilando-o com o olhar.

— Ah, desculpa. Eu estava falando da sua amiga com quem você nunca transou em todos os anos que você a conhece, até ontem à noite, quando você decidiu se vingar e trepar com ela só para me irritar. Melhor?

— Não foi isso que aconteceu. Por favor, Kylie, podemos nos sentar e conversar?

Vou até o sofá e me sento, puta da vida e exasperada. O álcool já está fazendo efeito, já que não comi nada desde o almoço de ontem.

Alex se senta, mas mantém a distância.

— Eu estava te esperando no bar, e tomei alguns drinques. Quando você não apareceu, eu saí e dirigi por aí. Parei em uma loja de bebidas, peguei outra garrafa de uísque e depois enviei aquela mensagem idiota. Eu sabia que você ligaria, e quando ligou, só piorei a situação ao tentar te deixar com ciúmes. Depois que desliguei, não sabia o que fazer, então fui para a casa da Patty.

— Então a Rebekah não estava com você no carro? — pergunto, com desconfiança.

— Não, mas quando cheguei à casa da Patty, Rebekah estava lá. A Patty disse que ela passou por lá para confirmar que você e eu estávamos morando juntos. Ao que parece, Francine ligou para ela e contou sobre nós, mas pode deixar que eu vou cuidar dela mais tarde. Mas eu juro, Kylie, eu não liguei para ela. A única pessoa para quem eu queria ligar ou queria

MALEVOLÊNCIA

ver era você, e eu estraguei tudo. A Patty e a Rebekah estavam sentadas na cozinha, e eu puxei a Patty para a sala de estar para falar com ela sobre o que eu havia feito. Não tenho ideia de quanto tempo ficamos lá. Eu bebi, e a Patty me deu uma surra verbal por ter te tratado tão mal, lembrando-me de que você já tinha aturado uma enorme quantidade de merda da nossa família. Então ela ligou para o Jake ir me buscar. O resto você sabe.

— Exceto pela parte em que a Rebekah atendeu o seu telefone e me disse que você estava muito ocupado para me atender. Ela não te passou o recado? Acho que você não conseguiu ouvir, já que estava com a cabeça entre as pernas dela, né?

Ele fica completamente pálido, e seus olhos se arregalaram. Ele não tenta nem disfarçar.

— O quê? Não, Kylie, eu juro que não estive no mesmo cômodo com ela por mais de cinco minutos. A Rebekah entrou na sala depois. Não tenho ideia de quanto tempo ela ficou sozinha na cozinha ou por que, mas ela me entregou meu celular antes de sair. Como eu te disse naquele dia, eu nunca fiz e nem nunca farei sexo com ela. Neste momento, espero nunca mais vê-la.

— Mas você decidiu me dizer que tinha uma oferta melhor do que eu. Qual é, Alex? Você brincou com ela, ou só queria me magoar e me fazer questionar tudo o que você já me disse e o que significamos um para o outro?

Ele olha para o lado.

— Eu estava magoado, Kylie, e eu queria que você ficasse assim também.

— Parabéns, Alex. A dor que eu senti ontem à noite, que eu ainda estou sentindo hoje, não se compara a qualquer surra que o John já me deu.

Alex abaixa a cabeça e espero que ele volte a me olhar antes de eu começar a falar. Quero que ele me veja, que olhe nos meus olhos, para que entenda a dor que estou sentindo.

— Acho que devo algo a ela. Até ela atender o seu telefone, eu vacilava entre a angústia por você estar transando com outra mulher e o medo absoluto de que você tivesse sofrido um acidente e estivesse morto ou gravemente ferido. Depois que falei com ela, fiquei mal só por pensar em você transando com ela.

— Eu não transei com ela. Juro para você. Nunca. Jamais o farei. Ligue para a Patty. Ela te dirá que a Rebekah estava lá quando cheguei e que eu nem cheguei a falar com ela. Lamento muito ter feito você pensar que eu estava com ela. Me dói saber que eu a magoei dessa maneira ou que a fiz questionar o quanto você significa para mim. Foi uma estupidez, e lamento muito.

Por favor, me dê a chance de consertar tudo, de provar a você que sou seu. Somente seu.

Minha cabeça está latejando. Estou tentando conciliar meu cérebro, que me diz que acabou, e meu coração implorando para que eu o perdoe. Fecho os olhos. Se ao menos o mundo parasse de girar. Coloco o copo vazio sobre a mesa de centro e seguro a cabeça. Bloquear tudo é uma necessidade absoluta neste momento, e me concentro nos meus dedos enquanto eles circundam minhas têmporas.

Alex se aproxima de mim, coloca a mão nas minhas costas e a esfrega. Eu sei que ele está tentando me consolar. Infelizmente, o ato está tendo o efeito oposto.

— Kylie…

Eu me levanto. Sua mão cai para longe de mim, assustando-o o suficiente para que ele volte para o sofá. Eu não estou no humor certo para ouvi-lo agora. Estou muito magoada e confusa, e tudo do que eu tinha certeza há apenas alguns dias está ruindo.

— Vou dar uma corrida. — Me afasto.

Alex agarra minha mão.

— Por favor, não vá.

— Não posso fazer isso agora, Alex. Preciso arejar a cabeça. Você tem que me deixar fazer do meu jeito.

Eu saio, deixando-o no sofá, e vou para o quarto para me trocar.

MALEVOLÊNCIA

CAPÍTULO 41

O sol ainda brilha nas minhas costas enquanto estou no alto do penhasco, olhando para as águas calmas lá embaixo. Fiquei fora por uma hora, o que certamente deixou Alex preocupado e ele talvez tenha mandado Jake e Thomas me procurarem. Penso em voltar para casa e encará-lo, e esclarecer esse assunto de uma vez por todas, mas ainda não estou pronta.

Olho ao redor e vejo um caminho acidentado na grama alta que leva até a praia. Vou me desviando em meio a areia e as rochas, concentrando-me para não cair nem torcer um tornozelo. Assim que chego à praia, corro e logo que meus pés afundam na areia macia, eu sinto a queimadura. Corro por cerca de cem metros até cair de joelhos. Minha cabeça se aninha no meu peito quando as lágrimas voltam a cair.

Ele quis que eu pensasse que ele estava com outra mulher. *Por quê? Por que eu estava trabalhando até tarde?* Pensei que ele entendia. Pensei que ele aceitava que minha vida ficaria louca e imprevisível quando houvesse um julgamento, especialmente um tão importante e com tantas implicações. Eu pensei que o conhecia. *Posso ter me enganado tanto assim? Ou será que eu estava certa o tempo todo, e este é apenas o primeiro passo para ele se afastar de mim para sempre?*

Estão surgindo mais perguntas do que respostas, e decido que a única maneira de seguir em frente é enfrentando o problema. Alex vai ter que fazer melhor do que pedir desculpas. Tenho que saber por que ele fez o que fez e o que acontecerá daqui para frente. Não vou desistir do meu trabalho, e a vida de um advogado criminalista é assim. Se eu tiver que lidar com isto cada vez que eu for a julgamento, nossa relação se desmoronará bem rápido e acabarei me ressentindo dele. Se é assim que ele pretende me expulsar da sua vida, ele só precisa dizer. Não vou suportar ir perdendo Alex aos poucos enquanto seu afeto vai desaparecendo e é substituído pela aversão.

Meu couro cabeludo pinica, e meu estômago está revirado. Alguém está me observando. Olho ao redor, na esperança de ver Alex vindo na minha direção. Não há ninguém.

Ninguém que eu possa ver, pelo menos.

John está aqui?

Impossível. A propriedade de Alex é uma fortaleza. Há poucas maneiras de entrar sem ser visto.

Seco o rosto com a camiseta e volto pela trilha. Minha cabeça está doendo, e eu estou tonta.

Algo se move na trilha e me assusta. Meu pé escorrega, e eu tropeço para frente, caindo de joelhos. Um gato branco com uma mancha preta sobre seu olho sibila para mim e sai em disparada.

— Merda. — Fico de pé e limpo a areia das minhas pernas. Meu joelho arde por causa do corte, e o sangue escorre em um longo filete canela abaixo.

— Fabuloso. Este dia poderia ficar ainda melhor?

Atravesso o pátio, abro as portas de vidro da sala de estar sem fazer barulho e suspiro de alívio. Está vazia. Tiro os tênis de corrida e os levo até o quarto.

Caio na cama e solto outro suspiro de alívio por Alex não estar aqui também.

Eu só preciso de um minuto.

Mas a sorte não está ao meu lado. A cama se mexe, ele desliza por ela e se senta atrás de mim. Eu fico quieta, ainda não estou pronta para enfrentá-lo. Preciso fazer perguntas, e vou exigir respostas, mas não posso fazer isso se ele estiver agarrando meu coração com seus lindos olhos azuis.

— Não entendo, Alex. Você ficou tão chateado porque eu me atrasei para um jantar? Por que decidiu me fazer pensar que você estava me traindo, mesmo sabendo que é uma luta para mim confiar nos outros? Por que você me faria questionar tudo o que eu pensava saber sobre nós?

— Foi uma idiotice. Eu sei, mas quanto mais tempo eu ficava ali sentado esperando, mais eu bebia, mais chateado ficava. Eu não estou tentando justificar o meu comportamento. Estou tentando dizer a você onde minha cabeça estava naquela hora. Eu estava me sentindo abandonado, não tão importante. Reagi com imaturidade quando percebi que você estava se afastando de mim. Eu estava sendo egoísta. Provavelmente ainda estou. — Sua voz está atada a um embaraço suplicante, mas não há como confundir a emoção por trás de suas palavras.

MALEVOLÊNCIA

— Tudo isso é novidade para mim, Kylie. Não estou acostumado com as pessoas me fazendo esperar. Estou aprendendo, e sei que exagerei feio e agi como uma criança mimada. A quantidade de álcool que consumi também não ajudou. Mas, por favor, me perdoe. Apenas me dê uma chance para provar que tudo o que você sabia sobre mim há dois dias é verdade.

Fecho os olhos, ainda sem ter certeza de que posso confiar nele.

— O que vai acontecer da próxima vez que eu tiver um julgamento? Isso não vai acabar junto com o de agora. Vai acontecer de novo com o próximo que me for designado. Isso é o que eu faço e como o faço. Eu te expliquei. Se você for se sentir assim toda vez que eu estiver em um julgamento, esse relacionamento nunca vai dar certo.

Alex coloca a mão no meu ombro.

— Eu sei. E eu pensei ter entendido o que isso significava. Tudo o que posso dizer é que realmente entendo o que significa agora. Eu reagi errado, e você tem todo o direito de questionar se eu vou voltar a fazer isso no futuro. Eu não vou ser perfeito. Vou dar as minhas mancadas. Vou estragar tudo. Tudo o que posso dizer é que trabalharei nas minhas inseguranças, e nunca, jamais, darei a você um motivo para questionar meus sentimentos novamente. Por favor, apenas me dê uma chance de consertar isto.

Solto um longo suspiro, mas não respondo. Ele se levanta da cama e se aproxima de mim com cautela, até ver o sangue na minha perna.

— Cristo, Kylie, você está sangrando.

— É só um corte. Eu escorreguei. Não é nada demais, Alex.

Mas ele já está indo para o banheiro, e ouço a água enquanto gavetas e armários abrem e fecham. Voltando, ele fica de joelhos na minha frente e usa uma toalha morna e molhada para limpar o sangue e a sujeira, tomando muito cuidado para garantir que o corte esteja limpo sem me causar mais dor.

Eu o observo, e meu coração se eleva involuntariamente. Um calafrio quente me percorre quando ele toca a minha perna. Ele olha para o corte e passa uma camada grossa de pomada por cima antes de cobri-lo com um curativo.

Este é o homem que eu conheço, o homem que está sempre pronto para cuidar de mim e que esteve desde quase o primeiro dia em que o conheci. Que age como uma criança mimada. Que é completamente prepotente e superprotetor, e que me deixa frustrada pra cacete. É o homem por quem estou me apaixonando.

O pensamento me atinge como ciclone, e quase me derruba. Estou me apaixonando por Alex Stone.

Ele ergue o olhar para encontrar o meu. Há uma mistura de súplica e confusão lá, mas o que eu mais vejo é preocupação por mim. Seu carinho por mim me envolve até a alma e me conforta. Levo a mão até o seu rosto e o encaro, perdida em seus olhos. Eu sou realmente dele. A revelação me atinge, e eu fico aliviada.

Eu me inclino para frente, e meus lábios cobrem os seus. A sensação me aquece, me acalma. Alex me puxa para si de levinho. Nenhum de nós tem pressa para romper o vínculo que estabelecemos, preferindo ficar no beijo, permitindo que ele nos cure.

Encosto e descanso a testa na dele, fecho os olhos e acaricio sua bochecha.

— Por favor me diga que eu não te perdi, Kylie — Alex sussurra.

— Eu quase morri, Alex, por ter ficado sem saber onde você estava.

— Sinto muito, muito mesmo. Por favor, não me deixe, linda.

— Não consigo te deixar, Alex — sussurro. — Eu sou sua.

Alex se escora em mim, e sinto toda a tensão nele se soltar. Ele me abraça, me puxando com firmeza para si, e seu rosto repousa em meus ombros. Estamos encostados um no outro, tentando apoiar um ao outro, mas toda a força que eu tinha se foi.

Ele se afasta, agarrando a parte de cima dos meus braços, seu olhar se enche de preocupação.

— Kylie, você está tremendo.

Estou completamente esgotada, quase ao ponto de não poder falar. Dou de ombros e balanço a cabeça de levinho.

Ele puxa meu queixo para cima e olha nos meus olhos como se a resposta estivesse escondida em algum lugar ali.

— Quando você comeu pela última vez?

— Almoço — respondo baixinho. — De ontem.

— Meu Deus, querida. Precisamos colocar um pouco de comida no seu estômago antes que você desmaie.

Vamos em direção à cozinha, de braços dados, e estou agradecida pelo apoio adicional. Entre a falta de comida, a privação de sono, o álcool e o esforço físico, com uma grande dose de estresse, é surpreendente eu ainda estar funcionando.

Quando chegamos à parte de trás do sofá, Alex me levanta e me coloca sobre as almofadas.

— Fique aqui. Vou fazer algo para comermos, e depois você vai para a cama.

MALEVOLÊNCIA

Apoio a cabeça no encosto do sofá enquanto Alex anda de lá e para cá na cozinha. Ele vem e me entrega um copo de suco de laranja e um sanduíche. Eu olho para ele, intrigada.

— Primeiro prato, manteiga de amendoim e geleia. Você precisa de alguns carboidratos e proteínas de rápida absorção. E eu quero que você beba todo o suco de laranja.

Eu abro um sorriso largo, dou uma mordida no sanduíche e percebo o quanto estou com fome e o quanto meu corpo precisa do alimento. Bebo metade do suco de laranja em único gole, saboreando o frescor percorrendo o meu corpo. Dou mais algumas mordidas no sanduíche e termino a bebida. Volto a descansar a cabeça no sofá, observo como Alex quebra os ovos em uma frigideira. Minhas pálpebras começam a ficar pesadas, e eu luto para ficar acordada. O sono vence, e eu finalmente sucumbo.

Os lençóis estão frios contra a minha pele, e Alex ajusta o travesseiro debaixo da minha cabeça. Eu olho para ele, confusa.

— Você adormeceu no sofá, querida. Descanse um pouco — Alex explica.

Ele beija minha testa e se levanta para sair, mas eu o agarro pela mão.

— Fique comigo. Me abrace. — Me arrasto até o meio da cama para dar lugar a Alex ao meu lado.

Deslizando por trás de mim, ele envolve os braços ao meu redor e aninha a cabeça no meu cabelo.

— Pelo tempo que você precisar, linda, e por mais uma vida inteira.

CAPÍTULO 42

Estamos na metade da manhã, e decidi que terei que colocar Tony para depor, mesmo que isso vá contra tudo o que acredito quanto a submeter um cliente a um contrainterrogatório. Está repleto de riscos, e eu nunca tive um cliente que não tivesse sido intimidado pela acusação. A maioria feminina dos jurados, no entanto, parece estar olhando cada vez mais para Tony, e suspeito que estão se perguntando por que ele não está se dirigindo a eles pessoalmente.

Faço uma última pergunta sobre o caráter da minha testemunha, o melhor amigo de Tony, e entrego a testemunha à acusação para interrogatório.

Enquanto me sento, Lisa empurra um pedaço de papel para a minha frente e aponta as informações relevantes. É uma mudança no formulário de beneficiário da apólice de seguro de vida da Cynthia Onstad. Eu digitalizo o formulário. O beneficiário foi trocado um mês antes da morte dela. E é ninguém menos que o namorado da vítima: Ralph Bernstein.

A acusação termina com a testemunha, e o juiz pergunta se eu tenho alguma contestação.

— Não, Meritíssimo.

Observando que o intervalo do meio da manhã está próximo, o juiz pede um recesso de quinze minutos. Ficamos de pé enquanto o júri é escoltado para fora da sala de audiências e pelo corredor até a sala privada deles.

— De onde isso veio? — pergunto a Lisa. Meu coração está disparado. O tempo está muito, muito curto.

— Foi enviado por fax hoje de manhã lá para o escritório, por Scott Martin, da companhia de seguros. Eu liguei para ele assim que recebi o documento, e ele me disse que só agora havia sido cadastrado no sistema e chegado ao escritório dele.

— Merda — murmuro. — Não temos muito tempo sobrando. Scott Martin é daqui, portanto, não será um problema trazê-lo para testemunhar. Sabemos se o namorado ainda está na cidade? E se sim, onde ele está?

Lisa balança a cabeça.

Cacete, como encontro este homem sem alertá-lo?

O pensamento me atinge como um relâmpago que quase me derruba. *Alex.*

— Acho que talvez eu consiga localizar o Bernstein. Lisa, ligue para o escritório e peça para fazerem intimações para Martin e para Bernstein. Peça a Gil para encontrar uma jurisprudência sobre a inclusão de uma testemunha que não estava originalmente na lista de testemunhas, bem como a introdução de provas ilibatórias recém-descobertas que não foram entregues ainda à acusação.

Vou até o corredor que fica atrás das salas de audiência e entro na sala do juiz. Preciso fazer um telefonema longe da imprensa intrometida e da atenta promotoria. O escrivão me encaminha para uma sala do júri aberta do outro lado do salão. Uma vez lá dentro, fecho a porta e ligo para o escritório de Alex, rezando para que ele esteja disponível, embora ele tenha me dito que estaria em reuniões o dia todo.

Amy atende, e eu mal a deixo terminar a saudação.

— Amy, é a Kylie. Preciso falar com o Alex. É importante, e eu não tenho muito tempo.

Ouço sua voz abafada:

— Sr. Stone? É a Kylie.

A voz de Alex entra em linha, bem baixinho.

— Estou a caminho de uma reunião, Kylie. Está tudo bem?

— Alex, preciso encontrar Ralph Bernstein. Preciso que ele receba uma intimação, mas não posso me dar ao luxo de que ele saiba que estou tentando encontrá-lo. É imprescindível que ele não saia da cidade antes que eu o intime.

— Espera um minuto, linda. — Alex afasta o telefone e chama alguém. — Oi, Calvin. Posso falar com você por um minuto antes de entrarmos? Amy, por favor, acompanhe o resto dos senhores até a sala de conferências e os acomode. — Ele volta para a linha comigo, sua voz é quase um sussurro. Vou te colocar no viva-voz. Não fale. Apenas escute. Entendeu?

— Sim — respondo, e pego o meu bloquinho. Há um leve clique quando o telefone muda para o modo viva-voz.

— Calvin, eu não queria falar disso na frente dos outros. Eu sei que o Ralph Bernstein esteve na cidade para o julgamento desta semana, e talvez eu tenha uma proposta para repassar com ele. Alguma ideia de onde ele está hospedado ou se ele ainda está na cidade?

Uma voz profunda atravessa a linha.

— Ele ainda está aqui. Eu falei com ele hoje durante o café da manhã. Ele está ficando no Rowe. E me disse que pretende ficar por aqui até que essa confusão com o julgamento termine. Creio que você possa contatá-lo lá.

— Ótimo — Alex responde. — Vou ligar para ele mais tarde. Obrigado, Calvin. Eu já vou entrar.

Há uma pausa, e então Alex volta à linha.

— Conseguiu o que precisava?

— Sim. Obrigada, querido — digo, meu coração explode de amor por este homem. *Sempre cuidando de mim.*

— É importante? — A voz de Alex tem um toque de animação.

— Tem o potencial de ser explosivo.

— Vou ter que assistir ao julgamento hoje à tarde, então.

— Espero que eu consiga pôr em prática — digo. — Fico te devendo essa.

— E eu pretendo cobrar. Tenho que ir, linda. — Suas palavras saem num rosnado sexy, e então ele se vai.

De volta ao tribunal, eu pego Lisa.

— Bernstein está no Rowe. Leve a intimação ao xerife e corra para o hotel. Temos que ter certeza de que ele estará aqui hoje à tarde.

Lisa faz uma ligação, e cobre o bocal enquanto fala. Tony está de lado, fora do nosso caminho, mas nos olhando com curiosidade. Eu o acompanho até a parte de trás da galeria vazia.

Eu olho para o relógio na parede. Cinco minutos. *Fale rápido.*

— Certo, você não pode reagir a esta informação; permaneça calmo. Pode ser vital, ou pode dar em nada, mas acho que vale a pena tentar. Houve uma mudança no seguro da Cindy que lista Ralph Bernstein como o novo beneficiário primário. Está datado de um mês antes da morte dela. Agora, tenho que argumentar até mesmo para colocar a informação como prova a essa altura do campeonato. Se eu conseguir, terei que interrogar o Bernstein. Não vou ter tempo para me preparar, então eu vou cair matando. É perigoso, mas acho que vale a pena o risco neste momento. Alguma pergunta? Você está de acordo em ir em frente?

MALEVOLÊNCIA

Os olhos de Tony escurecem.

— Eu estou dentro, Kylie. Vamos pegar esse idiota.

Eu começo a me virar, mas ele agarra meu cotovelo e me olha dentro dos olhos.

— Foi ele, Kylie? Ele matou a Cindy?

— Não sei, Tony, e, no momento, não me importo. Tudo o que me importa é criar uma dúvida razoável para o júri, para que eles o considerem inocente. Esse é o primeiro passo. Vamos lidar com o verdadeiro culpado depois de conseguirmos isso, está bem?

Tony me encara por um momento, seu rosto passando de rígido e tenso para mais tranquilo e resignado. É tudo o que posso esperar, e estou sem tempo. Ele vai ter que dar jeito para se encorajar. Tenho que fazer alguns malabarismos com o juiz.

As pessoas começam a voltar para a galeria para ocupar seus lugares quando o intervalo do meio da manhã chega ao fim. Levo Tony de volta para a mesa de defesa, pronta para terminar a sessão da manhã com força. Gil me entrega suas anotações e me informa sobre os pontos pertinentes. Olho para Lisa para a confirmação de que as intimações estão em processo de serem cumpridas.

— Nada ainda — ela retransmite.

Fecho a cara. *Isso tem que dar certo.*

Uma voz da galeria chama meu nome, e eu me viro para encontrar Jack de pé ao longo da barreira. Suspiro. Ele é exatamente do que eu preciso no momento, alguém em quem eu confio para comandar esta última descoberta. Jack é brilhante e eu tenho sorte de tê-lo como mentor e amigo.

Eu o atualizo rapidamente.

— Quem você está chamando como sua próxima testemunha? — pergunta Jack.

— Estou terminando a manhã com nosso especialista, para que o júri possa analisar o testemunho durante o intervalo do almoço. Eu ia pedir ao Tony que testemunhasse esta tarde e o prepararia durante o almoço, mas acho que tenho que ir com essa nova prova. Evitaria que o Tony tivesse que testemunhar. O problema é que terei que preparar as perguntas durante o almoço. Se eu acabar precisando do Tony, estaremos ferrados.

Jack coça o queixo por um momento.

— Ficarei por aqui até o recesso, e poderemos nos reunir e ver em que pé estamos. Eu preparo o Tony durante o almoço, se precisarmos dele.

No momento, você precisa colocar sua cabeça de volta no aqui e agora, e conseguir o testemunho de que precisa com o especialista.

Aceno, agradecida pelo conselho de um dos melhores advogados criminalistas da costa leste. Pego as perguntas que quero fazer para nosso especialista e começo a revisá-las novamente. Jack está certo. Preciso arrasar neste depoimento.

Eu me sento à mesa de defesa. Um pequeno envelope vermelho está em cima do meu bloquinho. Pego o cartão e o leio.

> Que maneira horrível para a Cindy Onstad morrer... ela deve ter sofrido tanto.
>
> Você acha que ela sabia que o fim estava próximo?
>
> Você acha?

Encaro a caligrafia. E a reconheço. Olho ao redor da galeria, procurando por John.

— Srta. Tate, chame sua próxima testemunha — diz o juiz Riley, mas isso mal se registra em minha cabeça.

John estava aqui, está aqui, eu sei que ele está. Mas onde? *E o que ele está planejando?*

— Srta. Tate? — O juiz se dirige a mim novamente. Tony agarra meu braço e me dá uma sacudidela, seus olhos estão cheios de perguntas.

Eu não posso lidar com isso agora. Não posso deixar o John me abalar. Há muito em jogo. Tony está contando comigo.

Respiro fundo e fico de pé.

— Obrigada, Meritíssimo. A defesa chama o dr. Charles Mayson.

Quando a acusação termina de interrogar nosso especialista, o juiz chama para um almoço antecipado e dispensa o júri. Antes de liberar o resto de nós, o juiz Riley pergunta se há alguma questão a ser tratada antes do intervalo.

Eu me levanto.

— Meritíssimo. Algumas novas provas foram trazidas à minha atenção, o que requer a convocação de duas testemunhas que não estão na minha lista, mas que já testemunharam pela acusação. No momento, estou no processo de autenticação das provas, mas obviamente queria informar ao tribunal sobre o potencial, para não atrasar o processo. Pretendo chamar as duas testemunhas após o intervalo do almoço. Ainda tenho esperança de que possamos seguir com a defesa esta tarde.

O juiz Riley franze o cenho, e se volta para a acusação.

— Alguma observação do Estado?

Matt faz careta, o que é um velho truque dos advogados. Todos nós usamos isso, considerando que o ato reforça nosso argumento.

— Meritíssimo, não tivemos a oportunidade de examinar nenhuma prova nova e questionamos sua existência e relevância. Nós objetamos que a defesa use isso como tática para ganhar tempo, na esperança de conseguir algo. Também objetamos a que as testemunhas sejam chamadas para eles conseguirem isso, na esperança de encontrar provas que, muito provavelmente, serão irrelevantes para o caso. Obrigado, Meritíssimo. — Matt olha para mim e se senta de novo.

O juiz volta a se acomodar na cadeira e me olha fixamente por um momento.

— Srta. Tate, traga seus argumentos sobre a razão pela qual o tribunal deve considerar seu pedido quando nos reunirmos novamente. Eu a advirto, no entanto, contra a perda de tempo do tribunal. — Ele bate o martelo. — O tribunal está em recesso.

Todos se levantam quando ele sai. Olho para Lisa enquanto ela vem até mim.

— As intimações foram feitas. Scott Martin estará aqui.

— Ponha Jake no telefone para mim — dirijo-me ao meu estagiário. — Gil, volte para o escritório e formalize suas anotações. Preciso de um resumo para o tribunal, uma cópia para a acusação e notas para mim.

Gil pega sua pasta e vai embora, e Lisa me entrega seu celular.

— Jake, é a Kylie. Eu tenho que falar rápido. Você sabe como Ralph Bernstein é?

— Já o estou rastreando, Kylie. O Sr. Stone me pediu para fazer isso depois que ele falou com você. Vou me certificar de que Bernstein esteja aí à uma hora.

Obrigada, Alex!

— Excelente. Mantenha a Lisa atualizada. — Entrego o telefone para ela. — Vamos voltar para o escritório. E leve o Scott Martin para lá, para que possamos nos preparar.

Eu me viro para Jack, que abriu um sorriso largo. A aprovação dele significa muito para mim, pessoal e profissionalmente. Respiro fundo, um sentimento de orgulho inunda o meu peito, e vou até onde ele está.

— Muito bem — ele diz —, começarei com Tony, para o caso de você precisar dele. O Matt está quase tendo um troço, então você precisa ir falar com ele. Dê-lhe uma mordida, mas não a maçã inteira. Diga que você terá que enviar as informações por fax quando voltar ao escritório, e deixe por isso mesmo.

Jack se volta para Tony e o conduz para fora da sala e através do frenesi da mídia, a fim de conseguir mais negócios para o escritório. Não tenho dúvidas de que Jack fará algum tipo de comentário despropositado que incluirá o nome da firma.

Balanço a cabeça. Essa é uma área em que não me sinto à vontade, isso de promover os negócios. Graças a Deus, nós temos um departamento de relações públicas. Eu morreria de fome se tivesse meu próprio escritório. Sem clientes, nada de horas faturáveis. Nada de dinheiro. Acho que vou ficar no escritório, contanto que eu ganhe este caso.

Passo o mínimo de informações possíveis para Matt, ligo para o celular de Thomas e o instruo a me buscar no local de costume. Pego minhas coisas na mesa. O envelope vermelho grita para mim.

Eu sabia que John seria um problema, mas fui capaz de bloquear a ameaça que ele representa ao lidar com todos os outros fatores de estresse em minha vida ultimamente.

Mas ele está de volta.

E fazendo ameaças veladas.

Enfio a carta na minha pasta. *Lide com isso mais tarde.* Concentre-se na tarefa em mãos.

Dentro do carro, ligo para o escritório de Alex, mas Amy me diz que ele ainda está em reunião.

— Devo interrompê-lo? — pergunta Amy.

— Não. Diga a ele que estamos em recesso para o almoço, e eu estarei no escritório. Ele pode ligar para o meu celular se precisar entrar em contato comigo.

Eu me reclino no banco, fecho os olhos e me preparo para o resto da tarde.

Esta merda acabou de ficar interessante.

MALEVOLÊNCIA

CAPÍTULO 43

— Sr. Bernstein, por favor, revise o documento que te entreguei, marcado como prova de defesa cinquenta e nove. Por favor, explique ao júri o que é este documento. — Volto à tribuna e espero enquanto a testemunha olha o papel.

— É uma mudança do formulário de beneficiário da apólice de seguro de vida da Cindy. — Remexendo-se em seu assento, ele transpira profusamente. O papel treme de leve em sua mão. Ele parece muito irritado com minha pergunta, o que não me incomoda.

— E você pode me dizer de quem é o nome que aparece como novo beneficiário primário? — pergunto, com a voz calma, quase meiga.

— É o meu, mas não fui eu quem pediu a mudança. A iniciativa partiu da Cindy.

— Então, o senhor atesta que não escreveu o seu nome nesse formulário? — pergunto.

— Correto.

— Já tinha visto o formulário antes de eu entregá-lo ao senhor?

Um sorriso presunçoso cruza seu rosto, e eu sei que ele pensa que estou perdendo a batalha.

— Não, eu não tinha ideia de que a Cindy havia solicitado a mudança.

Sorrio de volta para ele e depois olho para o juiz.

— Neste momento, Meritíssimo, gostaria de apresentar a prova de defesa cinquenta e nove ao lado da já previamente admitida pelo Estado, de número dezessete.

Matt suspira alto.

— Não há objeção, Meritíssimo.

— Sr. Bernstein, o senhor testemunhou anteriormente que a prova do Estado de número dezessete é um bilhete que o senhor enviou para a vítima, Cindy Onstad. O senhor se lembra desse testemunho?

— Sim. — Ele pega lenços de papel da caixa ao seu lado e seca a testa.

Eu não poderia ter pedido um desempenho melhor para o júri, e percebo que ele não tem ideia do quanto está transmitindo apenas através da linguagem corporal. Ele está nervoso e sendo hostil. Considerando que seu nome está naquele formulário de beneficiário, ele começa a também aparentar que está escondendo algo.

Eu me inclino para Lisa e a instruo a exibir as duas provas na tela grande. O júri olha para as imagens da tela dividida entre o bilhete e o formulário de mudança.

— Peço que preste atenção na sua assinatura no bilhete e depois no nome escrito próximo à linha de Beneficiário Primário no formulário. — Uso meu laser vermelho e contorno cada área, deixando círculos fantasmas vermelhos brilhantes que chamam a atenção do júri. — Você escreveu seu nome em ambos, correto?

— Não! — Ele respira fundo. — Eu escrevi no bilhete, mas não no formulário do seguro. — Sua voz se eleva e treme. Ele está nervoso e exasperado, e isso só acrescenta lenha à minha fogueira examinadora.

— O senhor afirma que esta não é a sua letra? — Minha voz tem uma ponta de incredulidade. Uso o ponteiro para fazer vários círculos vermelhos ao redor do nome de Ralph Bernstein no formulário.

— Não é a minha letra. — Sua mão desce no braço da cadeira com um estrondo forte.

Alguns jurados se assustam.

Perfeito!

— Desculpe, Sr. Bernstein, mas essa assinatura aqui… — Faço um círculo no nome dele no bilhete. — Não é a mesma que a que está aqui? — A luz deixa um rastro brilhante de vermelho enquanto eu faço um amplo círculo na tela.

— Objeção, Meritíssimo. — Matt se levanta, dirigindo-se ao tribunal, como eu sabia que ele faria. — Perguntado e respondido.

Mas ambos sabemos que eu consegui o que queria, e os olhos do júri ainda estão sobre os dois nomes com caligrafia idêntica.

— Mantido — o juiz Riley afirma. — Prossiga, Srta. Tate.

— Sim, Meritíssimo. A defesa não tem mais perguntas para esta testemunha.

MALEVOLÊNCIA

Matt passa por mim em direção à tribuna, claramente irritado, enquanto eu tomo meu lugar.

— Retirem essas imagens — ele diz, e aponta para a projeção em tela dividida que permanece na visão do júri.

Por dentro, eu rio. Ele está dançando conforme a minha música.

O homem respira fundo, e começa sua tentativa de recuperar terreno.

— Sr. Bernstein, o senhor tinha conhecimento de que Cindy Onstad mudou sua apólice e o indicou como o principal beneficiário?

— Não, não tinha. — O rosto de Bernstein está vermelho-escuro, e ele parece quase mais zangado que o Matt.

— O senhor pegou ou tentou pegar essa apólice para si? — Matt continua, acalmando-se um pouco, provavelmente tentando tranquilizar a testemunha também.

— Não, eu não tentei. — É a resposta enfática.

— Nada mais, Meritíssimo. — Matt volta para o seu lugar.

O júri o observa.

— Algum contra-argumento, Srta. Tate? — o juiz Riley se dirige a mim.

— Não, Meritíssimo.

— A testemunha está dispensada. Chame sua próxima testemunha, Srta. Tate.

Sento-me por um momento, considerando se devo chamar Tony para depor. Este pode ser um movimento brilhante que o levará à absolvição, ou a razão pela qual ele será condenado.

Eu me levanto devagar. A sala de audiências está estranhamente silenciosa.

— A defesa está satisfeita, Meritíssimo.

Arfadas altas quebram o silêncio. Eu olho para o júri para avaliar a reação deles por Tony não testemunhar. Nenhum deles está olhando para nós. Todos os doze pares de olhos estão no juiz.

O juiz Riley gira em sua cadeira e se dirige ao júri.

— Senhoras e senhores, este é o encerramento da parte probatória deste caso. Tanto a promotoria como a defesa forneceram todas as provas que pretendem submeter à sua consideração. Ambos os lados terão agora a oportunidade de apresentar um resumo de seus casos antes de entregarmos o caso a vocês para deliberação e veredicto. Como os argumentos finais podem ser potencialmente longos e já passou do meio da tarde, recesso por hoje e nos reuniremos novamente pela manhã.

Após novas admoestações aos membros do júri para que se abstenham de discutir o caso entre si até que as alegações finais tenham sido concluídas, nós nos levantamos, e eles deixam a sala de audiências.

— Advogados, nos reuniremos em quinze minutos para começar a rever as instruções do júri — o juiz Riley afirma.

Ele bate o martelo, e eu me viro para procurar Jack na galeria. Busco seu rosto, querendo uma confirmação de que tomei a decisão certa ao encerrar nosso caso sem colocar o Tony para depor. Ele dá uma piscadinha e se dirige a mim. Uma torneira se abre em meu corpo, e parte da tensão começa a fluir.

Ele finalmente atravessa o portãozinho e fica ao meu lado na mesa da defesa.

— Tudo bem? — pergunto, baixinho.

— Exatamente o que eu teria feito, Kylie. Você se sente confortável em discutir as instruções do júri? São muito importantes, sabe. — Ele coloca a mão no meu braço e oferece apoio, mas sua expressão está severa.

Eu me sinto como uma criança recebendo conselhos do pai. É exatamente isso que Jack é para mim. Ele assumiu o papel de pai e me proporciona muito mais do que apenas um emprego. Ele me apoia, me orienta, me dá lições, mas, acima de tudo, ele me ama.

"Você é a filha que ele sonhou ter" sua esposa, Annabelle, me disse na festa anual de Natal.

A declaração fez meu coração inchar e formou um nó na minha garganta. Meus pais não me guiaram na vida. Na verdade, fui responsável pelo meu pai e seu bem-estar durante a maior parte da minha adolescência, até a sua morte. Jack é a única figura paterna que eu já tive, e agradeço todos os dias pela sorte ter posto o homem na minha vida.

— Eu sou boa com as instruções do júri — digo.

— E o encerramento? — ele pergunta, erguendo uma sobrancelha.

— Tenho um esboço básico de encerramento, mas precisarei retrabalhar nele hoje à noite. Estará pronto amanhã. Não estou preocupada com isso, sei o que quero dizer.

— As declarações de abertura e encerramento nunca foram um problema para você. É como sua segunda natureza, o que é ótimo. Permite que você se concentre em outras coisas. — Ele olha ao redor. — Tudo bem, temos recebido muitos telefonemas para você no escritório, pessoas querendo entrevistas. Tenho conseguido adiá-las, mas você é uma mercadoria em alta demanda no momento. Estou te dando espaço, já que esta é

MALEVOLÊNCIA

253

sua primeira vez, e continuarei fazendo isso, mas você precisará conversar com algumas dessas pessoas após o veredicto. Entendido?

Aceno e tento conjurar um pouco de animação, mas odeio o circo que a imprensa arma, e detesto fazer parte da máquina que torna meu trabalho mais difícil do que precisa ser. A imprensa existe, ao que parece, para glamourizar e explorar vítimas e réus, sem um cuidado com as implicações envolvidas na divulgação de informações ao público ou criando presunções injustificadas de culpa que são difíceis de desfazer.

Jack olha por cima dos ombros para o fundo da sala de audiências. A mídia está acampada do lado de fora das portas, lá no corredor.

— Vou acalmar os abutres. Você se concentra em terminar tudo e trazer uma vitória para casa.

— Vou fazer isso. Obrigada, Jack — Eu quero dar um abraço nele, mas sei que é totalmente inapropriado no contexto atual. Depois que tudo terminar, vou até a casa de Jack e Annabelle para o jantar, desta vez, com Alex.

Pensar no Alex me lembra de ligar meu celular e verificar as mensagens. Estou esperando uma chamada ou mensagem perdida dele. Ele deve estar se perguntando o que está acontecendo e quais são os meus planos para a noite.

Nada.

Entro no corredor que passa por trás da sala de audiências e ligo para Alex. Estou um pouco apreensiva caso, de alguma forma, eu tenha magoado seus sentimentos por não o manter atualizado.

— Oi, linda. — A voz de Alex me coloca imediatamente à vontade e leva um enorme sorriso ao meu rosto.

Adoro a maneira como ele soa quando estamos felizes, e me admiro como duas simples palavras vindas dele parecem trazer ordem à minha atual existência caótica.

— Oi, estamos em recesso, mas tenho que me encontrar com o Matt e o juiz para rever as instruções do júri. Não deve levar mais do que uma hora, no máximo. E aí terei acabado.

— Consegui assistir a uma parte do julgamento na TV esta tarde. Suponho que você tenha sido excelente, a julgar pelas notícias. Os comentaristas estão enlouquecidos.

Meu coração bate um pouco mais rápido, e meu pequeno sorriso se transforma em um sorriso completo. Ele parece tão entusiasmado. É um impulso para meu ego ele estar tão interessado na minha carreira.

— Você vai para o escritório depois da sua reunião com o juiz? — Sua voz ainda está tão positiva. Ele está dando o seu melhor para me apoiar, o que faz meu coração inflar ainda mais.

— Pensei em voltar para casa, trabalhar no meu encerramento de lá, se você puder ser meu ouvinte?

O silêncio preenche a linha e, na mesma hora, meu cérebro vai para um lugar escuro. *Talvez ele tenha feito outros planos com outra pessoa.*

— É claro, eu vou adorar te ajudar. — Há um pouco de admiração em sua voz.

Sou invadida pela culpa e a vergonha, e me sinto horrível por pular para uma suposição tão ruim. Ele não ajudou quando inventou aquela história estúpida sobre estar com outra pessoa, mas, além daquilo, quando ele estava chateado e bêbado, ele sempre me fez sentir como se eu fosse o centro de seu universo. Por que eu espero o pior, quando ele só me dá o melhor?

Tanto para aprender um sobre o outro.

— Ok, eu te ligo quando terminarmos aqui. — Faço uma pausa por um segundo. — Obrigada, Alex.

— Pelo quê?

Um nó se forma na minha garganta e eu o engulo com força.

— Por aturar esta bagunça. Está quase acabando.

— Estou trabalhando nisso. — Sua voz está baixa e rouca.

— Eu sei — sussurro, tentando manter as emoções sob controle. — Sou grata de verdade. Eu tenho que ir. Ligarei em breve.

— Tchau, linda.

Desligo, e pressiono o celular sobre o meu coração.

MALEVOLÊNCIA

CAPÍTULO 44

Recito meu argumento final pelo que parece ser a milésima vez, parando apenas para rabiscar notas na minha caderneta.

Alex está ao meu lado no sofá do seu escritório e passa os dedos pelo meu cabelo. Há apenas uma insinuação de sorriso em seu rosto.

— O quê? — pergunto.

— É fascinante ver você se preparar. É óbvio que você adora o que faz. Que é apaixonada por tudo isso. Seus olhos se iluminam e, de vez em quando, você solta um sorriso maldoso e escreve furiosamente. Gostaria de poder estar na sua cabeça.

Eu rio.

— Está óbvio que eu te enlouqueci de tédio. Já que você está gostando de me ver fazer anotações.

— Então, sobre isso, nada de computador? Você escreve tudo à mão?

Dou de ombros e sorrio para ele.

— Sim, eu sou da velha-guarda em algumas coisas. Escrever é uma delas. Eu escrevo tudo à mão. Em algum momento, transfiro notas e coisas para o computador, mas coisas como essa... — Levanto a minha caderneta contendo todos os meus argumentos. — Eu prefiro escrever. Me ajuda a memorizar melhor. Além disso, olhar para uma tela de computador o dia todo acaba com meus olhos. Juro, você vai ficar cego um dia desses com a quantidade de tempo que gasta olhando para o computador.

Monto em seu colo, coloco as mãos na lateral do seu rosto, olho em seus olhos, examinando-o. A sombra brilhante do azul é calmante, como se eu estivesse à deriva no oceano, sem me preocupar com absolutamente nada.

As mãos de Alex se movem para os meus quadris e descansam lá.

Eu o repreendo e balanço a cabeça.

— Vejo sinais preliminares de cegueira.

— É mesmo? Como você pode dizer isso? — Seus dedos contornam o cós da minha calça.

Minha pele se desmancha sob o toque dele.

— Porque eu só vejo a mim nos seus olhos.

— Isso é tudo o que você verá aí. Só você.

Meu coração bate como louco, e a corrente de sangue nas minhas veias me aquece. Mas sei que é apenas uma parte. Alex e suas palavras, seus sentimentos, eles fazem uma algazarra em meu coração e aquecem minha alma.

— Algum problema? — ele sussurra, e seus olhos nunca deixam os meus.

— Não para mim. Não faz muito pela sua reputação como o homem que toda mulher quer, e todo homem quer ser. Uma única mulher por muitas semanas? Com certeza eles vão confiscar sua carteirinha do Clube dos Manos.

Eu tento discernir o que estou sentindo no momento. Se continuarmos por este caminho, direi a Alex que estou me apaixonando por ele. Não tenho certeza se ele chegou lá ou mesmo se está pronto para ouvir, por ora. Tem muita coisa rolando. Depois que o julgamento terminar, podemos mergulhar nesse pântano.

— É Clube dos Homens, linda, e tenho quase certeza de que ainda sou membro. — Ele ergue uma sobrancelha, e abre um sorriso enviesado.

— Sim, sim, eu sei do Clube dos Homens, e concordo que você ainda tem a posse das suas bolas e que não as entregou a mim. Entendi. Estou falando do Clube dos Manos, clube menos conhecido, mas não menos importante para mulherengos, como você, que testam uma variedade de mulheres e nunca se decidem por um modelo.

— Você inventou tudo isso.

— É o que você acha. — Eu o cutuco de leve no peito.

— Sim, eu e todos os homens por aí. Não existe isso de Clube dos Manos. Ele passa os dedos pelas minhas costelas, e antes que eu perceba, ele está me fazendo cócegas.

Eu me contorço e tento me afastar, mas estou rindo incontrolavelmente.

— Admita! — diz ele. — Admita que você acabou de inventar isso.

— Nunca — guincho, entre ataques de riso.

O que o estimula ainda mais.

MALEVOLÊNCIA

Estou quase chorando, e sinto dor na lateral da barriga.

— Está bem, está bem! Arrego!

— Diga, Kylie — ele cantarola.

— Eu inventei. — Estou ofegando. Projeto o lábio inferior para fora e faço beicinho.

Ele desliza os dedos pelo meu cabelo e puxa meu rosto um pouco mais para perto.

— Se houvesse uma coisa como um Clube dos Manos, eu pularia fora sem nem pensar duas vezes, porque nunca haverá outra mulher para mim a não ser você.

Ele me mantém cativa com o olhar e, juro, nesse momento ele pode fazer o que quiser comigo. O homem é muito hábil na arte da sedução.

— Gosto demais de você, Alex Stone. — Encosto a cabeça em seu ombro e beijo seu pescoço. *Por que não podemos ficar assim para sempre?* — Tudo em mim, corpo e alma, é completamente seu. — Posso não ser capaz de dizer as três palavras exatas que estão em meu coração e na ponta da minha língua, mas espero que as que eu digo tenham o mesmo significado.

Alex está em silêncio, mas enterra o rosto em meu pescoço, me abraça com força e me puxa para perto.

CAPÍTULO 45

O juiz Riley conclui suas instruções ao júri e entrega oficialmente o destino de meu cliente a eles. Estou de mãos atadas. Não há absolutamente nada mais que eu possa fazer até eles chegarem a um veredito. A vontade de correr para o banheiro e vomitar está me dominando.

— Agora o quê? — pergunta Tony, com os olhos arregalados e o rosto pálido.

Aperto a mão dele para tranquilizá-lo.

— Agora, esperamos.

Alex entra pelo portão e me abraça.

— Você foi incrível, Kylie — ele sussurra no meu ouvido antes de me soltar. Ele passa por mim e estende a mão para o Tony.

— Como você está?

— Dando meu melhor, Alex. Obrigado por ter vindo. Agradeço o apoio.

Alex acena com a cabeça.

— Eu cobrei um favor e encontrei um lugar tranquilo para vocês esperarem o veredito. É perto, e a imprensa não será um problema.

Eu congelo e o encaro em total descrença. *Ele pensou à frente e encontrou um lugar para nós ficarmos? Nem passou pela minha cabeça fazer algo assim.*

Não importa quanto tempo eu passe com ele, esse homem nunca deixa de me surpreender e parece sempre saber do que eu preciso, exatamente quando eu preciso. É quase como se ele fosse uma parte de mim que está faltando, uma peça do quebra-cabeça que se perdeu debaixo do sofá e finalmente foi encontrada. Nós nos encaixamos com tanta perfeição que chega a ser assustador considerar como seria a vida sem ele.

Carl nos acompanha pelo elevador dos fundos, e entramos na garagem. Alex, Tony e eu nos acomodamos no banco de trás enquanto Lisa vai para o do carona, ao lado de Jake. Um SUV parecido sai na nossa frente, e eu observo enquanto ele desce devagar pelo quarteirão, uma miríade de imprensa correndo atrás dele. Eu rio, pensando como ficarão surpresos quando descobrirem que perseguiram o veículo errado e que nós não estamos nele.

Nós viramos na direção oposta e fazemos uma série estranha de curvas à esquerda e à direita, parecendo não ir a lugar algum. Finalmente encostamos na entrada de serviço do Queen Anne Inn, a apenas dois quarteirões do tribunal. Eu olho atrás de nós quando o portão se fecha para a área privativa do estacionamento nos fundos do hotel. Nenhuma van de notícias está nos seguindo. Jake é muito bom em manobras evasivas. Suponho que não é a primeira vez que ele tem que se afastar da imprensa e dos paparazzi.

Um homem baixinho de terno, gravata listrada e um lenço dobrado no bolso do paletó dá um passo à frente quando o SUV para.

Alex sai do veículo e aperta a mão dele.

— Alberto, é bom vê-lo novamente. Muito obrigado pela ajuda para nos acomodar em tão pouco tempo. — Alex se vira para mim e apoia a mão na minha lombar.

— Permita-me apresentar a Kylie Tate. Kylie, este é Alberto Consuelos. Ele administra o Queen Anne Inn.

Alberto pega minha mão e a beija.

— Srta. Tate, tenho visto você na TV a semana toda. É um grande prazer conhecê-la e recebê-los em nosso hotel.

Ele tem um sotaque espanhol que eu poderia ouvir o dia inteiro.

— Obrigada. É um prazer conhecê-lo também.

Alberto se vira e começa a caminhar para o hotel imenso.

— Vamos entrar antes que alguém repare em nós, sim?

Somos conduzidos através da cozinha e para o elevador de serviço. Alberto usa um cartão-chave e aperta o botão para o último andar.

É claro que o Alex providenciaria uma suíte de cobertura.

Usando o mesmo cartão chave, Alberto abre a porta da suíte e se afasta para nos permitir entrar. A suíte é de tirar o fôlego, muito charmosa, e é como se estivéssemos em casa.

As paredes dourado-claro contrastam com o piso de madeira escura, os móveis e a fachada da lareira. As janelas altas e estreitas tomam toda uma parede, cobertas por pesadas cortinas carmesim que foram puxadas para permitir a entrada da luz do sol e têm uma vista incrível para os prédios históricos, como o do tribunal e das igrejas que circundam a área. A sala ampla é separada em duas áreas distintas: uma grande sala de estar com um sofá e uma poltrona reclinável voltada para uma enorme TV de tela plana e uma área de jantar na outra metade.

A mesa do buffet ao longo da parede da sala de jantar está abastecida com sanduíches e saladas, bem como um par de pratos para servir cobertos. Há uma bandeja de sobremesa de três andares com biscoitos, bolos e morangos cobertos com chocolate.

— Srta. Tate — Alberto me chama —, sua área de café e chá está aqui, escondida neste recanto.

Eu olho para Alex, que apenas me dá uma piscadinha e sorri.

Ele pensou em tudo.

Alberto permanece por mais alguns minutos, garantindo que tudo esteja de acordo com as expectativas de Alex. Antes de sair, ele me informa que se eu precisar de alguma coisa, basta ligar para o seu escritório. Agradeço e sorrio enquanto ele pega minha mão e a beija mais uma vez.

Caminho pela suíte e vou até o quarto, Alex não está muito atrás de mim. Eu me viro, envolvo-o com os braços e pressiono meus lábios nos dele.

— Obrigada por fazer tudo isso, Alex.

— Tudo por você, linda. Você sabe disso. — Ele me puxa de volta para um beijo mais longo, mais profundo, mais apaixonado.

Eu absorvo a opulência do cômodo. Há uma cama king-size com edredom e travesseiros demais.

— Isso deve ter custado uma fortuna tão em cima da hora. Foi uma troca estritamente monetária, ou você teve que prometer algo mais?

— Foi uma quantia expressiva, mas eu tive que concordar em deixar o nome deles escapulir, também. Teremos que deixar escapar que você ficou aqui enquanto esperava o veredito. Nada vai acontecer na fachada do hotel até depois de você ter partido. Vou pedir para o meu pessoal de relações públicas para fazer uma declaração. — Alex me beija de novo, seus lábios provocando a pele sensível ao longo do meu pescoço.

— Melhor eles se coordenarem com as relações públicas do escritório para que haja consistência.

— Uhum.

— O que eu faria sem você, Alex Stone?

MALEVOLÊNCIA

Ele olha para cima e me encara, há um brilho malicioso neles.

— Uma pergunta melhor é: o que você planeja fazer comigo?

— Estranho você perguntar, porque estou compilando uma lista bastante extensa.

— É mesmo? Parece interessante. — Ele me atrai para outro beijo que me faz encolher os dedos dos pés. — Infelizmente, tenho que voltar para o escritório. Tenho uma chamada de conferência que não posso remarcar.

— Seu provocador — repreendo. — Tudo bem, mas, em algum momento no futuro, vamos reservar esta suíte, e experimentar esta cama…e talvez alguns outros lugares ao redor dela.

— Combinado. Até lá, tente relaxar. E coma alguma coisa, por favor. Tenho alguns planos para você quando tudo isso terminar, e vai exigir muita energia.

Eu o agarro pela gravata, e o puxo para mim.

— De novo, com a provocação. — murmuro, e lhe dou um beijo cheio de luxúria. Se ele vai me deixar aqui cheia de tesão, nada mais justo que retribuir o favor.

Eu me afasto.

Ele exala.

— Caramba.

— Mais tarde. — Dou uma piscadinha.

Voltamos para a área principal.

Alex aperta a mão de Tony e oferece conforto.

— A gente se vê em breve.

Ele me dá um beijo na bochecha, e ele e Jake saem.

Thomas chega e parte direto para o buffet, enche o prato com comida, e se junta a Lisa, Tony e eu à mesa. Não falamos do julgamento nem especulamos sobre as deliberações do júri. Em vez disso, Lisa e Thomas nos presenteiam com histórias de quando eram crianças e com as artimanhas infantis em meio à família grande.

No final da tarde, Thomas e Tony estão jogando um jogo de guerra excessivamente gráfico no Xbox. Lisa pediu ao escritório para enviar arquivos para o hotel e está digitando no meu notebook. Um depoimento de outro caso foi incluído nos materiais, que estou tentando ler sem muito sucesso.

Meu celular toca, e o quarto fica silencioso na mesma hora. Verifico o identificador de chamadas, e meu estômago revira.

— Kylie Tate.

A escrivã. Faço um cálculo rápido. O júri deliberou por cerca de quatro horas e meia. Meu coração se aperta. É terrivelmente rápido para um caso de pena de morte. Ela me passa as instruções, e eu desligo.

— O júri está de volta.

O rosto de Tony fica branco feito o de um fantasma.

Ele me encara, provavelmente tentando avaliar minha reação. Sem dúvida ele está se perguntando a mesma coisa que eu e chegando à mesma conclusão.

Não me parece nada bom.

Lisa está ao telefone com o escritório e informa Sarah de que o júri está voltando. Ligo para a recepção para pedir uma escolta até a entrada de serviço.

Uma nuvem negra paira sobre todos nós. Desesperada, procuro uma luz em meio à tempestade que escurece minha visão.

Envio uma mensagem para Alex.

Veredito. Muito cedo. Esperando más notícias.

MALEVOLÊNCIA

CAPÍTULO 46

Eu olho através da galeria e vejo Jack na primeira fila, inexpressivo. Nenhum dos outros advogados da cobertura está aqui. É uma indicação bastante clara de que eles pensam que é também uma causa perdida. Imagino que esteja circulando uma nova petição para que eu seja expulsa do último andar na segunda-feira de manhã.

— Todos de pé — o oficial de justiça avisa.

O juiz Riley entra na sala do tribunal e toma o assento.

— Fui informado de que o júri chegou a um veredito. Antes de chamá-los, eu gostaria de rever algumas regras básicas. Não haverá nenhuma espécie de manifestação na corte após a leitura do veredito. Se alguém se tornar inconveniente, eu mandarei a pessoa ser removida. Se o réu for considerado culpado, ele será imediatamente levado sob custódia. Se ele for considerado inocente, estará livre para ir após alguns procedimentos de encerramento. No momento, pedirei ao júri para entrar.

Carl pede a todos que se levantem novamente enquanto dois xerifes uniformizados assumem posições atrás de Tony. Ele se vira, olha para eles, e depois para mim.

Se o pior acontecer, e o veredito não estiver a nosso favor, os xerifes vão algemar o Tony num piscar de olhos, e prendê-lo no caso de ele tentar fugir.

Os jurados entram e ocupam seus lugares. Metade olha para Tony, e a outra metade olha para os próprios pés. Depois que todos estão acomodados, o juiz sinaliza para que nos sentemos.

Um latejar intenso sacode o meu peito e se espalha para a minha cabeça. É ensurdecedor. Cada músculo do meu corpo enrijece, e é difícil até mesmo respirar.

— O júri chegou a uma decisão? — o juiz Riley se dirige aos doze jurados.

Tony está com as duas mãos sobre a mesa, mas seus joelhos estão quicando, escondido de todos, exceto de mim. Para o júri, os espectadores e o público que assiste à TV, ele parece calmo e reservado.

O representante do júri se levanta.

— Nós chegamos, Meritíssimo.

Há um leve zumbido em meus ouvidos. O veredito é entregue ao escrivão, que o passa ao juiz. O tempo parece quase parar. Cada ação parece medida, o que só aumenta minha ansiedade e ainda mais meu já acelerado ritmo cardíaco.

O juiz Riley abre o papel dobrado e me olha por cima de seus óculos e indica que devemos nos levantar. Eu fico ao lado de Tony, sem mover um músculo e prendo a respiração. O juiz lê toda a declaração, mas na verdade são apenas as duas últimas palavras que importam. Parece que passam minutos, e sinto que posso ter um aneurisma antes de descobrir a resposta à pergunta que nos assombra.

— O júri declara o réu inocente.

O ar é sugado da sala. Eu encaro o juiz Riley, não tenho certeza se ouvi bem, e procuro algum tipo de indicação de que eu não perdi a cabeça. Ele simplesmente acena.

Sou inundada pelo alívio. O ato de respirar volta a ser simples. Eu me viro para o Tony.

Lágrimas escorrem pelo seu rosto e ele me puxa para um abraço de urso.

— Muito obrigado, Kylie. Eu te devo minha vida.

Sufoco as lágrimas e tento manter o profissionalismo.

O juiz bate seu malhete e pede ordem ao tribunal. Tony e eu estamos de pé, de braços dados, agradecendo silenciosamente ao júri.

Eu consegui. Eu ganhei.

MALEVOLÊNCIA

CAPÍTULO 47

Saio do elevador no último andar da Stone Holdings. A mesa de Amy está vazia, e as portas duplas para o escritório de Alex estão abertas. O santuário interno está abarrotado, mas ninguém está falando nada. Todos encaram uma das muitas TVs imensas que cobrem uma das paredes. O repórter relata o "veredito chocante no julgamento de Anthony Trevalis, suspeito de assassinato".

Eu me encosto à porta, tentando permanecer discreta, e vigio a sala. As pessoas estão hipnotizadas com o noticiário. Alguns levam a mão à boca, incrédulos. Ouço minha voz e percebo que estão repetindo a entrevista que dei nos degraus do tribunal.

Jake está lá dentro e me vê. Dou uma piscadinha para ele e levo o dedo aos lábios.

— Estamos satisfeitos, é claro, com o veredito do júri. Temos a esperança de que as autoridades policiais continuem a investigar o caso e prendam a pessoa que assassinou brutalmente Cindy Onstad. É claro que há mais aqui do que foi descoberto originalmente através da investigação mínima realizada pela polícia e a subsequente aceleração do julgamento por parte da promotoria a fim de condenar um homem inocente.

Alex está sentado à sua mesa assistindo atentamente à TV. Ele desliza o dedo pelo lábio inferior. Meus olhos estão transfixados em seu largo sorriso enquanto ele escuta minha declaração. Percebo o quanto desejo a aprovação dele. Ele acena ligeiramente com a cabeça e escuta minhas respostas às perguntas dos repórteres, e eu não posso deixar de sentir que consegui um feito enorme.

— Ei — alguém na sala grita alto e aponta para mim. — Eis a mulher do momento.

Todos se viram para mim, e a sala irrompe em aplausos. As pessoas apertam minha mão e me dão os parabéns. O calor sobe para as minhas bochechas. Nunca me senti confortável com a adulação e a atenção.

Ryan sempre me criticou pela minha incapacidade de aceitar elogios. Ele culpa meu pai por isso. Talvez ele esteja certo. Não é que meu pai tenha sido cruel em seus comentários, mas ele estava sempre muito bêbado para comentar de qualquer forma, positiva ou negativa.

As pessoas passam por mim e voltam para suas mesas.

Jake se aproxima e aperta minha mão.

— Parabéns, Kylie.

— Obrigada, Jake, mas eu preciso que você vá ajudar a Lisa com... o que quer que seja. Thomas pode levar Alex e eu para casa.

Jake sorri, mas olha por cima do ombro para Alex.

— Eu cuido do Alex — sussurro, e lhe dou uma leve cotovelada na lateral das costelas.

Jake acena com a cabeça e vai em direção aos elevadores.

Alex vem na minha direção e envolve seus braços ao redor da minha cintura.

— Estou muito orgulhoso, linda. Você foi incrível.

— Pensei mesmo que o júri estivesse indo para o outro lado. Eu quase desmaiei enquanto esperava o Riley terminar de ler o veredito.

— Eu nunca tive dúvidas. Você apresentou um caso sólido. Não havia outra coisa que o júri pudesse considerar. Eles tinham que declará-lo inocente.

— Obrigada, querido, mas preciso da sua ajuda.

Alex me espia, seus olhos me questionam e suas sobrancelhas se unem.

Dou um passo em direção a ele e pressiono meu corpo no seu.

— É um fato pouco conhecido que depois de ganhar um grande caso, preciso fazer sexo alucinante.

— Eu vou pegar as minhas coisas — Alex diz rapidamente, e começa a se afastar.

Eu o agarro pela gravata, convenço-o a voltar para mim e viro lentamente a cabeça de um lado para o outro.

— Não, querido. Tem que ser agora. Tipo, agora mesmo. — Meus lábios viajam para cima e para baixo em seu pescoço. Ele solta um gemido baixo, acendendo uma chama entre as minhas pernas.

— Aqui? — Sua voz é rouca.

— Aqui. Agora — Meus lábios encontram os seus e minha língua desliza sem qualquer esforço em sua boca.

Ficamos no beijo por um momento até que ele se afasta e caminha até as portas do escritório.

— Amy, segure todas as ligações, e ninguém deve me perturbar sob nenhuma circunstância.

MALEVOLÊNCIA

CAPÍTULO 48

Alex e eu saímos da Stone Holdings e nos deparamos com as câmeras sendo empurradas no nosso rosto e pessoas nos chamando e dizendo: "Olhem para cá."

Thomas agarra meu cotovelo e me puxa através dos paparazzi. A porta do SUV já está aberta, e ele me empurra para dentro do veículo antes que eu tenha a chance de entender o que está acontecendo. Thomas ainda precisa ser polido, fruto da juventude e inexperiência, mas ele está aprendendo os procedimentos de guarda-costas bem rápido.

Alex se vira no assento e fica de frente para mim.

— Você está bem? Eu deveria saber que a imprensa estaria esperando por nós.

Eu franzo a testa, e minha mente corre a mil por hora.

— Eu estou bem, mas o que está acontecendo?

Um sorriso arrogante invade o rosto dele.

— Kylie, agora você é um objeto de muito interesse. Você não viu a imprensa esta semana, e eu não queria adicionar ainda mais ao seu estresse, mas você é notícia de primeira página. A versão feminina sexy e brilhante de Perry Mason, pelo menos de acordo com um jornal, e quem sou eu para discordar? Além disso, a imprensa confirmou que você e eu estamos em um relacionamento e morando juntos. Receio que as coisas ficarão assim por um tempo.

— Aff. — Balanço a cabeça devagar. — Pelo visto, temos tido sorte até agora, não tendo que lidar com a imprensa. Nem pensei que eles estivessem interessados em nós.

Alex tira o cabelo do meu rosto e olha nos meus olhos.

— Bem, eles vão se entediar conosco e seguir em frente, mas podemos encenar um passeio e deixar que eles tirem algumas fotos para ficarem mais tranquilos, se você estiver disposta.

Que mundo estranho é esse que Alex vive. Sua vida é sempre digna de notícia e tema de conversas e julgamentos. Não é de se admirar que ele esteja atento sobre quais informações divulga para as pessoas. Embora eu suspeite que sua relutância em compartilhar seu passado doloroso tenha menos a ver com a falta de certeza de meus motivos e seja apenas medo de abrir a dor que ele mantém trancada.

Eu me aproximo, subo em seu colo e passo os dedos pelo seu cabelo

— Desde que não seja esta noite — sussurro.

Alex envolve os braços em torno da minha cintura. Seus lábios estão a um fio dos meus, e ele me provoca, seu hálito quente aquece todo o meu ser.

— Sem chance, querida. Hoje à noite, você é toda minha.

— Parabéns, Kylie!

Sou atingida pelos gritos de felicitações assim que entro na cozinha. O que me pega de surpresa, e eu dou um passo para trás, em direção à Alex. Suas mãos estão apoiadas nos meus quadris, e ele me encoraja a passar da porta, para que ele também possa entrar na cozinha.

A sala de estar está cheia de convidados erguendo taças de champanhe. Patty, com um olhar radiante e um sorriso no rosto, vem na nossa direção carregando duas taças de espumante. Ela me abraça e Alex se inclina para beijá-la na bochecha.

— Estamos tão felizes por você, Kylie. Você foi incrível — ela diz.

Meu cérebro fica confuso, e uma onda de calor atinge meu pescoço e invade minhas bochechas.

— Obrigada, Patty. — Mais uma vez, me sinto desconfortável com os elogios.

Will, que está com o braço em volta da cintura de Leigha, pigarreia. Ele é uma versão mais jovem de Alex, mas enquanto Alex tem olhos azuis penetrantes, os de Will são mais azul-esverdeados. E não são tão marcantes.

— Para Kylie, que redefine a imagem de uma advogada criminalista como sendo uma mulher sexy e inteligente, e Alex, por ter o bom senso de conquistá-la antes que alguém melhor a tirasse do mercado.

Patty bate no irmão nas costas.

Leigha oferece um "É isso aí!", e ergue a taça para mim. Ela e Will são ótimos juntos. Ambos são divertidos, descontraídos, mas tenho a sensação de que Leigha mantém o Will com o pé no chão.

— Obrigado, Will. Isso foi simplesmente… lindo… — Tomo o champanhe de uma vez só.

Alex faz o mesmo, e olha feio para o irmão.

— Vá se foder, Will.

Will solta uma gargalhada. Leigha me lança uma piscadinha e balança a cabeça.

A mesa está repleta de vários aperitivos. Patty foi com tudo. Ela parece ser a figura materna dos irmãos Stone. É amorosa e gentil e está sempre cozinhando ou assando, segundo Alex. Ela tem a alma tão bondosa, se irrita facilmente, mas tem um coração de ouro. Duvido que Patty já tenha dito uma palavra ruim contra alguém.

Muito diferente de sua mãe, Francine. Patty deve ter herdado a personalidade de Harold.

Will e Leigha trouxeram várias garrafas de champagne. Três vazias estão sobre o balcão da cozinha. Devem ter ficado um tempo esperando por nossa chegada. Eu deveria me sentir mal, mas gostei muito da rapidinha com Alex no escritório para lamentar o tempo que nossos convidados tiveram que esperar por nós.

Will abre outra garrafa, e de forma um tanto descuidada, reabastece a minha taça.

Roger, o marido de Patty, se aproxima de mim e tilinta a sua taça de champanhe na minha.

— Mandou bem, Kylie.

— Obrigada, Roger.

Roger é um cara tranquilo que parece estar totalmente ajustado à loucura da família, mas sem os problemas reservados às mulheres que namoram os homens Stone.

Ele se inclina e sussurra:

— Espero que você não se importe com a invasão. É coisa da Patty. Ela adora organizar encontros para fazer as pessoas se sentirem especiais, e tende a exagerar um pouco, mas é com a melhor das intenções.

— Não, isso é ótimo. Estou grata de verdade por todo o esforço dela.
— Sorrio, mesmo que ainda esteja um pouco decepcionada pelos meus planos de ir para a cama com Alex estarem em espera.

Patty se junta a nós, e eu passo o braço ao redor de seu ombro.

— Muito obrigada pela festa, Patty. Está fabulosa. Não acredito que você conseguiu fazer tudo tão rápido. Você é que é incrível.

Ela abre um sorriso bem largo, mas acena com as mãos, fazendo pouco do elogio.

— Imagina, mas estou feliz por você ter gostado. Queríamos que soubesse o quanto você significa para nós e o quanto estamos orgulhosos de você. Agora, vá pegar algo para comer.

Alex desliza os braços em torno da minha cintura, suas mãos se prendem na frente. Seu cheiro picante queima quando eu inalo, como a ardência de uma pimenta forte. Quente e delicioso, e isso desperta todos os nervos do meu corpo.

— Eu vou, mas acho que vou trocar de roupa primeiro. Passei a tarde morrendo de vontade de tirar esse terno e os saltos altos.

Alex acena com a cabeça, segura minha mão e me leva para longe antes que alguém mais possa me encurralar. Entramos no quarto, e ele fecha a porta. Tiro minha roupa, e quando chego ao closet, meu sutiã está no chão, e estou completamente nua.

As portas do closet fecham, a fechadura clica, e agora temos alguma privacidade muito necessária. Eu me viro para ficar de frente para ele, e passo os braços ao redor do seu pescoço enquanto ele move as mãos pelas minhas costas, puxando-me para o seu corpo nu. Nossa boca se choca enquanto as línguas lutam fervorosamente uma contra a outra pelo domínio. Somos uma massa de tensão e energia sexual, movendo loucamente as mãos sobre a pele, tentando sentir cada centímetro um do outro antes de passar para a próxima parte.

Caindo no chão, nós fazemos amor. Brusco. Rápido. Emocionante. Alex coloca as mãos nas laterais do meu rosto, e nos beijamos apaixonadamente enquanto nosso corpo completa sua dança sensual.

Enfim, Alex libera minha boca enquanto ofegamos. Ele apoia a testa na minha, e nós nos deitamos juntos, de olhos fechados, desfrutando os últimos momentos de nossa solidão.

— Mais tarde, a gente vai retomar daqui mesmo — digo.

Ele levanta a cabeça para me olhar nos olhos, um sorriso malicioso atravessa o seu rosto.

— Com toda certeza.

MALEVOLÊNCIA

CAPÍTULO 49

Minha taça de champagne volta a ser enchida, contorno a mesa de aperitivos. Aparentemente, ganhar um caso de homicídio com pena capital libera um apetite inexistente, porque estou faminta. Tudo está com a cara tão boa, e eu estou empilhando meu prato com duas porções de tudo enquanto vou petiscando.

Um braço escorrega na minha cintura e Leigha encosta a cabeça na minha. Obviamente, o champanhe a está deixando de pilequinho. Nós não nos conhecemos muito bem, mas eu gosto muito dela.

— Então... nada de Francine — sussurro. Não é uma pergunta, mas uma observação.

Leigha ri.

— Não. Mas não se preocupe. Ainda há muito tempo para ela assediar você.

Nós duas rimos um pouco mais alto do que esperávamos.

Continuo carregando meu prato com frutas, embora esteja ficando sem espaço.

— Ela é uma figura e tanto. Qual é o problema dela, afinal?

Nós vamos até os assentos perto da janela da copa, longe dos outros, que se reúnem na sala principal.

Ela leva uma azeitona à boca.

— Ela é superprotetora com os meninos, mas há algo diferente em como ela está reagindo a você. Eu acho que é porque ela, bem, todos nós. — Ela suspira. — Alex é extremamente distante, e não gosta de ninguém, e não tem nenhum interesse em sossegar com uma mulher. Acho que ela se apega a isso para justificar ele ser tão distante com ela. Ao que parece, ele nunca foi muito próximo dela.

Ela engole em seco e toma um gole do champagne.

— Então, ele aparece no jantar com você. Todos sabiam, no momento em que os vimos juntos, que Alex estava apenas esperando você entrar na vida dele. Eu nunca o vi tão feliz e tão relaxado... e divertido. Ele geralmente é distante, parece entediado, e não se envolve nas conversas. É como se ele não suportasse fazer parte da família. Não que nós o vejamos muito. Tudo isso mudou agora. Ficou bem claro no jantar, e desde então, que ele está completamente apaixonado por você. Eu acho que a velha Franny não consegue lidar com isso.

— Então ela me odeia?

— Não, eu acho que ela só precisa de tempo para se adaptar. Ela vai perceber logo que, sem você, Alex nunca se aproximará da família. Desde que você esteja na vida dele, ele estará na deles. De repente, é como se fazer parte de uma família não fosse mais um círculo do inferno que ele deve suportar. — Ela ri com um ronquinho e leva outra fritura à boca. — Não estou brincando quando digo que fazia tempo que não víamos o Alex. Estamos falando de meses. Agora, ele vai ver a Patty, fala com o Will pelo telefone e manda e-mails regularmente a ambos. Acho que ele ainda está tentando se resolver com a Ellie e só consegue aguentar as bobagens dela por pouco tempo. Mas tenho certeza de que eles vão descobrir como tratar um ao outro. No entanto isso não acontecerá se Fran te afastar. Esperamos que uma vez que o Alex supere a forma como ela está tratando você, ele esteja mais disponível para ela. Então, talvez a mulher coloque a cabeça no lugar.

Leigha acaba com o champanhe dela.

— Além do mais, todos nós amamos você, então, se ela quiser fazer parte da diversão, é melhor aprender a pelo menos gostar de você, ou fingir melhor quando estiver perto da gente. O Will e a Patty não estão dispostos a perder o irmão novamente por causa de Fran.

Eu pego a garrafa de champanhe na beira da mesa, reabasteço nossas taças e ergo a minha.

— À esperança.

Nós duas viramos o champanhe como se estivéssemos tomando shots e rimos feito menininhas, o que faz todos na sala olharem para nós.

Leigha agarra minha mão e nos põe de pé.

— Acho que devemos socializar.

Alex está sentado no sofá ao lado de Will, então coloco a garrafa de champanhe sobre a mesa de centro e me sento no chão entre suas pernas.

MALEVOLÊNCIA

Leigha imita minhas ações e se senta ao meu lado no chão, entre as pernas de Will. Alex me pede o champagne e reabastece as nossas taças antes de encher a dele e a de Will.

Olho de relance para Leigha. Graças a Deus, parece que tenho uma amiga que está passando pelos mesmos problemas de relacionamento que eu.

O restante da noite é passado rindo e conversando enquanto esvaziamos todas as garrafas de champanhe que Will trouxe, bem como algumas da reserva particular de Alex.

À meia-noite, Alex e eu acenamos para os carros se afastando da casa. Nós voltamos a entrar e vamos para o quarto. Eu me atiro na cama, enquanto Alex vai para o banheiro.

Ele retorna com um copo de água e uma aspirina.

— Melhor você tomar, linda.

Eu rolo na cama e me sento.

— Você bebeu muito champanhe hoje à noite.

— Humm… sim, mas foi muito divertido. Tipo, eu não abriria mão de uma noite de sexo com você por nada nesse mundo. — Me deito e apoio a cabeça no travesseiro.

Alex recolhe as roupas que descartamos apressadamente no início da noite.

— Você e Leigha pareceram se dar bem. — Ele me olha de soslaio.

— Ela é muito engraçada. Eu gosto dela. Temos muito em comum.

Ele suspira e dá de ombros.

— O quê? — pergunto. — Existe algum problema com o fato de sermos amigas? Você tem medo de que ela divulgue todos os segredos da sua família? — Levo a mão à boca, com horror fingido.

Alex faz careta e estreita os olhos.

Eu me sento e o puxo para a cama ao meu lado.

— Lindo, eu só estava brincando. Ela e eu falamos da Francine. Leigha acha que sua mãe logo vai aceitar a mim e a situação. Eu juro, Alex, nunca vou tentar tirar vantagem da sua família, ou tentar obter informações sobre seu passado por trás das suas costas. Eu posso esperar até você estar pronto para falar de tudo isso.

— Eu sei, linda. — Ele acaricia a minha mão com o polegar. — E eu sei que meus demônios são uma fonte de contenda entre nós. Você tem todo o direito de se sentir mal por eu não me abrir sobre meu passado. Eu me castigo diariamente por não ser forte o suficiente para te contar. Você não tem ideia de como eu estou admirado com você. Você é tão forte; assumiu o controle de seus medos.

— Você me deu essa força, Alex. Eu nunca teria sido capaz de me abrir sobre o que John fez comigo sem você aqui me segurando tão forte, sem ter a consciência de que nada poderia acontecer a mim nem me machucar enquanto eu estivesse em seus braços. E quando você se sentir seguro comigo, isso vai acontecer. Sei que você pensa que eu não posso nem deveria ser tão forte para você. Mas me deixe te perguntar algo, embora eu realmente não queira uma resposta. Pense sobre isso. Como você se sentiu quando eu o deixei entrar? Posso garantir, é assim que eu me sentirei. Como eu quero me sentir. Eu quero te ajudar a se curar tanto quanto você me curou. — Eu o beijo de levinho e depois recuo para olhar nos turbulentos mares azuis de seus olhos.

Ele deixa cair seus ombros.

— Todos os dias, chego um passo mais perto. Não tem nada a ver com não confiar em você, Kylie, e tudo a ver com perder a mim mesmo no processo. Eu sou quem sou por causa do que tenho trancado. Me assusta pensar em quem me tornarei quando esses demônios forem soltos.

Esta é uma grande confissão para ele. Alex Stone não admite muitas vezes fraqueza nem medo. Meu coração se eleva e eu quero guardar esse homem dentro de mim e mantê-lo seguro.

— Você será uma pessoa melhor, mais forte, querido. Os demônios não fazem de você quem você é. Eles te mantêm no escuro e não permitem que você confie em nada nem ninguém. Não os deixe mais mentir para você, Alex. Você não será fraco porque eles são; será muito mais forte, porque eles não vão mais te deter.

Ele sorri para mim, mas é com hesitação, e sei que ele não está totalmente de acordo com o meu ponto de vista. Ele não está pronto, e eu não posso forçar. Além do mais, estou alterada demais para lutar contra dragões ou demônios esta noite.

— Quanto a Leigha, eu gosto dela, e ela gosta de mim. Nós somos os elos externos da sua família. Portanto vamos ser amigas. Melhor você aceitar de uma vez.

Alex se inclina.

— Estou feliz que você esteja se entendendo com minha família. Só não gosto de te dividir. Você é meu tesouro precioso. E, sim, estou consciente de que estou sendo completamente egoísta. Planejo melhorar nessa parte, e espero que você me perdoe.

Ele me agarra pela nunca, e puxa meus lábios para os dele com força

MALEVOLÊNCIA

e luxúria. Permanecemos no beijo por um momento, enquanto o calor líquido escorre através de mim.

— Hum... você está completamente perdoado — murmuro, minha cabeça que já estava leve me faz flutuar através das estrelas e embaça minha visão.

Alex está de pé e vai até o closet, carregando as nossas roupas.

Eu respiro fundo e sorrio. Estou incandescente de felicidade. Minha vida agora é composta de pequenos sinais de afeto, dados sem pensar, que significam muito para mim. Alex é diferente de qualquer homem que eu já conheci, qualquer homem por quem eu pudesse até sonhar em me apaixonar. E eu nunca, nem em um milhão de anos, teria acreditado que um homem como este, tão forte, porém gentil, dominante e, ainda assim humilde, encontraria em mim algo pelo qual valesse a pena lutar. Comecei nesta relação tentando manter uma perspectiva de copo meio cheio, mas esperando que tudo derramasse a qualquer momento. Agora eu sei que meu copo está transbordando, e tudo por causa de Alex.

Podemos não ter tudo, mas temos muito mais do que eu pensava, e estou disposta a esperar pelo resto.

CAPÍTULO 50

A luz da manhã inunda o quarto. Alex está dormindo de barriga para cima, roncando baixinho. Eu me deleito na maravilha que é a sua beleza. Eu poderia olhar para ele o dia todo, e luto contra a vontade de tocá-lo, não querendo acordá-lo. Devo ter caído no sono enquanto Alex pendurava nossas roupas ontem à noite. Ele me deixou de blusa e calcinha, mas tirou meu short.

Sempre cuidando de mim.

Saio com cuidado da cama, e entro no closet sem fazer barulho, visto uma calça de pijama e uma camisa limpa, e saio do quarto na ponta dos pés.

Jake já começou a passar o café.

— Obrigada, Jake — murmuro baixinho e pego no armário a minha caneca favorita... a maior, claro.

O jornal está em cima do balcão. Uma foto enorme de Tony e eu nos abraçando preenche a página, com a legenda INOCENTE debaixo dela. Pego o jornal e me sento em um dos bancos altos do balcão.

Jake passa por mim, vestindo bermuda cargo e camisa, com uma caneca de café em cada mão.

— Bom dia, Kylie. — Ele pega a jarra da cafeteira e enche as duas canecas.

— Bom dia, Jake — cantarolo, com uma voz muito meiga.

Ele me encara, uma sobrancelha se mexe.

— Duas doses de cafeína esta manhã? Um copo não vai esfriar enquanto você bebe o outro? — Inclino a cabeça para o lado, sarcasticamente inquisitiva. Tenho quase certeza de que minha assistente, Lisa, está lá em cima, esperando-o voltar.

Ele sorri.

MALEVOLÊNCIA 277

— Olha só... você é engraçada. — Ele volta para o corredor, indo em direção ao seu apartamento particular.

— Diga a Lisa que eu mandei oi — falo.

Alguma coisa entre um bufo e um grunhido vem pelo corredor. Vou interpretar como uma afirmação da parte de Jake.

Folheio o jornal e encontro uma foto de Alex e eu saindo do escritório dele, junto com uma foto de nós nos beijando. É um beijo simples, e pelo aspecto do meu terno e pelo cenário da foto, foi tirada fora do meu escritório durante o julgamento, provavelmente em uma das noites em que Alex me deixou lá depois de eu sair do tribunal.

Alex entra na cozinha e se posta atrás de mim, com os braços em volta dos meus ombros, e me beija o pescoço.

— Bom dia. — Viro a cabeça para lhe dar um beijo suave nos lábios.

— Bom dia, querida. Por que você não me acordou quando se levantou? — Alex caminha até a cafeteira.

Mesmo de camisa branca e calça de pijama, ele exala confiança e sensualidade. O tecido leve se apega de forma provocadora ao seu traseiro. Eu mordo o lábio e desejo ter me aproveitado dele na cama, dormindo ou não.

— Você parecia tranquilo, e depois da semana que acabamos de ter, achei que você poderia dormir um pouquinho.

Alex me encara, bebericando o café.

— Obrigado, linda, mas odeio acordar sem você lá. Você é sempre a primeira coisa que eu quero ver quando abro os olhos.

Deslizando do banco, vou até ele, coloco minhas mãos em seus quadris e me inclino para beijá-lo.

— Não me esquecerei disso, meu namorado não romântico altamente romântico.

Pego uma caixa de cereal de chocolate no armário, o meu favorito, e uma nova aquisição por parte da Maggie, a meu pedido. Foi especial para mim quando eu estava crescendo, algo que eu conseguia comprar economizando um pouco mais. Encho uma tigela, adiciono muito leite e depois pego uma colher e me sento no balcão, de frente para Alex.

— É por causa de você que agora temos cereal de criança em casa? — Alex sorri e balança a cabeça.

— Esse é do bom, gato. Quando foi a última vez que você comeu cereal de chocolate? — Levo uma colher à boca, tentando não derramar leite pelo queixo.

Alex se move na minha frente, posicionando-se entre as minhas pernas, e coloca as mãos nos meus joelhos.

— Provavelmente quando eu tinha cinco ou seis anos.

— Deus, criatura! Esse prazo está mais que vencido!

Coloco uma colher cheia de cereais em sua boca e os olhos de Alex dançam e brilham. Eu o amo assim todo brincalhão e relaxado.

— Viu? Bom, né? — Pego outra bem cheia para mim.

Alex ri enquanto limpa o leite do meu queixo, e eu lhe dou outra colherada. Ele se inclina e rapidamente me beija, e eu rio e me contorço. Olho triste para a tigela de leite, que agora está sem cereais. Alex estende a mão para o lado do balcão para pegar a caixa de cereais e reabastece a tigela.

— Eba! — comemoro. — O que temos programado para hoje? — pergunto, com a boca cheia.

— Bem... — Alex termina de mastigar e engole. — Você precisa de um carro. Pensei que podíamos dar uma olhada e ver o que há por aí. A menos que você prefira outro Jeep?

— Eu amava o meu Jeep, e era o que eu queria na época, mas acho que estou pronta para algo um pouco menor e mais esportivo.

— Certo, podemos testar alguns carros e ver de qual você gosta.

Coloco a tigela no balcão, envolvo meus braços ao redor do pescoço de Alex e o puxo para um beijo.

— Que ideia maravilhosa, querido — sussurro —, mas, agora, eu tenho uma necessidade muito específica que só você pode satisfazer.

Aperto minhas pernas ao redor da cintura dele.

Ele me afasta do balcão.

— Seu desejo é uma ordem, Srta. Tate. — E me carrega até o quarto.

O Maserati sai pelo estacionamento e Alex pisa de leve no acelerador.

— Então, a Mercedes ainda está no páreo. A BMW está descartada, e você não vai nem mesmo considerar a possibilidade de fazer um test-drive em um Lexus. Isso resume tudo?

Eu concordo. Uma concessionária atrás da outra se estende pela estrada. Tem que haver algo aqui que me chame a atenção. Eu vejo e aponto.

— Porsche.

Alex me olha de rabo de olho, suspira e segue para o estacionamento.

— Não é o que eu teria escolhido para você, querida.

Dou de ombros.

— Que bom que você não está escolhendo para mim, então.

— Não tenho certeza se são o tipo de carro esportivo que é mais seguro nas ruas.

Os pelinhos da minha nuca se arrepiam. Quase sinto minha independência escapulindo.

— E um Maserati é? — pergunto. — Ou você está insinuando que só porque eu sou mulher não consigo lidar com o poder de um Porsche ou de um Maserati?

Ele estaciona em frente ao showroom da Porsche, sai e vem para abrir minha porta. Ele não responde.

Homem inteligente.

Três vendedores logo se aproximam de nós, salivando ao se aproximarem de Alex. Eu vou em direção aos carros em exibição, analiso o que cada um oferece e deixo Alex lidar com as hienas famintas.

Cerca de três quartos do caminho pela primeira fileira de carros perfeitamente espaçados entre si, eu o vejo. É o carro que tem me chamado; um Porsche 911 Carrera S azul-metálico com interior em bege-claro, conversível. Eu estou diante dele, desesperada para abrir o capô e sucumbir à maestria da engenharia alemã.

Eu estou apaixonada.

Alex aparece atrás de mim e coloca as mãos nos meus quadris e o queixo no meu ombro.

— É este?

— Ah, sim. — Eu quero me sentar atrás do volante deste exemplar incrível de alta performance e velocidade. Estou mais do que disposta a testar se ele pode realmente ir de zero a cem em apenas quatro ponto três segundos e ir além dos limites da velocidade máxima registrada de trezentos quilômetros por hora.

Alex se volta para o jovem vendedor que o seguiu como um cachorrinho.

— Gostaríamos de levar este para dar uma volta.

— Será um prazer, senhor — responde o jovem. Ele me ignora completamente.

Olho para o Alex e reviro os olhos. É a terceira vez que isso acontece hoje, e estou ficando cansada das suposições de que estou aqui apenas para ajudar Alex a escolher uma cor bonita.

— Bem, Scott — Alex diz —, não é para mim. É para ela. E eu estou disposto a apostar que ela entende mais sobre este veículo e suas especificações do que você. Acho que podemos fazer o test-drive sem um acompanhante.

— Sinto muito, senhor, mas é política da empresa acompanhar os motoristas durante o test-drive. Mas eu ficaria feliz em levar cada um de vocês separadamente — diz Scott.

Está claro que ele não tem ideia de quem é o homem à sua frente, ou do poder que ele exerce. Quase sinto pena de Scott, mas gosto muito do espetáculo.

— Scott, vou te deixar a par de algumas informações da minha vida. Você viu o carro em que eu cheguei? Ele foi pago em dinheiro, à vista. Tenho certeza de que posso comprar metade do seu estoque, se eu quiser. Não vou roubar o carro. Se eu o bater, eu o comprarei. Não precisamos que você nos acompanhe. Entendo, entretanto, que você está apenas seguindo as regras da empresa. Por isso quero que você vá procurar seu gerente e peça a ele para vir falar comigo.

Alex é calmo e agradável, e estou tentando manter a compostura, mas quero muito cair na gargalhada.

— Sim, senhor — Scott diz —, mas ele lhe dirá a mesma coisa, infelizmente.

— Entendo. Bem, eu acho que vou tentar de qualquer maneira. Se você puder, basta dizer que Alex Stone gostaria de trocar uma palavrinha com ele. Eu não tomarei muito tempo.

Saio para a rua com Alex ao meu lado. A maior parte da equipe de vendas nos vigia, boquiabertos.

Eu piso no acelerador. Os pneus guincham, e eu me dirijo para uma pista livre.

— Aperte o cinto, lindo, e se segura. É hora de dar um show.

Já estou a cento e cinquenta quilômetros por hora quando chego ao próximo quarteirão. A performance do carro é um sonho. É quase melhor do que eu imaginava, e tenho uma imaginação ativa quando se trata de carros velozes.

Eu vou para a rodovia. Antes de me dar conta, estou a duzentos por hora, e o carro nem se esforça. É como se eu estivesse a oitenta.

MALEVOLÊNCIA

Faço ultrapassagens sem qualquer esforço e transito pelas quatro faixas. Alguns quilômetros acima da estrada, decido encostar com a intenção de deixar Alex passar algum tempo atrás do volante.

Ele balança a cabeça.

— A vez é sua, linda. Estou feliz como passageiro.

Eu dou uma olhada rápida no painel, buscando um dispositivo em particular. Prendo o cabelo em um rabo de cavalo e aperto o botão. A parte superior se abre e se dobra eficientemente no compartimento traseiro.

Alex sorri de orelha a orelha, e eu só posso supor que o dele espelha o meu. Verifico o tráfego pelos retrovisores laterais, e volto para a estrada.

Estaciono ao lado do Maserati, e recolho a capota. Alex tranca as portas, nos dando tempo para conversar antes de os predadores caírem matando, boca salivando e presas à mostra.

— O que você acha? — ele pergunta.

— Eu gosto. É divertido de dirigir, sem dúvida. É tudo o que eu pensava que seria e muito mais. O que você acha? — Estou apreensiva que ele tente me dissuadir de comprar o Porsche, preferindo a classificação de segurança do Mercedes.

— Eu acho que você fica sexy pra caramba dirigindo este carro, linda, e se você não o comprar, eu compro. Aí farei você conduzi-lo só para eu poder ter uma ereção só de olhar para você.

Eu o encaro, momentaneamente tomada de surpresa até absorver suas palavras. Ele ri, pega a minha mão e a beija.

O calor aumenta bem no meio do meu coração e flui através do meu corpo. Eu me inclino, e o beijo, em seguida ele destrava as portas para fechar o negócio.

CAPÍTULO 51

Estupidamente feliz, joguei as chaves do Maserati para Alex quando entramos na cozinha. Jake e Thomas estão encostados em balcões opostos, nos seguindo com os olhos.

— Você dirigiu o Mas? — Thomas me pergunta, inusitadamente casual na frente do Alex.

Alex tende a deixar Thomas desconfortável e nervoso, então o rapaz costuma ser muito formal e profissional quando Alex está por perto. Depois de passarmos mais tempo juntos, já que Thomas é quem está designado para me proteger, ficamos mais descontraídos e amigáveis um com o outro.

— Dirigi até cansar — respondo a Thomas na mesma hora.

Jake toma uma gole de sua garrafa de água.

— Você encontrou um carro novo, Kylie?

Eu amo o ambiente descontraído da casa esses dias. Parecemos uma família estranha, nada convencional, o que me cai como uma luva.

— Encontrei. — E o sorriso bobo volta ao meu rosto.

— Bem, conte a eles o que você comprou. — Alex olha para Jake.

— Porsche Carrera. Conversível.

Thomas se inclina para a gente trocar um soquinho.

— Ca-ra-ca. Está aqui?

— Não, a gente precisou encomendar. Alex insistiu em algumas atualizações de segurança. Espero que ele chegue daqui a alguns dias.

Eu olho para Alex, que está tendo uma conversa telepática com Jake. Estou me acostumando com isso também, mas odeio quando estou sendo tratada como uma criança com os dois adultos tendo uma conversa particular da qual não posso fazer parte.

MALEVOLÊNCIA

Thomas aponta para uma caixa no balcão.

— Você recebeu um pacote de Nova York, Kylie. Chegou enquanto você estava fora.

— Excelente. Deve ser uma surpresa do Ryan e do Paul.

A etiqueta é gerada por computador, o que não é do feitio de Ryan, que ainda prefere o toque pessoal de notas manuscritas, mesmo que sejam etiquetas de correio. Mas não perco muito tempo pensando nisso, preocupada apenas em descobrir o que eles enviaram. Tiro a fita de embalagem da caixa e a abro. Dois pedaços de papel estão virados de cabeça para baixo, logo os tiro da frente e os deixo sobre o balcão, animada para descobrir o que está lá dentro.

Um olho castanho em uma cama de pele preta me olha fixamente. Vidrado. Sem ver. Sangue, preto e ameaçador, cobre o corpo desmembrado do gato branco com uma mancha preta sobre um olho que atravessou na minha frente naquele dia que fui correr e desci até a praia.

— Ai, meu Deus. — Eu salto para longe da caixa, atirando-a de volta no balcão. Meu estômago revira, e eu puxo grandes porções de ar para controlar a ânsia de vômito. Não dá certo, e eu vomito na pia, salpicando a bílis no aço inoxidável.

Alex, Jake e Thomas correm para a caixa e olham lá dentro.

— Que porra é essa? — Alex grita.

Jake pega as folhas de papel que eu descartei precipitadamente e passa os olhos por elas antes de entregá-las a Alex.

— É o gato — murmuro, limpando minha boca com a palma da mão. — Estava na trilha quando eu fui correr no outro dia. Eu quase tropecei nele. Eu me lembro dele por causa da mancha em torno do olho.

Jake e Thomas estão espreitando a caixa enquanto Alex olha os papéis.

— Quem faria isso, Alex? — pergunto, procurando em seu rosto uma resposta que faça sentido.

Alex me entrega uma das folhas de papel.

— John.

Um frio glacial me envolve. Minha mão treme descontroladamente enquanto eu pego os papéis com ele. Há uma foto minha quando eu estava na praia no início da semana. Estou de joelhos depois de ter colapsado, chorando.

Escrita em tinta vermelha, está uma mensagem:

> *Você é a próxima, vadia!*

— Foi no dia que eu fui correr, o dia em que machuquei a perna. — Lembro-me de ter a sensação de que estava sendo observada, e de que, por um segundo, considerei que poderia ser o John, mas concluí que não havia como ele entrar na propriedade. Acho que eu estava errada. Muito, muito errada.

Olho para a outra folha na mão de Alex.

— O que é? — pergunto, estendendo a mão para pegá-la.

Ele a puxa para longe.

— Alex, deixe-me ver.

Uma linha sinistra cruza a boca dele. Com relutância, ele me entrega a outra foto. Esta mostra Alex com um X vermelho sobre ele.

— Não. — Balanço a cabeça, como se isso fosse fazer desaparecer a ameaça contra Alex. A pressão se acumula em meu peito, como se um peso de cem quilos estivesse em cima do meu coração.

Alex arranca as fotos da minha mão e as empurra para Jake.

— Ligue para o Reyes e fale para ele vir aqui.

— Não toque na caixa. Pode haver impressões digitais nela. — Minha voz treme. — Devemos ter destruído as que ainda estavam nas fotos. Não que eu ache que John tenha deixado algo que o ligue a isso. O homem é muito esperto para isso... se for pego, não conseguirá chegar até mim.

Alex segura o meu rosto.

— Vai ficar tudo bem, Kylie. Ele não vai chegar nem perto de você.

Encaro Alex. Eu não me importo comigo mesma. John virá sempre atrás de mim... Eu sou o prêmio que ele deve ganhar a qualquer custo. A ideia de John machucar Alex de alguma forma, por minha causa... isso eu não posso suportar. Nem vou deixar acontecer.

Alex e eu nos sentamos à mesa em frente ao sargento Reyes e ao sargento Carter. Mais uma vez, eles pegam nossos depoimentos e coletam informações sobre John. Carter rabisca em seu bloco de notas enquanto

Reyes olha de uma foto para a outra, agora protegidas por sacos plásticos transparentes.

Reyes está menos belicoso com Alex, o que me deixa mais à vontade. Ele empurra a foto de Alex para nós e, com relutância, olho para ela. A náusea volta a me atingir com força total. Cubro a boca. John está planejando matar o único homem que eu já amei. A única pessoa sem quem eu não posso viver.

— Alguma ideia quanto ao ângulo de onde esta foto foi tirada, Sr. Stone? — pergunta Reyes.

— Parece que no corredor do lado de fora da sala de audiências antes da declaração de abertura da Kylie no julgamento do Trevalis.

Uma onda de tensão se apodera de mim.

— Como o John passou pela segurança? Todos o conhecem lá. Não foram informados de que expediram um mandado de prisão para ele? — Olho para Reyes, como se fosse culpa dele.

— Sim, Srta. Tate. — Reyes diz, com calma. — Todas as informações foram passadas. Eu te prometo que chegarei ao fundo desse assunto e descobrirei o que aconteceu.

Alex segura a minha mão e a aperta para me passar tranquilidade.

Volto a olhar para a foto de Alex. Um nó se forma na minha garganta. Ele está completamente alheio ao fato de que um louco estava perto o suficiente para tirar sua foto enquanto planejava sua morte.

O bilhete. O que apareceu na mesa da defesa durante o julgamento. O que eu fiz com ele?

— Eu já volto — digo a eles, e vou pelo corredor até a biblioteca, onde deixei a minha maleta. Remexo lá até encontrar o envelope vermelho. Pego um lenço de papel da caixa que fica sobre a mesa ao meu lado e, com cuidado, seguro o canto do envelope e o tiro da maleta.

Volto para a cozinha e coloco o envelope sobre a mesa na frente de Carter.

— Estava esperando por mim após o recesso durante o julgamento. Só me lembrei dele agora. É do John. Eu reconheço a letra.

— Que merda, Kylie? — pergunta Alex.

— E por que você não relatou quando aconteceu? — Reyes está me encarando, inexpressivo, o que não é incomum para ele.

— Eu estava concentrada no julgamento. Tive que interrogar uma testemunha-chave e precisei me esquecer desse bilhete. — Olho para Alex. —

Eu o deixei na minha bolsa para falar com você mais tarde naquela noite, mas esqueci. Tanta coisa estava acontecendo... — Olho além da mesa, para Reyes. — Forcei minha cabeça a se concentrar no julgamento.

Reyes e Carter saem com os sacos de provas e nossos testemunhos devidamente tomados. Alex, Jake e Thomas se amontoam no escritório, falando baixo para que eu não possa ouvi-los.

Eu vagueio pela biblioteca e navego pelos livros, mas minha mente está a um milhão de quilômetros de distância. Vários cenários de como John pode chegar até Alex passam pela minha cabeça. Eu a balanço, respiro fundo e tento afastá-los. Mas não importa o quanto eu tente, o pavor que permeou todas as facetas do meu corpo, do meu coração e da minha alma, não diminuirá. Minha cabeça está latejando, e a náusea não para de revirar o meu estômago. A cada batida do meu coração é como se a mão do diabo estivesse espremendo a vida de mim.

O ar se desloca na sala. Alex se levanta atrás de mim e coloca as mãos sobre os meus ombros.

— Você está bem, linda? — Ele beija a parte de trás da minha cabeça, sua voz se abafa levemente no que seus lábios se encostam no meu cabelo.

Eu me viro para encará-lo, e meu coração desmorona. As linhas em sua testa se aprofundaram. Essa situação está causando tanto estresse e medo. Não é justo para Alex. Ele não deveria ter que pagar por meus erros.

— Eu estou bem.

Minha tentativa de diminuir seu mal-estar funciona, pois ele sorri para mim e passa as mãos pelos meus cabelos.

— Tudo bem, vou trabalhar um pouco no meu escritório, e à noite sou todo seu.

Envolvo meus braços em torno de sua cintura.

— Verdade? Para eu fazer o que eu quiser? — Beijo o pescoço dele.

— O que quer que seu coração, ou qualquer outra parte, deseje.

Rio quando ele puxa meu queixo para cima e me beija. Quando ele se vira para sair, meu coração afunda. Uma tristeza esmagadora brota em mim com a perda de sua presença. É uma tolice, eu sei, já que ele vai estar no cômodo ao lado. Ele passa pelo corredor e desaparece da minha vista. O caroço na minha garganta fica ali, não importa o quanto eu o tente engolir.

Voltando minha atenção para a estante, agarro *A Abadia de Northanger*, um dos meus clássicos favoritos de Jane Austen. Já o li centenas de vezes, e agora preciso de algo familiar para deter a avalanche de ansiedade dentro de mim.

MALEVOLÊNCIA

Depois de me revirar no divã várias vezes na tentativa de encontrar uma posição confortável, finalmente me levanto e atravesso o corredor para ir ao escritório de Alex. Preciso estar próxima a ele. Alex está olhando fixamente para a tela de seu computador, absorto no que quer que esteja lendo. Eu o absorvo, me maravilhando com o quanto este homem é bonito e perfeito, mesmo em suas imperfeições.

Depois de um momento, ele me olha, sorrindo, mas suas sobrancelhas estão franzidas.

— O que foi, querida?

— Nada. — Eu me afundo em uma das cadeiras de couro. — Perturbarei você se eu ler aqui?

Os olhos de Alex se iluminam.

— Claro que não.

Eu me aninho na cadeira, puxo as pernas para cima, e abro o livro. Uma espécie de paz vem sobre mim com nossa proximidade. Preciso vê-lo, sentir a mudança no ar sempre que estamos perto, ouvir sua respiração.

Nunca teria imaginado que este homem seria minha tábua de salvação, a entidade calmante que tenho desejado durante toda a minha vida. Mas aqui está ele, alguém a quem o mundo vê como um homem de negócios astuto, um mulherengo e um almofadinha. Mas eles não veem quem ele realmente é. Isso é privilégio meu. E provavelmente nunca entenderão que ele está longe do homem que imaginam que ele seja, nunca entenderão como eu poderia me apaixonar por ele, como ele é tudo de que eu sempre precisarei.

Meus olhos ficam pesados, e o peso dos acontecimentos da tarde finalmente cobram o seu preço. Tantos pensamentos passam pela minha mente, visões que jamais quero que sejam concretizadas. Quero desligar meu cérebro, desligar tudo e escapar da realidade por um tempo. Dormir me oferece esse adiamento, e enfim me deixo levar, sabendo que Alex está seguro, a apenas alguns metros de distância.

CAPÍTULO 52

Alguém está me observando. O olhar queima em mim, mas não consigo ver quem é. Ao percorrer as trilhas nos arredores da propriedade, meus olhos vão de uma árvore à outra. Mas a folhagem é muito densa e é impossível distinguir um corpo através da cortina escura.

Minha respiração fica mais acelerada, assim como meu ritmo. O caminho de terra marrom abaixo dos meus pés começa a escurecer. Há uma substância espessa que eu não consigo dizer o que é. Meus sapatos estão cobertos de algo vermelho e pegajoso. Um cheiro metálico flutua no ar.

Sangue fresco.

Abafo um grito, saio da trilha e corro ao longo da lateral dela.

Tento localizar o que perdeu tanto sangue.

E então vejo mais à frente na trilha. Pernas. Vestidas em calça cinza-escuro, deixadas ao acaso ali. Uma grande poça de sangue encharca a terra.

À medida que me aproximo, procurando a quem pertencem as pernas, não me deparo com nada. A parte superior do corpo foi arrancada na altura da cintura.

Tropeço e quase caio. Eu me seguro antes de bater no chão. Não consigo parar, mesmo que tudo em mim esteja me dizendo para abandonar esta jornada. Eu deveria, mas algo me faz seguir em frente. Forçando-me a confrontar a verdade.

Cambaleando pelo caminho, eu me concentro em uma camisa branca com a barra embebida em sangue. As entranhas, outrora bem embaladas e compartimentadas dentro do corpo, foram espalhadas pelo caminho, inchadas e horripilantes. Eu arrasto meus olhos para longe, procurando por algo normal neste ambiente surreal.

Apertado firmemente em uma das mãos está um pedaço de tecido branco. Eu o percorro com o olhar, trazendo a costura azul-escura em foco. Parece familiar. Já o vi antes, segurei-o em minhas mãos.

— Não! — grito, quando as letras entram em foco e o familiar monograma AS se registra em meu cérebro.

Lágrimas escorrem pelo meu rosto, enevoando minha visão. Eu as enxugo e olho para cima, preparada para encontrar os olhos de Alex. Mas só há uma poça de sangue onde deveria estar uma cabeça.

Sinto o grito crescer, uma bola de fogo se move devagar pela minha garganta. Eu giro ao redor, tentando localizar a cabeça perdida.

O ar silencioso do verão é estilhaçado quando o grito finalmente se liberta do meu peito.

— Não! Por favor, Deus, não!

Eu corro o mais rápido que posso. Não está claro para mim se estou procurando por mais fragmentos do meu amor ou se estou escapando do que acabei de ver.

— Por favor, não! Por favor! Alex, não! — Meu peito se agita. Minhas pernas parecem chumbo, me pesando, mas eu me forço a continuar.

Ao virar na trilha, paro abruptamente. Os próprios olhos que eu estava procurando mais cedo me fitam. Caio de joelhos, arfando descontroladamente. A cabeça de Alex está deitada bem no meio da trilha encharcada de sangue, seus olhos azuis mortos me encaram.

Meu pranto ecoa através das árvores.

Mãos agarram meus ombros. Alguém está me sacudindo. Mantenho os olhos bem fechados, dolorosamente. Não suporto ver quem fez isto. Meu corpo se transforma em pedra, congelado naquele momento. O medo é a única coisa que percorre as minhas veias. Não suporto olhar novamente para os olhos sem vida de Alex.

— Kylie!

Meus olhos se abrem em um estalo. O belo azul-oceânico me encara, me enchendo de luz e vida. Alex está de joelhos em frente à poltrona, agarrando meus braços.

Encaro, tentando ajustar as visões grotescas do meu pesadelo com a realidade vívida na minha frente. Seus olhos estão arregalados, mas a cor do seu rosto se esvaiu.

— Alex? — Toco seu rosto e seu pescoço. O calor dele aquece meus dedos frios.

— Kylie, está tudo bem. Eu estou aqui, linda. Você está bem. — Sua voz é suave, mas exigente, com uma ponta de desespero. Ele me olha nos olhos, disposto a entender, me forçando a sair da névoa do meu sono.

— Alex — sussurro. E deslizo da poltrona para o colo dele. Descontroladas, as lágrimas escorrem pelo meu rosto e enterro minha cabeça em seu pescoço e fungo. Eu o sinto exalar, seus braços se apertam ao meu redor.

— Ei, Kylie, está tudo bem. Você está a salvo, querida. Foi só um pesadelo.

Alex me embala de levinho, mas eu continuo a soluçar, agarrada a ele com todas as minhas forças. Eu não consigo soltá-lo. As imagens piscam na minha mente, uma cena horrível ameaça a minha sanidade. Era tão real.

Tão, tão real.

— Você quer falar sobre isso? — Alex pergunta baixinho, com os lábios encostados na minha bochecha enquanto tenta levantar meu rosto.

Balanço a cabeça. Não há como eu colocar essas visões na cabeça dele.

— Por favor, não se preocupe, Kylie. Por favor, confie em mim. Ele nunca mais, nunca mais te machucará. Eu vou te proteger. Prometo.

— Eu sei — sussurro, minha cabeça descansa em seu ombro, enquanto tento recuperar o controle sobre as minhas emoções.

Ficamos sentados ali por mais alguns minutos, envoltos um no outro, até que eu possa olhar nos olhos dele novamente. Alex sorri para mim enquanto enxuga as minhas lágrimas. Quero dizer a ele que o amo loucamente, que ele tem todo o meu coração e toda a minha alma.

Em vez disso, eu digo:

— Me perdoe, Alex.

— Pelo que, linda? Você tem todo o direito de ser abalada por causa daquele gato e das fotos. — Ele levanta meu queixo e me beija. Mas ele interpretou mal o que está acontecendo. A inevitabilidade da situação. O sonho não era apenas um pesadelo, era uma profecia. Eu conheço o John. Sei do que ele é capaz. E o sonho não foi apenas um exagero dos meus piores medos. Era um roteiro do que está por vir.

Mas eu conheço o Alex também. Ele nunca aceitará que John possa levar a melhor sobre ele. Alex acredita que pode me salvar. E nunca acreditará que John é uma ameaça à sua vida.

E eu não tenho forças para discutir com ele sobre isso. Terei que lidar sozinha com o John. Porque eu também o conheço, e de jeito nenhum vou subestimar sua brutalidade sádica.

Eu desmorono em Alex, uma pequena parte da tensão e do medo que encerram meu coração se liberta. Farei tudo o que puder para protegê-lo

MALEVOLÊNCIA

tão ferozmente quanto ele tem me protegido. Nós temos um inimigo comum: John. Mas temo que a luta nos separe, que não nos deixe mais próximos. Cada um de nós tem um único propósito: proteger o outro. E esse propósito significa que não estamos mais na mesma equipe.

— Venha — Alex diz, forçando a despreocupação em sua voz. — Vamos relaxar e nos aconchegar em frente à televisão. Eu até assisto a um romance boboca, se você quiser.

Eu bufo, levanto-me do seu colo e fico de pé. Com a mesma leveza forçada na voz, eu digo:

— Eu já vivo esse filme.

CAPÍTULO 53

Correndo, eu passo pelas pernas e pelo tronco e viro na trilha. Os olhos azuis mortos me cumprimentam. Eu me afasto, sem poder mais olhar para eles. Estou desesperada para fugir da cena, desesperada para colocar distância entre mim e o homem que amo e que está deitado morto no chão. Estou desesperada para tornar tudo irreal.

Mas, em vez disso, sou recebida por olhos injetados de sangue.

John está parado na minha frente, bloqueando minha rota de fuga. Ele está rindo, se deleitando com a destruição que causou. Ele lança suas mãos em minha direção, agarra minha cabeça e aperta com força. Cheio de raiva, seus olhos insanos e furiosos olham de um lado para o outro.

Suas palavras são sombrias, baixas e demoníacas:

— Eu te avisei, Kylie. Você não me deu ouvidos, não acreditou. E agora, seu precioso Alex se foi para sempre. O sangue dele está em suas mãos. Você vai ter que conviver com isso. — Ele joga a cabeça para trás, uma risada perversa sibila das profundezas da sua alma sombria.

Levo minhas mãos ao rosto. Elas estão cobertas de sangue. O sangue de Alex.

— Não! — Eu me levanto com tudo, agarrando o peito, tentando evitar que meu coração se quebre em um milhão de pedaços.

Ainda está escuro, impossibilitando que minha mente reconheça onde estou. O suor escorre de mim, e os lençóis estão torcidos ao redor de minhas pernas. Eu me sento, ouvindo os sons da minha respiração entre soluços.

Alex se move atrás de mim, me envolvendo em seus braços, e me puxa para o seu peito forte; o coração dele está disparado.

— Shh, querida. Está tudo bem. Você está bem. Foi só um pesadelo. Eu estou aqui, e você está a salvo.

Minha cabeça desaba em seu peito. Não tenho força, nem energia e pensar em Alex morrendo me aterroriza mais do que qualquer outra coisa. Foi apenas um sonho. *O que acontecerá quando eu realmente tiver que lutar com o John? Como vou proteger o Alex se não sou forte o suficiente para superar um pesadelo?*

Alex merece mais. Ele merece viver uma vida longa e feliz. E a cada dia que passa, eu sei que essa vida provavelmente não será ao meu lado. John vai nos destruir. Mas a única maneira de ele levar Alex é por cima do meu cadáver. E se isso for necessário para protegê-lo de John, que assim seja.

— Linda, me conte o que foi. Por favor, me deixe ajudar.

Eu me reclino nele e respiro fundo. Não quero sobrecarregá-lo com essas profecias, mas não posso continuar tendo esses pesadelos toda vez que adormeço. Sei que trancar os medos não os fazem desaparecer. E este pesadelo está fadado a permanecer na minha mente, e continuará a assombrar meu sono. Eu tenho que recuperar minhas forças, minha capacidade de lutar. Tenho que dormir, por isso os pesadelos têm que desaparecer. É a única maneira de salvar Alex.

— Eu estava na trilha. Havia tanto sangue. Eu te encontrei, e o John estava lá, me dizendo que a culpa era minha. Olhei para minhas mãos, e elas estavam cobertas de sangue.

— O que foi sua culpa? — pergunta Alex.

— Ele te matou por minha causa. Eu estava coberta pelo seu sangue, e eu estava gritando, mas ele simplesmente ficou ali parado, rindo de mim. Você tinha partido. Você estava morto. E eu só queria morrer com você. — Lágrimas escorrem pelo meu rosto, e o quarto está em silêncio, completamente parado.

Por fim, Alex se mexe e me vira para que ele possa me abrigar em seu colo.

— Eu gostaria de poder fazer os pesadelos desaparecerem. Eu gostaria de poder fazer tudo isso acabar. Mas, linda, você está a salvo. Eu prometo. Farei tudo o que estiver ao meu alcance para te proteger. Não importa o que aconteça, Kylie.

— Sinto muito, Alex. Sinto muito por ter te envolvido nessa confusão. Se algo acontecer com você por minha causa, nunca me perdoarei.

— Shh, linda. Não vai acontecer nada a nenhum de nós — Alex sussurra.

294   **ANNE L. PARKS**

Eu quero acreditar nele, mas sei que tudo aquilo nada mais é que um desejo. Tenho certeza de que a morte vai atingir minha vida novamente. Mas será John ou eu, ou nós dois. Não será o Alex. Essa é a minha jura silenciosa para ele.

CAPÍTULO 54

Não faço ideia do tempo que fiquei aninhada nos braços de Alex nem de quando adormeci. Desperto com o sol iluminando o quarto, e Alex e eu estamos de frente um para o outro, braços e pernas completamente entrelaçados.

Eu o observo dormir e agradeço a Deus por trazê-lo à minha vida, e rogo para que ele nunca sofra mal nenhum por minha causa. Eu me inclino para ele e o beijo de levinho. Um pequeno sorriso cruza o seu rosto, mas ele permanece adormecido. Eu conheço o Alex. Ele ficou acordado por muito tempo depois que eu adormeci, me vigiando caso meus pesadelos voltassem.

Vou a passos lentos até a cozinha e ligo a cafeteira, observando distraída as gotas se acumularem aos poucos na jarra. A cafeteira apita baixinho, e eu encho minha caneca antes de ir para a biblioteca. Curvando-me no divã, olho pela janela, para o vasto gramado que se estende até onde os olhos podem ver.

É tão lindo aqui; mágico, de certa forma e, por um momento, eu me deixei acreditar que nada de ruim pode acontecer enquanto eu ficar neste magnífico santuário. A casa pode parecer fria e intimidadora por fora, mas isso está tão longe da verdade quanto a percepção pública do homem que vive nela. É forte. Ela protege os habitantes e, por dentro, tem uma beleza que nunca poderia ser vista por alguém apenas de passagem, que vê apenas o seu exterior.

Esse é Alex. O mundo — as pessoas que só veem as roupas, as mulheres e o dinheiro — presume que ele seja um homem de negócios frio e impiedoso. Eles não têm ideia de que sob a fachada de pedra está um homem incrivelmente forte, disposto a proteger ferozmente aqueles a quem ama. Um coração e uma alma incrivelmente belos.

Não tenho ideia de por que ele me escolheu. De por que ele me permitiu fazer parte da sua vida privada. Mas não vou tomar como garantido, e nunca poderei abrir mão dele, não de verdade. Ele estará sempre comigo. Não importa o que aconteça com o John, nem o que eu tenha que fazer para garantir a segurança de Alex, este homem incrível sempre estará no meu coração.

As visões gráficas dos pesadelos hediondos invadem minha serenidade. O corpo sem vida de Alex espalhado pelo caminho, o som da risada de John ecoando na minha cabeça, os olhos que transformam meu coração em gelo. Estremeço. Não posso deixar isso acontecer. John quer a mim. Ele está me castigando. Não vou permitir que ele use o Alex como substituto. Tenho que descobrir uma maneira de remover Alex do quadro e realocar a mira de John de volta para mim.

Ouço as vozes de Jake e de Alex no escritório. Fico parada à porta, fora da vista, e escuto.

— Ela tem tido pesadelos — diz Alex. — E acorda aos berros.

— Parece estranho. Quero dizer, o Sysco já ameaçou a vida dela antes, mas ela nunca teve pesadelos, nem mesmo depois que ele ateou fogo na casa dela e pintou as ameaças nas paredes.

— E? — Alex pergunta — Aonde você quer chegar?

— Por que agora? — Há uma pausa antes que Jake continue: — Ela te falou sobre eles? Sobre os pesadelos?

— Ao que parece, John me matou e disse a ela que a minha morte foi por culpa dela. — Alex exala alto. — Estou tentando convencê-la de que a protegerei e a manterei em segurança. Só não sei como ajudá-la a superar os pesadelos nem como convencê-la de que não vou deixar que ele a machuque.

Há um longo silêncio antes que Jake finalmente se pronuncie:

— Não tem nada a ver com você protegê-la. Ela não está preocupada com si mesma, mas com você. Os pesadelos são sobre você morrendo. Pense nisso. Ela vinha sendo respeitosa e profissional com Reyes até ontem, quando descobrimos que o Sysco tinha chegado perto o suficiente de você para tirar uma foto. Ela gritou com o Reyes pela falha na segurança do tribunal. E eu nunca a vi tão perturbada como quando ela viu a sua foto e percebeu que Sysco estava armando uma cilada para você também. Ela não está preocupada com que ele a machuque. Ela já aceitou o fato. A Kylie teme que ele venha atrás de você.

MALEVOLÊNCIA 297

Meus olhos marejam e eu deixo meu esconderijo e atravesso para a biblioteca. Jake tem razão, mas sei que Alex nunca aceitará que John seja uma ameaça para ele, assim como é para mim. E mesmo que perceba, Alex se colocará em perigo para me proteger. Retomo minha posição no divã e enxugo as minhas lágrimas. Sei o que tenho que fazer, mas não vai ser fácil. Vai doer mais do que qualquer surra que John já me deu, mas vai manter Alex a salvo.

Alex entra na biblioteca e se senta na beirada da mesa. Eu sei que ele vai lutar, mas preciso que ele entenda que é para melhor. Nosso olhar se fixa um no outro, muita coisa passa entre nós sem que uma única palavra seja dita.

Ele leva meus dedos aos lábios, e os beija de levinho.

— Parece que você tem algo em mente. O que está se passando nessa sua cabecinha linda, Kylie?

Respiro fundo, precisando enfrentar o assunto agora para que os preparativos possam ser feitos.

— Eu tenho que ir embora, Alex. Preciso ficar bem longe daqui.

— Você não confia que eu possa te proteger? — A voz de Alex está cheia de dor.

— Não tem nada a ver com isso, Alex. Se eu for embora, posso afastar John daqui. Se ele pensar que não estamos mais juntos, ele o deixará em paz. Você estará a salvo.

— E quanto a você? Como posso te manter segura? Ele virá atrás de você, não importa onde você esteja. — Há algo na sua voz, e a raiva está logo abaixo da superfície.

Engulo em seco e dou de ombros.

— Então que ele venha. Cuidarei da situação de uma vez por todas.

— Espere. — A voz de Alex se eleva e fica concisa. — Você quer dizer que vai se sacrificar? — Ele se levanta, seu rosto está muito vermelho. — Você perdeu o juízo? Em que merda você está pensando, Kylie?

Eu agarro a mão dele e mantenho a voz calma.

— Em que ele nunca vai parar até me matar. Nunca. Eu não estou disposta a te colocar na linha de fogo. Você não vai pagar por minhas péssimas decisões, Alex. Eu não vou deixar isso acontecer. Tenho que ir embora, e se ele me encontrar, vou lidar com a situação. Mas pelo menos você estará a salvo e poderá viver o resto da sua vida.

— Sem você? Essa é a sua solução? — Alex esfrega a ponte do nariz. — Porra, Kylie.

Eu sei que ele está tentando entender o que estou dizendo.

Ele volta a se acomodar no divã.

— Quando você vai perceber que não há nenhum sentido, nenhum propósito, nenhuma luz na minha vida se você não estiver nela? Minha vida era mera existência em um nível muito básico até você aparecer. Você me acordou e eu não estou disposto a voltar à inexistência. Prefiro morrer a passar um minuto sem você.

— Alex, por favor, apenas considere...

— Você não vai a lugar algum, Kylie. — Alex coloca um dedo sobre os meus lábios. — Você só pode estar louca se acha que vou te deixar ir embora. Você é ainda mais louca se acha que vou deixar um idiota como o John Sysco tirar você de mim ou destruir o que temos. Nunca vai acontecer. Eu não vou deixar acontecer. Você é minha vida. Eu te protegerei, protegerei a nós dois. Mas eu preciso que você confie em mim, linda.

Solto um suspiro sentido quando ele acaricia a lateral do meu rosto.

— Não posso viver sem você, Kylie. Não posso voltar para aquela vida. Por favor, me promete que você vai ficar.

O medo e a dor em seus olhos são demais para mim. Estou dividida entre querer protegê-lo e o conhecimento de que ele já me protegeu de tanta coisa. Devo a ele por seu apoio e proteção inabaláveis. Confio a minha vida a esse homem. Só não tenho certeza de que posso confiar nele com a sua própria vida. Só posso esperar que ele lute para permanecer vivo, nem que seja para garantir que eu não sinta culpa por sua morte.

— Alex, é o mesmo medo que sinto de perder você. Se algo te acontecer, por minha causa, porque eu trouxe este maníaco para a nossa vida, eu não vou suportar.

— Eu sei, linda, mas ir embora não é a resposta. Entendo que você acha que me protegerá se for embora daqui, mas não vou deixar que o enfrente sozinha. Isso nunca vai acontecer. Se você for embora, eu vou atrás. — Ele encosta a testa na minha e respira fundo. — Temos muito

MALEVOLÊNCIA

299

mais chances contra ele se ficarmos aqui. Somos muito mais fortes quando estamos juntos. Você não pode ir embora. Você tem que me prometer que vai ficar.

— Tudo bem, Alex — concedo. Mas meu coração e minha cabeça ainda têm dúvidas. — Vou ficar, mas você tem que me prometer que vai se proteger tanto quanto me protege.

— Fechado. — Ele me puxa para o colo e me abraça com força, enterrando o rosto no meu pescoço.

— Pare de ameaçar me deixar, Kylie. Não suporto a hipótese de você não estar comigo.

Eu luto contra o caroço na minha garganta, e me aninho em Alex. Eu também não suporto a ideia de não estar com ele, mas a ideia de ele morrer por minha culpa ainda persiste, e eu me pergunto se tomei a decisão certa.

CAPÍTULO 55

Alex passa o resto do dia sem sair do meu lado, e sinto que ele está preocupado que eu possa escapar de alguma forma. O pensamento me passou pela cabeça, mas sei que ele moverá céus e a terra para me encontrar. O que só o colocaria em perigo, e eu não farei isso.

Passamos a tarde enroscados no sofá, vendo os Nationals jogarem contra os Tigers.

Seu celular toca, e ele olha o identificador de chamadas, anunciando "Patty", antes de atender.

Depois de um instante, um sorriso desgostoso cruza o seu rosto.

— Acho que não, Patty. Não depois do desastre da semana passada. Não estou disposto a fazer Kylie passar por isso novamente.

Eu puxo seu braço para chamar sua atenção e gesticulo com os lábios *jantar de família?*

Alex acena com a cabeça, e eu puxo o braço dele de novo.

Ele pede um segundo a Patty e cobre o bocal.

— Que tal me perguntar o que eu acho? — questiono. — Acho que devíamos ir, Alex. Quanto mais sua mãe nos vir juntos, mais cedo ela nos aceitará como um casal.

Alex olha para mim por mais um momento, seus olhos se estreitaram um pouco.

— Ao que parece, sou voto vencido — diz ele à Patty. — Mas qualquer merda vinda de Francine ou de qualquer outra pessoa, e é isso. Nós vamos embora, e não voltaremos mais. — Ele desliga. — Você tem certeza de que está pronta para isso, querida? Nós não precisamos ir.

— Tenho certeza. Preciso sair de casa. Se Francine me incomodar, eu te aviso, e aí a gente vai embora. Combinado?

MALEVOLÊNCIA

— Combinado — Alex concorda antes de me beijar.

Eu me levanto e o monto sem quebrar a conexão dos nossos lábios. Passo os dedos pelo cabelo dele e me concentro na sua nuca enquanto aprofundo o beijo, em uma necessidade repentina e desesperada. Alex move as mãos para os meus quadris e me puxa para perto. Ele acaricia meu rosto, e levanta minha cabeça para olhar nos meus olhos.

Há algo novo ali, algo luminoso, brilhante e vivo. Algo que nunca vi antes, e uma parte de mim espera que eu seja a única pessoa que já viu ou vai ver isso. Quero que seja só para mim porque é a coisa mais próxima de amor verdadeiro que já senti.

— Como é que justamente quando eu penso que sou o mais feliz que poderia ser, você olha para mim, ou me toca, ou me beija, e eu encontro um novo nível de felicidade? — pergunta Alex, com a voz baixa e suave.

— Porque estou com você, e tudo o que eu sempre quero é fazer você feliz — digo, com sinceridade. — Eu sou sua, Alex. Somente sua.

— Não me deixe nunca, Kylie. Não me deixe. A ideia de você não estar comigo quase me mata.

— Só quero te manter a salvo, lindo. Essa é a única razão pela qual eu estava disposta a ir embora. Eu também nunca vou querer me afastar de você, Alex. Só me assusta pensar que você pode se machucar por minha causa. — Encosto minha testa na dele e acaricio seu rosto.

— Eu nos manterei em segurança. Tenho que fazer isso. Eu quero você comigo para sempre, linda — Alex diz, baixinho.

— Você me tem. — Eu me inclino e o beijo. — Para sempre.

O jantar de família foi temporariamente transferido para a casa de Patty, já que Darcy, sua filha mais nova, está gripada. Estacionamos perto do SUV, e Jake e Thomas nos escoltam.

Todos estão reunidos na enorme cozinha aberta e arejada. Uma longa bancada rodeia metade do cômodo e acomoda cerca de oito pessoas. Há uma lareira em uma das paredes, com uma poltrona e um pufe diante dela. É aconchegante, quente, convidativo... a cara da Patty.

Todos nos cumprimentam com abraços ávidos, exceto Francine.

Ela estende a mão para mim.

— Olá, Kylie. É um prazer te ver novamente. — Ela sorri.

Noto um brilho em seus olhos que me pega de surpresa, e fico imaginando o que ela tem planejado.

Joshua entra na cozinha com um grupo de adolescentes na sua cola, e se detém abruptamente quando me vê.

— Srta. Tate.

— Oi, Josh. — Rio. — Eu acho que você pode me chamar de Kylie agora — digo, e sorrio para ele.

Ele olha rapidamente para seus amigos, que estão todos sorrindo para ele.

Alex se aproxima de mim e envolve um braço possessivo ao redor da minha cintura.

— Olá, Joshua.

— Oi, tio Alex.

— Josh, você e os meninos vão procurar algo para fazer. Eu chamo quando o jantar estiver pronto. — Patty diz do outro lado da cozinha.

Os meninos saem apressados da sala, os cochichos e risadas ecoam do corredor.

Atravesso a sala, e paro ao lado de Leigha.

Will olha para mim.

— Então, onde está o novo Porsche? — ele pergunta.

Ellie guincha em delírio.

— Você está de carro novo?

— Sim. — Sorrio e olho para Alex.

Obviamente, ele andou conversando com o irmão. Fico feliz de pensar que ele está se reconectando com a família. Só queria saber o que o afastou deles por tanto tempo. Tem que ser mais do que as indagações sobre sua vida amorosa. A chave está em seus pesadelos e em quem quer que tenha morrido. Prometi paciência nessa parte, mas estou começando a sentir que sou a única que compartilha medos, segredos e pesadelos nesta relação. A confiança é uma via de mão dupla e, neste momento, a nossa é de mão única.

— Você comprou um carro para ela? — A voz de Francine se eleva bem alto quando ela olha para Alex.

Pela primeira vez, percebo que Harold não está aqui, e de repente sinto sua ausência. É ele quem costuma manter Francine sob controle, e tenho a sensação de que ele fará muita falta esta noite, especialmente para mim.

MALEVOLÊNCIA

Alex mantém a voz baixa e calma, mas um sorriso malicioso cruza seu rosto.

— Não, a própria Kylie comprou o carro. Ela é, na verdade, uma advogada muito bem-sucedida. Para ser sincero, ela é uma das melhores criminalistas do estado. Isso a torna financeiramente segura por conta própria e mais do que capaz de comprar um carro sem a minha ajuda.

Alex se vira para mim com um sorriso satisfeito no rosto e, ao meu lado, Leigha ri baixinho. Eu não olho para ela, mas tenho certeza, depois das conversas que tivemos sobre Francine, de que ela está se divertindo com a declaração ríspida que Alex fez para a mãe.

— Bem — continua Francine, aparentemente incapaz de esquecer o assunto —, deve facilitar as coisas sem as despesas de moradia, já que vocês estão morando juntos.

— Na verdade... — Estou um pouco cansada de ser tratada como se não estivesse presente para a conversa. — Minha casa está hipotecada. Ainda tenho que fazer pagamentos todos os meses, como tenho feito desde que a comprei, também por conta própria. O seguro só está cobrindo o conserto dos danos causados pelo incêndio. — Sorrio para ela, esperando que isto acabe com a conversa de uma vez por todas, para que possamos seguir em frente.

— Sim, bem, pelo menos Alex cobre o resto das despesas para você.

Alex abre a boca, mas agarro seu braço. Não vale a pena discutir por causa disso, e a discussão está começando a aumentar a tensão. Olho para Patty, cujos olhos estão arregalados, e ela morde o lábio. Não é justo que, poucos minutos depois de nossa chegada, já haja controvérsia. Se Francine não parar com isso, eu paro, pelo bem de Patty. É melhor simplesmente deixar para lá e tentar salvar o resto da noite.

Jake entra na cozinha e sussurra algo para Alex. Alex acena com a cabeça, e Jake sai. Francine olha para ele, e eu me preparo para o segundo round.

— Por que você tem tanta segurança aqui, Alex? Estamos na casa da Patty, pelo amor de Deus. Você não pode pensar que alguém aqui vai te fazer mal. Ou ela está recebendo ameaças de morte depois de ter livrado aquele assassino? — Francine faz careta pra mim.

Aperto a mão de Alex com força, esperando que isso transmita que não quero que ele salte em minha defesa.

Ele permanece quieto, mas Patty fala por ele.

— Mãe, pare com isso. Você não vai atacar a Kylie ou o Alex. Esta é a minha casa, e você respeitará meus convidados, todos eles. Além disso, Kylie fez um trabalho brilhante, e acontece que eu acredito que o homem é inocente.

Alex volta a falar, mas sua voz está controlada.

— Desde que chegou ao conhecimento da mídia que estou namorando a mais nova maravilha legal da costa leste, os paparazzi têm nos perseguido implacavelmente. Eu só queria garantir que eles ficassem longe enquanto estivéssemos aqui.

Sorrio para Alex, orgulhosa mais uma vez por ele ter aliviado a situação sem me causar mais dor ou constrangimento. A última coisa de que preciso é Francine descubrindo que tenho um ex-namorado maluco que quer matar o filho dela para se vingar de mim.

Francine parece ter se acalmado um pouco, e eu apoio as costas no balcão e relaxo.

Alex passa o braço ao redor dos meus ombros e sussurra no meu ouvido:

— Você está bem?

Eu aceno com a cabeça, e um sorriso atravessa o meu rosto.

Francine fica quieta no que a conversa recomeça na sala. Ellie começa a contar uma história sobre seu trabalho como compradora de uma boutique da cidade e, logo, todos nós estamos rindo quando ela nos conta sobre sua última viagem a Nova York e a missão de chamar um táxi na cidade.

A campainha toca, fazendo Patty lançar um olhar questionador para o marido, que sai da sala para atender à porta. Eu olho para Francine assim que um sorriso cruza o seu rosto.

O que você está tramando agora, Franny?

Minha pergunta é respondida pela loira alta que entra na sala. Alex se enrijece ao meu lado, puxando o ar através dos dentes cerrados, revelando instantaneamente quem veio jantar.

— Rebekah — Francine praticamente guincha, indo até a mulher e a abraçando. — Estou tão feliz por você ter conseguido vir. Acho que você conhece todos... exceto a Kylie.

Francine se vira para mim quando Rebekah se apresenta e estende a mão. Eu fico imóvel, meu rosto estoico, enquanto olho para o dela. Ela mantém a mão estendida por um momento antes de recolhê-la desconfortavelmente.

— Bem — diz Francine —, não há necessidade de ser rude, Kylie. Rebekah é uma amiga de Alex e da família.

MALEVOLÊNCIA

Alex se eriça ao meu lado. Ao que parece, enfim chegou ao limite com a mãe, e perde a calma.

— Ela *não* é minha amiga. Você tem alguma noção do que ela fez com a Kylie… ou comigo? — Alex volta a atenção para Rebekah, olhando feio para ela. — Você contou a Francine o que você fez? Como você atendeu meu celular e fez Kylie acreditar que a gente estava transando? Sabendo que eu estava na outra sala, ignorando você, contando para a Patty o quanto eu me importo com a Kylie, *somente* com ela?

— Vaca — Leigha diz, baixinho.

Rebekah abre a boca, mas Francine a detém.

— Sim, Alex, a Rebekah me disse. Foi apenas uma piada inofensiva. Se Kylie não confia que você é fiel, talvez, então, vocês dois tenham problemas mais profundos.

Dou tudo de mim para não ir até lá e arrancar aquele sorriso nojento da cara dela a tapas ao mesmo tempo em que esmurro aquela cadela loira dos infernos. Nada me daria mais prazer neste momento do que ver as duas se contorcerem de dor. Mas essa não é a hora nem o lugar. E esses dois arremedos de mulher não valem meu esforço.

Eu me viro para Alex, e seus olhos se prendem aos meus. Eles estão em chamas e ele parece estar pronto para enforcar a mãe e a Rebekah.

— Tudo bem — declaro, com a voz calma —, estou oficialmente incomodada.

— Vamos embora. — Alex pega minha mão.

Eu olho para Patty e ofereço um sorriso, pedindo desculpas.

As lágrimas finalmente escorrem por suas bochechas quando ela gesticula com os lábios: *eu não sabia que ela estava vindo.*

Eu aceno para ela. Quando passamos pela mãe de Alex, ela me fuzila com o olhar, e eu balanço a cabeça.

Alex passa por Rebekah, fazendo uma ameaça enfática:

— Você está acabada. — E ela ficou branca feito um papel.

Na entrada da garagem, Alex se vira para mim.

— Sinto muito, Kylie. Eu nunca acreditei que a Francine pudesse descer a este nível.

— Não é culpa sua. A Francine planejou isso. É tudo culpa dela. Mas estou me sentindo tão mal pela Patty. Ela parecia tão magoada e zangada.

Alex envolve os braços em torno da minha cintura e me puxa para si, me beijando. Começo a me afastar, mas ele me puxa mais uma vez, me segurando contra si e enviando arrepios quentes por todo o meu corpo.

Nossa, eu preciso disto. Eu preciso dele.

O homem me excita e me acalma no mesmo fôlego, me deixando ansiosa por coisas que não podem acontecer na entrada da casa da Patty, coisas que tenho medo de admitir que preciso e quero, coisas que já sinto por ele e que são tão profundas que me assustam.

A porta da casa bate atrás de mim. Eu me afasto de Alex e vejo Rebekah passar por nós voando, sem nem sequer olhar para os lados. A porta se abre novamente, e eu me seguro, esperando que Francine venha atrás de mim de novo.

Em vez disso, Leigha para ao meu lado com Will bem atrás dela.

— Então, onde vamos jantar? — ela pergunta, como se tivéssemos feito planos com eles.

Eu olho para Alex, sorrio e dou de ombros.

— Estou dentro. Onde vamos jantar?

MALEVOLÊNCIA

CAPÍTULO 56

A nova semana traz a atribuição de outro julgamento de assassinato com pena capital, o que renova o frenesi da mídia ao meu redor. O escrutínio constante tem Alex em alerta máximo, e ele é excessivamente protetor em cada ação que eu tomo. É quase impossível trabalhar com Thomas agora estacionado em tempo integral no meu escritório, Jake vindo uma ou duas vezes por dia para ver como estão as coisas, e as constantes ligações e mensagens de texto de Alex exigindo atualizações das minhas atividades. Ele quase teve um troço quando soube que eu teria que encontrar minha cliente na penitenciária do condado para começar a trabalhar no caso dela.

Eu me sento à minha mesa, passando por algumas informações, quando a voz de Sarah vem pelo intercomunicador.

— Kylie, o Jack está te chamando no escritório dele.

— Certo. Obrigada, Sarah. Estou a caminho. — Fecho o arquivo que venho analisando sobre o novo caso. É um particularmente desagradável, e tenho esperança de conseguir uma confissão antes de ele ir a julgamento.

Quando me levanto, Thomas retira o fone abafador de ruído que ele é obrigado a usar no meu escritório.

— Vou estar no fim do corredor. Volto em poucos minutos — informo a ele.

Ele me faz um joinha, recoloca os fones e volta ao videogame.

Eu bato à porta de Jack e ouço sua voz gentil me convidar a entrar. Quando entro, ele aponta para a cadeira do outro lado de sua mesa.

— Temos o habitual correio de ódio chegando agora que você foi oficialmente designada para o caso Barber. Você conhece o procedimento. Existem salvaguardas para garantir que as ameaças não sejam sérias, e não antecipamos nenhum problema. Eu só queria que você estivesse ciente, para que possa estar de guarda e ter um pouco mais de cuidado. — Jack sorri.

— Tudo bem. — Sorrio de volta. — Obrigada por me avisar. Provavelmente farei Jake falar com nossa equipe de segurança sobre isso, só para mantê-lo informado, se não se importar.

— Não tenho nenhum problema com Jake trabalhando com eles. Tudo o que pudermos fazer para garantir que você esteja em segurança, Kylie — ele diz, ao se levantar.

Quando ele volta a falar comigo, eu já estou na porta.

— Todo o resto está bem? — ele pergunta.

Sei que ele está se referindo a John, mas não posso contar sobre as últimas ameaças contra Alex e eu. Só serviria para deixá-lo preocupado, e não há nada que ele possa fazer a essa altura. Em algum momento no futuro, eu terei essa discussão com ele, mas agora não é a hora.

— Está tudo bem, Jack. Nada novo a relatar.

Ele sorri para mim e acena indicando que eu já posso sair.

Quando entro no meu escritório, meu celular apita sobre a mesa. Há uma chamada perdida de Alex. Pressiono o botão para retornar a chamada e o espero atender.

— Kylie, onde você está? Por que você não atendeu o telefone?

Passei a semana tentando descobrir se Alex está mais preocupado com John finalmente cumprindo sua ameaça ou se comigo indo embora para protegê-lo.

— Eu estava no escritório do Jack, querido. — Mantenho minha voz despreocupada, tentando tranquilizá-lo.

— Por que você não levou o celular junto? — Vem a resposta exasperada.

— Bem, não teria importado se eu tivesse levado, Alex. Eu ainda não teria atendido. Eu estava em uma reunião com o meu chefe. — Eu me sento na minha cadeira quando a linha fica em silêncio. Aproveito a mudez dele e ofereço:

— Querido, eu sei que você está fazendo tudo o que pode para garantir a minha segurança, e agradeço. De verdade. Mas eu preciso trabalhar, e isso pode envolver que eu não consiga estar sempre em contato com você ou estar sempre disponível. Thomas está comigo. Jake entra e sai daqui o tempo todo. Você vai ter que confiar em mim e vai ter que me dar algum espaço para respirar.

Alex exala do outro lado.

— Tudo bem, vou tentar. Quando você estará pronta para sair hoje?

— Bem, vai depender da sua programação. Só estou repassando as anotações do caso novo, e posso fazer isso de casa, estarei pronta quando você estiver. — *Por favor, que isso o satisfaça para que ele pare de agir assim.*

MALEVOLÊNCIA

— Eu já estou em casa. Quando você planeja ir embora? — A voz dele suaviza.

Os músculos tensos do meu pescoço afrouxam um pouco.

— Em cerca de quinze minutos. — Sorrio e cruzo os dedos, esperando que o bom humor que ele está começando a sentir ainda esteja presente quando eu chegar em casa.

Largo os arquivos no sofá do escritório de Alex e vou para o quarto trocar de roupa. Sei que deveria continuar a ler as anotações do caso, mas preciso de uma pausa dos detalhes. A história toda me enoja, e não há nada que eu queira mais do que passar o caso para outro advogado do escritório. Infelizmente, não vai acontecer. Se eu fosse minha própria chefe, no meu próprio escritório, nunca teria aceitado esse caso.

Marilyn Barber é acusada de matar os dois filhos porque ela temia estar prestes a perder a custódia deles para o ex-marido. As crianças foram encontradas na banheira, aparentemente afogadas enquanto tomavam banho. Marilyn afirma ter colocado as crianças, um menino de sete anos e uma menina de cinco, na banheira enquanto ela ia se deitar por causa de uma enxaqueca.

Em algum momento, ela adormeceu, e quando acordou, os filhos estavam mortos na banheira. O problema se concentra na autópsia de ambas as crianças e nos sinais de esganadura ao redor do pescoço delas, o que indica que elas foram estranguladas.

Me encontrei com ela após ter sido designada para seu caso, e a mulher se sentou ali sem qualquer culpa nem remorso, fumando um cigarro, dizendo-me que os filhos estavam em um lugar melhor. Ela foi rápida em oferecer versões alternativas, tipo o ex-marido entrando escondido na casa enquanto ela dormia para estrangular as crianças.

Quando perguntei por que ele faria isso, a mulher respondeu sem nem pestanejar:

— Porque ele ainda me quer, mas como eu não quero mais nada com ele, ele quis me punir me mandando para a prisão.

Não havia indícios do preço devastador que a perda dos dois filhos estava cobrando dela. Não, ela estava mais preocupada por passar as suas noites de sábado trancada em vez de poder encontrar alguém no bar para levá-la para casa no final da noite. A mulher me enojava demais.

Vagueio pela cozinha, procurando por Alex, esperando passar um tempo muito necessário com ele. O homem está perto da bancada da cozinha, conversando com Jake. Eu me acomodo na banqueta ao lado dele e os espero terminar sua fascinante conversa sobre José, o paisagista, e a habilidade mal desenvolvida de seu sobrinho de cortar as sebes de maneira uniforme.

Quando a conversa é concluída, eu olho para Jake.

— Ei, só para te avisar. Talvez você queira se encontrar com a equipe de segurança do escritório para falar da minha última leva de cartas de ódio. Ao que parece, há pessoas que gostam tanto quanto eu do fato de eu estar defendendo a Sra. Barber.

— Que tipo de carta de ódio? — Jake pergunta, ao olhar para Alex.

Pego uma uva verde na fruteira e a levo à boca.

— Ainda não vi nenhuma delas, mas Jack indicou que há algumas ameaças de morte — digo, sem me importar muito.

Não é novidade. Advogados criminalistas costumam receber esse conteúdo, e raramente dá em alguma coisa.

Na mesma hora, Alex fica tenso ao meu lado; enquanto Jake olha para ele.

— Vou dar uma olhada — ele diz, antes de sair da sala.

Alex se vira para mim.

Eu sorrio para ele, ponho outra uva na boca e estendo a mão.

— Uva?

— Não.

— O que devemos fazer durante o resto da tarde, Sr. Stone? — pergunto, esperando que minha tentativa de seduzi-lo com os olhos não esteja muito assustadora.

— Que tal começarmos com você explicando por que você não me avisou que está recebendo ameaças de morte, Kylie?

Os olhos de Alex são tempestuosos, e não o tipo de tempestade quero-te-levar-para-a-cama-e-fazer-amor-por-horas que eu estava esperando. Não, estes olhos estão escuros, e enfurecidos, e irritados.

— Jack só me disse hoje. A reunião foi sobre isso. Por que você está chateado? Não é nada com que se preocupar.

— Sua vida está sendo ameaçada, e não há nada com que me preocupar?

MALEVOLÊNCIA

Como você pode dizer isso, Kylie? — Alex joga as mãos para cima e vai pisando duro para a sala, e anda para lá e para cá na frente da televisão imensa.

Escorrego da banqueta, vou até ele e seguro suas mãos.

— Lindo, eu só quero dizer que é normal em casos de assassinato. Aconteceu quase todas as vezes que estive envolvida em um, mesmo quando eu só estava ajudando. É verdade que o volume de correspondência de ódio aumentou durante o julgamento de Tony, e espero ainda mais agora com esta indiciada de merda.

Alex volta a ficar tenso, e a linha que atravessa sua testa se aprofunda conforme os músculos do seu pescoço se retesam, prontos para estalar.

— Não vai dar em nada, lindo. As pessoas estão indignadas e enojadas com as notícias. Elas chegam a conclusões, se irritam e vociferam. Então, acabou. Eu só queria que Jake estivesse ciente, no caso de o John tentar infiltrar alguma coisa, e a segurança do escritório não reconhecer. — Levo a mão à bochecha de Alex. — Por favor, não fique bravo. Se eu achasse que as ameaças fossem substanciais, eu teria te contado imediatamente.

Alex tira minha mão de seu rosto, nada apaziguado.

— Qualquer ameaça contra você é substancial, Kylie. Você esqueceu que já tem um louco tentando te matar? Agora eu tenho que tentar te proteger dos outros também? Como você pode afirmar que não é nada?

Alex está gritando agora, o que me irrita e me põe na defensiva.

— Você não está me ouvindo, Alex. Eu já passei por isso antes, e nada nunca acontece. É por isso que eu posso afirmar que não é nada. Todos os advogados criminalistas passam por isso, e todos sobrevivem. Quer saber como? Porque nada acontece! — grito para ele.

— Você vai largar esse caso, Kylie. Diga ao Jack que ele precisa encontrar outra pessoa para cuidar dele. — Alex ordena. Sua voz está baixa e controlada, mas seus olhos estão escuros.

— Você enlouqueceu? — Coloco minha própria voz sob controle. — Não vou fazer nada disso. Este é o meu trabalho. É o que eu faço, e estou cansada de explicar isso a você, Alex. Você não vai ditar a minha vida nem a minha carreira. Então é melhor se conformar com essa merda.

Alex suspira quando seus ombros caem.

— Não estou tentando ditar a sua vida nem a sua carreira, linda. Estou tentando te manter em segurança.

— Que balela. Estou cansada de ouvir você tentar justificar suas ações e sua inserção em minha carreira sob o pretexto de me proteger. Eu não te digo como lidar com seus negócios, então não me diga como lidar com os meus.

Estou perdendo o controle de minhas emoções, e preciso recuar. Preciso me afastar da situação e arejar a cabeça antes que a situação saia do controle e um de nós diga algo que não possa ser retirado. Eu me viro e começo a me afastar dele.

— Vou correr.

— Não! — A voz de Alex se eleva.

Na verdade, eu concordo com ele, por mais que isso me mate.

— Tá. Nadar, está bem?

— Temos que terminar essa discussão — diz Alex.

— E você precisa reconhecer que estou tentando evitar uma guerra, Alex. Eu preciso de espaço. Preciso desanuviar a cabeça, e aí poderemos discutir o assunto. — Não espero por uma resposta. Vou até o quarto para me trocar.

Os músculos dos meus ombros estão pegando fogo quando dou outra volta e subo para respirar. Não tenho certeza de há quanto tempo estou na piscina, mas é tempo suficiente para me acalmar e ver as coisas pelo ponto de vista de Alex. Ele está tão desesperado para me manter a salvo quanto eu a ele. John é uma ameaça real, mas estes outros não são. Só preciso descobrir como fazer com que Alex perceba isso e colocar na perspectiva correta.

Quando chego ao fim da piscina, saio de lá e decido relaxar na banheira de hidromassagem para aliviar as dores que sinto em todos os lugares. Deslizo no banco reclinável, encosto a cabeça no travesseiro e fecho os olhos. O calor da água, junto com os jatos bem-posicionados, é hipnótico. Esvazio a mente, concentrando-me nas rajadas que trabalham nos nós da parte inferior das minhas costas e ombros. Deixo a escuridão atrás de minhas pálpebras me acalmar, sem pensar em nada, sem preocupações, apenas relaxamento puro e simples.

A água escorre ao meu redor, e eu abro meus olhos quando Alex se abaixa na banheira e se move para o assento de frente para mim.

MALEVOLÊNCIA

— Se importa se eu me juntar a você? — ele pergunta.

Seus olhos azuis penetrantes me deixam arrepiada.

— Claro que não. Eu esperava que você viesse até aqui. — me ergo e atravesso a banheira, precisando estar perto dele. Eu me sento em seu colo, me acomodando em seus joelhos, e o olho nos olhos enquanto ele sorri para mim.

— Detesto brigar com você, Kylie.

Eu passo os dedos pelo cabelo dele.

— Eu também, lindo.

Ficamos assim por mais um momento. Alex me puxa para si. Eu agarro bem o cabelo dele enquanto nossos lábios colidem e começamos a nos reconectar através do beijo.

— Sabe — digo, olhando-o nos olhos mais uma vez —, você fica muito sexy quando está com raiva. Fica todo feroz, e as linhas da sua testa ficam muito profundas. Eu meio que gosto.

Alex bufa.

— É mesmo? Você fica assustadora pra cacete quando está com raiva.

CAPÍTULO 57

Saio do elevador e entrego meus arquivos a Sarah. Passei o dia correndo de uma sala no tribunal para outra, entrando e saindo de várias audiências, e estou exausta.

— Graças a Deus hoje é sexta, Kylie — Sarah me cumprimenta, o sorriso de dentes perfeitos e muito brancos quase me ofusca.

— Nem fala. Estou tão feliz pela semana ter chegado ao fim — murmuro, antes de virar para o meu escritório.

— O Alex passou por aqui mais cedo. Ele se encontrou com Jack e depois foi embora.

— Ah — respondo, um pouco surpresa. Vou até meu escritório, me sento à mesa e abro o e-mail. Em seguida, envio uma mensagem rápida para Alex, atualizando-o quanto ao meu paradeiro.

> Sã e salva em meu escritório.
> Sem problemas no tribunal.

Verifico meus e-mails e abro um de Jack.

> Me avise quando você chegar e tiver resolvido suas coisas.
> Gostaria de ter uma rápida conversa e colocar o papo em dia.
> — Jack

Meu celular notifica quando a resposta de Alex chega.

> Obrigado pela atualização, linda.

MALEVOLÊNCIA

> Você está no escritório?

Respondo ao e-mail de Jack dizendo que estou à disposição, e Alex envia outra mensagem.

> Trabalhando de casa esta tarde.
> Esperando uma ligação da China.

Ouço uma batidinha na janela, e Jack entra e fecha a porta. Ele toma seu lugar habitual.

— Venha se juntar a mim, Kylie. — Essa é a maneira de Jack me dizer para me sentar na cadeira ao seu lado. — Tive uma conversa interessante com Alex esta manhã. Você sabia da nossa reunião?

— Só soube quando eu voltei do tribunal, e Sarah mencionou que Alex tinha vindo te ver. — Meu peito se aperta.

— Ele me falou sobre o pacote que foi entregue neste último fim de semana e das ameaças de John contra sua vida. Você não foi completamente sincera comigo naquele dia, Kylie.

Eu respiro e me estabilizo, mas a raiva está crescendo dentro de mim. *Como Alex pôde falar com o Jack sobre minha vida privada sem discutir a possibilidade comigo antes?*

— Jack, tudo foi entregue à polícia, e eles estão trabalhando na investigação. A segurança de Alex foi reforçada, e o Jake está trabalhando em estreita colaboração com a segurança daqui do escritório. Eu não queria que você se preocupasse comigo. Estamos cuidando de tudo, e há pouco ou nada que você possa fazer, exceto esperar que eu esteja bem. Eu não queria que você passasse por isso.

— Bem, eu agradeço, Kylie, mas já sou bem grandinho. Que tal você me deixar decidir o que eu posso ou não fazer?

— Tudo bem, me desculpe. Prometo te manter atualizado se algo novo acontecer. — Sorrio, esperando que ele fique de pé e vá embora, mas em vez disso, ele respira fundo mais uma vez.

— Há algo mais que você deve saber sobre minha conversa com Alex. Ele quer que eu repasse o caso Barber para outro advogado. Ao que parece, ele não está à vontade com as correspondências que você anda recebendo.

— O quê? — Minha voz está levemente alterada, e o sangue está fervendo em minhas veias. Uma sensação de traição me atravessa enquanto

Jack descreve Alex indo pelas minhas costas para influenciar meu chefe a conseguir sua vontade à custa da minha carreira.

— Olha, Kylie… — Jack pega minha mão. — Ele está preocupado com você, e eu vejo como algo bom. De qualquer forma, eu expliquei a ele que não é incomum e que nunca passa da fase de ameaça. Também falei com ele sobre as salvaguardas que nossa segurança tem em vigor, e convidei o Jake para trabalhar com eles mais de perto, no caso de isso ajudar a aliviar as preocupações de Alex. Em última análise, porém, a decisão é sua. Posso repassar o caso se for o que você quer.

Solto um suspiro e tento entender esta conversa. É inaceitável, e Alex foi longe demais desta vez.

— Não, me deixe com o caso. Eu lido com Alex.

Jack se levanta para sair.

— Tudo bem, mas pegue leve com ele. O homem está muito preocupado com você. Ele pode ter trocado os pés pelas mãos, mas a intenção foi boa.

Sorrio para Jack, esperando convencê-lo de que eu vou relevar a interferência do Alex. A verdade é que estou prestes a explodir. Acompanho Jack até a porta e peço a Lisa para entrar. Volto para a minha mesa e começo a desligar o computador.

Lisa fecha a porta e se aproxima da minha mesa.

— O que foi?

— Eu preciso de um favor. — Desligo o monitor. — Estou indo para casa, mas não quero que o Alex seja avisado com antecedência, o que significa que Jake não deve ser avisado com antecedência.

— Tudo bem.

Não tenho tempo para ter uma conversa com Lisa agora em relação aos pormenores, então eu dou uma resposta rápida:

— Certo, obrigada. — Pego minha bolsa e a maleta.

Thomas está sentado na sala de espera ao lado do elevador, tentando observar Sarah discretamente.

Faço sinal para ele chamar o elevador enquanto informo a Sarah que estou indo, que ela consegue me encontrar no celular, caso alguém precise de mim.

Assim que chegamos ao estacionamento, eu me viro e surpreendo Thomas:

— Chaves — exijo.

MALEVOLÊNCIA

Depois do passeio desconfortavelmente silencioso no elevador, ele as entrega a mim sem nem discutir.

Dou a partida no SUV e me viro para ele.

— Tudo bem, esta sou eu sendo boazinha e dirigindo direto para casa. Não preciso que você informe a todos da minha chegada. Se você achar que deve ligar ou mandar uma mensagem, eu vou ao shopping e sumo na Victoria's Secret. Entendido?

— Entendido — Thomas responde.

Começo a pensar que Alex pode estar correto. Eu fico assustadora quando estou com raiva.

CAPÍTULO 58

A volta para casa é silenciosa, mas rápida. Eu encosto na garagem, pego minhas coisas e jogo as chaves para Thomas.

Entro na cozinha e encontro a expressão chocada de Jake. Passo por ele e vou direto para o escritório de Alex. Ele está sentado à mesa, trabalhando no computador.

Largo a bolsa e a maleta no chão, e bato as portas do escritório antes de dar a volta e me deparar com a expressão atordoada de Alex.

— Que porra é essa, Alex? Como você tem a coragem de ir pelas minhas costas e exigir que Jack me tire de um caso? Não sei quem você pensa que é, mas nunca, nunca mais procure o meu chefe por causa de algo assim. Estamos entendidos? — Minha voz ricocheteia pelas paredes, e meus olhos estão fixados em Alex, a raiva e a frustração aumentam a temperatura.

— Kylie, se acalme — Alex pede, com a voz baixa e contida.

Infelizmente, tudo o que ouço é condescendência.

— *Não* me diga para me acalmar, Alex. Como você pôde ir contar a Jack sobre as ameaças de John?

— Ele precisava saber, Kylie. Ele precisava entender o perigo em que você se encontra e avaliar o meu pedido. — Alex está de pé, mas permanece atrás da mesa.

— A decisão não é sua, Alex. Você não tem o direito de interferir no meu trabalho. Eu não interfiro no seu. Você quer que eu decida o que seus parceiros comerciais, ou até mesmo a sua família, saibam a seu respeito? Não se meta na porra da minha carreira. Estou falando sério. Eu trabalhei muito tempo e muito duro para chegar aonde estou, e não vou deixar que você estrague tudo.

— Sinto muito. Você está certa. Eu exagerei. — Alex faz uma pausa e vem até mim. — Deixei que minhas emoções e meu medo levassem a melhor. Estou preocupado com você, linda. Só isso.

Fico imóvel por um momento, tentando me acalmar e respiro fundo. Por mais que o homem me faça sentir que sou o centro de seu universo, ele às vezes me frustra pra cacete.

— Alex, eu te amo, mas não vou permitir que você me controle.

Eu disse. As três palavrinhas finalmente escaparam enquanto eu me concentrava em controlar minha raiva.

Agora elas estão ali penduradas, permanecendo entre nós, e não há nada que eu possa fazer para tê-las de volta.

Alex estanca. Seu rosto fica pálido, e seus olhos estão arregalados.

— O quê? — pergunto. O sentimento de vazio que tive no início de nosso relacionamento, aquele que continuava me dizendo que isso nunca daria certo, me atinge como um vendaval.

Alex não responde. Ele apenas fica me encarando, horrorizado. Eu já sei o que é, e estou tendo uma luta interna entre simplesmente deixar para lá ou obter a confirmação que fará minha vida implodir e que me mandará direto para aquele lugar escuro ao qual jurei que nunca mais iria.

— Você está chateado porque eu disse que te amo?

Por favor, por favor, por favor, não deixe que seja isso.

— O amor não existe, Kylie. Não para mim. Morreu há muito tempo. — Alex está tão frio, tão distante.

Não poderíamos estar mais longe um do outro nem se estivéssemos em lados opostos do Grand Canyon.

— O que isso significa, Alex? — Engulo com força o caroço seco alojado na minha garganta.

— Não é algo que eu possa te oferecer. — Ele não se moveu, não respirou.

Acho que ele nem sequer pestanejou uma única vez durante esta conversa. Ele apenas mantém seu olhar inexpressivo, sem emoção, e tudo em que posso pensar é que nunca os vi tão gelados.

— E você não vai nem tentar? É isso? Já se foi, e você nem vai tentar me amar? — Meu coração está sendo esmagado. É a dor mais forte que já senti, e tenho certeza de que estou prestes a desmaiar a qualquer minuto.

— Não tem nada a ver com tentar. Eu não tenho capacidade de amar. Eu quero você. Eu preciso de você desesperadamente. Eu me preocupo com você mais do que jamais me preocupei com alguém. Quero passar o resto de minha vida ao seu lado, e não consigo imaginar minha vida sem você.

— Você apenas se recusa a me amar — pontuo, tentando manter minhas emoções sob controle enquanto tento entender como eu posso ter lido mal todos os sinais.

— Não estou me recusando, Kylie. Simplesmente não é uma escolha. Eu nunca amarei, nem você, nem ninguém.

As palavras me picam como mil abelhas.

— *É* uma escolha, Alex. Você escolheu me permitir pensar e sentir e me apaixonar irremediavelmente por você, mesmo sabendo que nunca sentiria o mesmo por mim.

Alex olha para baixo.

— Eu te disse que não poderia te dar tudo, Kylie.

— Sim, você me disse muitas coisas. Você me disse para dar um salto de fé, me implorou para confiar que você não me machucaria. Você só não conseguiu deixar claro que nunca me amaria, ao mesmo tempo em que eu ficava loucamente apaixonada por você. Mas você tem razão. Você nunca me prometeu amor. É culpa minha. Lutei contra todos os meus instintos e me permiti acreditar que isso, que acreditar em *você*, seria diferente.

Eu quero fugir daqui e esquecer que conheci Alex Stone. Quero rastejar em uma caverna escura e chorar até que não haja mais lágrimas, e dormir para sempre.

— Nada mudou, Kylie. Ainda sinto o mesmo por você agora que senti ontem, quando era suficiente para você.

— Tudo mudou. Ontem, eu pensava que queríamos as mesmas coisas e que estávamos indo na mesma direção. O que você está me oferecendo é uma vida sem amor. Agora, essa se tornou uma relação completamente insustentável.

Há uma batida na porta, e Jake entra.

— Sr. Stone, a chamada da China está na espera.

Alex olha para mim e suspira.

— Preciso atender. Ele se vira e vai para a mesa, e eu fico ali, encarando as suas costas.

Estou em total descrença, completamente entorpecida. Pego minha bolsa do chão, e saio do escritório. Vou até a cozinha, sem direção nem propósito. Não tenho a menor ideia do que fazer ou para onde ir. Minhas lágrimas pararam, e minha mente está uma confusão. As únicas palavras que ecoam através do meu cérebro são *acabou tudo*, o que despedaça o meu coração e perfura a minha alma enquanto ressoam através do meu corpo.

MALEVOLÊNCIA 321

CAPÍTULO 59

Eu vejo um envelope ao lado de um bilhete no balcão e também um par de chaves pretas. Pego a nota da concessionária Porsche e percebo que as chaves são do meu carro novo.

Olho ao redor, garantindo que estou sozinha, pego as chaves, abro a porta da garagem com todo o cuidado e corro até o Porsche. Eu me acomodo rapidamente atrás do volante, ligo o carro, dou ré e engato a primeira marcha, descendo pela entrada da garagem. Assim que o portão aparece, pressiono o botão do controle, passo cantando pneu, e logo o fecho.

Estou em piloto automático enquanto me dirijo para a cidade. Minha casa ainda está em construção, e me recuso a expor os meus problemas para a rede de fofocas do escritório. Eles já tiveram o suficiente da minha roupa suja para mantê-los sussurrando e felizes por um tempo. Tomando a próxima saída, eu subo a I-95 norte, indo para Ryan e Paul em Nova York.

Meu celular começa a tocar no assento do passageiro. Não é surpresa que o identificador de chamadas indique que é Alex. Eu pressiono *recusar* e o atiro de volta no assento. Sua persistência nos dez minutos seguintes me irrita o bastante para eu finalmente desligar o telefone e aumentar o volume do som do carro para níveis quase desumanos.

Tento compreender todas as informações que Alex acabou de me dar. Ele não me ama. Parece tão incompreensível. Eu sei que senti. Estávamos nos movendo juntos, nos apaixonando. Eu poderia ter me enganado assim? Será que eu queria tanto acreditar que era possível que vi o que queria ver?

O fato de Alex não me amar agora não é tão arrasador quanto a admissão de que ele nunca me amará. As lágrimas ardem nos meus olhos e começam a cair. *Então é isso. É assim que tudo vai pelos ares.*

Estou desesperadamente apaixonada por ele, mas esse amor nunca será correspondido. Estou condenada a estar em um relacionamento em que nunca sentirei que sou amada. *Como é possível? Eu posso fazer algo assim?* A ideia de nunca mais estar com ele, de viver minha vida sem ele, quase me arranca o coração do peito.

Eu percorro a cidade até o Upper East Side e estaciono em frente ao prédio onde Paul e Ryan moram. O manobrista sai correndo e eu lhe dou o nome de Paul e o número do apartamento antes que ele me entregue o tíquete para recuperar o carro.

Ronnie, o porteiro, me cumprimenta.

— Que prazer vê-la de novo, Srta. Tate. Já faz um bom tempo.

Este homem sempre me surpreende. Ele só me vê algumas vezes por ano e sempre se lembra de mim.

— Parabéns por ter ganhado seu grande caso — acrescenta.

Eu sorrio para ele.

— Obrigada, Ronnie. É um prazer te ver também. — Passo pelo saguão e vou até o balcão de segurança e dou meu nome ao guarda uniformizado.

— Você pode subir, Srta. Tate — o guarda anuncia, ao me devolver minha carteira de motorista.

Aceno e vou até os elevadores, esperando encontrar alguém em casa, já que não avisei que estava vindo. Não suporto a ideia de voltar a ligar o meu celular, com medo de ceder e atender a ligação de Alex e depois permitir que ele me convença a voltar.

Eu bato à porta do apartamento e ela é aberta imediatamente.

Ryan olha para mim, mas não parece nada surpreso ao me ver. Com o celular no ouvido, ele anuncia:

— Ela está aqui. — E me deixa entrar.

Ele me entrega o celular.

— É o Alex.

Balanço a cabeça. Ainda não estou pronta para falar com ele.

Ryan cobre o telefone.

— Ele está preocupado, K. Apenas diga a ele que você está bem. Ele precisa ouvir sua voz. O cara merece isso.

Eu pego o telefone enquanto Ryan fecha a porta e entra na cozinha, me dando um pouco de privacidade.

— Alô? — atendo, tentando controlar o tremor repentino da minha voz.

— Graças a Deus. — Alex suspira. — Você está bem?

Não!

MALEVOLÊNCIA

— Eu estou segura, Alex. — *Mas longe de estar bem.*

— Quando você volta para casa? — Sua voz é dócil e infantil.

Lágrimas voltam e correm pelos caminhos já demarcados no meu rosto.

— Não sei, Alex. Preciso de tempo para pensar.

— Por favor, não me afaste, Kylie.

Meu coração está doendo, e eu só quero me jogar no chão e ficar em posição fetal. Eu o amo tanto e, neste momento, respirar é uma dor física.

— Eu tenho que ir, Alex. Não posso falar no momento. — Minha voz mal é um sussurro enquanto o choro me sufoca.

— Tudo bem — ele aceita, mas soa completamente derrotado. — Por favor, me prometa que você não irá a lugar nenhum sem o Ryan nem o Paul. Ainda não é seguro, Kylie.

— Prometo. Tchau, Alex. — Um soluço suave escapa da minha garganta.

— Deus, Kylie... — Alex fica quieto por um momento e depois sussurra: — Tchau, linda.

Ao entrar na cozinha, devolvo o celular a Ryan antes de cair nos braços dele, soluçando.

Passo a noite recontando os eventos das últimas semanas para Ryan e Paul enquanto nos sentamos na sala de estar para comer comida chinesa. Pouca comida chegou até a minha boca, mas eu a movi com destreza ao redor do prato.

Os traços de Paul se torcem violentamente quando conto do gato morto na caixa, assim como as ameaças contidas nas fotos. Eu sei que ele está desejando ter matado o John na noite em que o homem me bateu. Termino revivendo a briga horrível que Alex e eu tivemos, culminando na descoberta de que estou apaixonada por um homem incapaz de, ou não está disposto a, me amar de volta.

Pelo menos agora tenho a confirmação do que suspeitei durante toda a minha vida. Ninguém é capaz de me amar.

— Kylie, em que diabos você estava pensando, saindo assim? Se o psicopata do Sysco está te observando, ele poderia ter te seguido e te interceptado na estrada, ou pior. — diz Paul. — Você não pode ser impulsiva neste momento. É muito perigoso.

— Eu sei. Eu não estava pensando. Eu só precisava fugir. — A vergonha me toma de assalto.

Ryan segura a minha mão.

— Não é de se admirar o Alex estar pirando quando ligou. Não importam as circunstâncias, Kylie, amor ou não, esse homem se preocupa demais com você. A prioridade número um dele é te manter em segurança.

Eu deveria me sentir incrivelmente culpada, sabendo que Alex devia estar morto de preocupação. *Mas que se dane*. Uma parte maior de mim quer que ele sofra, quer que ele sinta a mesma dor que eu estou sentindo. Paul e Ryan podem não entender, mas eu não me importo. Confiei em Alex e, agora, estou sofrendo. E nem fodendo eu vou pedir desculpas por minhas ações.

Passo todo o dia de sábado na cama, debaixo das cobertas. Paul e Ryan vieram algumas vezes ver como eu estava, tentando me convencer a comer. Recusei, e eles me deixaram em paz, me permitindo lidar com a situação do meu jeito. Ouvi o celular deles tocando durante todo o dia, e presumo que seja Alex para saber sobre mim.

Por volta das seis da tarde, meu celular apita com uma mensagem de texto de Alex. É o primeiro contato que tenho com ele desde o telefonema da noite anterior.

> Eu só preciso saber que você está em segurança.

Meu coração incha à medida que as lágrimas que têm escorrido várias vezes ao longo do dia voltam. Tremendo, eu respondo.

> Estou em segurança. Não estou saindo do apartamento. Paul e Ryan estão comigo.

Quero falar com Alex, ouvir a voz dele, mas não estou em condições de suportar uma conversa.

> Está bem.

Que é imediatamente seguida por outra:

> Sinto sua falta.

Eu digito *te amo*. Mas depois eu deleto e substituo com *sinto sua falta. Só estou muito confusa*. E aperto em *Enviar*.

Depois de um momento, Alex responde.

> Eu sinto muito.

Seco as lágrimas e me aventuro na sala de estar onde Paul e Ryan estão vendo televisão. Paul está esparramado no sofá e abre os braços quando me vê. Ávida, caio ao lado dele e permito que ele me envolva.

Enquanto estou deitada ao lado dele, como já fiz tantas vezes antes, quando minha vida parecia ser uma confusão sem esperança, ele sussurra:

— Vai ficar tudo bem, Kylie. — O que faz um novo fluxo de lágrimas escorrer pelo meu rosto.

CAPÍTULO 60

Domingo eu acordo no meio da manhã, e vou em busca de café. Paul e Ryan ainda estão de pijama enquanto eu vou até a cafeteira. Ryan está encostado ao balcão e eu me viro e fico ao seu lado.

Ele passa o braço ao redor do meu ombro e beija a lateral da minha cabeça.

— Bom dia, docinho.

Eu sorrio de volta para ele, e lhe dou um beijo rápido na bochecha.

— O que você gostaria de comer?

— Eu estou bem por ora. Vou pegar alguma coisa daqui a pouco — respondo, mas estou completamente sem apetite.

Ryan me olha com frustração, e eu o aplaco:

— Prometo que comerei mais tarde.

O celular do Paul toca, e ele atende do jeito profissional de sempre.

— Você está na cidade?

Paul olha para mim e depois para Ryan, e eles parecem ter uma conversa sem me envolver nela.

Eu gostaria que as pessoas parassem de fazer isso quando eu estou por perto!

— Tudo bem, claro, eu posso me encontrar com você. Não há problema nenhum. — Paul se levanta da banqueta e vai até o escritório.

— Negócios em um domingo? — pergunto ao Ryan.

Ele dá de ombros.

Meia hora depois, Paul sai pela porta.

— Já volto — diz, e logo está trancando a porta.

Ryan e eu estamos sentados na sala de estar, no sofá, quando ele decide se referir ao elefante na sala.

— O que você vai fazer quanto ao Alex, docinho?

— Não tenho certeza. É uma situação de merda. Eu o amo mais do que jamais pensei ser possível. Eu quero estar com ele, mas sei que vou passar todos os dias pensando se este é o dia em que ele finalmente me deixa.

Ryan suspira.

— Por que você faz isso, K? — Há uma ponta de irritação em sua voz. — Você não pode passar o resto da vida pensando que ele vai te deixar.

— Ele não me quer, Ryan. Ele me disse que nunca vai me amar.

— É ele quem está tentando resolver a situação e falar com você, e está te dando espaço. Não foi ele quem foi embora, Kylie. Foi você.

— É só uma questão de tempo — respondo, com teimosia.

— Não tem como você saber, K.

A frustração entra em cena, e minha voz se eleva.

— Ele me disse que não me ama agora e que nunca me amará no futuro, Ryan. Nunca. Acho que é uma indicação bastante clara de que esse relacionamento não vai durar.

Ryan amolece e tenta me acalmar.

— K, ele te ama. Qualquer um que o vê com você reconhece que ele está apaixonado por você. Ele simplesmente não tem ideia do que está sentindo. Ele lhe diz que se preocupa contigo e que precisa de você ao lado dele para sempre. Isso é amor, querida. Por alguma razão, Alex confia no amor tanto quanto você. Talvez ele só precise ficar à vontade com os sentimentos e com a ideia antes de dar nome aos bois. O homem está caidinho por você. Vocês dois são tão teimosos. Mas não desista dele ainda.

Ele se inclina e me dá um abraço. Talvez o tempo seja tudo de que Alex precisa. Infelizmente, eu posso ficar ressentida enquanto o espero tomar uma decisão.

Uma hora depois, Paul volta de sua reunião e se junta a nós na sala de estar. Conversamos por mais uma hora antes de eu me levantar.

— É melhor eu voltar.

— Você está voltando para a casa do Alex? — Paul pergunta assim que se levanta.

Balanço a cabeça.

— O Marriott, não muito longe do escritório. Vou esperar dois ou três dias e tentar resolver as coisas.

Paul me lança um olhar severo.

— Certo, mas me avise quando você chegar. E ligue para o Alex e conte quais são seus planos, Kylie. Ele está borrado de medo, tentando te manter a salvo, e não é justo você deixar o homem preocupado.

Eu aceno com a cabeça.

Paul me levanta com um abraço de urso.

— Eu te amo, Kylie.

— Eu também te amo, Paul.

Ele me põe no chão, e eu vou até o hall de entrada, pego minha bolsa e o ticket para entregar ao manobrista. Ryan está atrás de mim, e quando me viro, ele me abraça.

Eu enterro minha cabeça em seu pescoço.

— Obrigada por tudo, Ryan. Eu te amo tanto.

— Eu também te amo, docinho. Pense no que eu disse, por favor.

— Eu vou. — E o beijo antes de ir para o elevador.

Decidi esperar até sair do congestionamento da cidade para ligar para Alex. O telefone dele toca apenas uma vez.

— Kylie?

Derreto só de ouvir sua voz, e gostaria de poder ser enrolada em seus braços.

— Oi — respondo, com suavidade.

— Onde você está?

— Voltando. Eu só queria que você soubesse onde vou ficar.

— Ah. — A decepção na voz dele é inconfundível. — Você não vai voltar para casa?

— Eu preciso de mais tempo.

— Eu preciso ver você, Kylie. Essa situação está me matando.

— Me dê alguns dias. Estou processando tudo. Só preciso de um pouco mais de tempo. Por favor.

— Onde você vai se hospedar?

— No Marriott.

— Por favor, tenha cuidado, Kylie.

— Sim. Prometo. — Há muito mais que quero dizer a ele, mas tudo está tão confuso. Preciso resolver as coisas na minha cabeça antes de falar sobre meus sentimentos, seus sentimentos, nosso futuro. E preciso que esse balão de chumbo de cem quilos se levante do meu peito, para eu poder respirar novamente.

Duas horas e meia depois, estou fazendo o check-in no hotel. O recepcionista confirma a suíte da cobertura e eu fico olhando para ele até perceber que Alex pediu o upgrade. Abro a boca para recusar, mas não preciso entrar em uma discussão agora. Alex se sentirá mais confortável se eu estiver em um quarto seguro onde o acesso ao andar é limitado. Isso também o manterá afastado, que é o que eu realmente preciso no momento.

Uma vez na suíte, caio no sofá e olho ao redor da área de estar grande e espaçosa. Uma escrivaninha fica em frente a uma longa fileira de janelas, e eu me concentro em uma maleta posta em cima dela. Atravesso a sala e a abro, confirmando que é a minha.

Sacudo a cabeça, entro no quarto adjacente, abro o armário e verifico minhas suspeitas. Aproximadamente sete dos meus ternos, assim como várias blusas e calças, estão bem pendurados ali. Alex mandou trazer roupas, e eu suspeito que artigos de higiene pessoal, de casa.

Eu me afundo na cama, uma onda de calor flui através de mim. Talvez Ryan esteja certo. Talvez Alex simplesmente não perceba que está apaixonado. *Mas foi ele mesmo quem disse que nunca me amará.*

Não importa quais sejam seus motivos ou as suas razões, este é apenas mais um exemplo de Alex e de sua consideração, uma das muitas razões pelas quais eu o amo.

Pego o celular e lhe envio uma mensagem:

> Obrigada pelo quarto e pelas roupas.
> Eu agradeço de verdade.

Vou até a cômoda e abro gavetas cheias de calcinhas, sutiãs, roupas de academia e pijamas. Pego um pijama e me troco quando o telefone apita.

> Qualquer coisa por você, linda.

A mensagem me faz sorrir, e enquanto me conforta, não posso deixar de pensar: *qualquer coisa, não, já que me amar não é uma delas.*

CAPÍTULO 61

Os dois dias seguintes são um borrão. Vou e volto do escritório sem rumo, escoltada por Thomas. Meu apetite desapareceu, o que me força a subsistir com uma dieta composta de café durante o dia e vodca tônica para dormir.

Na terça-feira, estou menos do que entusiasmada quando me arrasto até a sala de conferências, pronta para me reunir com a nova equipe de litígio no caso Barber. Meu auxiliar é o Casey, um advogado do quarto andar, que é um defensor decente, mas que está ansioso demais para provar o seu valor. Ele já visitou meu escritório três vezes desde que foi designado, e tenho a nítida sensação de que ele está medindo as dimensões da sala para ver se seus móveis se encaixam lá. Tenho certeza de que não há nada de que ele vá gostar mais do que me superar neste caso. E já que Gil voltou para a faculdade de direito, temos outra nova adição à equipe: Katy, uma assistente jurídica altamente experiente, tomará o lugar dele enquanto Lisa cuida de tudo o mais.

Estamos na metade da tarde quando chegamos a um bloqueio. O relatório do legista e as minhas anotações detalhadas não estão em lugar nenhum. Frenética, reviro o meu escritório pela terceira vez e, de repente, visualizo onde os deixei: na mesa da biblioteca, ao lado do divã na casa de Alex.

Merda!

Dispenso a equipe mais cedo enquanto penso como posso ir até a casa dele para recuperar a documentação.

Rezo para que Alex esteja no escritório, permitindo que eu possa entrar e sair sem ter que lidar com ele. Não estou em condições de vê-lo. Sinto tanta falta dele que chega a doer pensar em estar perto dele sem tocá-lo. Mas ainda estou tentando descobrir como ter uma discussão sobre nosso futuro juntos, sendo que estou convencida de que nosso relacionamento não será duradouro. Eu o amo, mas minha cabeça não para de repetir que ele nunca me amará, o que me faz despencar de novo.

Thomas e eu entramos na cozinha.

— É só um minuto, e depois vamos embora.

Thomas acena com a cabeça, e eu vou em direção à biblioteca. Passo furtiva pelo escritório dele, e olho para lá. As luzes estão acesas e o notebook está em cima da mesa, mas Alex não está em nenhum lugar.

Ótimo! Pegue o que precisa, e vá embora!

Caminho rapidamente até a mesa da biblioteca e pego a documentação. Sem me virar, eu sei que Alex está atrás de mim. Sua presença avassaladora enche a sala e faz os pelos dos meus braços se arrepiarem. As portas da biblioteca se fecham e eu sou um potinho cheio de emoções quando me viro e o enfrento pela primeira vez em cinco dias.

Eu me enraízo bem ali. Meu peito se agita, e minha respiração fica mais intensa. Alex está de pé no meio da sala. Ele não está barbeado, e parece cansado, mas o homem ainda é incrivelmente sexy. Olhamos um para o outro, nenhum de nós fala nada.

Por fim, Alex vem na minha direção, e eu me sacudo do atordoamento em que me encontro.

— Vim apenas buscar algumas anotações de que preciso. — Paro de olhar para ele e encaro os documentos em minhas mãos.

Alex coloca a mão sob meu queixo e levanta minha cabeça para olhar nos meus olhos mais uma vez. Ele encontra meus lábios, e desliza a mão para a parte inferior das minhas costas, me puxando para mais perto. Ele solta meu queixo e acaricia meu rosto.

Eu me sinto caindo dentro dele, querendo que ele continue. O calor enche meu coração e se espalha pelo meu corpo. É tão bom…bom demais. Mas não vai durar, e esse fato acerta em cheio o meu peito.

— Alex, pare. — Mas minha mente está lutando com meu coração, e meu coração está determinado a ficar quieto. — Por favor, Alex — imploro, enquanto seus lábios se movem para o meu pescoço. Meu corpo não tem força de vontade para se distanciar dele, apreciando o seu toque. — Por favor, pare.

— É isso que você quer, Kylie? Você realmente quer que eu pare?

Sua voz, seus lábios, seu toque, eu preciso deles desesperadamente.

— Não — admito, sucumbindo a ele.

Rajadas de calor e prazer viajam por todo o meu corpo. É inútil negar a mim mesma o que tenho desejado durante tantos dias. Eu não quero apenas o seu toque. Eu preciso dele. É o que alimenta meu coração e minha alma, e o que está me trazendo de volta à vida.

Ele tira os blocos de anotações das minhas mãos e os joga no chão. Movendo seu corpo contra o meu, ele me deita no divã. Alex desliza as mãos pelas minhas pernas, levantando minha saia até os meus quadris. As sensações de formigamento deixadas pela ponta de seus dedos me obrigam a respirar fundo. Enganchando os dedos na minha calcinha, ele a puxa enquanto estou ocupada com o botão do seu jeans e o retiro pelas pernas. Ele traz os lábios até os meus, levo as mãos por debaixo da sua camisa, acariciando e afagando seu peito musculoso. Nosso beijo é profundo conforme nossa língua luta e brinca uma com a outra. Estou perdida nele, incapaz de pensar com clareza e de me lançar à névoa que ele cria quando me toca.

A sensação dele entrando em mim depois de uma separação tão longa é tão boa, tão certa, e eu estou em sobrecarga.

Mergulhamos em um beijo apaixonado e profundo que dura até nosso orgasmo explodir, levando-nos a um êxtase frenético.

Alex abaixa a testa sobre a minha no que tentamos acalmar nossa respiração. Ele levanta a cabeça e olha nos meus olhos. Por um momento, fico perdida em seu olhar até meu cérebro me pregar uma peça cruel, me forçando a reviver o momento que Alex disse que não me ama e que nunca me amará. Fecho os olhos para deter a memória, mas as lágrimas voltam, como sempre acontece quando a visão ressurge.

— Kylie, você está chorando? — Alex se levanta de mim e me puxa para ficar sentada ao seu lado. — Linda, o que há de errado?

— Isto foi um erro. — Puxo a saia para baixo e seco minhas lágrimas.

Eu me levanto, endireito minhas roupas, e Alex se apressa para vestir o jeans. Pego minhas anotações no chão e me dirijo para as portas duplas. Na metade do caminho, ele agarra meu braço e me vira para encará-lo, seu rosto está inexpressivo; seus olhos, bem abertos; e os lábios, ligeiramente separados.

— O que acabou de acontecer aqui, Kylie?

— Fizemos sexo. Apenas sexo. O que nós não fizemos foi fazer amor. Nós nunca fizemos amor. Sempre foi apenas sexo. Somos muito bons nisso, vou ser obrigada a confessar, mas não tem significado.

Uma sombra cruza o rosto de Alex.

— É sério que você se sente assim?

— Não, Alex, é como você se sente. Até alguns dias atrás, eu estava convencida de que significava algo para nós dois. Eu pensava que você estivesse fazendo amor comigo, que nós tínhamos um vínculo. Mas eu estava errada. Não há nenhum vínculo. Não é nada mais do que sexo altamente gratificante.

— Não é verdade, Kylie. Significa muito para mim.

Alex pega a minha mão, mas eu me solto e continuo em direção à porta.

— Eu tenho que ir.

Mas ele vem atrás de mim, e coloca as mãos de ambos os lados da porta, me prendendo.

— Por favor, pare de fugir de mim.

Sua cabeça está a centímetros da minha, e eu posso sentir seu hálito quente em mim. Tudo o que eu quero fazer é me virar e cair em seus braços, deixar que ele me convença de que podemos ser felizes sem amor. Mas é uma mentira. Não podemos sobreviver só com o meu amor. Eu não sou forte o suficiente.

— Nada mudou, Alex. Preciso de mais tempo para descobrir como ficar, sabendo que você nunca vai me amar, nunca vai sentir por mim o que eu sinto por você. Eu te amo, mas, neste momento, dói tanto que mal consigo respirar.

— Kylie, por favor, não faça isso.

Eu me viro para ficar de frente para ele, precisando que ele veja a dor que corre por todo o meu corpo.

— Alex, meu coração está partido. Eu não quero ir, mas não posso ficar. Dói muito te ver. Você é tudo para mim, e me mata saber que eu não sou suficiente, que nunca serei suficiente.

Alex fecha os olhos.

— Você é suficiente. Você é tudo para mim, também.

— Você não confia em mim, Alex. — Suspiro, e apoio minha cabeça na dele.

— Confio. Eu confio em você mais do que em qualquer outra pessoa.

— Então, me diga. — Levanto a voz, e a frustração se instala. — Me diz por que o amor está morto para você. Me diz que relação isso tem com os seus pesadelos, os pesadelos que você ainda se recusa a compartilhar comigo. Me diz por que você precisou que eu chegasse à sua vida para conseguir voltar a se relacionar com a sua família. O que aconteceu com você?

"Eu te confiei o segredo mais profundo, mais sombrio e mais humilhante da minha vida. Confio em você com minhas esperanças e meus medos, mas você não confia em mim. E eu não entendo por quê. Só sei que não posso te dar o que você precisa. Não posso te ajudar nem te curar. Você não consegue ver? Você não confia em mim o suficiente para compartilhar seus medos."

Respiro fundo. Não sou forte o bastante para voltar a sair por aquela porta, e preciso que ele me liberte.

— Você tem que me deixar ir, Alex. Por favor, me deixe ir, para que eu possa aprender a viver sem você.

MALEVOLÊNCIA

CAPÍTULO 62

Alex solta a minha cintura enquanto ele se afunda no chão, sua cabeça cai no peito.

— Não posso te perder, Kylie. Só não posso passar por aquilo novamente. Por favor, linda, eu não posso perder você também. — Ele enterra a cabeça nas minhas pernas, envolvendo-as com as mãos, me segurando com força.

Meus joelhos cedem, e eu escorrego para o chão, seguro seu rosto com as duas mãos e o forço a olhar para mim. Eu quero entrar em sua mente. Em suas memórias, agarrá-las e forçá-las a se revelarem na luz.

— Alex, por favor, me explica do que está falando. Por favor, me deixe te ajudar.

Alex sustenta meu olhar e depois acena com a cabeça. Eu suspiro aliviada, pois, de alguma forma, finalmente o alcancei.

— As pessoas que você pensa que são meus pais são, na verdade, meus tios. Eles nos adotaram, todos nós, após a morte da nossa mãe. Harold é irmão da minha mãe. Minha mãe, Ellen, foi morta pelo meu pai.

Sufoquei o arquejo que forçou caminho pela minha garganta. Eu não quero fazer nenhum tipo de movimento nem emitir nenhum som. Preciso mantê-lo falando. Mas minha cabeça está girando com a revelação.

Alex olha para mim, e eu pego suas mãos nas minhas e as aperto. Lágrimas enchem os olhos dele, e sua voz fica muito baixa.

— A culpa foi minha. Eu não pude salvá-la.

Meu coração dói, e eu quero jogar meus braços em volta dele e acalmá-lo. Não me surpreende nada que Alex se sinta assim, assumindo toda a responsabilidade pela morte de sua mãe. É ele. É o Alex. É por isso que eu o amo tanto.

Eu me sento em silêncio, paciente, permitindo que ele passe por isso da melhor maneira que puder.

— Começou quando eu era criança. Talvez seja uma das minhas primeiras lembranças. Eu não sei. Ele batia nela quando estava bêbado, o que era a maior parte do tempo, e ele a chamava de nomes horríveis. Eu era muito pequeno para ajudar a minha mãe ou para detê-lo, então eu me escondia no armário até ele ir embora. Então eu ia até ela, limpava o sangue do nariz ou de seus lábios, levava água para ela. Minha mãe me dava a mão e me dizia que estava bem e que eu não deveria me preocupar. Conforme fui crescendo, eu a ajudava a ir para a cama, colocava gelo nos olhos inchados ou limpava os cortes. Prometi a ela que um dia o deteria, e ele nunca mais a machucaria novamente.

"A Patty é a única que realmente se lembra de alguma coisa da época. Ela se lembra da nossa mãe, mas não tanto quanto eu. Ela tem fragmentos de memórias, mas acho que bloqueou as coisas ruins. Nós nunca tocamos no assunto, também nunca falamos sobre ele. Will e Ellie eram muito pequenos. Eles não se lembram de nada dela. Ellie era bebê. Francine é a única mãe que ela já conheceu. Eles só conhecem minha mãe através de fotografias e histórias antigas que Harold e Francine contam sobre ela. Mas eles nunca falam de como ela morreu ou da vida que foi forçada a levar com *ele*."

Alex respira fundo e exala enquanto as lembranças o inundam, e eu me preparo para o que vem a seguir.

— Certa noite, quando eu tinha uns quinze anos, ele chegou em casa e começou a bater nela. Ele foi implacável. O homem simplesmente não parava de bater nela. Ela caía, e ele a forçava a se levantar para dar outro soco que a mandaria para o chão novamente. Ela tentou bloquear os golpes, mas ele se elevou acima dela e simplesmente a espancou. Lembro de estar tão zangado, mais furioso do que jamais tinha estado. Eu corri para cima dele, tentei derrubá-lo, dei um soco nele, mas ele era muito mais forte do que eu. E ele sabia como lutar, como lutar sujo. Ele se virou contra mim, começou a me espancar, até que finalmente me deixou inconsciente.

Alex para por um momento. Quero fechar os olhos e bloquear as imagens dele tentando defender a mãe, sendo derrubado por um homem que deveria cuidar dele e o amar.

Nossa infância foi tão diferente, mas, no final das contas, foi a mesma. Pais incapazes de serem pais. Eu sofro por ele, pois o imagino crescendo em meio a tanta violência.

MALEVOLÊNCIA

Quando Alex volta a levantar a cabeça, as lágrimas correm por suas bochechas, e tudo o que desejo fazer é lhe dizer que ele não precisa mais continuar. Mas eu sei que esta é a única maneira de ele superar a dor, a única maneira de deter os pesadelos, a dor e a culpa.

— Quando recuperei a consciência, eu a encontrei deitada no chão. Consegui rastejar até ela, e foi aí que vi todo o sangue. Vinha de seu nariz e de sua boca, e ela estava tendo dificuldades para respirar. Deus, ainda consigo ouvir o som enquanto ela tentava puxar o ar. Foi horrível. Eu disse a ela que ia buscar ajuda, mas ela agarrou minha mão e implorou que eu ficasse. Ela disse que não lhe restava muito tempo e que queria estar comigo. Ela me fez prometer que cuidaria dos outros e diria a eles o quanto ela os amava. Minha mãe me pediu desculpas, me disse o quanto lamentava por eu ter tido que lidar com ela e com os problemas do meu pai, que não tinha sido justo para mim.

"Ela me disse o quanto me amava e como desejava poder me ver crescer e me apaixonar. Então tudo ficou em silêncio. Ela se foi, em um piscar de olhos, sem mais sons respiratórios, sem mais lágrimas. A luz em seus olhos... Deus, ela tinha olhos tão bonitos. A luz simplesmente se apagou. — Alex me puxa para si, enterra a cabeça no meu pescoço e soluça. — Ela tinha acabado de morrer. Eu não consegui salvá-la. Eu não consegui salvá-la. Eu falhei com ela."

Eu o abracei com força. Ambos nos sentamos e choramos, lamentando a perda de uma mulher que deu a vida ao homem sem o qual não posso viver. Tantos anos suprimindo os sentimentos que ele nunca enfrentou, e tudo verte de dentro dele enquanto ele se agarra a mim. Fecho os olhos e simplesmente o abraço, decidindo que o abraçarei pelo tempo que ele precisar, minutos, horas, dias. Não importa. Eu o abraçarei por toda a vida.

Por fim, a respiração dele volta ao normal, conforme as lágrimas diminuem. Ele afrouxa o aperto e me puxa para trás, fixando seus olhos nos meus.

Limpo as lágrimas do seu rosto e o beijo na bochecha.

— Sinto muito, querido — sussurro.

Alex olha para mim por um momento, e suas feições começam a enrijecer.

— O amor morreu para mim naquele dia. Morreu com ela. Já não existe mais.

— Isso não é o que ela queria para você, Alex. Ela queria que você se apaixonasse, que amasse alguém.

Alex faz pouco.

— Veja aonde o amor a levou. O sentimento a enfraqueceu.

— Não, Alex, foi o que a deixou forte. O amor que ela sentia por você e Patty, Will e Ellie... ela tirou força do amor de vocês.

— Ela morreu por causa do amor que sentia por ele — Alex diz, inexpressivo.

— Você está errado. Ela morreu por causa do amor que sentia pelos filhos.

Alex olha para longe de mim e balança a cabeça, negando qualquer validade em minhas palavras.

— Seu pai foi atrás de qualquer um de vocês, além de sua mãe, antes daquele dia em que você o desafiou? — pergunto, tentando fazê-lo olhar para mim novamente.

— Não.

— Você não vê, Alex?

Ele estreita os olhos e inclina ligeiramente a cabeça para o lado.

— Você não vê como ela era forte? Ela se sacrificou por todos vocês. Enquanto seu pai estava apenas batendo nela e isso parecia saciá-lo, o resto de vocês estava a salvo. Ela amava vocês o suficiente para salvá-los de anos de agressões por parte de seu pai. Ela pode ter poupado um de vocês de ter o mesmo destino que ela.

Alex está me encarando, seus olhos estão escuros, e não tenho certeza se estou conseguindo chegar até ele, ou fazendo o homem ficar com raiva.

— Esse é o amor mais forte de que já ouvi falar, e você está disposto a jogar fora o amor com o qual ela presenteou vocês.

Os olhos de Alex se acendem com minha acusação, e ele cerra a mandíbula.

Suspiro e amaino a voz.

— Eu te amo tanto, Alex, e gostaria que você pudesse experimentar a profundidade dos sentimentos que tenho por você, os sentimentos que sua mãe tinha por você.

— Eu estou morto por dentro, Kylie.

— Me recuso a acreditar que isso seja verdade. Suas ações o traem, a maneira como você me salvou, mudou minha vida e me proporcionou tanta esperança para o futuro. Não, querido, você está assustado, assustado com o desconhecido. Eu também estou. Mas tenho muito medo de nunca mais sentir isso para não tentar. Eu te amarei para sempre... quer você

MALEVOLÊNCIA

339

me ame ou não. Essa é a minha escolha, não a sua. Sua escolha é ceder ao medo e não tentar jamais.

Sua voz é baixa e silenciosa.

— Não posso te perder, Kylie, mas não sei como te dar o que você precisa, o que você merece.

Afago o rosto de Alex, tentando não me concentrar na dor e na tristeza em seus olhos.

— Lindo, você tem uma concepção muito errada de amor. Você precisa redefinir o sentimento, não seguir a forma como outros o definem, nem mesmo como eu o defino, mas como você o define. Se concentre no que você quer que o amor seja. Como é a versão de Alex Stone do amor. Descubra, e depois ponha em prática. Não se impeça de amar alguém, ninguém, mesmo que esse alguém não seja eu. É uma sensação incrível de verdade, sabe, estar total, profunda e loucamente apaixonado. Eu sei por que é o que sinto por você.

Alex apoia a testa na minha.

— Eu sei que estou estragando tudo. Sei que estou te magoando. Às vezes, sinto que estou perdidamente apaixonado por você. Eu sinto as palavras e quero dizê-las. Então algo me agarra e me abala até as estruturas, e sinto a dor daquele dia. Eu sei que é medo, mas não consigo superar. Eu preciso de você, Kylie, mais do que preciso de ar. E tenho tanto medo de te perder por não poder te dar isto. Mas…Deus…por favor, não me deixe.

Eu fecho meus olhos, sabendo que Ryan estava certo. Que eu estava certa. O que eu sinto vir de Alex, o que ele já me deu, é real. Ele só não percebeu.

— Não vou a lugar nenhum. Prometo. Eu quero você. Eu preciso de você em minha vida tanto quanto você precisa de mim. Mas acima de tudo, eu te amo, Alex. Eu te amo.

Seus ombros caem, e seus olhos parecem tão cansados.

— Me ajude, Kylie. Me ajude a superar o medo. Eu quero te amar, quero sentir o que você sente sem toda a dor. Preciso de tempo, mas preciso de você aqui comigo.

Seus olhos penetram em minha alma e sei que não posso viver sem ele.

— Eu sou sua, Alex. Sempre. Para sempre.

Ele me agarra pela nuca e me puxa para os seus lábios. É um beijo suave, mas há tanta paixão e carinho e amor trocados entre nós dois. Mesmo que ele não seja capaz de admitir seu amor, sei que o sentimento está lá. Eu posso sentir.

Nós nos abraçamos e nos sentamos, envoltos um no outro, redescobrindo um ao outro. Ele se aninha no meu pescoço, me dando beijos suaves, enquanto eu deslizo meus dedos por seu cabelo, acariciando sua nuca de levinho. Nós nos encaixamos com perfeição, como se fôssemos feitos um para o outro.

— Alex? — chamo, bem baixinho.

— Humm?

— Podemos comer? — Meu apetite voltou de repente, e está furioso. — Estou morrendo de fome.

Alex ri e olha para mim, a faísca volta a seus cativantes olhos azuis ao mesmo tempo que um sorriso bobo cruza seu rosto.

— Sim, querida, podemos comer. — Ele se levanta e estende a mão para mim.

Abrimos as portas e voltamos para a cozinha. E eu sei que é exatamente aqui que eu devo estar.

MALEVOLÊNCIA

CAPÍTULO 63

Os próximos dias são nada menos do que pura felicidade, pois o reencontro entre mim e Alex trouxe ordem ao caos e voltou a colocar o mundo nos trilhos. As flores desabrocham com mais cor, os pássaros cantam com mais melodia, e Alex e eu existimos com mais harmonia.

Na quinta-feira de manhã, estou na cozinha, servindo a cada um de nós uma xícara de café, enquanto converso com Maggie sobre seus sete netos.

Alex entra, com o celular no ouvido, sua linguagem corporal está tensa. Seus olhos se prendem aos meus no mesmo instante.

— Quando foi? — Alex pergunta à pessoa que ligou. Ele fica quieto ao escutar a resposta, ainda olhando atentamente para mim. — Onde você o encontrou?

John!

Eu vou até Alex e fico de pé na frente dele.

— E ele está sob custódia agora? Entendi. Está bem. Obrigado.

Peço a Alex que me entregue o telefone antes de ele desligar.

— Espere um segundo, por favor, sargento. A Kylie precisa falar com você. — Alex me passa o telefone. — É o Reyes — ele sussurra.

Levo o telefone ao ouvido.

Fico quase surpresa por ele não ter dito que não, pois normalmente Alex quer lidar com estes assuntos sozinho, sentindo que eu fico mal ao me envolver. Viramos uma curva em nosso relacionamento. A separação, juntamente com Alex enfim se abrindo sobre sua vida, nos aproximou, fazendo de nós uma equipe. Sobrevivemos aos demônios um do outro, e agora somos muito mais fortes.

— Bom dia, sargento Reyes. Você pode me informar para quando o libelo dele foi marcado?

— Amanhã de manhã — Reyes informa.

— Ele já tem advogado?

Reyes escarnece.

— Você está brincando, não é? O homem pediu um logo que entramos para interrogá-lo. Não chegamos nem abrir a boca. — Ele faz uma pausa e eu posso ouvir o barulho dos papéis ao fundo. — Ele requisitou Dick Borsch.

Eu gemo.

— Eu odeio esse cara. Ele é um idiota. Alguma ideia de quem foi designado na promotoria?

— Não — Reyes responde.

— Tudo bem. Eu ligo para lá mais tarde. Obrigada, sargento.

Devolvo o telefone a Alex, e ele me puxa para dentro de seu abraço.

O alívio passa por mim ao perceber que John está preso e que é incapaz de nos ferir. É tão bom finalmente respirar de novo e poder relaxar. Alex sorri para mim, e posso dizer pela sua expressão que ele está pensando a mesma coisa.

Meu coração quase explode de amor por este homem. Ele me protegeu, me salvou de minha vergonha secreta, e quase extirpou todo o mal de minha vida. Agora, podemos começar a experimentar alguma normalidade, algo que tem faltado no nosso relacionamento.

Alex olha para além de mim, e eu me viro e vejo Jake entrar na cozinha.

— O Sysco foi preso — diz Alex.

As palavras fazem um sorriso imenso abrir caminho no meu rosto, e eu me volto para o corpo quente de Alex. Eu me aninho em seu pescoço, feliz e contente.

— Onde ele estava? — pergunta Jake.

— Garagem do meu escritório.

A resposta me abala até as estruturas. Eu ofego de forma audível ao sentir os sinais que indicam que um ataque de pânico está se aproximando. Minha respiração fica pesada e errática.

John poderia ter chegado até Alex e o matado.

Alex aperta os braços ao meu redor, seus lábios se aproximam da minha orelha.

— Calma, linda. Nada aconteceu. A segurança o capturou na mesma hora. Está tudo bem. Respire, Kylie.

Recuo e o olho nos olhos enquanto as perguntas que surgem na minha cabeça encontram seu caminho até a minha boca.

MALEVOLÊNCIA

343

— Checaram a garagem à procura de bombas ou algo do tipo? Será que ele entrou no prédio? Como ele foi capaz de entrar na garagem, para início de conversa?

Alex se inclina e me beija, um sorriso se abre em seu rosto.

— Linda, respire. Eu ainda não tenho todas as informações. Assim que eu tiver, responderei a todas as suas perguntas. A única coisa em que precisamos nos concentrar é que o John foi preso. Ele não pode mais te machucar. Ele não pode mais machucar nenhum de nós.

Tenho medo de me permitir acreditar nisso. Faz tanto tempo que sonho com esse momento. É difícil acreditar que é verdade.

O SUV chega à cidade. Alex e eu estamos sentados em silêncio na parte de trás, de mãos dadas.

Desde que soube que John foi preso, minha mente tem estado em sobrecarga enquanto listo o que preciso fazer para garantir que ele seja condenado e que nunca mais possa ferir Alex ou a mim de novo.

Eu me viro ligeiramente e, enfim, rompo o silêncio.

— Tenho que passar no tribunal antes de ir ao escritório.

— Tudo bem. Você tem audiência hoje de manhã?

— Tenho que ir à promotoria para falar com o Matt antes que a prisão de John se torne pública. Ele tem que ouvir tudo, tudo mesmo, de mim. Tenho que dar o meu lado antes que o John tente distorcer as coisas. — Respiro fundo mais uma vez. — E preciso que você venha comigo.

— É claro, linda — ele responde, sem hesitar.

Eu expiro.

— Tem certeza? Sinto que estou sempre te afastando de seu trabalho para lidar com as minhas porcarias.

Tenho dominado sua agenda desde que nos conhecemos. Ele tem estado tão concentrado em mim e em meus problemas, sem mencionar o fato de que meu ex está tentando matá-lo. Acho difícil acreditar que seus negócios não estejam sofrendo por minha causa.

Você é tão complicada, Kylie.

— Tenho certeza. — Ele aperta minha mão. — Meu horário está livre hoje. Além disso, eu nunca te faria passar por isso sozinha. Você é mais importante do que qualquer reunião de negócios que eu poderia ter.

Assim, mais uma vez me lembro da minha sorte por ter o Alex. Nunca fui o centro do mundo de alguém, a pessoa que é cuidada e priorizada. Isso nunca deixa de me tirar o fôlego, me aquecer completamente e me fazer me perguntar o que fiz para merecer este homem incrível ao meu lado.

MALEVOLÊNCIA

CAPÍTULO 64

— Kylie — Matt me chama ao passar pela recepcionista, olhando para a área de espera onde eu e Alex estamos.

— Oi, Matt. — Eu o cumprimento quando ele aperta minha mão, depois a de Alex.

— Você tem um minuto?

— Claro. Entrem. — Ele nos conduz até seu escritório e faz sinal para as duas cadeiras em frente à sua mesa.

— Não sei se você está ciente do que está acontecendo com o John Sysco?

— Sim, eu vi o arquivo, e me avisaram hoje de manhã que ele foi preso. Parece bastante sólido, e se fosse outra pessoa que não o John, eu estaria me sentindo bastante confiante nas minhas chances.

Eu sei exatamente o que ele quer dizer. John é um oponente formidável. Agora que é o pescoço dele em jogo, o homem será quase perfeito em sua própria defesa.

— Bem, é aí que eu entro. Posso preencher qualquer lacuna da história para você, responder qualquer pergunta que queira fazer, qualquer coisa de que precisar. Eu também posso te ajudar com o John. Eu o conheço. Eu sei como ele aborda um caso, no que ele se concentrará, os argumentos que fará. Eu posso te ajudar a vencê-lo. Afinal de contas, ele me ensinou tudo o que sabe.

Eu olho para Alex, que está se contorcendo em seu assento. Presumo que ele se sinta desconfortável comigo dando a John qualquer tipo de crédito pelo meu sucesso e não está disposto a reconhecer que o homem tem uma mente jurídica brilhante, especialmente para a defesa criminal.

— Bem, com certeza não vou perder a oportunidade de dar uma olhada no cérebro de um advogado criminalista e aprender alguns truques do seu lado do ofício. Mas isso cria alguns problemas em algumas outras frentes — diz ele.

Eu concordo.

— Já considerei isso. Eu cuidarei dessas frentes — asseguro.

— Tudo bem. Então o libelo é esta tarde, eu a manterei atualizada quanto aos desdobramentos. Não creio que haja problemas para deixá-lo lá por hoje, mas imagino que ele solicite novamente a fiança na hora da audiência.

Matt verifica o arquivo em sua mesa. O documento de acusação está em cima.

— A acusação está marcada para amanhã. Você vai estar presente? — pergunta Matt.

— Sim.

Alex adentra a conversa.

— Estaremos lá.

Matt olha para ele e sorri, e eu posso ver as rodas girando em sua mente. As pessoas nesta área amam e respeitam Alex Stone. Sua empresa tem proporcionado muitos empregos e ele é extremamente caridoso com seu dinheiro, fazendo doações para várias organizações locais.

O fato de que Alex e eu, o filantropo bilionário e a mais nova advogada de sucesso local, somos vítimas de um perseguidor louco que tem a intenção de nos matar dá credibilidade ao caso do Estado.

— Se eu tiver alguma dúvida, entrarei em contato com você — diz Matt.

Alex leva a mão às minhas costas enquanto entrega seu cartão ao promotor.

— Caso você não consiga falar com a Kylie, os números do meu escritório e do meu celular estão na frente, e o número da *nossa* casa está no verso.

Evito sorrir quando ele coloca ênfase no *nossa*.

Sempre tão sutil, Stone.

Ao sairmos do tribunal, já estou ligando para o escritório.

— Oi, Sarah. É a Kylie. O Jack está aí?

Fico em silêncio enquanto Jack transmite informações sobre o que está acontecendo no escritório.

Eu olho para Alex quando ele pega meu cotovelo e começa a me acompanhar até o SUV que nos espera.

— Não, acho que vou evitar o escritório se os abutres já estiverem circulando. Obrigada, Jack.

MALEVOLÊNCIA

347

Quando Alex e eu entramos na traseira do SUV, ele olha para mim.

— Casa então? — pergunta, com um sorriso no rosto.

— Casa — confirmo. — Parece que você vai conseguir outra coisa que vem querendo. Estou fora do caso Barber, com efeito imediato.

— Por quê? — Seus olhos se alargam um pouco.

— Um tipo de conflito esquisito. Não fica muito bem se a advogada principal em um caso de assassinato com pena capital estiver trabalhando junto com o procurador principal para assegurar uma condenação em outro caso.

Alex pega minha mão e a beija.

— Desculpe, querida.

— Haha. — Eu rio, sabendo que ele deve estar extremamente aliviado por ter quase todas as ameaças contra minha vida desaparecendo de uma só vez. — Não faz mal. Estou feliz de verdade. É um caso de merda. Eu nunca teria aceitado se tivesse podido escolher.

Eu olho pela janela e noto pela primeira vez que estamos saindo da cidade, indo em direção à casa.

— Você não vai para o escritório?

— Não, hoje vou trabalhar de casa. — Ele passa os lábios de levinho sobre as pontas dos meus dedos, fazendo minhas áreas mais abaixo reluzirem. — Não vou conseguir me concentrar sabendo que você está em casa, sozinha… — Seus olhos ficam escuros, e um sorriso manhoso cruza seu rosto.

— Bem, eu planejava voltar para a cama. — Baixo a voz ao passar a mão pela coxa dele.

Um gemido escapa de seus lábios, e eu tenho que me conter para não montar nele no banco de trás e começar o que eu espero que seja um dia de fazer amor.

CAPÍTULO 65

A rolha da garrafa de champanhe estoura atrás de mim, e eu me viro para ver Alex de pé, próximo à pia da cozinha, enchendo duas taças de cristal. Ele caminha para a sala de estar, se acomoda ao meu lado no sofá e entrega uma taça para mim.

— A um novo capítulo em nosso livro — Alex diz, tocando levemente a borda da taça na minha. — Que não seja menos emocionante sem a ameaça de morte ou de lesão corporal. — Ele me dá uma piscadinha, e um sorriso faz aparição em seu rosto bonito.

— Um brinde a isso. — Tomo um bom gole.

Dou risadinhas conforme as bolhas fazem cócegas na minha garganta. Estou tão feliz e viva que nem me importo se pareço uma menina boba. A vida é boa, e eu não a desperdiçarei.

John foi acusado no início do dia, e Alex e eu tínhamos um lugar na primeira fila para o show. O desgosto e a raiva de John não estavam bem disfarçados quando ele entrou na sala de audiências e tomou seu lugar na mesa da defesa, olhando para nós na galeria diretamente atrás da mesa da acusação. Ele se irritou quando Matt se inclinou para mim, fazendo uma pergunta esclarecedora durante a audiência.

Surpreendendo a absolutamente ninguém, John se declarou inocente. Ele olhou para mim com ódio e raiva, a ameaça de violência tão perto da superfície que foi realçada pela veia palpitante em seu pescoço. Alex se inclinou para frente para bloquear a visão que John tinha de mim e olhou diretamente para ele. Eu não precisei ver os olhos de Alex para saber o que estava acontecendo. A tensão entre os dois era visível no comportamento de John. Se não estivéssemos em um tribunal, e John não tivesse guardas armados a centímetros dele, teria havido uma luta digna de uma cobertura de UFC.

Matt usou suas armas durante a audiência, disparando contra John. Ele argumentou que John foi acusado de crimes muito graves, que ele sabia que estava sob suspeita com um mandado de prisão e continuou não só a fugir da polícia, mas também a molestar e ameaçar Alex e eu da maneira mais horrível e perturbadora imaginável.

O juiz, não impressionado com a eloquência ou status de John na comunidade jurídica, fez dele um exemplo e colocou a fiança em uma quantia espantosa e sem precedentes de dez milhões de dólares. Parecia quase impossível considerar que John seria capaz de arcar com milhões de dólares necessários para lhe dar liberdade até o julgamento.

E agora, Alex e eu estamos respirando fundo, celebrando com morangos e champanhe e, espero, uma noite repleta de sexo alucinante.

— Eu tenho algo para você. — Alex coloca a taça sobre a mesa atrás do sofá. Ele pega uma bolsinha e tira de lá uma caixa comprida.

Levo a mão ao peito quando ele a abre. Posicionado no forro macio, branco e aveludado, está um colar com um pingente de coração duplo. Dois corações, um com um rubi e o outro com um diamante, estão entrelaçados e pendurados na corrente de ouro branco maciço. Eu olho para a peça, apaixonada por sua beleza e simplicidade.

Encaro o colar, traçando o coração de rubi com a ponta dos dedos.

— Este é o meu? — pergunto, sem poder desviar o olhar.

— Claro, querida. Você é vermelho quente.

— E este é seu: a substância mais forte conhecida pelo homem, desejada por tantas mulheres, a pedra mais preciosa. — Passo o dedo ao redor do coração de diamante que entrelaça o meu coração de rubi.

Ergo os olhos para os dele. Meu peito está subindo e descendo rápido, mas está repleto de alegria e conforto.

Ele acena com a cabeça.

— Unidos para sempre.

É uma mensagem. São as palavras que ele ainda não consegue dizer. É sua maneira de se entregar a mim, unindo nossas vidas. Duas pessoas distintas, feitas para completar uma à outra.

— Eu amei, Alex.

— É? — ele pergunta, seu sorriso de menino relampeja em seu rosto.

Eu aceno com a cabeça e sorrio.

— Eu te amo.

— Eu sei, linda.

Ele tira o colar da caixa com cuidado e o coloca em volta do meu pescoço. Depois de prendê-lo, ajusta o pingente de modo que ele fique sobre o meu coração. Alex olha para mim, e algo novo está lá nos olhos dele. Uma luz que vem brilhando mais forte nos últimos dias, desde sua confissão na biblioteca. É intensa, resplandecente e onipresente.

— Você também me ama.

— Sim, desesperadamente — diz ele.

Tenho quase certeza de que parei de respirar.

Ele levanta meu queixo, me beija e depois olha profundamente nos meus olhos.

— Eu te amo, Kylie.

— Sempre? — pergunto, minha voz mal passa de um sussurro.

— Para sempre.

CAPÍTULO 66

Estendo a mão para o outro lado da cama, esperando encontrar uma pele tesa e lisa, mas há apenas a frieza dos lençóis que já estão sem toque humano há algum tempo. Luto para abrir os olhos enquanto espreito o lado de Alex da cama, fazendo uma confirmação visual de que minha mão não errou seu alvo, mas que estou mesmo sozinha.

Ergo a cabeça ligeiramente e olho ao redor do quarto conforme a luz da manhã brilha intensa através das janelas. É sábado. Tivemos um longo dia ontem, comparecendo ao tribunal, e uma noite ainda mais longa, cheia de nosso novo e excitante ato de fazer amor.

Toco o colar e seguro o pingente de coração duplo. Sorrio, lembrando de Alex finalmente me dizendo aquelas três palavrinhas que fizeram tudo no meu mundo parecer se encaixar.

Ele me ama.

A bela manhã me atrai para a janela, de onde posso absorver o cheiro da névoa do oceano e interiorizar um sentimento de renovação. Eu adoro saudar a manhã. Já faz tanto tempo que não mantenho minha rotina matinal de receber o novo dia com uma corrida.

Então, o pensamento me ocorre. John está preso. Eu posso correr sem a preocupação de que meu pesadelo se torne realidade. Estou toda boba, e praticamente salto para dentro do closet, pego um short de corrida, um sutiã esportivo e uma regata. Depois, os meus tênis e sigo para a cozinha.

Jake está enchendo novamente sua xícara de café quando entro, e eu olho ao redor, procurando por Alex.

— Vai correr? — Jake pergunta com um sorriso no rosto, me deixando à vontade.

Estou um pouco apreensiva de que ele não vá aceitar a ideia, e minha glória matinal será arruinada pela contenção.

— Sim, vou. — Dou uma olhada rápida pelo corredor, em direção à academia, pensando que Alex possa estar treinando. — Onde está o Alex?

— Ele teve que dar um pulo na cidade por algum motivo. Ele disse que voltaria dentro de pouco tempo. Não deve demorar muito. — Jake toma um bom gole de café.

Já faz algum tempo que Alex foi a qualquer lugar sem Jake na cola, graças ao louco do meu ex-namorado perseguidor. Expulso John da minha cabeça. Não vou permitir que ele interfira em minha felicidade por nem mais um momento. Hoje recomeço a minha vida abençoadamente feliz com Alex.

— Vou sair, e estarei de volta quando ele chegar em casa. — Abro a porta de correr.

Os raios quentes do sol me dão as boas-vindas, e começo um ritmo lento em direção à trilha que contorna a propriedade.

Perto da primeira curva, onde meu pesadelo começava, eu sorrio para o caminho livre pela frente, sem partes de corpo ensanguentadas. Sou preenchida pela calma. É em parte devido ao fato de John estar na prisão, mas uma parte maior deriva de Alex e eu finalmente vencendo nossos demônios e encontrando o amor.

Eu costumava revirar os olhos quando ouvia declarações clichês de meus amigos tão apaixonados, mas, agora, cada um deles se aplica a mim. Eu quero gritar dos telhados que o amor conquista tudo, que somos dois corações que batem como um só, que tudo o que precisamos é de amor.

Sorrio, cantarolando *All You Need is Love* na minha cabeça, sabendo que a música vai ficar presa lá, e passarei o resto do dia com os Beatles me fazendo serenata.

Um movimento nas árvores me chama a atenção. Eu diminuo o ritmo. O som de galhos quebrando ecoa, mas desapareceu tão rápido quanto surgiu. Nada está visível entre as árvores, e eu rio da minha hipersensibilidade a um esquilo ou coelho tentando me acompanhar na corrida.

Retomando o ritmo, faço a próxima curva. Um homem se afasta das árvores e fica no meio do caminho. Seus braços estão cruzados e há um sorriso estampado em seu rosto. Eu paro, abruptamente.

Puta que pariu!

John Sysco se agiganta, parecendo não ter nenhuma preocupação no mundo.

Meu coração salta para a garganta e tremores tomam conta do meu corpo. Eu olho para ele, quase não acreditando que ele está realmente lá.

MALEVOLÊNCIA

É só um pesadelo. Não é real. Minhas mãos vão até os meus olhos, tentando me livrar do sono. Rogo para que eu acorde envolta na segurança dos braços de Alex.

Eu me forço a piscar, para limpar a visão horrenda parada diante de mim, mas John permanece. E sei que este é o começo do fim para um de nós. Dou alguns passos para trás, preparada para virar e correr como louca em direção a casa. Eu sou rápida. Posso chegar lá antes que ele me alcance. Posso ao menos chegar na metade do caminho e gritar. Isso vai alertar Jake.

Eu posso fazer isso. Eu posso salvar a mim mesma.

CAPÍTULO 67

— Não se mexa, Kylie.

Eu prendo meu olhar na arma apontada para mim, a ponta prateada brilha ao sol. Posso ser capaz de correr mais que John, mas não que uma bala. Meus pulmões empurram dolorosamente contra minhas costelas, e eu luto para respirar.

John não está aqui para me ameaçar ou me assustar. Ele está aqui para me matar.

Ele dá um passo na minha direção.

— Você não parece muito feliz em me ver.

— Como você está aqui? Você estava na cadeia. — Procuro palavras, dando alguns passos para trás.

— Não se mexa, porra! — Sua voz ecoa através das árvores.

Eu congelo.

Um sorriso maligno cruza seu rosto.

— Paguei fiança, é claro.

Balanço a cabeça. O pulsar no meu pescoço parece o batimento pesado de um tambor de batalha. O tremor do meu corpo faz meus joelhos enfraquecerem, e quase cederem.

Não, não, não, não, isso não pode estar acontecendo.

— O quê? Pensou que ninguém me emprestaria o dinheiro? Você sempre subestimou meu valor. Tenho amigos muito influentes, Kylie, do tipo que pode me emprestar milhões de dólares, do tipo que gostaria de ver você fora do escritório, e não apenas da cobertura.

Fico pálida ao ouvir essa implicação. Um dos advogados com quem trabalho forneceu os fundos para tirar John da cadeia para que ele pudesse terminar o que começou.

— Por que você está fazendo isso, John? Você não pode estar achando que vai se safar dessa.

Tento ganhar tempo enquanto minha mente ultrapassa o medo extremo sob o qual está. Preciso que ela se recupere e me ofereça um plano para sair desta situação.

— Mesmo se me matar, você será preso, a menos que Alex te encontre primeiro. Então ele mesmo te matará, e suponho que ele fará isso bem devagar, te torturando até que você implore para ele acabar com tudo.

— Onde está o bom e velho Alex e o seu cãozinho de colo? — pergunta John, olhando além de mim.

Fico quieta. Não preciso de John tendo a ideia de levar esta briga para dentro de casa, especialmente porque não tenho como contatá-los e dar qualquer aviso. Não quero ser responsável caso alguém se machuque simplesmente porque eu trouxe um louco para a vida de todos eles.

Mas há um ditado sobre bons planos… e bem quando organizo um, ouço meu nome sendo chamado à distância. Meu corpo enrijece, e uma série de impropérios são gritados dentro da minha cabeça.

— Ah, que maravilha — diz John. — Aí vem ele. — Ele olha para mim, esperando.

Fico quieta e parada.

— Não vai chamar pelo seu namorado? — pergunta John, seus olhos se estreitam.

Tenho que manter Alex longe daqui, longe de mim, longe de John e da arma que ele parece estar louco para usar.

— Entendi. Você não quer que seu namorado se junte a nossa diversão. Por quê? Você o ama, Kylie? Você tem medo de que eu possa matar a ele em vez de você?

Eu olho para John, confirmando inadvertidamente sua afirmação.

— Bem, quero que o Alex venha ao nosso pequeno sarau. — Ele dispara a arma para o alto.

Tão logo as reverberações se esvaem, a voz de Alex em pânico grita meu nome. Ele se aproxima de John e de mim no caminho de terra, no mesmo lugar em que encontrei o corpo desmembrado de Alex em meus pesadelos. O medo me agarra, e eu percebo que a profecia está prestes a se concretizar.

Não importa o que aconteça, não importa o que eu tenha que fazer, Alex viverá, mesmo que isso signifique que eu tenha de morrer.

Eu causei tudo isso. Eu fui fraca e permiti que John abusasse de mim. Eu o deixei se safar, sabendo que ele nunca pararia. Mantive tudo para mim em vez de pôr um fim à situação antes que a vida de outras pessoas estivesse em jogo. E serei eu a pessoa a corrigir o erro.

Atravessando as árvores atrás de mim, Alex para quando eu me viro para olhar para ele, tentando lhe assegurar de que estou ilesa...por enquanto. Jake vem atrás de Alex, com a arma em punho.

— Alex, que gentileza da sua parte aceitar o meu convite. Embora, devo dizer, sua namorada não tenha ficado muito satisfeita por eu ter te convidado para nossa festa. Acho que ela me queria só para si. — A voz de John goteja falsa doçura. — Faça seu ajudante abaixar a arma dele e jogá-la para mim, ou eu atiro na cabeça da Kylie.

— Deixe a Kylie ir, Sysco. É a mim que você quer.

— Não! — grito.

Os dois homens me olham. Alex está furioso e John está intrigado.

— Bem, Alex, tenho que admitir. Esse era o meu plano. Eu queria que a Kylie visse o erro horrível que ela havia cometido escolhendo você em vez de mim. E eu queria que ela acordasse todas as manhãs sabendo que era a responsável pela sua morte.

Meus joelhos começam a curvar, minhas pernas estão quase cedendo. Não consigo suportar a ideia de Alex ser morto. Não haveria nenhuma maneira de eu sobreviver sem ele, especialmente se ele fosse assassinado na minha frente.

Por minha causa.

John me devora com o olhar, correndo os olhos para cima e para baixo no meu corpo. Ele lambe os lábios. Eu me mexo desconfortavelmente, me sentindo suja e violada.

— Você sempre ficou gostosa de roupa de corrida, Kylie.

Alex se remexe às minhas costas, o que chama a atenção de John, e ele fica encantado com o completo desgosto e desconforto de Alex.

— Ela fode gostoso, não é, Alex? A maneira como ela grita. Será que ela grita por você? Eu adorava fazê-la gritar, implorar por mim...

— Pare com isso, John — chamo a atenção dele de volta para mim.

Mas John só sorri para mim antes de voltar a se concentrar no Alex.

— Eu estava resolvido a te matar, Stone. Aí pensei no quanto eu te odeio. Assim, eu te odeio de verdade. Você vem se pavonear em nosso escritório, todo arrogante, se intrometendo entre mim e Kylie, e então ela se derrete como todas as outras putas. Você poderia ter tido qualquer uma. Por que você teve que ir atrás da Kylie? Ela é minha. Ela sempre será minha. Eu sabia que tinha de me livrar de você. É quase um favor para todos os outros homens que têm que lidar com você exibindo seus milhões e roubando mulheres conforme a sua vontade. Se eu te matar, a Kylie estará livre da sua influência.

"Vi vocês juntos, e sei o que você está sentindo, Stone. Aquela sensação que parece que você está consumido sempre que ela está por perto. Eu a conheço bem. Ela exige isso de você, captura sua mente e seu corpo e quase te sufoca. Tudo em que você pode pensar é em tê-la de qualquer maneira, e em todos os sentidos."

Os olhos de John estão concentrados em Alex, e ambos exalam a intensidade de homens engajados em uma luta até a morte.

— Então isso me ocorreu num flash de brilhantismo. Se eu te matar, ela irá atrás de alguém novo. Mas eu nunca a deixarei ficar com ninguém além de mim... nunca. Estivemos juntos uma vez, e podemos estar juntos novamente, por toda a eternidade. A única maneira de ter certeza de que você vai sofrer tanto quanto eu e de assegurar que a Kylie estará comigo para sempre é matando-a.

Um estouro preenche o ar. As coisas se movem em câmera lenta ao meu redor. Fumaça sobe da ponta da arma na mão de John. Um segundo tiro soa através das árvores e, por alguma estranha razão, noto com interesse que os pássaros se espalharam.

O fogo queima através do meu ombro. A dor irradia pelo meu braço e pelo meu peito. Alex está ao meu lado, tentando me segurar. Olho nos olhos dele enquanto caio. Atinjo o chão com força, o impacto reverbera pelo meu corpo.

Minha cabeça chicoteia para trás, e eu absorvo o céu azul. Ele me faz lembrar dos olhos de Alex, a primeira coisa pela qual me apaixonei. Minha cabeça bate em algo duro, e uma ponta afiada corta minha pele. O gosto metálico inunda minha boca e escorre pela minha garganta, me sufocando. Algo quente e molhado se derrama da parte de trás da minha cabeça e pelo meu pescoço. Tento levantar a mão para tocá-lo.

O barulho na minha cabeça é interrompido pela voz de Alex, que finalmente chega aos meus ouvidos. Ouço meu nome envolto em tanto medo e pânico.

Quero dizer a ele para não se preocupar, que eu o amo. Sempre. Para sempre.

Então, o mundo desaparece na escuridão.

EPÍLOGO

ALEX

— Kylie!

Ela cai no chão, e a cabeça bate na pedra. Corro em sua direção, deslizando ao seu lado, estendendo as mãos para ela.

Seus braços estão espalhados, e as pernas se cruzam de forma desajeitada. A bala da arma de John a atingiu no ombro. O sangue escorre de seu braço. Rasgo a camisa, os botões voam em todas as direções, e a coloco sobre o pequeno buraco. Estou aplicando pressão, sabendo que não posso estancar o sangramento, mas talvez possa diminuir um pouco do fluxo.

— Jake — chamo, olhando por cima do ombro para encontrá-lo.

Ele está ajoelhado sobre o corpo imóvel de Sysco, e eu só posso torcer para que o desgraçado esteja morto.

— Venha até aqui. A Kylie foi baleada.

Coloco minha mão debaixo de sua cabeça. A viscosidade envolve meus dedos. Olho para o chão e, pela primeira vez, percebo a poça de sangue. Meu estômago se contorce, o pavor percorre o meu corpo.

Jake se ajoelha perto de Kylie, de frente para mim.

— Eu liguei para a emergência, e eles mandaram um helicóptero para socorrer a Kylie. Thomas está esperando por eles e os acompanhará até aqui assim que pousarem.

Ele levanta minha mão do ombro da Kylie e examina a ferida. A vantagem de contratar um ex-militar da Marinha e um policial local como chefe da segurança é que ele tem cabeça fria, experiência em triagem médica e pode mexer uns pauzinhos com o departamento de polícia.

— Jesus — Jake murmura quando vê a mão que acabo de retirar de detrás da cabeça de Kylie.

— Ela está inconsciente — digo, e meu peito se aperta. — Está assim desde que cheguei até ela.

Jake se inclina, e eu me afasto para ele poder ver melhor.

— A ferida está feia. — Ele se inclina para o rosto dela, virando a cabeça para posicionar a bochecha perto da boca de Kylie. — Sons respiratórios decentes. Lenta, não muito penosa. — Ele pressiona os dedos na lateral do pescoço dela, e fica quieto por um momento. — A pulsação está boa.

Ele tira a camisa polo e a entrega a mim. Eu a coloco debaixo da cabeça de Kylie. O sangue a encharca rápido. Nós nos sentamos ali, ambos com o que antes eram camisas brancas e limpas que agora estão manchadas com o sangue de Kylie.

Jake se reposiciona e volta a verificar o ombro dela. Eu coloco a mão livre na bochecha de Kylie e viro ligeiramente o rosto dela na minha direção.

— Não a mova, Alex — Jake comanda, soando mais como um sargento do que como meu chefe de segurança. — Não podemos arriscar no caso de haver uma lesão na medula. Qualquer movimento antes de colocarem um colar cervical nela pode causar danos graves.

Se fosse qualquer outro homem, eu teria dito para ele ir se foder e o teria demitido na hora. Mas este é o Jake, o homem a quem confio a minha vida. Mais importante ainda, o homem a quem confio a vida de Kylie.

Olho para o rosto dela. Ela parece em paz, como se estivesse dormindo. Eu me inclino, fecho os olhos e a beijo na bochecha. Está quente, macia e um nó se forma na minha garganta.

Maldita seja esta mulher. Eu não faço isso. Eu não me envolvo emocionalmente. E eu não choro.

Mas acontece que eu estou cem por cento emocionalmente investido nela.

Aquele cretino do Sysco estava certo sobre uma coisa: Kylie é uma força da natureza. Ela exigiu minha atenção, invadiu meus pensamentos e meus sonhos, me fez querer planejar meu futuro com ela. A mulher tem feito isso desde o momento em que a conheci. E eu não a deixarei partir agora.

Sei o que é a vida sem ela. Não é uma vida. É uma série de reuniões, jantares e mulheres que eu como e esqueço. Não é nada.

A vida ao lado dela tem sentido e propósito. Anseio pelos dias e pelas noites, desde acordar com ela ao meu lado até adormecer com ela em meus braços. O belo sorriso que me tira o fôlego. A boca inteligente que me faz rir como eu não ria há anos. A teimosia que me frustra pra cacete.

Eu quero tudo: a parte boa, a ruim, a encheção de saco e até mesmo a perda de controle sobre a minha vida. O que me definiu é agora substituído pela mulher que me obrigou a lidar com meus demônios e a aceitar que estou apaixonado.

Profundamente. Ela me tem. E eu não temo o desconhecido nem a vulnerabilidade porque confio a ela minha vida, meu coração, minha sanidade.

Meus lábios estão perto da sua orelha, e eu sussurro:

— Linda, por favor, não vá. Por favor, não me abandona. Você me prometeu, Kylie. Você prometeu que nunca me deixaria. — Encosto levemente meus lábios nos dela.

O medo me atropela. Dores que eu não sentia desde criança devastam o meu corpo. Desde aquela noite, há tantos anos, não tenho tido tanto medo do que está por vir. Observei minha mãe escorregar para longe de mim, em direção ao vazio, e temo que a história se repita.

Eu mal sobrevivi à morte de minha mãe. Não há como Kylie falecer sem que eu a siga. Eu não viverei sem ela.

O ruído de um helicóptero a distância quebra o silêncio. Olho para cima, depois para Jake.

Ele está fazendo careta, e linhas profundas vincam a sua testa. Ele vira a cabeça para onde o corpo de John Sysco está, e eu me viro para olhar para o homem.

— Ele está morto? — pergunto, sabendo que é a única resposta que me dará um pouco de paz no momento.

— Não — Jake murmura —, pelo menos não quando eu o deixei. Ele está em estado crítico, mas acho que vai aguentar até os paramédicos chegarem.

Eu olho para Jake.

— Se Kylie não sobreviver, ele também não vai.

O helicóptero circula acima antes de desaparecer atrás das árvores. Em poucos minutos, Thomas aparece com três homens carregando uma maca e outros suprimentos médicos. Dois dos homens correm em nossa direção enquanto o terceiro se detém para verificar o cretino que espero que tenha dado seu último suspiro enquanto esperávamos socorro.

Os paramédicos se movem ao lado de Kylie. Um dispara perguntas em rápida sucessão. O outro se ajoelha, esbarrando em mim e me empurrando para longe. Jake responde às perguntas deles, comunicando-se com eles em

MALEVOLÊNCIA   361

sua própria língua. Eu me viro para afastar o paramédico, precisando estar perto da Kylie, precisando protegê-la.

Jake põe a mão no meu ombro.

— Alex, deixe que eles assumam. Eles podem ajudar a Kylie.

Eu me levanto. Ele está certo, mas eu odeio não estar com ela. Nós saímos da frente deles, mas eu mantenho meus olhos fixos nela.

Thomas está do outro lado de Jake, falando em um walkie-talkie.

— A ambulância está aqui, assim como a polícia — ele nos informa.

Não demora muito para que eles entrem, exigindo respostas, olhando--nos com suspeita.

— Sr. Stone. — O sargento Reyes aparece na minha linha de visão.

Eu quase o derrubo. Eu me esquivo dele, e volto a olhar para Kylie e os médicos que a atendem. Eles colocaram um colar cervical branco e grosso ao redor de seu pescoço, mas agora está coberto de sangue do corte na parte de trás de sua cabeça. As pernas dela estão retas, e eles colocam uma máscara de oxigênio sobre seu nariz e boca.

— Sr. Stone. — Desta vez, a voz de Reyes é mais severa.

Os pelos do meu pescoço ficam em pé e eu movo meus olhos para ele por um momento, esperando que eles transmitam ao desgraçado que não estou com disposição para ele ou suas merdas neste momento.

— Preciso que você me diga o que aconteceu.

— Dizer o que aconteceu? Vocês, seus filhos da puta, deixaram esse desgraçado solto! — Aponto para Sysco. — E ele atirou na Kylie. Foi o que aconteceu, porra.

Volto a atenção para a Kylie. Um dos paramédicos está no celular enquanto o outro está inserindo um acesso no braço dela. Seus olhos ainda estão fechados, mas ela não parece mais em paz. Seu rosto está pálido, e os lábios, normalmente cheios e rosados, estão finos e ficando azuis. Meu coração dispara, e um vento frio corre através de mim.

— Vou precisar que seja mais específico que isso, Sr. Stone. — diz Reyes.

Eu odeio esse cara. Quero lhe dar um soco bem forte que faça o sangue jorrar de seu nariz quebrado. Eu o quero inconsciente no chão, para poder me concentrar na Kylie e não na porra da sua necessidade por detalhes.

— Comece do início.

Eu o fuzilo com o olhar, mas ele fica parado. Eu falo rápido, sabendo que eles vão levar a Kylie para o helicóptero em breve, e este idiota não vai me deter. Eu vou com Kylie, ponto final.

— Fui à cidade esta manhã para comprar os muffins favoritos dela em uma padaria no centro. Ela estava dormindo quando eu saí. Quando voltei para casa, ela já tinha acordado e saído correr.

— Essa era a rotina normal dela? — perguntou Reyes. — E como você descobriu que ela tinha ido dar uma corrida?

— Ela geralmente corre pela manhã, mas não faz isso há algum tempo, desde que aquele imbecil, que deveria estar na cadeia, começou a persegui-la. Esta foi a primeira manhã em que ela se sentiu segura o suficiente para correr, mesmo na minha propriedade, já que na última vez que ela correu por esta trilha, ela recebeu um gato morto pelo correio. Quando voltei para casa, Jake me disse para onde ela tinha ido. Eles conversaram antes de ela sair.

— Certo, continue. — Reyes cruza os braços.

A necessidade avassaladora de dar uma surra nele faz minhas mãos se encolherem em punhos ao meu lado.

— Fazia pouco tempo que eu tinha chegado quando recebi uma ligação do promotor, dizendo que o Sysco tinha pagado a fiança. Desliguei o telefone, e Jake e eu viemos procurar Kylie no mesmo instante.

— Tínhamos atravessado metade do quintal quando ouvimos um tiro e pegamos um atalho pelo bosque até o lugar de onde pensamos que o som tinha vindo. Saímos das árvores e vimos o Sysco apontando uma arma para a Kylie. Eu disse ao Sysco para deixar a Kylie ir. Ele começou a fazer um discurso de como ia me matar, mas depois mudou de ideia. Disse que queria Kylie com ele para sempre, e então atirou nela. Jake atirou no Sysco quando ele tentou apontar para mim.

Reyes me encara.

O babaca.

Ele se vira, olhando para Kylie agora. Eu quero gritar com ele para tirar os olhos dela. Ele não tem o direito de olhar para ela depois da merda pela qual a fez passar. Kylie está nesta situação porque Reyes e o resto deles não fizeram seu trabalho. Eles deixaram o Sysco sair, e ele veio atrás dela.

— Merda! — um dos paramédicos grita.

Kylie está no chão, convulsionando.

— Ela está entrando em choque.

Eu empurro Reyes. Seus olhos estão arregalados no que ele observa a

MALEVOLÊNCIA

atividade ao redor de Kylie. Eu caio no chão aos pés dela, precisando tocar seu corpo, mas me mantendo fora do caminho dos paramédicos. Jake vem por trás de mim com Carter, o policial que o estava interrogando, logo acima de seu ombro.

O outro paramédico está de volta ao telefone, falando rápido.

— A paciente entrou em choque hipovolêmico. A pressão arterial está em nove por seis. O ritmo cardíaco está enfraquecendo. O pulso está em cinquenta.

Jake deixa escapar um suspiro e geme baixinho. Eu não preciso olhar para ele para saber que é ruim. A convulsão parou, mas ela está deitada, imóvel.

Imóvel demais.

De repente, os paramédicos começam a recolher os equipamentos e alinham a maca ao lado do corpo de Kylie. Um aponta para mim e me diz para segurar as pernas de Kylie e tentar não sacudir o corpo dela. Carter e Jake a seguram pela cintura enquanto os paramédicos estabilizam seus ombros e a cabeça.

— Vamos levantá-la. Não se apressem. Vão devagar e com firmeza. Não queremos causar mais danos se pudermos evitá-los. Três, dois, um, levanta.

Nós a colocamos na maca, e eles a prendem. Eu subo no helicóptero, sem me importar se estou autorizado ou não a subir. Eles que se fodam. Eu não vou deixar a Kylie. Eu me acomodo no assento ao lado do paramédico, e a encaro. Não há mudança no seu rosto inexpressivo. Os olhos ainda estão fechados. Ela parece tão pálida e fraca, e eu sinto que ela está escapulindo de mim.

E como foi com minha mãe, não há nada que eu possa fazer.

SOBRE A AUTORA

Nascida e criada na região das Montanhas Rochosas, Anne L. Parks morou em todos os cantos dos Estados Unidos com seu marido marinheiro. Com formação jurídica, ela mudou de carreira e seguiu seu sonho de se tornar autora. Quando não está escrevendo, ela passa o tempo lendo, praticando yoga, andando de bicicleta e mimando sua pastora alemã, Zoe. E bebendo vinho.

Parks ama criar histórias com mistério, muitas reviravoltas e suspense. Com um histórico em criminalística e um marido militar, ela se sente em casa com machos alfa altamente treinados, um tanto quanto cansados e que estão a postos para levar meliantes à justiça, e também com as mulheres fortes e corajosas que os amam, mas que também são capazes de enfrentar o que for. Assassinos, terroristas, dramas no judiciário... mesmo que vindos da natureza sombria da humanidade, Parks não teme se envolver nas profundidades das perversidades... e levar seus leitores junto para um passeio.

A história de Kylie Tate continua em *Clemência*, segundo livro da série. Confira a sinopse:

Ainda se recuperando de um ferimento à bala, Kylie Tate encontra consolo em saber que seu violento ex-namorado finalmente está fora de sua vida para sempre. Agora, tudo o que ela quer é se concentrar em ajudar a colocar o pai de Alex Stone atrás das grades. Afinal de contas, Alex foi forçado a assistir enquanto este homem matava sua mãe a sangue frio. A justiça deve ser feita.

Enquanto Kylie se aprofunda no caso, segredos são revelados. E agora, ela está questionando tudo sobre o homem que ama. Quando está prestes a desvendar as profundezas das mentiras de Alex, o próprio passado de Kylie volta com uma vingança. Mas, desta vez, ela não sabe para onde fugir ou em quem confiar. Será que ela pode escapar das garras da vingança de novo?

A The Gift Box é uma editora brasileira, com publicações de autores nacionais e estrangeiros, que surgiu no mercado em janeiro de 2018. Nossos livros estão sempre entre os mais vendidos da Amazon e já receberam diversos destaques em blogs literários e na própria Amazon.

Somos uma empresa jovem, cheia de energia e paixão pela literatura de romance e queremos incentivar cada vez mais a leitura e o crescimento de nossos autores e parceiros.

Acompanhe a The Gift Box nas redes sociais para ficar por dentro de todas as novidades.

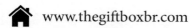
www.thegiftboxbr.com

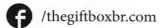
/thegiftboxbr.com

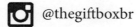
@thegiftboxbr

@GiftBoxEditora